FOLIO POLICIER

Carlene Thompson

Présumée coupable

Traduit de l'américain
par Anouk Neuhoff

La Table Ronde

Titre original :

ALL FALL DOWN
(Avon Books)

Carlene Thompson est américaine. Elle est l'auteur de plus de huit romans parus à La Table Ronde dont *Noir comme le souvenir*, *Six de cœur*, *Ne ferme pas les yeux* ou *Depuis que tu es partie* déjà repris en Folio Policier. Présentée à juste titre comme l'une des émules les plus talentueuses de Mary Higgins Clark, elle vit en Virginie.

Prologue

Elle se força à ouvrir les yeux. Tout d'abord elle ne discerna qu'un halo étoilé sur un fond de ciel noir comme la mort. Puis un visage se dessina au-dessus du sien.

— Toujours pas endormie ?

Elle était étendue sur un lit d'herbes folles qui lui effleuraient le visage et la chatouillaient, agaçantes. Elle souleva légèrement la tête.

— Par pitié…

— Par pitié, quoi ? Par pitié, laisse-moi tranquille ? Je ne peux pas. Plus maintenant.

Des larmes se formèrent aux coins de ses yeux. Oh, mon Dieu, était-ce un rêve ? Non. Dans ses rêves, son cœur battait plus vite. À présent, il ralentissait, battant à grands coups de plus en plus espacés. Ses larmes débordèrent et, roulant sur ses tempes, allèrent mouiller ses épais cheveux noirs.

Tout à coup elle se rappela son escapade quand, une nuit, à l'âge de cinq ans, elle avait fait le mur pour aller visiter la maison voisine en construction. Elle ne s'y était pas intéressée tant qu'on ne lui avait pas dit que l'endroit était dangereux et qu'elle ne devait *jamais* aller là-bas. Aussitôt, le site avait acquis un attrait irrésistible. Pendant que tout le monde regardait la télévision dans le salon, elle avait descendu l'escalier à pas de loup et, manquant trébucher sur le lacet défait des tennis qui dépassaient de sa longue chemise de nuit, elle était sortie furtivement par la porte de derrière. Grisée par sa propre audace, elle avait fait le tour du chantier sur la pointe des pieds, refusant d'admettre qu'elle était un peu déçue par le morne amoncellement de planches et de brouettes qui s'y trouvaient et par l'espèce de grosse machine dont les ouvriers s'étaient servis le jour même pour creuser le trou du sous-sol. Elle fouilla des yeux l'énorme fosse, essayant de l'imaginer bourrée à craquer de vieux meubles et de livres comme le sous-sol de sa propre maison. Mais le trou en question ne payait guère de mine. Du reste, même une fois terminé, ce sous-sol ne ressemblerait nullement au sien : Grand-père avait dit que les nouveaux voisins allaient en faire une « salle de jeux » pour leurs enfants adolescents, avec des tables de ping-pong et « un tas d'autres âneries ».

Presque aussitôt lassée de sa téméraire expédition nocturne, elle décida de corser l'aventure en vérifiant jusqu'où elle pouvait se pencher au-dessus du trou sans être prise de vertige. Elle fit un pas en avant, s'empêtra dans son lacet défait et tomba la tête la première dans la cave fraîchement creusée. Elle poussa un faible glapissement de surprise avant de heurter le fond, le souffle coupé par le choc. Étendue sur le dos, sa jambe droite, brisée, douloureusement repliée sous son corps, la tête étourdie par la commotion, elle avait levé les yeux vers les étoiles — des étoiles exactement identiques à celles qu'elle contemplait à présent — et elle avait pleuré ; pleuré parce qu'elle souffrait et parce qu'elle craignait que personne ne sût jamais à quel point elle regrettait d'avoir mal agi, si mal agi que Dieu risquait de la punir de mort pour ce péché.

Mais elle avait dix-sept ans désormais, et cette fois elle *savait* qu'elle était en train de mourir. Grand-père n'était plus là pour venir à sa recherche sitôt après avoir découvert que son lit était vide. Personne ne viendrait. Personne ne pouvait la sauver.

La panique l'envahit.

— P… p… pas faire ça, bredouilla-t-elle au visage si proche du sien.

— Il le faut. Et je *vais* le faire.

La jeune fille leva la tête. Elle avait du mal à respirer, mais ses émotions n'en étaient pas moins violentes.

— Dieu te maudisse ! Je te hais ! lança-t-elle d'une voix sifflante.

— Où est passée la douce jeune fille si bien élevée que nous connaissons et aimons tous ? Peut-être que tu te montres enfin là sous ton vrai jour, pas vrai ?

Une pause.

— Et puis, je me fiche complètement de ce que tu ressens à mon égard, alors économise le peu de souffle qui te reste.

Elle frissonna et ses jambes se contractèrent convulsivement. Elles n'étaient pas ligotées, mais la jeune fille avait perdu le contrôle de ses muscles. Elles se contractèrent une fois encore, puis se détendirent mollement sur le sol glacial. Elles ne semblaient plus faire partie de son corps. La jeune fille gémit, puis sa tête retomba en arrière, heurtant le sol avec un bruit mat.

— Voilà qui est mieux. Tu ne veux pas me résister jusqu'à la dernière minute, quand même ?

La jeune fille essaya de parler. Elle essaya de dire :

— Par pitié, pas ça ! Je ne mérite pas *ça*.

Mais sa langue était soudain devenue si grosse

dans sa bouche desséchée que seuls furent intelligibles les mots « pitié » et « ça ».

Après un soupir, la voix s'emplit d'une concentration affairée :

— Il se fait tard. Mieux vaut en finir à présent.

Elle sentit qu'on lui soulevait le poignet droit. La lame dentée d'un couteau de cuisine étincela dans le clair de lune.

— J'aurais préféré que tu sois endormie, crois-moi. Mais tu es si fichtrement *têtue*. Il n'y a même pas moyen que tu t'endormes quand tu devrais.

L'espace d'un instant, tout lui revint : ses projets universitaires, les fraîches soirées d'automne où elle assistait aux matches de foot du lycée, le visage aimant de Grand-mère, Taffy, son chat adoré qui avait disparu quand elle avait sept ans, sa nouvelle voiture, ces chaudes mains d'homme caressant son corps souple, les beaux yeux violets de Tante Joan.

Puis tout disparut pour céder la place à la vision presque surréaliste du couteau qui caressait sa peau. Son poignet s'ouvrit. Du sang chaud jaillit le long de son bras, fumant légèrement dans le froid de l'air nocturne. Sa gorge, encore en état de marche, ne parvint à émettre qu'un pauvre geignement. Elle essaya une dernière fois de se soulever sur un coude, mais l'effort était trop grand. Elle s'effondra impuissante sur le tapis de lierre, cherchant désespérément son souffle.

Ses battements de cœur faiblissaient, mais son esprit fonctionnait toujours, bien qu'avec une langueur nébuleuse. Ainsi, Grand-mère avait raison, songea-t-elle hébétée. Grand-mère avait coutume de dire que le mal que vous cultiviez en votre âme finissait toujours par se retourner contre vous comme un animal vicieux. Elle nourrissait un dessein funeste, elle le savait depuis le début. Celui-ci violait tous les préceptes qu'on lui avait enseignés sur le caractère saint de la vie. Mais elle n'était pas la seule contre qui le mal se retournerait – elle n'était pas la seule.

Une main s'empara de son bras gauche et l'éleva jusqu'au couteau. Envahie par cette résignation qui découle du désespoir absolu, elle cessa de penser pour admirer au-dessus d'elle le ballet magnifique des étoiles tourbillonnantes. Puis elle ferma les yeux.

1

Blaine Avery sourit au setter irlandais qui gambadait devant elle. « Tu es sûre que tu tiens *vraiment* à cette balade, Ashley ? » la taquina-t-elle. Après un aboiement, la chienne s'élança en rond, et ses griffes cliquetèrent sur le parquet de chêne ciré. « On dirait que tu es en pleine forme maintenant que tu es de retour à la maison, pas vrai ? » Dans un éclat de rire, Blaine se pencha pour frotter les oreilles de la chienne.

La chienne grogna comme elle le faisait toujours quand elle voulait aller se promener. « D'accord, j'arrête mon bavardage et on y va. » Blaine se redressa. « Mais, n'oublie pas, c'est notre première promenade dans les bois depuis longtemps. Je n'aurai pas la force de te courir après, alors ne fais pas la folle. »

La chienne se rua vers la porte où elle s'immobilisa, dansant impatiemment d'une patte sur l'autre. Blaine enfila un anorak par-dessus son pull bleu ciel. À peine eut-elle ouvert la porte-fenêtre qu'Ashley se précipita à l'extérieur, dans le soleil de la mi-novembre. « J'ai dit du calme ! » s'écria Blaine ; mais la chienne filait déjà à travers la large terrasse en direction des bois situés à soixante mètres de là, tournant la tête et aboyant régulièrement comme pour dire « Dépêche-toi ! »

« Je suppose que je ne peux pas lui en vouloir », soupira Blaine en accélérant le pas. Six semaines auparavant, Blaine avait contracté une grave pneumonie. Après huit jours passés à l'hôpital elle s'était installée en ville chez sa sœur Caitlin pour récupérer. Elle avait réintégré ses foyers la veille au matin, mais une pluie diluvienne l'après-midi les avait obligées à rester enfermées. Cela faisait un bien fou d'être dehors, de traverser la pelouse pour rejoindre les bois comme elle l'avait fait si souvent avec la chienne et son défunt mari, Martin.

Martin. Blaine ferma les yeux ; un frisson la parcourut tandis qu'elle resserrait son anorak contre son corps. Mince, un mètre soixante-quinze, elle avait de longs cheveux auburn et des yeux gris clair qui brillaient d'intelligence dans un visage dont les pommettes hautes ressortaient davantage encore depuis la mort de Martin. Les derniers mois avaient été éprouvants, mais, levant les yeux vers le soleil jaune citron qui brillait dans un ciel sans nuages, elle retrouva presque son optimisme d'autrefois. Peut-être le chagrin et le traumatisme de ces derniers mois commençaient-ils à se dissiper, songea-t-elle.

Ashley avait disparu dans les ombres du bois et Blaine espérait qu'elle n'allait pas tarder à se calmer. Elle n'aimait pas laisser Ashley dans les bois la nuit. De plus, la fille de Martin, Robin, allait bientôt revenir du cinéma et Blaine voulait lui préparer quelque chose de bon pour le dîner. Peut-être du poulet au citron, une de ses recettes favorites. Bien sûr, sans doute Robin aimerait-elle tout autant une pizza. Et elle se refuserait probablement à apprécier le menu spécial que Blaine lui aurait préparé. Il avait toujours régné entre elles une certaine tension, et celle-ci s'était aggravée depuis la mort de Martin. Le séjour chez Caitlin avait un peu arrangé les choses — Robin, tout en restant circonspecte, avait l'air de bien aimer Cait et sa famille — mais maintenant qu'elles étaient revenues à la maison, Blaine sentait l'ancien malaise se réinstaller.

Elle se laissait trop aller aux divagations, se sermonna Blaine, c'était chez elle une mauvaise habitude. Il lui arrivait parfois de s'apercevoir qu'elle avait marché plus d'un kilomètre sans avoir rien remarqué des choses qui l'entouraient. Mais il n'était pas question que cela se produise aujourd'hui. Elle avait la chienne à surveiller.

« Ashley ! » appela-t-elle tandis qu'elle pénétrait dans le bois en empruntant le chemin ouvert par le père de Martin cinquante ans auparavant. Tous les ans, ce sentier était dégagé afin de faciliter les promenades sylvestres des occupants de la maison. « Ashley ! »

La chienne aboya non loin de là, puis déboula du sous-bois à sa rencontre.

— Regarde-moi ça ! s'exclama Blaine en riant. Dix minutes et ton beau pelage est déjà plein de feuilles et de brindilles. De quoi tu as l'air !

Ashley aboya une nouvelle fois et s'éloigna, refusant de rester sur le sentier. Par les chaudes journées d'été, elle adorait se baigner dans le ruisseau qui traversait la propriété. Blaine espérait seulement que le froid de l'eau, aujourd'hui, la dissuaderait. Elle n'avait pas envie d'être obligée de donner un bain à la chienne en rentrant à la maison.

Blaine marchait lentement, savourant l'atmosphère. Dans les hautes branches d'un noyer d'Amérique un écureuil roux jouait avec des noix. Les immenses sapins du Canada avaient commencé à perdre leurs aiguilles et leurs pommes marron clair étaient en train de mûrir. Leurs pignes n'allaient pas tarder à tomber. Cela lui fit penser qu'elle allait devoir réapprovisionner les mangeoires que Kirk, le mari de Caitlin, avait fabriquées et accrochées dans les bois deux ans plus tôt, lorsqu'il était tombé quinze centimètres de neige et que celle-ci était restée pendant des semaines. Elle en avisa une juste devant elle, suspendue à un orme ; c'était une petite construction élégante en forme de pagode chinoise, peinte en laque rouge et rehaussée de gracieux ornements noir et or. « Je les ai conçues exprès pour vous, lui avait fièrement annoncé Kirk. J'en ai fait cinq. Des pièces uniques. Personne n'en aura de pareilles. »

— Blaine ! Où es-tu ?

Blaine sursauta en entendant la voix de sa sœur cadette.

— Je suis là, Cait.

Peu après, Cait la rejoignit en courant ; ses courts cheveux orangés étaient ébouriffés et son nez était couvert de taches de rousseur. Elle paraissait dix-sept ans et non vingt-sept.

— Qu'est-ce que tu fais là ? demanda Blaine. Tu me surveilles ?

De ses jolis yeux ambrés dépourvus de tout maquillage, Caitlin fixa malicieusement sa sœur.

— Bien sûr que je te surveille. Tu avais promis de m'appeler tous les jours, et je n'ai pas encore eu de nouvelles aujourd'hui.

— Tu es dix fois pire qu'une mère.

— Eh bien, notre mère n'étant plus là, je peux être ce que je veux. Pourquoi ne m'as-tu pas téléphoné ?

— J'ai été débordée, c'est tout. Ranger mes affaires, me réorganiser… tu comprends.

Caitlin hocha la tête :

— Te réhabituer à la vie dans cette maison,

ajouta-t-elle en plongeant les mains dans les poches de son blouson en jean. Franchement, Blaine, je ne crois pas que ce soit une bonne idée de revenir habiter ici. Je t'assure, tu devrais vendre la maison.

— Cela ne dépend pas de moi. Martin l'a léguée à Robin, tu te souviens ?

— Il t'a laissé la moitié d'Avery Manufacturing, ça je m'en souviens. Tu es millionnaire. Pourquoi ne pas déménager ?

— Parce que Robin ne peut pas vivre seule ici ; sa mère est morte et elle n'a personne d'autre chez qui aller ; et puis il y a eu trop de chamboulements dans sa vie cette année pour que je la force à renoncer au seul foyer qu'elle ait jamais connu.

Blaine sourit à sa sœur d'un air rassurant :

— Ne t'inquiète pas, poursuivit-elle. Je ne réveillerai pas les fantômes.

— Le fantôme, tu veux dire. Le fantôme de Martin. Mais ne te leurre pas en imaginant qu'il te laissera tranquille. Je sens sa présence chaque fois que j'entre dans cette maison.

— Où vas-tu chercher des répliques comme ça ? Dans les livres ?

— Toujours est-il que c'est vrai, je la sens. J'ai des amis qui pensent que je suis un peu télépathe.

— Je crois que tu as surtout une imagination débordante.

Caitlin soupira.

— D'accord. Je regrette d'avoir abordé un sujet pénible. Je radote, comme d'habitude, et je sais que je ne peux pas te faire changer d'avis sur cette question, même si je ne crois pas que tu sois aussi rassurée que tu le prétends en revenant dans cette maison.

Blaine évita le regard de sa sœur car, comme toujours, Caitlin savait exactement ce qu'elle éprouvait.

— Ce que je suis venue vérifier, en fait, poursuivit Caitlin, c'est comment tu te sens aujourd'hui.

— Je vais *bien*.

— Ça va, pas la peine de mordre ! Tu as l'air en forme.

Blaine respira profondément et se força à se détendre ; elle regrettait de s'être défoulée sur sa sœur du malaise que lui causait le souvenir de Martin. Il s'était écoulé presque un an depuis l'accident de voiture, et six mois depuis sa mort. Il était temps de penser à l'avenir.

— Excuse-moi de t'avoir rembarrée.

— Ce n'est rien, fit Caitlin avec un grand sourire. Je le méritais d'avoir débloqué comme ça sur les fantômes. Je parle toujours sans réfléchir.

Caitlin scruta les bois et ajouta :

— Je suppose qu'Ashley est partie en reconnaissance.

— Tu peux compter sur elle ! Elle y met d'ailleurs un peu trop de zèle. Je n'arrive pas à suivre le rythme.

Caitlin éclata de rire.

— Elle ne va pas tarder à se fatiguer. Robin n'est pas à la maison aujourd'hui ?

— Elle est au cinéma. Je suis contente : elle passait trop de temps plongée dans ses devoirs et à son piano.

— Tu étais pareille. Toujours à étudier, toujours bien résolue à faire quelque chose de toi malgré tous nos handicaps.

— Oui, mais Robin n'a pas de handicaps. Elle n'a pas besoin de tant s'acharner à réussir.

— Réjouis-toi de la voir aussi motivée. Il y a beaucoup de jeunes qui ne le sont pas.

Elles réglèrent leur pas et Caitlin demanda :

— Tu as vu des daims ?

— Avec Ashley dans le secteur ? Certainement pas. Ils doivent sentir qu'elle est de retour et toute disposée à leur courir après.

— Robin m'a raconté une histoire amusante à propos d'un cerf par ici.

Blaine regarda sa sœur d'un air interrogateur.

— Apparemment, reprit Caitlin, elle était avec Rosalind Van Zandt, et elles n'avaient que quatre ans environ. Tout à coup, elles ont entendu un bruissement et puis elles ont vu cette queue blanche qui s'évanouissait au loin. C'est comme ça que Robin a décrit la scène. Elles ont cru toutes les deux que c'était Bambi et sont rentrées tout excitées à la maison pour raconter leur aventure à Martin. Il les a aussitôt suivies en disant que Bambi était une vedette de cinéma et qu'il méritait un traitement de choix, alors il a installé dehors un bloc de sel pour que les daims puissent le lécher.

— Cela ressemble au Martin dont j'étais tombée amoureuse, dit Blaine en souriant.

Puis son sourire s'éteignit :

— Robin ne me raconte jamais d'histoires comme ça.

— Je ne suis pas sa jeune et splendide belle-mère. Elle n'a jamais eu l'impression d'avoir à me disputer l'amour de son père.

— Nous n'étions pas en compétition.

— Nous, nous le savons, mais nous ne sommes pas des adolescentes hyper-sensibles. Au fond, je crois qu'elle t'aime bien.

— Elle me tolère. Un point c'est tout.

— Alors pourquoi ne pas l'envoyer chez les parents de sa mère ?

— Parce qu'ils vivent en Floride et qu'elle est en terminale. De plus, ils n'ont jamais demandé à l'avoir et elle n'a jamais demandé à aller là-bas.

— C'est bizarre.

— Pas vraiment. Ils étaient relativement âgés quand la mère de Robin est née, et ils sont très vieux aujourd'hui. Ils vivent dans une communauté de retraités. Ils ne sauraient que faire d'une fougueuse adolescente, et Robin aurait l'impression d'être enterrée vivante avec eux. Et puis, elle a toujours voulu rester ici.

— Bon, tant que vous arrivez à vous entendre toutes les deux, je suppose qu'il n'y a pas de mal à ce que vous habitiez ensemble, même si je continue à penser que tu fais une erreur en revenant t'installer dans cette maison.

— Caitlin !

— D'accord. J'ai dit ce que j'avais à dire. (Elle fit un clin d'œil à Blaine.) D'ailleurs, as-tu jamais fait ce qu'on te disait de faire ?

— Papa nous a toujours appris à être indépendantes.

Caitlin roula des yeux avec scepticisme et sa voix perdit de son entrain.

— Ouais, et regarde où ça l'a mené. Maman est partie, il n'a jamais pu avoir un boulot stable à cause de son penchant pour la bouteille, et il est mort fauché et malade dans cette cahute délabrée en ville parce qu'il ne voulait pas qu'on l'aide ni l'une ni l'autre.

— Cait, est-ce que tu essaies de passer en revue tous les souvenirs pénibles de ma vie ?

— C'est la vérité. Tu l'idéalises toujours, mais…

— Non, je ne l'idéalise pas du tout, répliqua Blaine d'un ton sec, mais je n'essaie pas non plus d'en faire un personnage tragique. Il était *content* de sa vie. Et c'était un bon père. On a eu plein de bons moments avec lui, Cait. Tu ne peux pas nier ça.

— Pour ça non ! On manquait seulement d'argent, de sécurité, de dignité…

Elles entendirent derrière elles des pas précipités ; elles firent volte-face et reconnurent Robin.

— J'ai vu ta voiture dans l'allée, Caitlin, expliqua la jeune fille essoufflée en ralentissant l'allure.

L'angoisse se lisait dans ses yeux.

— Il n'y avait personne dans la maison et je me suis dit que peut-être quelque chose n'allait pas. Puis j'ai réalisé que vous deviez être là toutes les deux. Il n'y a pas de problème, n'est-ce pas ?

— Absolument aucun, répondit Blaine avec légèreté.

Elle aurait aimé que Robin cesse de s'affoler au moindre imprévu, mais après la mort horrible de Martin elle ne comprenait que trop l'anxiété de la jeune fille. Elle devait elle-même la combattre quotidiennement.

— Nous étions censées faire une promenade paisible, expliqua Caitlin, acerbe. En réalité, nous nous disputons.

Un sourire fugitif se dessina sur les lèvres de Robin. Pendant les deux années du mariage de Blaine avec Martin, Robin avait paru tout d'abord déconcertée et ensuite amusée par les chamailleries constantes de Blaine et Caitlin ; Blaine avait alors compris à quel point ses rapports avec Cait devaient lui paraître étranges. Étant fille unique, Robin semblait méconnaître les conflits aussi fréquents qu'insignifiants qui opposaient les frères et sœurs, surtout deux sœurs comme elles, très proches mais dotées de la même force de caractère et du même franc-parler.

— On va garder le deuxième round pour le trajet de retour si tu veux bien te joindre à nous, plaisanta Blaine.

Robin hocha la tête, adoptant un faux air de nonchalance pour dissimuler l'inquiétude qu'elle avait éprouvée.

— D'accord. C'est une belle journée pour marcher.

Et tu ne serais jamais venue si Caitlin n'avait pas

été là, songea Blaine tristement. Mais, parmi d'autres concessions, il allait bien lui falloir se résigner à la froideur de Robin. Les choses n'étaient déjà pas folichonnes entre elles quand elle avait épousé Martin, mais elles n'avaient fait que se détériorer au cours des derniers mois. Peu importe, Robin était l'enfant unique de Martin, et Blaine était décidée à agir envers elle du mieux qu'elle pouvait, même si cela l'obligeait à subir l'hostilité mal déguisée de la jeune fille, voire ses insultes à peine voilées.

— Comment était le film, Robin ? demanda Caitlin.

— Formidable. Je trouve que Kim Basinger est vraiment belle. Je vais peut-être me décolorer les cheveux en blond comme elle.

Blaine regarda les longs cheveux brun foncé de Robin, si brillants.

— Si tu touches à ta magnifique chevelure, tu le regretteras.

Robin lui lança un regard perçant ; apparemment, elle avait pris la réflexion de Blaine pour une menace.

— Je voulais seulement dire que tu as de très beaux cheveux. Je ne crois pas que tu aies besoin de les abîmer avec des produits chimiques.

— C'est vrai. Tu pourrais te retrouver Poil-de-Carotte comme moi, ajouta Caitlin.

Robin se détendit et s'esclaffa. Elle est vraiment ravissante, pensa Blaine. Mince, elle avait des airs de faon avec ces immenses yeux sombres. Si seulement elle savait à quel point elle est jolie, en fait. Mais l'assurance n'était pas le point fort de Robin. Elle se comparait tout le temps à ses amies au physique plus spectaculaire comme Rosie Van Zandt.

Tout en marchant, Blaine remarqua les érables à sucre : la teinte de leurs feuilles variait du jaune à l'orange foncé en passant par le cramoisi et le rouge canneberge. Lorsque, après son bac, elle s'était installée à Dallas pour y faire ses études et ensuite y enseigner, les beaux automnes de la Virginie occidentale lui avaient terriblement manqué. Quand, suite à la mort de son père quatre ans auparavant, elle était revenue à Sinclair, c'était le mois d'octobre, et les arbres avaient transformé les collines en patchworks colorés. Elle avait dit à tout le monde qu'elle avait décidé de rentrer à Sinclair pour être auprès de sa sœur Caitlin, mais il n'y avait pas que ça. Elle n'avait pu résister au charme de ces terres montagneuses autour de l'Ohio River où elle avait grandi, et elle n'avait jamais regretté sa décision de se réinstaller à Sinclair. Pas jusqu'à la mort de Martin, en tout cas.

Comme si cette idée de mort avait pris une forme symbolique dans la réalité, elle leva les yeux et aperçut deux corneilles noires volant au-dessus de leurs têtes.

— Je déteste ces bestioles, marmonna-t-elle. Des vautours miniatures.

Robin regarda le ciel d'un air absent.

— Elles ne sont guère attirantes, mais elles sont nécessaires, je suppose.

Soudain Blaine remarqua que la lumière déclinait. Sur le chemin humide, les points brillants que dessinaient les rais de lumière perçant à travers les feuilles commençaient à s'estomper. Elle jeta un coup d'œil à sa montre. Cinq heures dix. Un peu tôt pour la tombée du jour, et pourtant…

— Nous ferions mieux de rentrer, maintenant, proposa-t-elle.

— Déjà ? s'étonna Cait. Tu ne veux pas marcher jusqu'au bout du sentier, comme d'habitude ?

— Non. J'aimerais aller préparer le dîner.

— J'espère qu'il ne s'agit pas d'un truc trop recherché, déclara Robin, anéantissant les projets de poulet au citron de sa belle-mère. En fait, je me taperais bien une pizza.

— Je l'aurais parié ! À vrai dire, ça me tente pas mal, moi aussi. On n'a qu'à aller à la Village Pizza Inn. Cait, vous avez envie de vous joindre à nous, Kirk et toi ?

— Non merci. J'ai un rôti dans le four : il est d'ailleurs sans doute en train de carboniser, vu que Kirk ne se sera jamais souvenu de le surveiller.

Blaine éclata de rire.

— Alors il est bien possible qu'on vous voie débarquer en fin de compte !

Blaine s'interrompit, puis elle cria : « Ashley ! » Les bois étaient silencieux. « Ashley, allez, viens, ma belle ! » Toujours rien.

Blaine siffla et elle fut ravie d'entendre Ashley lui répondre. Seulement ce n'était pas un simple aboiement de reconnaissance. C'étaient des aboiements continus. Ashley avait-elle acculé une marmotte ? Elles s'immobilisèrent toutes trois, aux aguets. Non, ces aboiements avaient quelque chose de différent. Ils contenaient un accent de peur que Blaine avait appris à identifier au fil des années.

— Quelque chose ne va pas, annonça-t-elle.

Robin siffla pour appeler la chienne, qu'elle aimait presque autant que Blaine. Aucune réaction sinon, dans le lointain, l'aboiement frénétique. Blaine et Robin échangèrent un regard puis elles se mirent à courir sur le sentier, Caitlin dans leur sillage.

— Ashley, viens ici ! cria Robin.

Les aboiements continuèrent mais la chienne ne bougea pas. S'étant arrêtée pour écouter, Blaine conclut qu'Ashley se trouvait devant elles sur la droite.

— Elle est au ruisseau. Peut-être qu'elle a essayé de se baigner et qu'elle n'arrive pas à remonter sur la berge. Nous avons eu tellement de pluie, la rive est peut-être friable.

Blaine s'engouffra dans le sous-bois, et ses chaussures de sport s'enfoncèrent légèrement dans la terre sombre et riche encore spongieuse des pluies torrentielles de samedi. Ordinairement elle ne s'écartait pas du sentier, de peur de marcher sur un serpent. Même là elle imaginait la tête luisante d'un reptile qui se dressait pour plonger ses crochets dans sa jambe. Une vipère cuivrée pouvait-elle mordre à travers un jean ? se demanda-t-elle, s'arrêtant pour tendre à nouveau l'oreille.

Cette fois elle entendit Ashley qui arpentait la rive du ruisseau en aboyant comme une folle. La chienne, au moins, n'était pas en train de se noyer, mais il se passait quelque chose de complètement anormal. Blaine se remit en marche et, dans son angoisse, elle poussa un hurlement quand un tamia lui coupa brusquement la route. Glissant sur le sol moussu, elle heurta un massif de houx et sentit la pointe coriace d'une de ses feuilles lui égratigner le visage. Caitlin lui attrapa le bras pour l'empêcher de tomber. Elles contournèrent le massif et repérèrent aussitôt la chienne.

Ashley avait cessé de courir ; elle se tenait au bord du ruisseau, à côté d'un saule pleureur dénudé dont les branches jaunes hérissées d'épines pendaient dans l'eau d'un air désolé.

— Aurait-elle trouvé un cadavre d'animal ? demanda Caitlin en chuchotant presque.

— Peut-être, répondit Blaine, sceptique. Ash, viens ici.

La chienne la regarda mais refusa d'obéir. Au lieu de cela, elle s'assit résolument sur la berge, fixant l'eau avec détermination. Bien qu'elle n'eût jamais été dressée pour la chasse, elle était douée d'un puissant instinct de retriever. Les cadavres d'animaux suscitaient toujours la curiosité de la chienne et, en général, elle les ramassait pour aller les déposer telles des offrandes aux pieds de sa maîtresse. Mais la chienne n'était pas seulement curieuse à présent ; elle n'essayait nullement de récupérer la chose en question, comme elle l'aurait fait pour une pièce de gibier. Une écœurante sensation de *déjà vu* envahit Blaine, tandis qu'elle se rappelait une autre circonstance dans laquelle Ashley s'était comportée de pareille manière.

À pas prudents, les trois femmes cheminèrent dans la végétation languissante encore trempée de la pluie de la veille. Des relents fétides, vaguement avancés, émanaient du ruisseau, et Blaine repensa soudain aux oiseaux charognards qu'elles avaient vus s'envoler de ce secteur. Son estomac se serra et des gouttes de sueur perlèrent sur son front. Elle mourait d'envie de rebrousser chemin et de fuir cet endroit sombre et solitaire. Mais il fallait qu'elle voie. Quelle que soit cette chose, il fallait qu'elle la voie.

Robin arriva la première aux côtés de la chienne. Elle s'agenouilla et caressa la tête d'Ashley en murmurant : « Qu'est-ce qui se passe, ma belle ? » Puis, lentement, elle regarda dans l'eau. Son dos se raidit tandis que ses mains retombaient mollement le long de ses flancs.

— Blaine, souffla-t-elle d'une voix que la peur rendait enfantine. Il y a… il y a quelque chose dans l'eau.

Blaine cherchait sa respiration quand, avec Cait, elles s'approchèrent timidement du rivage et baissèrent les yeux. Quelque chose flottait. Quelque chose… non, *quelqu'un*. Blaine se pencha, scrutant l'onde noire. Empêtré dans les racines saillantes du vieux saule, il y avait un corps.

— Mon Dieu, murmura Cait.

Blaine avait le regard fixe. Tout à coup, le monde sembla devenir étrangement calme, aussi étrangement calme que cette silhouette vêtue d'un blue-jean et de ce qui avait sans doute été jadis un pull blanc, à présent rendu marron par l'eau fangeuse.

— Blaine ? fit Cait d'une voix tremblante.

Mais Blaine ne pouvait pas détourner son regard de la silhouette qui flottait. Arborant une grosse bague de diamant et d'opale à l'aspect familier, une main droite, bleuâtre, était coincée entre deux branches de saule et se dressait dans les airs, comme si elle faisait signe à quelqu'un sur la rive opposée. Des cheveux noirs d'une longueur extraordinaire flottaient gracieusement à la surface de l'eau sombre, auréolant un visage d'une blancheur saisissante ravagé par les attaques des poissons et des oiseaux.

— C'est une femme, déclara Blaine posément alors que Cait se penchait par-dessus son épaule pour contempler la silhouette.

Caitlin hurla puis se plaqua aussitôt une main sur la bouche. Blaine se retourna pour la regarder. Cait avait tellement blêmi que les taches de rousseur ressortaient sur son visage comme autant de taches d'encre brunes, criardes et artificielles. Son cri, bizarrement, ne déclencha pas les clameurs des oiseaux dans les arbres. Tout était silencieux, comme en hommage à la mort.

Robin lécha ses lèvres desséchées. « Cette bague. Ces cheveux. » Blaine eut le souffle coupé et sa bouche s'emplit d'un goût amer. Robin se pencha en avant pour mieux voir le cadavre. « Elle n'a plus d'yeux », constata-t-elle d'une voix blanche et lugubre. Elle tourna lentement la tête et, regardant Blaine, elle ajouta : « C'est Rosie, et ses beaux yeux ont été dévorés. » Puis Robin détourna la tête et vomit dans les lierres rampants qui bordaient le ruisseau.

2

Blaine surmonta sa propre nausée et se précipita sur Robin ; elle la tint par les épaules en attendant que ses haut-le-cœur cessent. Les yeux toujours détournés du cadavre, elle aida la jeune fille à se relever.

— Il faut que nous retournions à la maison appeler la police.

Robin la regarda avec affolement.

— Mais je ne peux pas la laisser ici !

— Il le faut, dit Blaine, étonnée de la maîtrise dont elle faisait preuve. C'est moi qui ne vais pas te laisser ici. Il commence à faire noir.

— Mais Rosie…

Robin frissonna violemment ; Blaine la soutenait, luttant contre son propre effroi.

— Cait, aide-moi, dit Blaine à sa sœur, qui restait pétrifiée, les yeux écarquillés de terreur et la main sur la bouche comme pour réprimer d'autres cris. Il faut que nous retournions à la maison.

Quand Blaine prenait ce ton impérieux, Caitlin avait toujours obéi. Elle émergea de sa torpeur et s'élança vers Robin, qu'elle soutint du côté gauche alors que Blaine lui passait un bras autour de la taille et l'entraînait loin du ruisseau. Ashley trottant devant elles, elles rejoignirent péniblement le sentier à travers les plantes rampantes. Tout est si calme, songea Blaine. Tout est si atrocement, si anormalement calme dans ces bois. Et la maison est tellement loin.

Robin pleurait, et Blaine et Caitlin devaient quasiment la porter. De longues ombres se profilaient à présent sur le sentier, et les arbres, menaçants, semblaient vouloir les toucher, comme des créatures douées de sensation dans un cauchemar d'enfant. Le cœur de Blaine battait sourdement, et ses yeux roulaient de droite à gauche, scrutant la pénombre des bois. Elle sentait partout comme une présence, qui les observait, qui jouait avec elles, qui attendait qu'elles soient presque arrivées à destination avant de frapper. Même Ashley paraissait la sentir : restant tout près d'elles, elle gardait les oreilles dressées pour détecter le moindre bruit suspect et poussait de temps en temps un léger grognement. Lorsqu'elles atteignirent la pelouse du jardin, Blaine faillit pleurer de soulagement.

Quand, titubantes, elles franchirent enfin la porte-fenêtre, Blaine avait l'impression que des couteaux lui lacéraient la poitrine. Trop d'efforts au sortir d'une pneumonie, songea-t-elle, s'escrimant à ne pas trahir sa souffrance auprès de Robin et de Cait. Les sanglots de la jeune fille avaient cédé la place à des gémissements intermittents, et elle ne s'appuyait plus aussi lourdement sur Blaine.

Lorsqu'elles pénétrèrent dans le salon, Robin se dirigea vers le canapé, mais Blaine la poussa dans le long couloir et lui fit traverser sa chambre pour gagner la salle de bains. Tandis que Robin restait mollement debout, Blaine sortit une serviette et un gant de l'armoire à linge et ouvrit le robinet d'eau froide.

— Je veux que tu te laves le visage, puis que tu ailles t'étendre pendant quelques minutes. Tu as l'air sur le point de t'évanouir.

Elle fut soulagée quand Robin, sans discuter, se pencha sur le lavabo. Tandis que la jeune fille s'éclaboussait le visage d'eau fraîche, Blaine retourna dans le salon et s'écroula sur le canapé ; puis, se forçant à prendre de lentes et profondes aspirations, elle attendit que la douleur qui lui déchirait la poitrine commence à s'atténuer.

— Est-ce que tu vas bien ? s'inquiéta Caitlin, cessant d'arpenter la pièce le temps d'interroger Blaine.

— Ça va. Je suis seulement essoufflée.

— Je vais te chercher de l'eau.

— Oui, s'il te plaît. (Blaine tendit la main vers le téléphone.) Il faut que j'appelle la police.

— Tu veux que je le fasse ?

— Non, répliqua Blaine, se souvenant que Cait avait tendance à trop parler quand elle était nerveuse. Va juste me chercher de l'eau. Je m'en occupe.

Au bureau du shérif, un adjoint lui répondit.

— Ici Mrs. Avery. Il y a un cadavre dans mon ruisseau. Il faut que vous envoyiez quelqu'un, débita-t-elle avec une brusquerie ridicule.

Peut-être aurait-il mieux valu laisser Cait téléphoner, en fin de compte.

Il y eut un silence, puis un jeune homme dit :

— Parlez moins vite, madame. Alors, qui est à l'appareil ?

— C'est Blaine Avery. La femme de Martin Avery, de Prescott Road.

— Oh. Mrs. Avery.

Blaine reconnut la voix d'un jeune shérif adjoint qui s'appelait Clarke et qu'elle avait rencontré pendant l'enquête sur la mort de Martin. Il paraissait tout excité.

— Voulez-vous répéter cette information, je vous prie ?

Blaine s'obligea à parler plus lentement.

— Il y a un cadavre sur ma propriété. Dans le ruisseau. Je crois qu'il s'agit de Rosalind Van Zandt.

— Un instant, madame.

Le récepteur claqua soudain à son oreille et elle entendit l'officier annoncer d'une voix forte :

— C'est Blaine Avery au téléphone. Elle dit qu'elle a trouvé un cadavre ! Prétend qu'il s'agit de Rosalind Van Zandt !

Peu après, une voix d'homme, calme et grave, vint en ligne.

— Ici Quint.

Blaine se raidit. C'était Logan Quint, le shérif. Ils s'étaient connus à l'école primaire, ils étaient sortis ensemble à l'adolescence, et elle l'avait toujours considéré comme un ami jusqu'à ce jour affreux de la fin du mois de mai où il était venu chez elle après qu'elle y eut retrouvé le cadavre de Martin.

— Qu'est-ce que c'est que cette histoire de cadavre ?

— Robin, Cait et moi étions en train de promener ma chienne dans les bois derrière la maison quand nous avons découvert un corps dans le ruisseau. Ou plutôt, quand la chienne l'a découvert.

Le trouble l'avait envahie. Après une pause, elle ajouta faiblement :

— Je crois qu'il est là depuis un moment.

Elle s'attendait à un flot de questions, mais, Dieu merci, Logan se contenta de dire :

— Je viens tout de suite.

Blaine sentit un sanglot monter dans sa gorge.

— S'il vous plaît, dépêchez-vous.

— Oui. En attendant, Blaine, je veux que vous restiez à l'intérieur. Ne retournez pas dans ces bois.

Le soleil avait disparu et seule une faible lueur rose flottait encore au-dessus des arbres lorsque Logan Quint et le premier adjoint Abel Stroud remontèrent vivement Prescott Road pour se rendre à la maison des Avery située à huit kilomètres de la ville.

— Fichue histoire, non ? commenta Stroud. D'abord Martin Avery, maintenant la petite Van Zandt, s'il s'agit bien d'elle.

— On nous a signalé sa disparition il y a deux heures, et Robin Avery était une de ses meilleures amies, expliqua Logan. Blaine a dit que Robin était avec elle quand elle a trouvé le corps, alors si Robin dit que c'est Rosalind, je crois qu'on peut être sûrs que c'est elle.

— Je ne comprends pas pourquoi tu ne m'as pas appelé quand on a signalé sa disparition.

— Je te l'ai dit, je ne suis au courant que depuis deux heures. Sa tante a déclaré qu'elle était censée passer le week-end à Charleston chez une cousine. En ne la voyant pas revenir en milieu d'après-midi, Miss Peyton s'est inquiétée et a téléphoné à la cousine en question. Rosalind n'y était pas allée du tout. C'est là qu'elle m'a appelé, et Clarke et moi avons essayé de contacter les amies de Rosalind pour voir ce qu'elles pouvaient nous dire, mais nous n'avons guère eu de chance. Apparemment, elles sont toutes sorties.

— La matinée du dimanche, expliqua Abel. Arletta, ma fille, y va toutes les semaines. Comme la plupart des jeunes. Ils n'ont pas grand-chose d'autre à faire par ici, pour tuer les longs dimanches après-midi.

— Je suppose que non. De mon temps, on allait à la Dairy Queen.

– C'est toute la différence entre ta jeunesse et la mienne. Nous, on travaillait le dimanche après-midi. Toujours des trucs à faire dans une ferme.

Logan étouffa un grognement. Il avait tellement entendu parler de l'enfance d'Abel à la ferme que ses poings le démangeaient chaque fois que le bonhomme se lançait dans le récit interminable des épreuves qu'il avait connues. S'il fallait en croire Abel, il avait à peine dix ans qu'il dirigeait déjà une ferme laitière de vingt acres à lui tout seul.

– C'est quand même une coïncidence, poursuivit Abel, par chance trop distrait par le drame actuel pour s'appesantir sur ses jeunes années. Évidemment, s'il s'avère que la petite Van Zandt a été assassinée elle aussi, Blaine Avery va se retrouver dans un fichu pétrin.

Ça, pas de doute, songea Logan. À peine six mois auparavant Blaine lui avait téléphoné au bord de la crise de nerfs pour dire que son mari s'était suicidé. Et c'est exactement ce dont ça avait l'air au premier abord. Logan avait trouvé Martin Avery sur la terrasse, affalé dans son fauteuil roulant. Sa tempe droite présentait un petit trou, de forme vaguement étoilée, dénotant une blessure de contact. Par la suite, le médecin légiste avait constaté la présence de traces de poudre sur la main droite d'Avery.

Mais Logan était ennuyé par le fait que le Combat Masterpiece Smith & Wesson d'Avery ait été retrouvé par terre auprès de lui, et non dans sa main, comme dans la plupart des suicides au pistolet. Le lendemain, il avait découvert une balle du Smith & Wesson logée dans un jeune érable à environ dix mètres de la terrasse. L'état du tronc autour du projectile indiquait que la balle n'y était pas fichée depuis longtemps, mais Blaine et Robin avaient l'une et l'autre prétendu qu'elles ne s'étaient jamais servies de l'arme ; d'autre part, quand Avery avait sombré dans la dépression suite à sa paraplégie – sa Ferrari avait été percutée par un chauffard non identifié –, elles avaient enfermé le revolver dans un placard d'armes dont Blaine avait caché la clé dans la doublure de son coffret à bijoux. Cette clé, cependant, avait été retrouvée dans le tiroir du bureau d'Avery. Même s'il était possible qu'Avery ait déniché la clé antérieurement, on ne l'avait laissé seul qu'une fois, le samedi après-midi de sa mort. Par conséquent, avant cette date, il n'aurait jamais pu se servir du revolver sans que, dans la maison, quelqu'un n'entende la détonation, et Logan en avait conclu que les deux coups de feu avaient sans doute été tirés le samedi. Peut-être Avery avait-il tiré n'importe où avant de retourner l'arme contre sa tempe. Le seul problème, c'était qu'il restait encore cinq cartouches dans le barillet, et il était peu probable que l'homme ait pris la peine de remplacer la cinquième balle avant de se tuer.

L'avocat général était convaincu qu'Avery avait été assassiné ; d'après lui, on avait placé le pistolet dans sa main et tiré un coup de feu pour y laisser des résidus de poudre, puis on avait remis une cinquième cartouche dans le barillet pour faire croire que le revolver n'avait tiré qu'une fois. Malheureusement, la splendide épouse d'Avery – qui avait dix-huit ans de moins que son mari, à qui on prêtait une liaison avec Richard Bennett, le jeune et séduisant médecin de celui-ci, et qui devait récolter la moitié de la fortune du défunt, évaluée à dix millions de dollars, y compris ses actions majoritaires dans Avery Manufacturing, l'une des plus grosses entreprises de construction navale de l'est des États-Unis – n'avait pas d'alibi. Elle affirmait qu'elle avait quitté la maison aux alentours de midi et demi pour aller faire des courses dans un centre commercial des environs. Bernice Litchfield, l'infirmière privée d'Avery, étant censée arriver à une heure, Blaine n'avait pas eu trop de scrupules à laisser son mari tout seul pendant moins d'une demi-heure.

Bernice Litchfield, pourtant, avait juré qu'elle avait reçu un coup de téléphone de Martin Avery à une heure moins le quart la prévenant que sa femme l'emmenait faire un tour en voiture, et qu'ils n'auraient pas besoin de ses services ce jour-là. Robin Avery était restée de dix heures du matin à quatre heures de l'après-midi avec Rosalind Van Zandt — elles aidaient à la décoration du gymnase scolaire en vue du bal qui devait se dérouler ce soir-là —, et ne pouvait donc confirmer l'heure à laquelle sa belle-mère était partie, ni même si elle était partie. Et aucun vendeur au centre commercial ne se rappelait s'être occupé de Blaine Avery. L'enquête avait été exténuante, et n'importe quelle femme plus faible aurait craqué, songea Logan. Mais finalement, au grand chagrin de l'avocat général et au grand soulagement de Logan, il était resté trop de questions concernant la date à laquelle le coup de feu avait été tiré dans l'arbre, et il n'avait surgi aucune preuve concrète pouvant condamner Blaine. Il n'y avait eu que des présomptions.

— Sa famille n'a jamais eu bonne réputation, disait Stroud d'un air lugubre. Son père ne valait pas grand-chose.

Logan s'efforça de conserver un ton neutre.

— Jim O'Connor n'était pas si mal.

— Oh, je sais, il était sympa. On ne pouvait pas s'empêcher de bien l'aimer quand on parlait avec lui. Mais c'était un bon à rien de paresseux et d'assisté. Je ne pourrais pas vous dire combien de fois je l'ai trouvé traînant dans le parc complètement saoul.

Pas étonnant que sa femme l'ait plaqué. Mais c'était vache pour les gamines, quand même. Elle aurait dû les emmener avec elle. Ça a dû leur faire quelque chose, d'être abandonnées par leur propre mère et d'être élevées par un fainéant comme O'Connor.

— Elles ne s'en sont pas trop mal tirées, je trouve.

— Cait est sans doute une fille bien. Elle a épousé un type bien, un type sérieux : Kirk Philips. Son père et lui ont cette affaire de menuiserie.

— Je sais, Abel.

— Ils travaillent bien, en plus. Et puis Cait a monté cette halte-garderie.

Les mains de Logan se serrèrent sur le volant : Abel, comme à son habitude, allait une fois de plus lui raconter l'histoire de gens qu'il connaissait lui-même depuis toujours.

— Elle a l'air de bien se débrouiller avec cette crèche. J'ai entendu dire qu'il y avait une liste d'attente pour y faire admettre les gosses. Tout le monde a l'air de beaucoup estimer Cait. Quant à Blaine… eh bien, c'est une sacrée belle fille, on peut le dire, poursuivit Stroud, alors qu'ils pénétraient dans l'allée des Avery. Mais elle est dangereuse. Crois-moi, Shérif, cette nana est fichtrement dangereuse.

— Je m'en souviendrai, marmonna Logan, en se demandant si Stroud avait raison.

Quand Blaine eut raccroché, Caitlin appela Kirk. Blaine entendit sa sœur essayer d'apaiser son mari, lui affirmant qu'elle allait bien et qu'elle voulait qu'il reste à la maison avec leur petite fille de quatre ans. « Ne viens pas, lui interdit-elle. L'effervescence et les policiers risquent de bouleverser Sarah. Je rentrerai dès que je pourrai m'échapper. » Puis elle partit voir comment allait Robin, pendant que Blaine restait immobile sur le canapé. Remontant ses genoux contre sa poitrine, elle fixa des yeux la cheminée à la française, dont le manteau était ornementé de cuivres bien astiqués qui brillaient sous les derniers rayons du soleil. Elle déglutit plusieurs fois, afin de réprimer ses sanglots ; au bout de quelques minutes, elle se rendit compte que sa respiration se calmait, mais elle avait très froid. Contre sa volonté, elle ferma les yeux, et le visage blême et boursouflé du cadavre se mit à flotter devant elle.

Quelque chose lui effleura la jambe et elle bondit ; elle ouvrit brusquement les yeux et vit Ashley assise en face d'elle. Des brindilles s'étaient accrochées dans les longs poils qui couvraient les oreilles de la chienne, leur donnant un aspect hérissé. Elle avait l'air aussi effrayée et aussi vannée que Blaine.

« Viens avec moi, ma belle », dit Blaine. La chienne trotta derrière elle jusqu'à la cuisine où elle attendit patiemment que Blaine lui prépare une écuelle d'eau ; après avoir envisagé de se servir un verre de scotch, Blaine décida qu'il ne serait guère judicieux d'avoir l'haleine avinée quand la police arriverait. À la place, elle se servit un verre de jus d'orange et s'assit à la table de la cuisine, tourmentée par l'inquiétude.

Et si le corps se dégageait des racines et partait à la dérive avant que Logan n'arrive sur place ? Enfin, il ne pouvait pas dériver bien loin en une demi-heure. Ce n'était qu'un petit ruisseau gonflé par la pluie de samedi après-midi, pas une rivière au courant rapide, même si, trois kilomètres en aval, le ruisseau se jetait effectivement dans l'Ohio River. Si le cadavre ne s'était pas coincé dans les racines de l'arbre, il aurait sans doute bien progressé vers la rivière.

Ashley s'était écroulée épuisée sous la table de la cuisine, mais elle dressa les oreilles quelques minutes plus tard en entendant une voiture dans l'allée. Elle se leva tant bien que mal et se rendit en aboyant à la porte d'entrée. La sonnette retentit. Blaine ouvrit un des battants de la porte ; deux hommes se tenaient sur la véranda.

— Bonsoir, Mrs. Avery, dit le plus grand en uniforme.

Logan et elle étaient devenus très cérémonieux au cours des derniers mois.

— Entrez, je vous en prie.

Ashley s'écarta à contrecœur ; elle regardait les deux hommes d'un air soupçonneux, presque comme si elle savait que leur présence ne signifiait rien de bon.

— Vous êtes venus en un temps record.

— C'est à ça que sert la lumière rouge sur la voiture, répliqua Abel Stroud d'une voix perçante.

Aussi loin que Blaine se souvienne, elle l'avait toujours connu shérif adjoint, et elle n'avait jamais aimé son agressivité pleine de suffisance. Même son physique l'offusquait. Ce soir, ses cheveux rares et grisonnants, qu'il rabattait soigneusement sur son crâne dégarni à l'aide d'un tonique capillaire, formaient à présent des mèches d'apparence crasseuse, et il avait pris au moins cinq kilos depuis qu'elle l'avait vu en juillet. Étriqué dans son blouson à fermeture Éclair, il avait l'air d'une saucisse à l'étroit dans son emballage. Ses joues étaient rouges d'excitation et ses yeux bleu pâle reluquaient partout. Pourtant il y avait quelque chose que Blaine avait appris au cours de l'enquête sur la mort de Martin : Stroud n'était pas l'idiot qu'il feignait souvent d'être. Et cela le rendait dangereux car, pour des raisons qu'elle ne comprenait pas, il ne l'aimait pas. Elle avait l'impression qu'il avait été déçu quand elle n'avait pas été arrêtée pour le meurtre de Martin.

— Vous pensez avoir trouvé Rosalind Van Zandt, dit Logan Quint en regardant Blaine.

Blaine, qui ne s'était pas aperçue que Robin était discrètement entrée dans la pièce, fut surprise de l'entendre affirmer d'un ton égal :

— Mais *c'est* Rosie, Shérif. En voyant les longs cheveux noirs, j'ai tout de suite su que c'était Rosie.

Robin était emmitouflée dans un peignoir en éponge blanc, et ses yeux paraissaient immenses dans son visage pâli. Caitlin la rejoignit et lui passa le bras autour des épaules.

— Elle a été portée disparue il y a un peu plus de deux heures, expliqua le shérif.

Cait avait allumé deux lampes et leur douce lumière jouait sur les traits de Logan. Blaine remarqua les changements qui étaient survenus dans ce visage qu'elle avait jadis si bien connu. À trente-deux ans, son air de robustesse et de vitalité était tempéré par les rides de fatigue qui s'étaient creusées autour de sa bouche et par l'expression de tristesse qui avait envahi ses yeux sombres. Toutefois ses cheveux étaient aussi noirs que jamais, et le sang iroquois qu'il tenait de sa mère transparaissait dans ses pommettes saillantes et son nez aquilin.

— Rosie était censée être à Charleston, gémit Robin. Et au lieu de ça, elle marinait dans cet horrible ruisseau…

Elle émit un son étranglé et Cait caressa ses cheveux mouillés.

— Est-ce qu'elle t'a dit qu'elle allait à Charleston ? demanda Logan.

— Oui. Elle m'a dit qu'elle allait chez sa cousine Amanda.

— Est-ce que ça lui arrivait souvent… d'aller voir Amanda ?

— Peut-être trois ou quatre fois par an. Elles étaient très proches. Il y avait un concert de rock à Charleston vendredi soir. Elle a dit qu'Amanda et elle devaient y aller, et puis qu'elle passerait le week-end là-bas, vu que sa tante n'aimait pas qu'elle conduise la nuit.

— Est-ce que tu connais Amanda ?

— Bien sûr. Elle a le même âge que Rosie et moi. C'est une fille tout ce qu'il y a de super. J'ai passé des week-ends chez elle, moi aussi. Il y a six enfants dans la famille, alors, un ou deux de plus, la mère d'Amanda n'est pas à ça près…

— Mais Rosalind ne t'a pas invitée à l'accompagner cette fois-ci ?

Robin hésita.

— Non. Mais, de toute façon, elle savait que je devais aider Blaine à se réinstaller.

— Tu n'étais pas *obligée* de m'aider, intervint Blaine. J'aurais très bien pu m'en sortir toute seule. J'ignorais complètement qu'il y avait un concert de rock.

Robin agita la main dans un geste d'indifférence.

— Cela n'a pas d'importance. Elle ne me l'a pas proposé, de toute manière. D'ailleurs, je n'aime même pas le groupe qui passait.

— Je vois, fit Logan.

Puis il ajouta :

— Mrs. Avery, il vaudrait mieux que vous nous accompagniez dans les bois pour nous montrer exactement où est le corps. Je voudrais le retrouver avant qu'il ne fasse complètement noir.

— Je comprends.

Au fond d'elle-même, Blaine répugnait à l'idée de devoir retourner dans les bois, mais elle voulait paraître forte pour Robin et Cait.

— Est-ce que ça ira, Rob, si je te laisse ici un petit moment avec Cait ?

Robin acquiesça.

— Oui. Bien sûr.

— Peut-être Blaine préférerait-elle rester ici et que je vous accompagne, suggéra Cait.

Blaine fit non de la tête.

— Non, je connais mieux les bois que toi.

Stroud s'impatientait :

— Bon, on ferait mieux d'arrêter tous ces bavardages et d'y aller. Il fait presque nuit.

— Il a raison, dit Logan. D'ailleurs, je crois que j'entends l'équipe d'urgence.

Il gagna la porte d'entrée ; Blaine, par la fenêtre de devant, vit une ambulance et une deuxième voiture de police qui pénétraient dans l'allée. Logan se retourna vers Blaine :

— Est-ce que c'est loin, l'endroit où vous avez trouvé le corps ?

— Par le chemin que j'ai pris cet après-midi, oui. Mais si le corps n'a pas dérivé, on pourrait nettement s'en rapprocher en redescendant Prescott Road et en tournant sur la route d'accès à l'extrémité sud de la propriété.

— La route d'accès ?

— Il y a un puits de pétrole dans le bois. Des camions empruntent cette route à peu près toutes les deux semaines pour rejoindre le réservoir d'emmagasinage. Le puits n'est pas loin du cadavre.

— Bien. Allons-y.

Blaine et Abel Stroud montèrent dans la voiture du shérif et pendant que Logan parlait avec les chauffeurs de l'ambulance et de la voiture de patrouille, Blaine surprit Abel qui l'observait attentivement dans le rétroviseur.

— Vous vous sentez bien ces temps-ci, Mrs. Avery ?

— Ça va.

— J'ai appris que vous aviez eu une pneumonie assez grave. Vous avez déliré un moment, pas vrai ?

— Oui, à cause de ma fièvre, mais je vais bien maintenant. Je reprends mes cours demain.

— C'est ce que m'a dit ma fille Arletta. Vous vous souvenez d'Arletta, n'est-ce pas ?

Oh, que oui elle se souvenait d'elle.

— Oui, répondit-elle d'un ton neutre.

— Vous savez, elle a vraiment été contrariée par cette note que vous lui avez donnée en anglais l'année dernière, mais je lui ai dit : « T'inquiète, ma chérie, personne en dehors du lycée n'en a rien à faire de Shakespeare, alors te tracasse pas pour ça. »

Me voilà bien remise à ma place, songea Blaine. Agacée, elle braqua son regard dehors et ne répondit pas. Mais Abel n'était pas disposé à renoncer.

— Et puis ça ne l'a pas emballée de suivre ces cours d'été.

— Je n'en doute pas.

— Ça ne m'a pas emballé non plus, qu'elle perde son temps tout un été sur un tas de sottises inutiles.

— Abel, Arletta n'a pas été recalée à un examen sur Shakespeare, elle a été collée en grammaire. En grammaire de base. Et je ne crois pas qu'apprendre à écrire de façon intelligible soit un tas de sottises inutiles.

— Allons, voyons, pas la peine de monter sur vos grands chevaux.

Stroud se tordit le cou pour la regarder ; son large front était plissé pour simuler l'inquiétude.

— Vous vous sentez bien ces temps-ci, vous êtes vraiment sûre ? Vous me paraissez plutôt tendue.

— Je viens de trouver le corps de la meilleure amie de ma belle-fille sur ma propriété, répliqua-t-elle sèchement. Vous ne seriez pas tendu, vous ?

Elle aperçut le demi-sourire de Stroud et elle se serait flanqué des gifles de l'avoir laissé la persécuter comme il l'avait fait pendant toute l'enquête sur la mort de Martin. Toutefois, il prenait toujours soin de ne pas la harceler en présence d'autres gens. Elle se demanda s'il faisait ça pour s'amuser, ou dans l'espoir de la pousser à se trahir et à avouer quelque chose que, selon lui, elle cachait.

Elle fut soulagée de voir Logan approcher à grands pas de la voiture.

— Ça va, on peut y aller, annonça-t-il.

Avec l'heure d'hiver, constata Blaine, la nuit tombait affreusement tôt. À six heures, le ciel avait déjà une teinte prune. Dans un quart d'heure, il ferait noir. Elle espérait arriver à les mener droit au cadavre sans se fourvoyer dans les bois. Elle ne s'y était jamais aventurée après la tombée de la nuit, mais elle savait où se trouvait le vieux saule. L'obscurité n'allait quand même pas lui ôter tout sens de l'orientation.

Suivis de l'ambulance et de la deuxième voiture de police, ils tournèrent à droite sur l'étroite route d'accès gravillonnée. Tandis qu'ils cahotaient sur les nids-de-poule, Blaine se dit qu'elle allait bientôt devoir faire remettre du gravier. Le déluge de samedi l'avait largement raviné. Peut-être s'en occuperait-elle la semaine prochaine, avant que le mauvais temps ne s'installe. Elle s'étonna alors de voir comment l'esprit, en face d'une catastrophe, pouvait se concentrer sur des futilités. Peut-être était-ce sa façon de s'autoprotéger.

En atteignant l'orée du bois, ils ralentirent.

— Il y a une voiture garée là-bas, remarqua Logan.

Blaine se pencha en avant et vit une Toyota Celica rouge décapotable arrêtée en bordure de la route d'accès. Elle connaissait bien cette voiture : c'était le cadeau que la tante de Rosalind avait fait à sa nièce pour ses dix-sept ans.

— C'est la voiture de Rosie, déclara Blaine.

Ils s'arrêtèrent et sortirent pour l'examiner. Les pneus de la voiture s'enfonçaient d'environ trois centimètres dans la boue séchée.

— Regardez comme la voiture est propre, observa Logan. Quelqu'un l'a garée ici avant l'orage d'hier. Autrement, en roulant sur ces nids-de-poule, même à vitesse réduite, elle aurait eu toute la partie inférieure éclaboussée de boue. En plus, elle est couverte de feuilles mortes que la pluie a fait tomber.

Stroud approuva du chef.

— Vous n'aviez pas remarqué cette voiture avant, Mrs. Avery ?

— Non. C'est tellement loin qu'on ne peut pas la voir de la route principale, et je ne suis pas venue par ici depuis que je suis rentrée chez moi hier matin. Quant au camion, il n'est pas venu chercher de pétrole depuis plus d'une semaine.

— Je suppose que cela explique qu'on ne l'ait pas trouvée, dit Logan. Quelque chose à l'intérieur ?

Stroud pointa le rayon de sa torche à travers la vitre.

— Vide.

Il sortit un mouchoir de sa poche et essaya la portière.

— Fermée à clé.

— On l'examinera plus à fond après. Pour le moment je veux qu'on retrouve ce corps.

Ils redémarrèrent et s'engagèrent plus avant dans les bois. Les arbres, qui poussaient nombreux au bord de la route, accentuaient davantage encore l'obscurité. À environ cent cinquante mètres dans le bois, on apercevait le puits de pétrole. Blaine se rappela la déception qu'elle avait éprouvée la première fois qu'elle l'avait vu, ne s'élevant qu'à deux mètres de haut, quand elle s'était imaginé d'impressionnants derricks comme dans le film *Géant*. Martin avait éclaté de rire. « Je ne dirige pas une grosse compagnie pétrolière, mon cœur. Juste un petit puits qui rapporte quelques milliers de dollars par an. » Près de la pompe se dressait un grand réservoir d'emmagasinage vert pâle, où le pétrole était stocké en attendant qu'un camion vienne le recueillir. La route prenait fin juste derrière le puits.

— Il va falloir marcher à partir d'ici, dit Blaine.

Ils descendirent tous trois de la voiture. Les ambulanciers marchaient derrière eux ; ils transportaient un équipement que Blaine ne tenait pas à voir. Celui-ci comprenait peut-être une gaffe. Et à coup sûr un sac pour mettre le corps. Les autres policiers tenaient également des lampes électriques et Abel portait un appareil photo.

Les grosses torches éclairaient le chemin sinueux en dessinant des rayons jaunâtres dans le crépuscule. Personne ne disait rien ; les seuls bruits qu'on entendait étaient ceux des brindilles qui craquaient sous les pieds, des petits animaux qui détalaient dans les broussailles, et de la brise nocturne qui soufflait, lancinante, dans les feuilles desséchées des arbres. Blaine s'immobilisa.

— Par là, dit-elle en indiquant la gauche. Il y a un gros saule sur la berge du ruisseau.

— Montrez-nous le chemin, ordonna Logan.

Blaine prit sa respiration.

— Vous voulez que je retourne là-bas ?

— Je ne tiens pas à ce qu'on erre dix minutes sur la berge à chercher ce saule. Il fait déjà presque nuit.

Blaine lui lança un regard furieux. L'arbre était énorme – ils ne pouvaient pas le manquer, et on n'était plus à cinq minutes près. Est-ce que Logan essayait de lui rendre les choses plus difficiles encore ? Si c'était le cas, son regard ne s'en émut pas, et Blaine sentit les petits yeux d'Abel Stroud qui l'observaient avec ce qu'elle prit pour de l'amusement. Eh bien, si c'était comme ça, elle n'accorderait ni à Logan ni à Stroud la satisfaction de la voir reculer sur le sentier comme une petite fille terrifiée.

– Suivez-moi, dit-elle d'une voix coupante pour essayer de camoufler sa peur.

– Attendez une seconde.

Logan lui fourra une torche dans la main. Elle était lourde et à peine réchauffée par le contact de sa paume.

– Merci, dit Blaine avec froideur.

Ils pénétrèrent dans le sous-bois. Le ruisseau coulait tout au plus à une trentaine de mètres du sentier, mais, dans cette terre boueuse couverte de plantes fanées qui aspirait leurs chaussures, Blaine eut l'impression de marcher des kilomètres. Tandis qu'elle conduisait ces hommes vers le cadavre de Rosalind, dans ces bois que Martin avait tant aimés, la peur s'emparait de Blaine. Oh, Seigneur, songea Blaine avec horreur, la tante de Rosalind allait être obligée d'identifier officiellement le corps. Joan Peyton. Elle était conseillère d'éducation au lycée depuis l'époque où Blaine y était élève. Joan s'était installée chez ses parents Ned et Edith Peyton après avoir décroché son diplôme universitaire au début des années soixante-dix. Elle était toute dévouée à sa famille et avait été anéantie quand Ned Peyton, l'année précédente, avait succombé à un cancer. Mais c'était Rosalind qu'elle idolâtrait, Rosie, la fille de Charlotte, la sœur de Joan, qui était morte dans un accident de charter au Brésil quand Rosie avait dix mois. Rosie était tout pour Joan ; sa mort allait déjà lui causer un choc terrible, mais la vision de son corps dans un tel état risquait de la traumatiser à tout jamais.

Bien que la température avoisinât les dix degrés, Blaine eut soudain extrêmement froid. Au-dessus de sa tête deux chauves-souris voltigeaient. Elle avait beau savoir que ces animaux s'intéressaient plus à attraper des insectes qu'à s'emmêler dans ses cheveux, elle eut un mouvement de recul. Elle prit la torche dans sa main gauche et, de la droite, elle tortilla ses longs cheveux et les rangea sous le col de son anorak. Dans le lointain retentissait le cri angoissant d'une chouette-effraie, dont le sifflement chevrotant descendait la gamme comme le glas du destin. Blaine ne put réprimer la pensée que dans l'écriture hiéroglyphique égyptienne, la chouette symbolisait la mort, la nuit et le froid. Devait-elle expliquer cela à Abel Stroud ? se demanda-t-elle avec une nervosité facétieuse. Il penserait qu'elle était folle.

Comme s'il savait qu'elle pensait à lui, Abel Stroud demanda avec brusquerie :

— Est-ce qu'on arrive bientôt, Mrs. Avery, ou est-ce que vous êtes perdue ?

Blaine serra les dents.

— On arrive, Abel.

Ils atteignirent enfin la berge du ruisseau et Blaine dirigea sa torche vers la gauche. Son faisceau éclaira le saule pleureur. Blaine avança encore de quelques pas et braqua la lampe vers le ruisseau. Tendant ses doigts rigides, la main raidie de Rosalind se balançait doucement sous l'impulsion des branches agitées par la brise nocturne. Le mouvement évoquait un bonjour macabre de la main, et les trous noirs où se trouvaient jadis les yeux de Rosalind semblèrent transpercer Blaine.

— C'est là, dit Blaine sèchement, en s'empressant de détourner la lampe du visage ravagé.

Quand elle vit deux vigoureux jeunes gens commencer à manœuvrer les gaffes, Blaine s'écarta. Logan se pencha en avant, agrippa les branches du saule et, avec une force surprenante, les dégagea du bras de Rosalind. Blaine tourna le dos lorsque, dans un grand concert d'éclaboussures et de grommellements — « Attention ! Elle est raide comme une planche. Ne la perdez pas ! » —, ils hissèrent le corps sur la berge. Blaine, confusément, aperçut Logan qui s'agenouillait pour examiner le corps.

— Les poissons et les oiseaux lui ont attaqué les yeux, dit Abel Stroud.

Blaine déglutit à plusieurs reprises pour avaler la salive chaude qui lui affluait dans la bouche à la pensée des yeux dévorés de Rose. Il n'était pas question qu'elle soit malade devant tous ces gens. Abel s'exclama :

— Bon sang de bonsoir, regardez-moi ça !

— Blaine, dit Logan, je veux que vous veniez la regarder.

Salopard ! songea Blaine. Pourquoi faut-il que moi, je la regarde ? Elle se résigna pourtant. Elle ferma brièvement les yeux, puis se retourna et se rapprocha de deux pas.

La jeune fille reposait dans les herbes sauvages, ses jambes rigides écartées. Un de ses pieds portait une chaussure de sport en cuir blanc, l'autre n'avait qu'une chaussette boueuse. Ses lèvres étaient bleuâtres, son visage était blême à part les lésions rouges causées par les morsures et qui laissaient voir le muscle. Ses cheveux pendaient en mèches dégoûtantes.

– C'est bien Rosalind, confirma Blaine faiblement.

Logan hocha la tête.

– Je sais. Mais je veux que vous regardiez quelque chose d'autre. Je ne l'aurais pas vu si je n'avais pas dégagé son bras de l'arbre.

Il remonta les manches du pull souillé de Rosalind pour révéler de cruelles et profondes entailles à ses deux poignets. Dans l'une de ces entailles on apercevait un bracelet en argent sur lequel était gravé, dans une belle écriture, le nom de *Rosalind*.

3

— Suicide, décréta Abel Stroud.

Blaine s'éloigna du cadavre d'un pas chancelant.

— Je n'y crois pas.

— Je sais, dit tristement un des ambulanciers. C'est dur de croire qu'une jeune comme ça puisse se suicider. J'ai une fille d'à peu près cet âge-là.

— Si elle ne s'était pas prise dans les racines de l'arbre, elle aurait coulé et nous ne l'aurions peut-être pas retrouvée avant des semaines, dit Logan.

Puis, s'adressant à Blaine :

— Je vais vous ramener chez vous maintenant. Nous avons beaucoup à faire ici.

Blaine approuva de la tête, incapable de parler. Sans rien dire, ils regagnèrent péniblement le sentier et marchèrent jusqu'à la voiture du shérif. Gêné dans son demi-tour par l'ambulance et la voiture de patrouille ainsi que par les arbres qui bordaient l'étroite route d'accès, Logan jura dans sa barbe, et Blaine comprit qu'il était plus ébranlé par ce qu'il avait vu qu'il n'en avait tout d'abord eu l'air. Mais Logan avait toujours été quelqu'un de réservé, dont les sentiments ne se dévoilaient qu'à travers de petits gestes inconscients. Tandis que, crachant des gravillons dans son sillage, la voiture filait sur la route d'accès, Blaine laissa là ses réflexions. Ils rejoignirent la grand-route.

Finalement Logan prit la parole.

— Quand Abel a parlé de suicide tout à l'heure, vous avez dit que vous n'y croyiez pas.

— Comment arriver à croire que cette fille se soit supprimée *ici*, exactement six mois après le suicide de Martin ?

— Peut-être est-ce pour cette raison qu'elle a choisi cet endroit — parce qu'un *suicide* y avait déjà eu lieu.

Blaine nota qu'il avait appuyé sur le mot *suicide*, mais ne releva pas.

— Ce que je ne comprends pas, c'est pourquoi la chienne ne l'a pas trouvée avant, poursuivit le shérif.

— Arrêtez de jouer au chat et à la souris avec moi, Logan. La police surveille le moindre de mes mouvements depuis des mois, et vous savez très bien que la chienne et Robin ont habité avec moi chez ma sœur pendant cinq semaines après ma pneumonie. Ashley n'est pas revenue ici avant mon retour hier matin, et elle est restée enfermée dans le jardin ou dans la maison jusqu'à notre promenade, il y a deux heures.

— Voilà qui explique tout. Mais pourquoi êtes-vous restée si longtemps chez Cait ? Il ne faut pas cinq semaines pour se remettre d'une pneumonie.

Blaine serra les dents, furieuse de devoir s'expliquer une fois encore à la police.

— J'avais besoin de passer un peu de temps loin de cette maison. J'aurais aimé partir quelque part avec Robin cet été, mais il y avait tellement de questions autour de la mort de Martin. Vous m'en avez fait baver, vous et vos collègues.

— Écoutez, Blaine, dit Logan d'un ton égal, je sais que vous m'en voulez terriblement depuis l'enquête sur la mort de Martin, mais je ne faisais que mon travail.

— Avec beaucoup d'enthousiasme, m'a-t-il semblé.

— Et qu'est-ce que j'étais censé faire ? Vous ménager, pour que tout le monde puisse dire que je protégeais une femme avec qui j'ai eu jadis une aventure ?

— À l'adolescence ? Vous croyez vraiment que les gens puissent simplement se *souvenir* que nous sortions ensemble en ce temps-là ?

— Pour ça oui, ils s'en souviennent. On se souvient de tout par ici, surtout de l'Indien et de la fille de Jim O'Connor. Aux yeux des gens, nous formions un couple pittoresque, dit-il amèrement.

— Je ne crois pas que pittoresque soit exactement le mot qu'ils aient utilisé.

— Peu importe. C'est du passé. Et puis, il est temps que vous vous remettiez de l'enquête sur la mort de Martin. Vous n'avez même pas été inculpée.

— Seulement *suspectée*. Ça a suffi. La moitié de la ville m'a déjà jugée et condamnée. Je suis étonnée qu'on me laisse même encore exercer au lycée.

Logan soupira.

— D'accord, n'en parlons plus.

— Ça ne me gêne pas, riposta Blaine, contrariée par le tremblement de sa voix.

Elle avait cru que le cauchemar était terminé, mais apparemment il recommençait. Elle avait peur. Malgré toutes les preuves du contraire, Blaine avait toujours cru que Martin s'était suicidé. Elle avait vécu avec lui — elle savait à quel point il était déprimé. D'ailleurs, qui aurait voulu assassiner Martin ? Pourtant la police croyait que quelqu'un l'avait tué, et elle avait été le suspect numéro un. Aujourd'hui une autre mort était survenue sur la propriété, mais cette fois-ci Blaine était certaine qu'il ne s'agissait pas d'un suicide. Elle *savait* avec une certitude glaçante que quelqu'un avait tué Rosie. Et voilà qu'elle se retrouvait à nouveau au cœur du drame. Ce dont elle avait besoin, c'était de quelques paroles réconfortantes, d'un indice lui confirmant qu'elle était digne de confiance, mais Logan restait de marbre ; c'était un policier jusqu'au tréfonds. À cet instant, tandis qu'il tambourinait sur son volant d'un air songeur, elle eut l'impression qu'elle le haïssait.

— Vous connaissiez Rosalind Van Zandt. Aviez-vous des raisons de penser qu'elle puisse être suicidaire ?

— Non, répondit fermement Blaine, s'efforçant de surmonter son hostilité et sa stupeur et de se montrer le plus précise possible. Elle était belle. Exubérante. Très brillante.

— Je sais tout cela. C'était une de ces gamines à avoir sa photo chaque semaine dans le journal, pour avoir été la reine de la kermesse annuelle ou avoir poussé le comité des élèves à recueillir des fonds pour les sans-abri. Côté garçons, qu'est-ce qu'il en était ?

— Rien de sérieux à ma connaissance. Joan était très sévère. Le seul garçon avec qui je l'aie vue est Tony Jarvis.

— Tony *Jarvis* ! Je croyais que vous aviez dit que Joan Peyton était stricte.

— Ils n'étaient pas très assortis, je sais, et je ne crois pas que leur amitié ait fait tellement plaisir à Joan ; mais d'après ce que Robin m'a dit, ça n'allait pas plus loin. Ils se retrouvaient surtout pour potasser les chansons du groupe de rock de Tony. Tony écrivait la musique, et Rosie les paroles.

— Vous êtes sûre qu'il n'y avait rien d'autre ?

— Non, comment être sûre ? Rosie passait beaucoup de temps chez nous, mais elle ne me faisait pas de confidences sur sa vie sentimentale, et Robin et moi ne sommes pas très proches. C'est tout ce que je sais. Peut-être Robin pourrait-elle vous en dire davantage.

— D'accord. Et pour ses antécédents familiaux ? Comment Rosalind prenait-elle la mort de ses parents ?

— Elle ne se souvenait même pas d'eux.

— J'étais au lycée quand ils sont morts. Je me souviens de l'émoi qu'avait causé leur accident, un émoi d'autant plus grand que Joan était conseillère d'orientation au lycée et qu'elle avait dû s'arrêter ; mais je ne me rappelle pas les détails.

Ils étaient maintenant dans l'allée ; Logan avait coupé le moteur, mais, manifestement, il ne voulait pas entrer dans la maison avant d'avoir fini de l'interroger. Blaine se carra dans le siège en vinyle ; respirant profondément, elle exhuma de sa mémoire l'histoire de la tragédie.

— Le père de Rosie était ingénieur. Il était parti construire un pont au Brésil. Juste après le départ de son mari, Charlotte, la mère de Rosie, était venue avec sa fille passer quelque temps ici. Rosie n'avait pas tout à fait deux ans. Puis Charlotte avait décidé de partir seule pour le Brésil, où Joan devait lui amener Rosie un mois plus tard. Seulement, dans l'intervalle, Charlotte et son mari Derek avaient trouvé la mort dans un accident d'avion. J'ai toujours cru que c'était une des raisons pour lesquelles Rosie et Robin étaient devenues si amies — elles avaient l'une et l'autre perdu leur mère quand elles étaient toutes jeunes. Robin n'avait qu'un an quand Gloria est morte, vous savez. Et, bien sûr, Martin était un ami des Peyton.

— Est-ce qu'il connaissait bien Charlotte ?

— Oui, je crois. Il connaissait mieux Joan, pourtant. Elle était plus de sa génération.

— Martin avait-il rencontré le père de Rosalind ?

— Si oui, il ne m'en a jamais parlé. Rosie racontait que ses parents s'étaient mariés à Boston, le pays de son père. Je ne crois pas qu'il s'entendait merveilleusement avec les Peyton et il ne venait pas souvent.

— Pourquoi ne s'entendait-il pas avec eux ?

— Je n'en ai pas la moindre idée, Logan. Je ne crois pas que Rosie savait pourquoi, elle non plus. Peut-être pensaient-ils tout simplement qu'il n'était pas assez bien pour Charlotte, ou peut-être n'étaient-ils pas contents que son travail lui fasse courir le monde et leur enlève donc Charlotte. Ils étaient fous d'elle, mais ils ne l'ont presque plus vue après son mariage ; c'est en tout cas ce que Martin m'a dit un jour.

— Est-ce que Rosalind parlait de la mort de ses parents ?

— Pas vraiment. Une fois elle m'a montré des photos d'eux. Son père était fort bel homme. Charlotte n'était pas une beauté, contrairement à Joan. Naturellement, Rosie se posait des questions sur eux, surtout sur sa mère. Il n'était pas possible, disait-elle, que Charlotte ait été ce modèle de vertu que tout le monde décrivait.

Logan lui lança un regard pénétrant.

— Oh, elle disait ça avec amusement, comme si elle comprenait parfaitement la manie qu'ont les gens d'idéaliser les morts. Mais elle ne souffrait apparemment d'aucune blessure émotionnelle due à la mort de ses parents. Elle était si jeune lors de l'accident, et sa tante et ses grands-parents l'adoraient. Elle n'était certes pas en manque d'affection.

Logan hocha la tête.

— Je vois, fit-il d'un air pensif.

Blaine jeta un coup d'œil vers la lune, qui brillait claire et nette au-dessus de la maison. Comme elle paraissait différente de l'autre nuit, quand, voilée par le brouillard, elle ne diffusait qu'une lueur crémeuse.

L'autre nuit ? songea Blaine, en se raidissant. Quelle nuit ? Quelle nuit exactement était-elle venue chez elle en voiture ? Jeudi ? Ce devait être jeudi. Mais non, protestait dans sa tête une voix effrayée. C'était vendredi, la nuit où Rosie avait dit à sa tante qu'elle allait à Charleston.

— Blaine ?

Elle tourna brusquement la tête.

— Quoi ?

— Je vous ai demandé si quelque chose n'allait pas.

Dis-le-lui, adjurait sa conscience. Mais la prudence l'emporta :

— Tout va bien, à part ce qui va de soi.

— J'ai eu l'impression que vous étiez ailleurs l'espace d'une minute.

— J'ai froid, je suis fatiguée et bouleversée. Tout cela est tellement affreux.

Sa voix, sa façon même de s'exprimer, n'étaient pas naturelles, et Blaine savait que Logan l'avait remarqué. Il ne releva pas : il regardait la grande baie vitrée de la façade de la maison derrière laquelle Robin les observait.

— Je dois l'interroger, vous savez.

— Oui, malheureusement je connais le mécanisme, dit Blaine.

Robin les considéra avec un calme presque effrayant quand ils entrèrent. Les cheveux qui encadraient son visage avaient séché, mais elle portait toujours son peignoir blanc et des chaussons en peluche élimés. Avec Cait et Ashley, protectrices, à ses côtés, elle avait l'air d'une enfant apeurée.

— Vous avez trouvé Rosie ? demanda-t-elle à Logan.

— Oui.

— Que s'est-il passé ?

— Elle a les poignets tailladés. Ça ressemble à un suicide.

— Oh non ! murmura Cait alors que Robin clignait des yeux en regardant Logan.

Le visage de la jeune fille demeura impassible, mais Blaine vit ses poings se serrer dans les poches de son peignoir.

Après un silence, Cait annonça d'une petite voix forcée :

— J'ai préparé du café. Je crois que Blaine en a besoin. Vous en voulez, Logan ?

— Oui, avec plaisir. J'ai par ailleurs quelques questions à poser à Robin.

Logan n'avait pas l'air décontenancé par le calme si étrange de Robin. Il l'avait déjà vue réagir ainsi, songea Blaine, au mois de mai dernier quand son père était mort.

Blaine et Logan suivirent Cait et Robin dans la cuisine. Ils s'assirent tous trois à la table de verre pendant que Cait remplissait les tasses. Blaine remarqua que les mains de Cait tremblaient. Les siennes étaient tout engourdies.

Tandis que Cait disposait les tasses sur la table, renversant une bonne dose de café dans les soucoupes, la sonnette retentit pour la deuxième fois ce soir-là.

— J'ai oublié de te dire, prévint Cait. Rick a appelé. Il a dit qu'il arrivait tout de suite.

Avant que Blaine ait pu se lever de table, elle entendit la porte s'ouvrir et la voix de Rick :

— Blaine ? Robin ?

— Nous sommes dans la cuisine, répondit-elle.

Seul orthopédiste de la ville, Richard Bennett avait soigné l'épaule cassée que Martin avait en outre récoltée dans l'accident qui l'avait laissé paraplégique. Rick connaissait Martin bien avant qu'il n'épouse Blaine ; après la mort de celui-ci, il était resté ami avec la jeune femme et avait résolument soutenu sa cause quand tant de gens en ville pensaient qu'elle avait peut-être tué son mari.

Cait était déjà en train de servir une quatrième tasse de café quand Rick entra dans la pièce. Ses cheveux brun foncé que striaient, sur la tempe droite, des mèches prématurément grises étaient légèrement décoiffés, et, au-dessus de ses pétillants yeux noisette, ses sourcils sombres étaient réunis en un froncement grave. Il avait l'air fatigué et inquiet, et on cherchait en vain son expression de jeunesse et de gaieté habituelle.

— Est-ce que vous allez bien, toutes les trois ? demanda-t-il d'une voix angoissée.

— Nous ne sommes pas blessées physiquement, si c'est ce que vous voulez dire, répondit Blaine. Je suppose que Cait, tout à l'heure, vous a dit ce qui se passait.

— Je téléphonais simplement pour vous souhaiter un bon retour au bercail.

Sous des restes de bronzage estival, son teint paraissait terreux. Jetant un coup d'œil à Logan, il demanda :

— Rosalind Van Zandt est morte ? C'était bien elle dans le ruisseau ?

— J'en ai peur.

— Seigneur ! (Rick poussa un long soupir.) J'étais justement chez elle il y a une heure, pour voir sa grand-mère. Insuffisance cardiaque chronique, plus une fracture du col du fémur. Joan m'a dit que Rosalind avait disparu. Elle était dans tous ses états, mais elle est tellement excessive avec sa nièce que je n'ai pas pris sa panique véritablement au sérieux. Qu'est-il arrivé à Rosie ?

— Ils prétendent qu'elle s'est suicidée, dit Blaine.

— Suicidée ! s'exclama Rick. C'est ridicule !

— Elle avait les poignets tailladés, intervint Logan.

— *Tailladés...* répéta Rick bouche bée, en regardant Logan. Vous êtes sûr ?

— Difficile d'en douter. Les coupures étaient extrêmement profondes.

Rick traversa lentement la cuisine et vint s'asseoir à la table. Posant sa main sur celle de Blaine, il demanda :

— Pourquoi ne pas m'avoir appelé ?

— Tout s'est passé si vite, Rick, répondit Blaine, gênée par ce geste familier.

Bien qu'elle eût désespérément besoin d'amitié et de réconfort en cet instant, elle ne pouvait oublier les rumeurs qui avaient circulé au printemps sur elle et le jeune et beau médecin de Martin. Ceux qui avaient cru qu'elle avait assassiné Martin prétendaient que sa relation avec Rick l'avait poussée à vouloir se débarrasser de son mari paralysé, et même si Blaine savait que Rick nourrissait à son égard un intérêt autre que professionnel, elle aurait préféré qu'il se montre plus discret devant Logan. Elle poursuivit d'un ton froid :

— Naturellement, j'ai d'abord appelé la police. Et puis il a fallu que je retourne là-bas avec les policiers.

— Je regrette de n'avoir pas été là pour vous accompagner, ou au moins pour rester avec Robin.

— Vous ne pouviez pas deviner si personne ne

vous avait prévenu, alors ne vous en faites pas pour ça. De plus, Cait était là, Dieu merci. Pourquoi n'enlevez-vous pas votre manteau ?

Rick baissa les yeux sur son manteau en poil de chameau comme s'il avait presque oublié qu'il le portait. Il se leva et l'ôta d'un haussement d'épaules, révélant un pantalon kaki et un pull blanc. C'était une tenue qu'il affectionnait quand il n'était pas à son cabinet ou à l'hôpital, mais elle paraissait plus froissée qu'à l'habitude.

— Vous avez dit qu'elle s'était ouvert les veines? demanda-t-il d'un air incrédule.

Logan acquiesça de nouveau.

— Mais cela n'a aucun sens. Pourquoi s'ouvrirait-elle les veines, pour se jeter ensuite dans le ruisseau ?

— Peut-être est-elle tombée dedans. Nous en saurons davantage quand nous aurons pu inspecter le secteur demain matin.

— Mon Dieu ! Qui va annoncer la nouvelle à Joan ?

— Je m'en chargerai, dit Logan. Dès que j'aurai parlé avec Robin.

La jeune fille contemplait attentivement les gravures de marine accrochées au mur d'en face. Blaine pensait que Logan l'emmènerait ailleurs pour l'interroger, mais il resta assis.

— Qu'est-ce que tu penses de tout ça, Robin ?

Robin continua à examiner les gravures un moment, puis elle se retourna ; ses yeux lançaient des éclairs.

— Ce que je pense, c'est que Rosie ne s'est pas plus suicidée que mon père.

Cait laissa tomber la tasse de café qu'elle était en train de se servir. Elle émit un cri étouffé, puis, attrapant une poignée d'essuie-tout, elle se mit à éponger énergiquement le café renversé.

— Alors, d'après toi, qu'est-il arrivé à Rosalind ? demanda calmement Logan, sans tenir compte de l'émotion de Cait.

— Combien d'alternatives reste-t-il, Shérif ? Ce n'était sûrement pas un accident.

— Alors tu penses qu'elle a été assassinée.

Robin fit un signe de tête affirmatif. Puis, brusquement, elle se leva et se dirigea vers la fenêtre. Percevant le chagrin de Robin, Ashley la rejoignit et lui effleura la main avec son museau. Robin fit volte-face. Elle s'agenouilla et serra si fort la chienne dans ses bras que celle-ci, surprise, aboya.

— Pourquoi faut-il que tout le monde meure ? Ma mère, mon père. Maintenant Rosie !

Agrippant toujours ses essuie-tout trempés de café, Cait eut un mouvement vers elle, mais Blaine l'arrêta d'un regard. Elle savait trop bien qu'en ces moments de détresse rageuse Robin ne voulait personne pour la consoler.

Robin se leva et regarda à nouveau en direction des ombres ténébreuses que formaient les bois.

— C'était la plus jolie fille du lycée, vous savez. Et la plus intelligente. C'est à elle que les autres élèves demandaient des cours particuliers.

Blaine buvait son café à petites gorgées. Le breuvage brûlant ramenait la chaleur dans ses veines, même si ses mains étaient toujours glacées. Jusqu'à présent Logan n'avait pas touché à son propre café et il observait Robin attentivement. L'extrême pâleur de sa belle-fille inquiétait Blaine, et elle était contente que Rick soit là, même si Logan n'avait pas semblé ravi en le voyant entrer.

— Robin, demanda Logan, est-ce que tu as une quelconque idée de qui aurait pu vouloir tuer Rosalind ?

Robin secoua la tête.

— Non.

— Alors pourquoi as-tu dit qu'elle ne s'était pas suicidée ?

— Parce qu'elle n'aurait pas fait ça, tout simplement. Ce n'était pas le genre.

Logan cilla légèrement. De toute évidence, il ne croyait pas aux généralités concernant le « genre » des personnes qui se suicident, mais il ne la contredit pas. Au lieu de cela, il demanda d'un air désinvolte :

— Est-ce que tu avais remarqué des changements chez Rosalind ces derniers temps ?

Robin hésita et Blaine crut un moment qu'elle n'allait pas répondre.

— Oui, j'ai remarqué des changements, répondit-elle enfin. À la fin de l'été, elle a commencé à se conduire bizarrement.

— Bizarrement dans quel sens ? demanda Logan.

Robin se retourna, ses grands yeux perdus dans ses pensées.

— Nerveuse, renfermée. Je ne pouvais pas compter sur elle pour quoi que ce soit. Elle inventait tout le temps des excuses pour ne pas faire les choses, ou bien elle ne venait pas, tout simplement. Je me suis dit que peut-être ça avait un rapport avec…

Elle s'interrompit, et ses joues se colorèrent.

— Tu as pensé que ça avait un rapport avec la nature de la mort de ton père, compléta Blaine.

Robin approuva de la tête, et Blaine sentit monter en elle un désarroi bien connu. Comme si la mort de Martin ne suffisait pas, la jeune fille avait dû également essuyer le feu nourri de l'enquête policière, les gros titres des journaux et la curiosité insatiable d'une morne petite ville assoiffée de scandale.

— Mais il y avait d'autres choses, ajouta Robin. Environ une semaine après la rentrée scolaire à l'automne, je suis entrée dans la salle de dactylo du lycée et je l'ai surprise en train de taper une lettre. J'ai compris que c'était une lettre parce que l'adresse du destinataire et celle de l'expéditeur étaient écrites en majuscules. Elle l'a pratiquement arrachée de la machine quand elle m'a vue regarder ce qu'elle faisait et elle l'a rangée dans un classeur. Je n'ai pas vu à qui elle était adressée, précisa Robin en détournant les yeux. C'est à partir de ce moment-là qu'elle s'est mise à m'éviter presque complètement.

— Peut-être était-ce une lettre à un petit ami, suggéra Logan.

Robin fit signe que non.

— Rosie aimait le beau papier à lettres. Si elle s'apprêtait à écrire une lettre à un garçon, elle l'aurait rédigée à la main sur son joli papier.

— Peut-être que c'était un mot à l'intention de Tony Jarvis.

— Elle le voyait tous les jours... elle n'avait pas besoin de lui écrire. De plus, c'était une *lettre*, pas un mot. Je vous l'ai dit.

— Très juste, acquiesça tranquillement Logan. C'était sérieux, Jarvis et elle ?

— Pas sérieux du tout. Ils étaient amis. Elle avait fait sa connaissance quand il travaillait chez les Peyton et aidait à s'occuper de la vieille Mrs. Peyton.

— Peut-être cette relation allait-elle plus loin que tu ne croyais.

— Elle ne m'en a jamais parlé en tout cas.

— Elle te disait donc tout ?

— Est-ce qu'on dit jamais tout à quelqu'un ? demanda Robin avec défi.

Logan parut ignorer l'animosité de son ton.

— Elle portait trois bijoux au total. Un anneau en argent à l'oreille. Ça te dit quelque chose ?

— Bien sûr. Elle portait souvent ces boucles d'oreilles. Où était passé l'autre anneau ?

— On ne l'a pas encore retrouvé. Elle portait aussi une bague d'opale et de diamant.

— Cette bague devait être un cadeau d'anniversaire pour sa mère, mais comme elle est morte avant qu'ils aient pu la lui offrir, Mr. et Mrs. Peyton l'ont gardée pour Rosie. Elle la portait depuis deux ans.

Robin baissa les yeux et ajouta :

— Je lui ai toujours dit que les opales avaient la réputation de porter malheur, mais elle se contentait de rigoler. Elle n'était pas superstitieuse.

— Et toi ?

— Un peu, j'imagine.

Logan lui sourit, non pas d'un air de dérision, mais comme s'ils avaient quelque chose en commun. Pour la première fois Robin parut se détendre un peu. Elle alla même jusqu'à lui rendre son sourire.

— Bon, voilà pour la bague, reprit Logan. Et le bracelet gravé ?

Robin fronça les sourcils.

— Le bracelet gravé ? Vous voulez dire, comme un bracelet à votre nom ?

— Oui. Il était également en argent et gravé au nom de *Rosalind*. Il avait l'air cher. Tu me donnes l'impression de ne l'avoir jamais vu.

— Je ne l'ai jamais vu, répéta lentement Robin.

— Est-ce que tu crois que c'est le genre d'objet que Tony Jarvis lui achèterait ?

— Euh, pas vraiment. Je ne connais personne qui porte ce genre de bracelets. Ils sont un peu démodés, vous voyez.

Logan hocha la tête.

— Pourrait-il s'agir d'un cadeau d'un membre de sa famille ?

Robin haussa les épaules.

— Je ne saurais pas dire. Je sais seulement que je ne l'ai jamais vu.

— Bien. Y avait-il quoi que ce soit d'autre, Robin ? Quelque chose qui aurait pu inquiéter Rosalind ou la pousser à t'éviter ?

— Je ne vois pas.

— Et son existence quotidienne ? Sa vie à la maison, par exemple ?

— Elle a été triste quand son grand-père est mort l'année dernière, mais il souffrait en fait depuis longtemps et elle s'y était quasiment résignée. Elle disait qu'elle était contente qu'il soit en paix. Sa grand-mère est presque totalement absente maintenant... vous savez, sénile, mais avant que son état s'aggrave comme ça, Rosie s'entendait bien avec elle. Et elle était proche de sa tante Joan, même si les règlements et les couvre-feu imposés par Joan — par Miss Peyton — commençaient à lui taper sur le système. Elle disait que sa tante la traitait comme si elle avait quatorze ans et non dix-sept.

— Mais il n'y avait pas de problèmes graves entre elles ?

— Pas à ma connaissance.

— Et le lycée ?

— Rosie était ravie d'entrer en terminale. Elle avait des douzaines d'activités. Elle allait même passer une audition pour la pièce de théâtre annuelle du lycée. Et elle avait posé sa candidature à Radcliffe. C'est là que sa tante avait fait ses études. Je suis sûre qu'elle aurait été admise.

— Et vous, Dr Bennett ? demanda soudain Logan. Est-ce que vous aviez remarqué quelque chose de changé chez Rosalind ?

Rick parut stupéfait.

— *Moi ?*

— Vous soignez sa grand-mère à domicile, non ? Ce n'est pas ce que vous avez déclaré en entrant ?

— Oui, en effet. Mrs. Peyton navigue entre chez

elle et l'hôpital. Joan a engagé une infirmière diplômée — Bernice Litchfield, c'est elle qui s'occupait de Martin —, mais quand Mrs. Peyton est chez elle je passe régulièrement voir comment elle va. Mais ce n'est pas là-bas que j'ai rencontré Rosalind : je l'ai rencontrée ici, quand je m'occupais de Martin et que Rosalind rendait visite à Robin. C'était quand, d'après toi, Robin ? En mars ? En avril ?

— En mars, je crois.

— Quoi qu'il en soit, Rosalind était rarement à la maison lors de mes visites. Tout ce que je peux dire c'est qu'elle avait l'air sympathique. Chaleureuse. Toujours pleine de dynamisme. À part ça, je n'avais pas d'avis particulier sur elle.

— Sinon qu'elle était tellement jolie, intervint Robin. Tout le monde remarquait ça.

Rick sourit.

— Euh, évidemment. Elle était belle. Elle ressemblait beaucoup à sa tante.

— Y a-t-il autre chose que tu puisses me dire ? demanda Logan à Robin.

Robin haussa les épaules.

— Rien.

— Enfin, tu as la nuit pour y repenser. Il faudra que je te réinterroge demain matin. Peut-être te rappelleras-tu quelque chose que Rosalind a dit et qui est important.

La voix de Robin se durcit.

— Qu'est-ce que ça changera ? Elle est morte maintenant. Rien de ce qu'elle a dit ne pourra la ramener.

— Mais si elle a effectivement été assassinée, répondit lentement Logan, tu sais peut-être quelque chose sans même t'en rendre compte.

Robin le dévisagea avec sagacité.

— Vous ne croyez pas non plus qu'elle se soit suicidée, pas vrai ?

— Je m'efforce d'éviter les conjectures, répliqua Logan sur un ton soigneusement professionnel.

Beaucoup plus tard, quand Logan, Cait et Rick furent partis et que Robin se fut enfin endormie, Blaine, qui somnolait dans son lit, fut très surprise d'entendre le téléphone sonner. À son chevet, les chiffres rouges lumineux du réveil électronique indiquaient 12:00. Tâtonnant sur la table de nuit, elle trouva le combiné et décrocha à la quatrième sonnerie, instinctivement alarmée par un appel à minuit.

— Allô.

Rien.

— Allô !

Le silence se prolongeait.

— Qui est à l'appareil ?

Il y avait quelqu'un à l'appareil : elle entendit une brusque respiration. Son cœur se mit à battre sourdement, non sous l'effet de la peur mais de la colère. Combien de coups de téléphone cruels et sardoniques comme celui-là avait-elle reçus après la mort de Martin ? Il y en avait eu tellement qu'elle avait fini par se crisper chaque fois que le téléphone sonnait. Depuis, elle avait changé de numéro. Elle était même sur liste rouge. Mais voilà que retentissait à nouveau la sonnerie nocturne, l'arrachant brutalement à l'oubli paisible du sommeil, où la vision du visage mutilé de Rosie s'était provisoirement dissipée.

Elle écartait l'écouteur de son oreille lorsqu'elle entendit enfin quelque chose. Un rire doux et asexué. Puis de la musique. Elle hésita, le combiné en suspens au-dessus de son support. Raccroche, s'ordonna-t-elle sévèrement. C'est encore une de ces farces macabres. *Raccroche !* Mais une fascination morbide la poussa à appuyer à nouveau l'écouteur contre son oreille. La chanson était terminée. Un long silence s'installa. Elle perçut enfin un léger sifflement, puis un petit air de piano s'éleva en fond sonore tandis que la chanson redémarrait et que, sur un ton monocorde aux accents froidement obsédants, des voix enfantines chantonnaient :

Ring around a rosy
Pocket full of posy
Ashes, ashes
We all fall down.

4

— Je n'étais pas sûr qu'on vous verrait aujourd'hui.

— Je n'étais pas trop sûre non plus, dit Blaine, délaissant son casier pour faire face à John Sanders dans la salle des profs.

John hésita, comme s'il cherchait les mots qui convenaient. De toute évidence il ne les trouvait pas.

— J'ai eu du mal à croire ce qu'on m'a raconté pour Rosie, déclara-t-il simplement.

— C'était horrible.

— On l'a retrouvée sur votre propriété ?

Blaine acquiesça.

— Dans le ruisseau.

Jetant un regard autour d'elle, elle remarqua deux autres professeurs qui se rapprochaient subrepticement, pour mieux écouter. Elle se doutait qu'elle ne pourrait échapper aux questions sur Rosalind, mais elle n'avait aucune envie de discuter des circonstances de la mort de Rosie avec des gens qu'elle ne connaissait pas bien. John, c'était différent : ils avaient tout de suite sympathisé quand, quatre ans auparavant, elle avait pris son poste au lycée de Sinclair. Chaleureux et drôle, il faisait partie des rares personnes qui semblaient comprendre que si elle n'avait pas lâché son emploi, c'était à la fois par amour de l'enseignement et pour faire taire les rumeurs l'accusant d'avoir épousé Martin Avery pour son argent.

— Et si vous m'accompagniez jusqu'à ma salle de classe ?

— Bien sûr.

Lui prenant le bras d'un geste quasi protecteur, John l'éloigna du troupeau de professeurs aux oreilles frémissantes qui, soudain, n'arrivaient plus à se détacher de leurs casiers.

Peut-être le plus bel homme que Blaine ait jamais vu en dehors d'un écran de cinéma ou de télévision, John approchait de la trentaine ; de grande taille, il était mince et musclé, comme un danseur. Toujours soigneusement habillé, il portait aujourd'hui une magnifique veste de tweed mordorée, et les boucles de ses cheveux bruns caressaient le col de sa chemise jaune pâle. Il avait des traits classiques, depuis le nez grec jusqu'à la large bouche, mais c'étaient ses yeux bleu fumée qui captivaient l'attention. Toute la population féminine du lycée de Sinclair craquait devant son charme, et sa conquête la plus évidente était en ce moment Kathy Foss, la cheerleader de l'équipe scolaire, une blonde platine aux manières dédaigneuses qui, pour une fille d'intelligence moyenne, manifestait une facilité étonnante à manier les sous-entendus sexuels pendant les cours de John. Celui-ci avait confié un jour à Blaine qu'il ne savait pas s'il devait être gêné, insulté ou fasciné par l'inventivité de la jeune fille.

— Ce matin, avant mon départ, les policiers étaient déjà de retour pour fouiller les bois, dit Blaine.

— Ils cherchaient quoi ?

— Le shérif Quint a dit que Joan avait aidé Rosie à charger une valise vendredi après-midi avant son départ. Rosie avait également emporté son sac à main et une veste. On n'a rien retrouvé de tout ça. Le sac et la veste, à la rigueur, ont pu se perdre dans l'eau, mais pas la valise. Elle n'avait aucune raison de les traîner jusqu'au ruisseau avant de… mourir. Quoi qu'il en soit, je suis sûre que la police va vous interroger au sujet de Rosie, termina Blaine.

John la regarda d'un air surpris.

— Pourquoi moi ?

— Parce que Rosie et vous étiez proches. Vous discutiez tout le temps tous les deux.

John hocha la tête.

— C'était une gamine rusée et nous avions beaucoup de passions communes. Elle écrivait de la poésie, vous savez. Je l'encourageais à envoyer certains de ses poèmes à des éditeurs.

Blaine sourit.

— Si vous permettez, je vous trouve un peu guindé, on a l'impression que vous essayez de cacher quelque chose. Tout le monde sait que Rosie et vous ne parliez pas seulement de son travail. Vous aviez des relations amicales.

John haussa un sourcil.

— Jusqu'où pensait-on qu'allaient nos relations amicales ?

— Eh bien, pas très loin, je ne crois pas, mais un peu plus que des rapports d'étudiante à professeur.

— Vous avez raison, soupira John. C'était une fille formidable. Remarquable, et je ne parle pas seulement de son physique. Elle était fine et extrêmement intelligente.

Blaine le regarda avec scepticisme. Il s'exprimait de façon tellement artificielle, et pour la première fois elle remarqua qu'il n'était pas aussi impeccable que d'habitude. Il s'était coupé à deux reprises en se rasant, et une tache de sang souillait le col de sa chemise. Apparemment, il ne s'en était pas aperçu.

— Oui, Rosie était fine et intelligente, s'empressa-t-elle d'approuver lorsqu'elle croisa son regard interrogateur. Elle ressemblait beaucoup à Robin de ce point de vue-là, sauf qu'elle n'avait pas le complexe d'infériorité de Robin, un complexe qui n'a fait que s'aggraver depuis la mort de Martin. Elle est tellement renfermée, John.

— Je sais, mais là je ne peux pas vous aider. Robin ne se livre pas beaucoup à moi. Rosie, pour sa part, était une extravertie. Il y avait une foule de choses dont j'aimais parler avec elle.

— En tout cas, la police va interroger tous les gens qui connaissaient Rosie.

— Même pour un suicide ?

Blaine hésita.

Un pli se dessina entre les sourcils de John :

— Car c'était bien un suicide, n'est-ce pas, à ce qu'on m'a dit.

— Entre nous, je n'en suis pas sûre. Elle ne me semblait pas du genre suicidaire.

— Ah non ?

— Non. Pourquoi, à vous, si ?

— Non… non, non, protesta-t-il sous le regard pénétrant de Blaine. Ce que je veux dire, c'est qu'elle n'avait pas l'air déprimée, mais qu'elle était pas mal tendue ces derniers temps.

— Elle avait des problèmes ?

— Elle ne m'en a jamais parlé, mais elle semblait un peu… imprévisible. Elle ne faisait pas toujours ses devoirs, ce qui était tout à fait nouveau chez elle, et elle bavardait beaucoup en classe. De simples papotages, en réalité, mais ça ne lui ressemblait pas.

John lâcha le bras gauche de Blaine et cala ses livres contre son flanc droit ; tandis qu'ils montaient l'escalier bondé pour rejoindre le premier étage où ils donnaient leurs cours, John affichait une mine soucieuse et lointaine.

– Qu'est-ce qui n'allait pas chez elle, d'après vous ?

John se mordit un moment la lèvre inférieure, comme s'il hésitait.

– Franchement, je me demandais si elle ne prenait pas de la drogue.

– De la drogue ! Rosie ?

– Je sais que ça paraît ridicule, mais elle avait vraiment changé, Blaine. Et rapidement.

– Peut-être y a-t-il une autre explication. Peut-être était-elle amoureuse.

– De Tony Jarvis ?

Blaine se tut ; elle regrettait d'avoir abordé le sujet de l'amour, qui devait forcément conduire à Tony Jarvis.

– Je sais qu'elle le voyait l'année dernière, mais je n'ai jamais cru que ses sentiments pour lui étaient très profonds, reprit John, dont le froncement de sourcils s'accentua. Mais un des poèmes qu'elle avait cités… enfin, peu importe. J'analyse sans doute trop les choses. C'est une mauvaise habitude qu'ont les profs d'anglais.

– Oui. Cela ne veut probablement rien dire.

– Mais le poème qu'elle avait cité était tiré des *Sonnets de la Portugaise*, insista John. Il s'agissait, je crois, du troisième : « Différents, si différents sommes-nous, ô Cœur princier ! »

– Et alors ?

– Alors, il y a quelque chose d'autre dans le sonnet à propos d'un « maître de musique », et d'un « chanteur errant ». Et Jarvis est effectivement musicien et chanteur. Je suppose que je ferais mieux de parler de ça à la police, surtout si, d'après vous, elle ne s'est pas suicidée.

Blaine sentit l'accablement l'envahir. Du temps du lycée, elle avait été amie avec Sandra, la sœur aînée de Tony, et elle gardait de Tony le souvenir d'un enfant adorable. Quelque chose en elle était toujours tenté de le protéger, même si elle savait qu'il s'était attiré divers petits ennuis ces dernières années. Et maintenant, par sa faute, John allait leur parler d'un poème qui pouvait faire référence à une liaison sérieuse entre Tony et Rosie... Félicitations, Blaine, songea-t-elle avec colère.

— J'ai dit que je ne savais pas si Rosie s'était suicidée, répéta Blaine.

— Je sais parfaitement ce que vous avez dit. Je sais aussi qui vous êtes.

John lui adressa un demi-sourire et ajouta :

— Je peux lire dans vos yeux, Mrs. Avery.

— Voilà qui donne le frisson.

— Et pour cause. Il y a des profondeurs insondables derrière ces beaux yeux gris.

Depuis toutes les années qu'elle le connaissait, John n'avait jamais flirté avec elle, mais de temps en temps il lui faisait un compliment.

— Peut-être n'y a-t-il rien derrière ces yeux, reprit-elle amèrement. Peut-être fais-je exprès de prendre des airs mystérieux... histoire, vous savez, d'entretenir ma réputation de Veuve Noire de Sinclair.

Les portes des casiers claquaient furieusement autour d'eux, alors que les élèves récupéraient leurs livres.

— Je ne vous ai jamais dit combien je vous admirais d'être revenue au lycée cet automne après la mort de Martin, confessa John, se gardant diplomatiquement de mentionner l'enquête criminelle et de relever l'allusion sarcastique de Blaine au surnom cruel dont certains membres de la communauté l'avaient affublée. Et aujourd'hui encore, vous êtes là, quand hier vous subissiez certainement le deuxième grand choc de votre vie.

— Je continuerai sans doute à revenir jusqu'à ce qu'on me dise de rentrer chez moi. Je n'ai pas grand-chose d'autre, John, à part une fortune que je ne mérite pas et une belle-fille qui ne m'aime pas.

— Vous avez une sœur et une nièce qui vous aiment sincèrement, sans parler d'une des chiennes les plus formidables au monde et qui vous adore. Un de ces jours je kidnapperai Ashley.

Il sourit, et ajouta d'un ton sérieux :

— Et puis vous avez un ami, Blaine. N'oubliez pas, vous pourrez toujours compter sur moi. Et ce ne sont pas que des mots, comme ceux que disent les gens dans les périodes de crise. Je le pense de tout cœur.

— Merci, John.

Blaine sentit des larmes naître dans ses yeux. Par chance, la sonnerie retentit.

— Génial ! s'écria-t-elle d'une voix émue. Ma première journée de cours et je trouve le moyen d'être en retard.

— Ils vous pardonneront. En réalité, j'ai appris qu'ils vous avaient préparé une petite surprise. Mais ne montrez pas que vous avez été prévenue.

Sur ce, il lui fit un clin d'œil et rejoignit à grandes enjambées sa propre salle de classe.

La surprise consistait en une douzaine de roses jaunes à longue tige. Pour la deuxième fois en cinq minutes Blaine fut tellement émue qu'elle crut qu'elle allait se mettre à pleurer lorsque Susie Wolfe les lui offrit.

— De notre part à tous, annonça-t-elle avec son manque d'éloquence habituel, toujours compensé par son sourire à la Farrah Fawcett. Nous nous apprêtions à en prendre des rouges, mais Robin a dit que vous préfériez les jaunes. Dean a dit que vous deviez être du Texas, quel que soit le rapport entre les roses jaunes et le Texas.

— C'est une chanson, pauvre cloche ! s'exclama Dean Newman en riant du fond de la classe.

— Va te faire voir, répondit machinalement Susie, provoquant un fou rire dans les rangs.

Susie et Dean se fréquentaient et se disputaient depuis la troisième.

— Elles sont magnifiques, dit Blaine. Je ne sais comment vous remercier.

— Donnez-nous à tous des A, suggéra Dean.

Blaine lui lança un regard amusé.

— En baratin ?

— Il n'y a que là qu'il peut espérer décrocher un A, ironisa Susie, déchaînant encore les éclats de rire. Elles vous plaisent vraiment ?

— Je les adore. Pour des roses comme ça, on aurait presque envie d'attraper une autre pneumonie.

— Eh bien, ne recommencez pas, lança Dean. Vous savez ce que ça coûte, les roses ? J'ai proposé qu'on cueille quelques fleurs dans les plates-bandes de ma mère, mais personne n'a été d'accord.

Susie fit la moue.

— Non, ce n'est pas vrai. C'était son idée à lui.

— Eh bien, j'apprécie votre prévenance *et* votre extravagance. Aussitôt après mon premier cours je me procurerai un vase.

— Il y en a un.

Susie regagna son pupitre et revint avec un vase en plastique préalablement rempli.

— Vous pourrez les mettre dans quelque chose de joli en rentrant chez vous, mais ça suffira bien pour la journée.

Elle tendit le vase à Blaine, puis son expression se fit solennelle :

— Mrs. Avery, est-ce que vous permettez qu'on fasse une collecte pour acheter des fleurs pour Rosalind ?

L'humeur badine qui régnait jusque-là dans la classe s'éteignit brusquement. Passant les visages en revue, Blaine y remarqua des émotions variant entre la curiosité, l'horreur et la désolation. L'an dernier, un étudiant avait quitté la route en essayant d'éviter un cerf, et s'était écrasé contre un arbre. Sa mort avait choqué tout le monde, mais la plupart des élèves le connaissaient peu, et il avait été tué sur le coup. La fille la plus belle et la plus populaire du lycée qui se suicidait, son corps qui avait croupi pendant quarante-huit heures dans un ruisseau répugnant avant d'être découvert, c'était un drame tellement plus bouleversant que Blaine comprit pourquoi les étudiants éprouvaient aujourd'hui des émotions beaucoup plus profondes que la tristesse nostalgique qu'ils avaient éprouvée pour le garçon.

— Bien sûr, Susie, répondit Blaine, qui appréciait la simplicité mais aussi la tendresse de cœur de Susie. Elle avait toujours bien aimé cette fille, et aurait voulu que les étudiants soient plus nombreux à posséder son authentique gentillesse.

— Nous vous confions la commande de fleurs pour cette classe.

Après la collecte, Blaine eut à peine le temps de procéder à l'appel que la sonnerie annonçant le premier cours retentissait. Elle passa les trois heures suivantes à essayer de se repérer, pour déterminer les sujets qui avaient été couverts par ses remplaçants. Elle avait eu beau, sauf pendant sa première semaine de maladie, envoyer au lycée des programmes hebdomadaires afin de guider les suppléants, ceux-ci en aménageaient invariablement le contenu à leur guise, mettant l'accent sur ce qu'ils préféraient, négligeant ce qui ne leur plaisait pas. Rien de plus naturel, selon Blaine. Mais cela signifiait qu'elle devait effectuer une longue récapitulation pour satisfaire ses propres exigences.

À midi, elle préféra avaler un sandwich dans sa classe plutôt que de se rendre dans un des trois fast-foods des alentours en compagnie de collègues qui voudraient sans aucun doute discuter de la mort de Rosie. Tandis qu'elle mangeait son sandwich au fromage dans lequel, ce matin-là, elle avait oublié d'ajouter de la mayonnaise, elle repensa au coup de téléphone de la nuit. Elle avait découvert le corps de Rosie plus de huit heures auparavant et, dans une ville de la taille de Sinclair, les nouvelles ne mettaient pas longtemps à se propager. De toute évidence, quelqu'un avait décidé de lui faire peur, peut-être un adolescent. Néanmoins, *Ring Around a Rosy* représentait un choix particulièrement effrayant. La répétition du mot *Rosy* en constituait certes l'effet le plus marquant, mais Blaine n'arrivait pas à oublier la signification de la comptine, devenue populaire au XVIIIe siècle en Angleterre pendant l'épidémie de peste bubonique. La *rosy* faisait référence au *bubon*, ou tumeur pesteuse. Le *posy* était le sachet d'herbes aromatiques que les gens portaient dans l'espoir qu'il les préserve de la maladie. Les *ashes* représentaient les cendres de la literie brûlée des victimes de la peste. *We all fall down* rappelait l'inévitabilité de la mort. Peu importaient les précautions prises, la maladie se révélait implacable. Il était mort plus de 150 000 personnes sous le règne de la peste.

Elle se félicita soudain d'avoir parlé ce matin à Logan du coup de téléphone, même si ce n'était que par politesse qu'il lui avait posé plusieurs questions et n'avait pas directement relégué l'incident au rang des mauvaises plaisanteries. Pourtant, elle n'avait pas eu l'impression d'un coup de fil de maniaque. À vrai dire, l'écho de ces étranges paroles, sur le vieux disque, lui procurait encore une sensation de froid : *Ashes, Ashes / We all fall down.* Dans la salle de classe surchauffée, Blaine frissonna.

Pendant sa cinquième heure de littérature américaine, Blaine ne put détacher son regard de Tony Jarvis. Bien qu'elle fût habituée à sa nonchalante inattention et à ses perpétuelles boutades qui rendaient fous la plupart des professeurs, elle ne put s'empêcher de remarquer qu'aujourd'hui son beau visage au teint olivâtre était tendu et inexpressif, et que ses yeux sombres flottaient dans le vague. Pour une fois, il ne fit aucune plaisanterie sarcastique comme quoi on ne voudrait pas rencontrer Edgar Allan Poe dans une ruelle obscure, ou que si Rip Van Winkle s'était endormi pendant cinquante ans c'était sans doute parce qu'un prof d'anglais l'avait obligé à lire les contes de Washington Irving. Il demeura silencieux et morose jusqu'au moment où Blaine lut à haute voix l'*Annabel Lee* de Poe. À la moitié du poème, Tony s'empara de son sac de livres et quitta brusquement la classe, suivi des regards de toute l'assemblée. Quelques minutes plus tard, malgré les fenêtres fermées, Blaine et les étudiants entendirent la Harley de Tony vrombir nerveusement dans le parking avant de s'éloigner à toute allure.

Après les cours, Blaine, épuisée et encore sous le choc du comportement de Tony, se rendit à contrecœur chez les Peyton. Se garant devant la maison, elle remarqua la présence de sept autres voitures dans la grande allée et jusque dans la rue, et contempla la bâtisse coloniale d'une blancheur immaculée où Rosie avait passé la plus grande partie de sa vie. « Je crois que Grand-père a essayé de reproduire Tara, avait-elle dit un jour à Blaine. Imaginez-vous un peu Joan et ma mère en train de descendre majestueusement cet escalier tournant avant d'aller aux bals du collège ! Et bien sûr, il y a une photo de Joan, avec diadème et tout, où elle pose au milieu des marches à l'époque où elle était Miss Virginie occidentale. Elle était *tellement* belle. »

Blaine connaissait parfaitement cette photo. Elle était passée dans le journal quand elle était enfant, et Blaine l'avait découpée pour la coller sur son miroir, espérant devenir un jour une jeune femme aussi charmante que Joan Peyton. Selon elle, le miracle ne s'était pas produit, même si un maquillage soigné et un bon éclairage pouvaient remarquablement l'embellir. Joan, pour sa part, avait une beauté naturelle, qui ne nécessitait aucun des artifices de rigueur.

Blaine respira profondément et remonta l'allée jusqu'à la véranda à colonnes. Cette visite ne l'enchantait guère. Dieu seul savait dans quel état serait Joan, et peut-être n'avait-on même pas annoncé la nouvelle à Mrs. Peyton mère. Depuis que son mari avait succombé à un cancer l'année précédente, sa santé s'était détériorée, et, au dire de Rick, la douleur constante que lui causait son fémur l'avait affaiblie mentalement autant que physiquement. Néanmoins, Blaine avait toujours admiré Joan. Elle ne pouvait pas laisser passer davantage de temps sans lui présenter ses condoléances et lui proposer son aide.

Une femme robuste, aux traits épais vaguement slaves, vint lui ouvrir la porte. Elle portait un uniforme blanc et une coiffe négligemment disposée trop à droite. Le visage décomposé et les yeux tout enflés d'avoir pleuré, elle paraissait bouleversée.

— Blaine Avery, constata-t-elle en dévisageant Blaine, sans faire aucun geste pour l'inviter à entrer. Cela fait des mois que je ne vous ai vue.

— Bonjour, Bernice.

Blaine s'efforça d'ignorer la grossièreté à peine camouflée de l'infirmière. Elle avait été passionnément dévouée à Martin, et le moins qu'on puisse dire c'était qu'elle n'avait pas défendu Blaine pendant l'enquête sur sa mort. Elle avait même suggéré à la police que c'était sûrement sous la contrainte que, l'après-midi de sa mort, Martin lui avait téléphoné pour lui dire qu'il allait se promener en voiture avec sa femme et qu'il n'aurait pas besoin de ses services. Blaine n'avait pas oublié l'attitude accusatrice et les insinuations accablantes de cette femme, mais elle était résolue à ne pas faire attention à elle. Après tout, elle était là pour réconforter Joan, pas pour affronter Bernice Litchfield.

— Je suis venue voir Joan.

— Il y a déjà plein de monde, annonça Bernice.

Le visage soudain tordu de douleur, elle ajouta :

— Pauvre petite Rosie.

— Oui.

Une brise glaciale ébouriffa les longs cheveux de Blaine, qui commençait à se demander si Bernice allait finir par la laisser entrer. À l'intérieur de la maison, elle percevait un bourdonnement de voix.

— C'est vous qui l'avez trouvée, reprit Bernice.

— Oui.

— Elle était sur vos terres.

Blaine la contempla froidement. Elle pouvait retourner tout simplement à sa voiture, ou bien elle pouvait braver l'hostilité et la suspicion qu'elle lisait dans ces yeux qui scrutaient les siens, comme elle l'avait fait si souvent au cours des mois écoulés. Elle ne bougea pas.

Bernice prit sa respiration :

— Susie m'a raconté que les gosses au lycée étaient très frappés par ce qui est arrivé.

— Susie ?

— Susie Wolfe. Ma petite-fille.

— Bien sûr. J'avais oublié que vous étiez parentes.

— Je vous l'ai assez souvent répété. Je suppose que vous n'écoutiez pas.

— Bien sûr que j'écoutais, répliqua Blaine avec une impatience grandissante. J'ai seulement eu beaucoup de soucis ces derniers temps. Votre lien de parenté ne m'est pas revenu tout de suite.

— Eh bien, la mère de Susie est ma fille, expliqua Bernice, sans dégager le passage. Nous sommes très proches. Je lui parle presque tous les jours au téléphone. C'est un amour, cette petite.

— Oui, j'aime beaucoup Susie.

Bernice savoura le compliment, oubliant provisoirement son inimitié envers Blaine. Puis son visage s'assombrit de nouveau.

— C'est tellement affreux, ce qui est arrivé à Rosie, mais quand je pense qu'il pourrait arriver la même chose à Susie… euh, je ne peux pas imaginer… N'allez pas croire que Susie ait bien connu Rosie, surtout, Bernice se hâta-t-elle d'ajouter. Elle la connaissait à peine.

Mensonge flagrant ! nota Blaine. Les policiers le savent pertinemment, alors n'espère pas que Susie échappe à l'interrogatoire, ils l'interrogeront comme tous les amis de Rosie. À moins que le mensonge de Bernice ait un sens plus profond ? Blaine se raidit. Croyait-elle que Blaine avait quelque chose à voir avec la mort de Rosie, et essayait-elle de protéger sa petite-fille d'une criminelle ?

Prise d'une subite colère, Blaine s'apprêtait à regagner sa voiture quand elle entendit quelqu'un demander :

— Qui est là, Bernice ?

La voix de Joan.

— C'est Blaine Avery, Miss Peyton.

Joan apparut dans le vestibule. Elle regarda Blaine un moment, puis, avec un petit cri, elle l'enveloppa de ses bras.

— Blaine, je suis tellement contente de vous voir.

Stupéfaite de ces effusions inhabituelles chez Joan, Blaine se surprit à bredouiller une excuse inutile :

— Je suis désolée de ne pas être venue plus tôt, mais c'était aujourd'hui ma première journée de lycée et après toutes les semaines que j'ai manquées, je ne pouvais pas demander qu'on me trouve encore un remplaçant, comme ça, au pied levé.

— Je comprends. Ne vous excusez pas.

Joan s'écarta et esquissa un sourire. Le temps s'était montré clément envers Joan Peyton. Même si, à quarante-quatre ans, il était indéniable que ses cheveux noirs étaient teints, ils étaient épais et brillants ; relevés en une torsade soignée, ils ondulaient légèrement sur le devant, au-dessus de son grand front presque dénué de rides. Même en ces moments de peine, elle paraissait encore grande et élégante, avec ses larges épaules de nageuse et son corps musclé qu'elle entretenait quotidiennement dans la piscine couverte qu'elle avait fait construire dix ans auparavant. Blaine lui avait toujours trouvé un maintien de reine — une vraie reine, pas une reine de beauté. Elle portait un pull en cachemire gris, une jupe assortie et des chaussures à talons plats. Malgré sa pâleur extrême, seule l'irritation de ses extraordinaires yeux violets trahissait qu'elle avait pleuré, et son rouge à lèvres rose était mal mis, comme s'il avait été appliqué par une main tremblante.

— Les visiteurs sont dans le salon, expliquait-elle,

mais j'aimerais m'isoler quelques minutes avec vous. Vous voulez bien m'accompagner dans la bibliothèque ?

— Bien sûr.

— Bernice, vous voudrez bien monter une nouvelle fois voir comment va Mère, s'il vous plaît ?

— Bien entendu. C'est mon travail.

Après avoir lancé à Blaine un ultime regard plein d'amertume, elle entama d'un pas lourd la montée du gracieux escalier tournant.

— Ne faites pas attention à elle, ma chère, dit Joan en entraînant Blaine dans la bibliothèque. Elle est plutôt revêche de nature.

— Elle ne m'aime pas.

— Je m'excuse pour sa grossièreté. Normalement je devrais la congédier, d'avoir traité ainsi un hôte de cette maison, mais les infirmières privées sont rares par ici, alors on ne peut pas faire la fine bouche. Et puis, c'est elle qui s'était occupée de papa l'année dernière.

Elle se retourna :

— Vous voulez boire quelque chose ? Du café ? Du thé ? De l'alcool ?

Blaine s'assit dans une bergère en cuir placée dans le seul rayon de soleil rompant l'obscurité de la pièce.

— Non merci, Joan, ça va.

— Si vous permettez, je vais prendre un petit brandy. Je sais que Mère ne serait pas d'accord pour que je boive dans le salon devant nos autres invités — ses amis, pour la plupart. Les amis de Rosalind passeront plus tard, je présume.

Et où sont vos amis, à vous ? se demanda brièvement Blaine, tandis que Joan se servait et avalait une gorgée d'alcool en fronçant le nez.

— De l'eau-de-vie de coing. Je déteste absolument

ce truc-là, mais Mère adorait ça. En privé seulement, ça va de soi. Enfin, je suppose que ce n'est pas plus mal qu'autre chose pour calmer les nerfs.

— Pourquoi ne demandez-vous pas un tranquillisant à Bernice ?

— Pour qu'elle puisse dire à tout le monde qu'il a fallu me mettre sous sédatif, exactement comme Mère ? Non merci.

— Je suis étonnée de ne pas voir plus de gens du lycée, hasarda Blaine.

— Je suppose qu'ils vont passer, mais plus tard. Pour la plupart, ils auront voulu rentrer chez eux se reposer avant de venir présenter leurs condoléances. Oh, je sais que ça paraît affreux, mais dans des moments comme ceux-là, on n'a pas grande envie de recevoir, surtout quand vos visiteurs sont en majorité des curieux, et pas de vrais amis, comme vous.

Ce n'était pas tout à fait la vérité, songea Blaine. C'était avec Martin que Joan était amie. Blaine n'avait jamais guère été plus qu'une connaissance et qu'une collègue de travail.

— Mais je sais que vous comprenez parfaitement ce que je veux dire, poursuivait Joan. Vous êtes passée par là.

Là encore la mémoire de Joan la trompait. Personne n'était venu les réconforter, elle et Caitlin, quand leur père s'était couché complètement saoul et était mort asphyxié dans son sommeil, à cause d'une fuite du fourneau à gaz. Et personne à part Joan n'était venu la voir après la mort brutale de Martin. Les gens étaient trop intimidés par les policiers qui grouillaient dans la maison et dans le jardin. Mais Blaine ne jugea pas nécessaire de rectifier les souvenirs de Joan.

Joan but une autre gorgée de brandy ; elle se posa un instant sur le fauteuil en face d'elle, puis se leva prestement et se mit à arpenter la pièce.

— Je n'arrête pas de babiller parce que je ne sais pas par où commencer, dit-elle, en tournant nerveusement le large bracelet en argent qu'elle portait toujours. C'est donc votre Ashley qui a trouvé Rosalind.

— Hélas, oui !

— Dans le ruisseau. Ma jolie petite fille trempant là-bas dans cette eau répugnante depuis Dieu sait combien de temps. Était-ce abominable ? Je veux dire, est-ce qu'elle était…

Elle hoqueta, puis reprit :

— Oh, mon Dieu, pourquoi faut-il que je parle de ça ? Je sais à quoi elle ressemblait. Son visage, du moins.

Haletante, Joan prit une profonde aspiration, pour tenter de se ressaisir.

— Je suppose que je devrais me féliciter qu'elle se soit prise dans ces racines et qu'elle n'ait pas coulé. Les corps ne remontent pas à la surface avant des jours, vous savez. C'est ce que Logan Quint m'a dit. S'il n'y avait pas eu ces racines, on aurait pu attendre le printemps avant de la retrouver…

Elle fit un geste consterné de la main, et sa voix se brisa :

— Blaine, je la croyais à Charleston.

— Je sais.

— Elle avait dit qu'elle voulait rendre visite à sa cousine Amanda. Vous savez, elle y allait plusieurs fois par an. Ce voyage-là m'avait bien semblé un peu précipité, mais je n'avais pas fait d'objection. Mère a été impossible ces dernières semaines… j'ai pensé que Rosalind avait seulement besoin de se changer les idées. Elle ne se sentait même plus libre d'inviter des amis à la maison. On ne savait jamais quand Mère allait piquer une de ses crises. Il n'est pas sain pour une jeune fille de devoir côtoyer quelqu'un dans l'état de ma mère. J'aurais dû la mettre dans une maison de retraite.

— Joan, on peut passer sa vie entière à réfléchir à ce qu'on aurait dû faire, mais ça ne sert à rien. Vous faisiez ce que vous croyiez être le mieux pour votre mère. Beaucoup de gens ne peuvent pas s'adapter dans les maisons de retraite, et Rick Bennett, je le sais, pensait que votre mère faisait partie de ceux-là. Il croyait qu'elle était mieux chez elle. Et vous ne devez surtout pas vous reprocher d'avoir laissé Rosie partir en week-end.

— C'est ce que tout le monde n'arrête pas de me répéter, mais ça ne change rien.

Elle se frotta éperdument le front et poursuivit :

— J'avais demandé à Rosalind de téléphoner quand elle arriverait chez Amanda. Elle a un peu rouspété, mais elle a accepté. Et un peu plus d'une heure après être partie, vers cinq heures, elle a effectivement appelé. C'est là que j'aurais dû me douter.

Blaine fronça les sourcils.

— Vous auriez dû vous douter de quoi ?

— Qu'elle mentait. Son coup de fil sonnait faux.

— Comment ça ?

— Il y avait un bruit de fond — un bruit de circulation. La pensée m'a effleurée qu'elle téléphonait d'une cabine, mais quand je lui ai demandé, elle a dit que la mère d'Amanda avait ouvert la fenêtre. Elle n'avait pas l'air de dire la vérité et, d'ailleurs, Amanda habite une rue plutôt tranquille. J'aurais dû rappeler immédiatement pour vérifier son histoire. Mais voilà, Rosalind s'était plainte récemment que j'étais trop sévère, trop protectrice. Oh, elle n'en faisait pas une montagne, mais elle lâchait des petites réflexions par-ci par-là. Alors, ces derniers temps, j'étais moins sur son dos que d'habitude. Et voyez le résultat, voyez donc ce qu'a donné ma négligence !

Elle parlait beaucoup plus vite qu'à l'accoutumée, et sa voix était tendue et haut perchée. Reposant son petit verre d'eau-de-vie, elle commença à se tordre convulsivement les mains. Blaine se leva et prit les mains de Joan dans les siennes. De près, dans la vive lumière qui entrait à flots par les fenêtres de la bibliothèque, elle remarqua avec étonnement les petites rides autour des yeux et des lèvres de Joan. Elle avait toujours pensé que Joan Peyton était sans âge, comme un beau portrait.

— Joan, il faut cesser de vous tourmenter. Rosie avait dix-sept ans et nous ne sommes plus au XIXe siècle. Les filles de cet âge-là ont besoin de liberté. Croyez-moi, j'ai appris ça avec Robin. Je n'ai que treize ans de plus qu'elle, mais les mœurs ont changé, même en si peu de temps. D'ailleurs, Rosie ne vous avait jamais posé de problèmes, elle ne vous avait jamais donné de raisons de douter d'elle. C'était une enfant modèle.

Les yeux de Joan s'emplirent de larmes.

— Oui, oui, c'est vrai. Elle était tellement facile à aimer, elle inspirait tellement la confiance. Je ne sais pas… (Sa voix se brisa.) Je ne sais pas ce qui a pu se passer. Vous le savez ? Est-ce que vous avez la moindre idée de ce qui aurait pu pousser Rosalind à faire une chose pareille ?

— Non, Joan, répondit Blaine avec prudence. Et Robin non plus.

— Je croyais qu'elle était heureuse.

Les genoux de Joan flanchèrent et Blaine la conduisit à une chaise ; elle s'y écroula en levant sur Blaine des yeux implorants.

— Qu'est-ce que je vais faire ? Comment vais-je faire pour vivre jour après jour après ce… cette *chose* qui est arrivée à mon bébé ? Parce qu'elle était comme ma fille, vous savez. Ma propre fille.

Blaine hésita. Devait-elle dire à Joan que, personnellement, elle ne croyait pas à la thèse du suicide ? Non, certainement pas. Ce n'était pas le moment d'avancer des théories qui étaient sans doute fausses. Au lieu de cela, elle passa son bras autour des épaules de Joan.

— Je suppose que maintenant je suis censée vous dire que le temps guérit toutes les blessures.

— Et c'est le cas ?

— Non.

Joan parvint à esquisser un sourire.

— Vous avez toujours été d'une brutale honnêteté, même quand vous étiez enfant. Tiens, je me souviens d'un jour où votre père était ici en train de travailler dans le jardin. Il vous avait amenée avec lui.

Joan s'exprimait sur un ton sentimental qui lui était parfaitement inhabituel. Blaine écouta patiemment, mettant les réminiscences de Joan sur le compte du chagrin et du choc.

— J'avais vingt ans et j'étais atrocement imbue de moi-même. J'étais sortie de la maison, arborant mon plus beau bikini, et j'avais commencé à me prélasser coquettement autour de la piscine. Je m'imaginais être la copie conforme d'Elizabeth Taylor. Mais vous, ma jeune dame, vous êtes venue droit vers moi et, du haut de vos six ans, vous m'avez dit : « Vous êtes vraiment, *vraiment* belle, Miss Peyton, mais avec tout ce truc noir autour des yeux, on dirait que vous sortez d'une bagarre. »

Blaine rougit à ce souvenir.

— Quelle sale gosse j'étais.

Or Joan secoua la tête, amusée.

— Je me suis précipitée au premier étage, je me suis regardée dans une glace, et j'ai décidé que vous aviez raison. Après ça, j'ai renoncé à forcer sur l'eye-liner et je n'ai plus jamais porté de faux cils.

J'avais l'air d'un clown avec. Et l'année suivante exactement j'étais élue Miss Virginie-Occidentale.

Son sourire s'effaça tout à coup :

— Mais je comprends ce que vous voulez dire quand vous affirmez que le temps ne guérit pas toutes les blessures. Vous parliez de la perte de Martin, n'est-ce pas ?

— Oui, répondit Blaine avec hésitation, pensant qu'elle ne faisait pas tant référence à sa mort proprement dite qu'à la mort de son esprit qui était survenue la nuit de l'accident de voiture.

— Martin était terriblement malheureux, Blaine. Je sais ce que les gens en ville ont dit — qu'un homme aussi vigoureux et bon vivant ne se serait jamais supprimé ; mais c'était justement parce qu'il avait été si vigoureux, si athlétique, si imposant qu'il n'a pas pu se faire à l'idée d'être coincé dans un fauteuil roulant pour le restant de ses jours. Il avait perdu toute fierté personnelle et tout respect de soi. On ne pouvait plus lui dire qu'il aurait pu être joueur de tennis professionnel. Il ne pouvait plus se promener dans Avery Manufacturing en distribuant des ordres de sa voix à la Orson Welles. Après tout, j'étais venue voir Martin plusieurs fois après l'accident. Je *sais* ce qu'il éprouvait. Je l'ai dit à la police.

— Oui, c'est vrai. En fait, vous êtes la seule personne à part moi à avoir déclaré qu'il était suicidaire.

— Bernice et Robin le savaient certainement, toutes les deux. Mais évidemment, Bernice prenait Martin pour un dieu, et étant donné que, d'après elle, le suicide est un péché, elle n'a pas voulu reconnaître qu'elle savait ce qu'il ressentait. Quant à la pauvre petite Robin, poursuivit Joan en secouant la tête d'un air affligé, selon moi, elle n'a pas pu accepter l'idée que son père voulait mourir. Cependant,

Martin a téléphoné à Bernice pour lui dire de ne pas venir ce jour-là, et il a appelé ici, pour demander si Rosalind et Robin étaient déjà rentrées. Il a eu l'air soulagé quand je lui ai répondu que la décoration du gymnase durerait encore au moins une heure. De toute évidence, il voulait être seul cet après-midi-là. Il savait parfaitement ce qu'il voulait faire.

Et est-ce la raison pour laquelle il a provoqué cette violente dispute avec moi cet après-midi-là ? se demanda Blaine. Savait-il que je ne l'aurais jamais laissé seul sinon ? Savait-il qu'il pouvait ainsi m'éloigner de la maison ? Glacée par cette preuve de la préméditation de Martin, Blaine contrôla pourtant sa voix :

— Je comprends très bien que Robin se refuse à croire que son père ait pu vouloir mourir en la laissant.

Joan fronça les sourcils.

— Dans des circonstances normales, non, il n'aurait jamais abandonné sa fille. Ni vous d'ailleurs, même si, de manière irrationnelle, il vous reprochait l'accident. Ce n'était que temporaire. Vous vous en rendez compte, je le sais.

N'en soyez pas si sûre, songea Blaine.

— Mais, poursuivit Joan, ce que les gens comme Bernice et Robin ne comprennent pas, c'est qu'une personne gravement déprimée n'agit pas rationnellement.

Croyez-vous que Rosie réfléchissait de manière rationnelle ? Blaine eut-elle envie de demander, sans pouvoir s'y résoudre. Vouloir faire analyser à Joan l'état d'esprit de sa nièce, c'était un peu exagéré.

Joan sortit un mouchoir en papier de la poche de son tricot ; elle s'en tamponna les yeux, et Blaine demanda :

— L'avez-vous dit à votre mère ?

— Oh, oui. Comment espérer cacher une nouvelle de ce genre ? On a commencé par dire que Rosalind était partie en voyage. Mère était dans une de ses phases de lucidité et elle n'y a pas cru un seul instant. D'après l'expression de nos visages, à Bernice et à moi, elle a compris qu'il se passait quelque chose d'affreusement anormal, et j'ai décidé de lui dire la vérité. Elle a eu une crise de nerfs. Heureusement que Bernice était là. Elle a mis Mère sous sédatif. Pourtant, en se réveillant, ce matin, elle avait l'air de croire que c'était ma sœur Charlotte qui venait de mourir et non Rosalind. N'est-ce pas stupéfiant ? Charlotte est morte depuis plus de quinze ans.

— Votre mère est tellement malade, Joan, et le choc a été terrible.

— Je sais. C'est seulement que je n'arrive pas à comprendre comment fonctionne l'esprit d'une personne sénile. Elle ne pourra pas se rendre à l'enterrement.

Joan pâlit à nouveau en prononçant le mot « enterrement » et ses yeux s'égarèrent ; Blaine demanda vivement :

— Y a-t-il quoi que ce soit que je puisse faire pour vous aider dans les formalités ?

— Non. Tout est déjà réglé. À part le jour exact du service, en fait. Savez-vous qu'on ne nous a pas encore rendu le corps de Rosalind ?

Ils pratiquaient évidemment une autopsie, songea Blaine ; mais il n'était pas question de souligner ce détail macabre devant Joan, qui s'était apparemment refusée à l'envisager.

— En attendant, vous me préviendrez, n'est-ce pas, si vous avez besoin de quoi que ce soit ?

Joan fit oui de la tête.

— Comptez sur moi, Blaine. Et merci d'avoir été aussi bonne pour Rosalind. Elle vous idolâtrait, vous savez.

Blaine était sidérée.

— *Quoi ?*

— Oh, oui. Je suis certaine qu'elle ne vous en avait jamais parlé, mais je sais qu'elle en avait touché un mot à Robin. Et à moi. Elle vous trouvait merveilleuse.

— Écoutez, Joan, je sais que Rosie m'aimait bien, mais de là à prétendre qu'elle m'idolâtrait ? Je ne crois pas. Surtout après cet été.

Joan insista.

— Elle n'a jamais cru que vous aviez tué Martin, Blaine. Elle était inflexible à ce sujet-là. Absolument inflexible.

Blaine parcourut du regard la pièce lambrissée d'acajou, avec sa cheminée en marbre et ses étagères pleines de livres à reliure de cuir. Une question lui trottait dans la tête : elle s'en voulait de la poser mais ne put s'en empêcher.

— Est-ce à ce moment-là que Robin et Rosie ont pris leurs distances ? Quand Rosie a bien précisé qu'elle ne croyait pas que j'avais tué Martin ?

Joan parut déconcertée.

— Alors là, ma chère, je ne sais pas. Ce que je sais, c'est qu'elles ne se voyaient plus autant que d'habitude, mais si ça avait ou non un rapport avec ça… alors là, non, je suis sûre que non. Vous savez comment sont les jeunes filles — toujours à se chicaner, à faire des tas d'histoires parce que le même garçon leur plaît, à s'intéresser brusquement à des choses différentes. Au nom du ciel, vous ne pensez tout de même pas que Robin croit que vous avez tué Martin ?

— Non, non, bien sûr que non, répondit Blaine sans conviction.

Le front de Joan se plissa.

— Blaine ?

— Ne faites pas attention, Joan. Je dis des sottises. Et je crois que vous vous trompez à propos de Rosalind. Elle allait partir pour Radcliffe et elle se consacrait à ses études exactement comme vous autrefois. Après tout, c'est vous qui étiez son véritable modèle.

— J'aimerais que ce soit vrai, dit Joan tristement. J'aimerais que ce soit vrai parce que je suis une survivante. Je suppose que ma petite Rosalind n'était pas de cette race-là.

5

— Qui prend la dernière tranche de pizza ? demanda Robin.

— Toi ! répondirent en chœur Blaine et Rick.

Ils éclatèrent de rire.

— Tu es en pleine croissance, ajouta Blaine.

— Ce que tu veux dire c'est que je suis la seule à ne pas m'être gonflée de bière, dit Robin.

Blaine regarda son verre.

— Je ne pense pas qu'on puisse dire qu'un demi-verre de Heineken, ça vous gonfle.

Robin la regarda d'un air critique.

— C'est ta deuxième bière, mais qui tient des comptes ?

— Toi, apparemment, répondit Blaine, confuse d'avoir descendu tout un verre de bière sans même s'en apercevoir. Je suppose que je suis si fatiguée que je perds la mémoire.

Ignorant le regard réprobateur de Blaine, Rick ramassa un peperoni dans son assiette et le donna à Ashley. Ashley l'attrapa délicatement, en évitant tout aussi soigneusement de mordre les doigts de Rick que de regarder sa maîtresse : Blaine, en général, lui interdisait ce genre de friandises.

— Vous n'avez pas pu dormir cette nuit ? demanda Rick.

— À vrai dire, je tombais littéralement de sommeil quand je me suis couchée. Et puis j'ai eu un coup de téléphone bizarre aux alentours de minuit.

— Je n'ai pas entendu le téléphone, s'étonna Robin.

— Tu dormais.

— Pas à minuit.

— Robin, je suis passée voir chez toi à onze heures et tu dormais.

— Mais je me suis réveillée, après. J'ai regardé le réveil. Il était minuit moins dix.

— Eh bien, j'ai regardé le réveil, moi aussi. Le téléphone a sonné à minuit exactement. De surcroît, le téléphone de ta chambre a un numéro différent. Il n'a pas pu sonner.

Rick leva la main.

— Mesdames, pourriez-vous terminer plus tard ce fascinant débat ? Je veux qu'on me raconte ce coup de téléphone.

— Oui, qui c'était ? demanda Robin.

— Personne. En tout cas, personne n'a parlé. On a juste passé un disque. Un disque bizarre. (Blaine hésita.) Une comptine : *Ring Around a Rosy*.

Rick et Robin écarquillèrent les yeux ; la main de Robin qui tenait la pizza s'immobilisa à mi-chemin entre son assiette et sa bouche.

— Vous voulez plaisanter… *Ring Around a Rosy* ? dit enfin Rick.

Puis il roula des yeux.

— Bien sûr que vous ne plaisantez pas. Seigneur, c'est dingue.

— Je sais, dit Blaine doucement. Ça m'a vraiment secouée.

Elle regarda Robin :

— Est-ce que tu connais quelqu'un qui aurait un vieil enregistrement de cette chanson ?

Robin reposa lentement sa pizza.

— Elle n'est pas précisément au Top 50. Mais il existe une possibilité.

Rick et Blaine la regardèrent avec espoir.

— La garderie de Caitlin, poursuivit-elle.

— Robin !

— Je n'ai pas dit que c'était Caitlin qui avait passé le disque ! protesta Robin avec feu. J'ai seulement dit qu'elle en avait peut-être un exemplaire, et il y a un tas de gens qui défilent à longueur de journée, dans cette crèche.

— Bien sûr, tu as raison, dit Blaine plus calmement. Excuse-moi de m'être emportée comme ça. Je vérifierai avec elle demain.

— Est-ce que la personne au bout du fil a dit quelque chose ? demanda Rick.

— Non. Il y a eu seulement la musique. Et puis plus rien.

— Vous voulez dire que la personne a raccroché ?

— Non. Tout est seulement devenu très silencieux, mais il y avait toujours quelqu'un. C'est moi qui ai fini par raccrocher.

— Est-ce que tu as parlé de ce coup de téléphone au shérif Quint ? demanda Robin.

— Oui, quand il est passé ce matin. Il a paru intéressé, mais pas autrement inquiet.

Robin haussa les épaules.

— Ça ne m'étonne pas, quand on sait que ton numéro a été tout l'été le préféré des zinzins.

— Tu as vraiment l'art des formules, fit sèchement Rick. Est-ce que tu vas fiche la paix à Blaine, ne serait-ce qu'un soir ?

Agacée, Robin pinça les lèvres, et Blaine lança à Rick un coup d'œil surpris. Son accès de colère était inhabituel : il avait toujours été très gentil, très doux avec Robin. Elle remarqua alors qu'il avait à peine meilleure mine que le soir précédent : il paraissait fatigué et inquiet. Il avait travaillé particulièrement dur ces temps derniers, et il avait sans doute dû faire face aujourd'hui à la crise de nerfs de Mrs. Peyton et maintenant aux sarcasmes de Robin.

Robin se leva subitement et commença à débarrasser la table.

— Je vais monter réviser dans ma chambre, annonça-t-elle d'une voix légèrement tremblotante.

Blaine lui posa une main sur le bras.

— Je débarrasserai après, Rob. Tu peux monter.

Robin hocha la tête et quitta la pièce.

Blaine soupira.

— Je me fais tellement de souci pour elle, Rick.

— Du *souci* ? Que vous soyez contrariée, impatiente, exaspérée, je comprendrais. Mais inquiète ? *Pourquoi ?* Elle a l'air de très bien réagir à tout ça.

— C'est justement ce qui m'inquiète. Elle réagit *trop* bien. Elle n'a pas pleuré depuis que nous avons trouvé Rosie et elle a tenu à aller en classe aujourd'hui.

— Vous auriez préféré qu'elle reste seule ici toute la journée à sangloter ?

— Non, mais cela n'aurait pas forcément été pire. Vous vous en doutez, Rosie a été le principal sujet de discussion des élèves. Je voudrais seulement que Robin manifeste un peu plus d'émotion. Elle est tellement renfermée.

— Trop renfermée, si vous voulez mon avis. Professionnellement, je dirais qu'elle est du genre à réagir à retardement. Laissez-la ruminer un moment en paix, Blaine. Elle réalisera plus tard, et là elle aura vraiment besoin de quelqu'un.

— La personne dont elle aura besoin, c'est de son père. Mais il n'est pas là non plus.

— Mais vous, vous êtes là. Et je suis là, moi aussi.

Ou plutôt, je serais là si vous me laissiez entrer dans votre vie.

Blaine contempla les yeux noisette de Rick, à présent légèrement cernés, et son nez un peu tordu : Rick racontait partout qu'il se l'était cassé dans un accident de voiture, mais Blaine savait qu'il se l'était cassé quand, jeune étudiant en médecine, il s'était évanoui à la vue de son premier cadavre en cours d'anatomie, et s'était fracturé le nez sur le sol en béton. « C'est une réaction courante, avait-il protesté, vexé par son fou rire ; mais les autres gens ignorent la vérité, et je ne veux pas que mes patients désertent sous prétexte que je passe pour une mauviette. »

Elle lui caressa affectueusement la joue.

— Rick, vous savez ce que votre amitié signifie pour moi.

Il poussa un gémissement.

— Oh, Seigneur, épargnez-moi le discours « Vous êtes un chic type, mais... ».

Blaine éclata de rire.

— Ce n'est pas ce que j'allais dire. J'allais juste faire remarquer que Martin est mort il y a si peu de temps.

— Six mois. Et avant, il vous a infligé cinq mois d'enfer.

— Rick !

— Écoutez, Blaine, il était mon ami, mais il avait changé après cet accident. Il vous en rendait responsable.

— C'était moi qui conduisais.

— Parce qu'il avait trop bu à la soirée de réveillon.

— Mais il neigeait, et il avait toujours dit que je n'étais pas fichue de conduire dans la neige, et surtout sa voiture.

Elle soupira.

— Je suppose qu'il avait raison, reprit-elle. Si je n'avais pas freiné à mort quand j'ai vu cette autre voiture arriver vers nous, nous n'aurions pas dérapé et son côté n'aurait pas été tamponné.

— Non, c'est le vôtre qui l'aurait été, répliqua Rick en pressant la main de Blaine. Blaine, vous avez fait ce qu'il fallait.

— Non, ce qu'il aurait fallu faire, c'est appeler un taxi.

— C'est ça ! Cette ville dispose de cinq taxis, et il n'y en avait pas un seul de libre. Je sais de quoi je parle car moi, j'ai essayé d'en appeler un. D'ailleurs, Martin aurait refusé d'attendre. Il devenait hargneux, comme à tous les réveillons et à tous les 4 Juillet quand il buvait trop de bourbon. Si vous aviez insisté pour attendre un taxi, il vous aurait arraché les clés et il se serait tué tout seul ou aurait tué quelqu'un d'autre en voiture. Il n'était absolument pas en état de conduire, et vous n'y pouviez rien si quelqu'un a grillé un stop pour venir vous emboutir. Vous n'êtes absolument pas responsable de l'accident.

— Je suppose que non. Je regrette seulement qu'on n'ait pas pu retrouver le chauffard.

— Vous croyez qu'une condamnation vous aurait consolée ?

— J'y aurais vu une justice. Quel genre d'individu pouvait nous laisser comme ça dans la neige, dans cette voiture ratatinée ?

— Un individu qui avait peur. Une personne qui n'a jamais été retrouvée et qui ne le sera sans doute jamais. Alors arrêtez d'y penser. Cela ne change rien pour Martin. Tout ce que vous arrivez à faire, c'est à vous torturer jour après jour.

— D'accord, Rick, fit Blaine d'un ton las. Vous me tenez ce petit discours d'encouragement au moins une fois par semaine depuis presque un an, et, croyez-moi, cela m'aide beaucoup, mais pour ce qui est de nos relations…

Elle haussa les épaules.

— Même si Martin n'était pas mort il y a seulement six mois, vous connaissez toutes les rumeurs qui ont circulé à notre sujet…

— Je me fiche des rumeurs. Nous savons qu'elles sont fausses.

— Oui, mais il y a d'autres gens qui entrent en ligne de compte. Des gens comme Robin.

— Je la connaissais avant que vous épousiez Martin, et elle m'a toujours bien aimé.

— Je le sais. Mais seulement en tant qu'ami de la famille. Elle n'est pas encore prête à accepter que je fréquente quelqu'un d'autre.

— Alors vous allez laisser une fille de dix-sept ans bourrée de rancœurs diriger votre vie ?

— Non, mais je suis sa belle-mère, que ça lui plaise ou non. Je suis responsable d'elle et je ne veux pas causer plus de tension dans sa vie qu'elle n'en connaît déjà. Et d'ailleurs, il y a votre ex-femme. Vous n'êtes divorcé que depuis quelques mois.

— Elle veut mon bonheur.

— C'est pour cela qu'elle a raconté à tout le monde que si vous l'aviez forcée à divorcer en mars dernier, c'était à cause de moi ?

— Elle a fait ça pour sauver la face. Elle attache beaucoup d'importance à sa réputation. Elle ne voulait pas qu'on la soupçonne, elle, de m'avoir laissé tomber pour un autre homme.

— Quelles qu'aient été ses raisons pour répandre cette histoire, c'était une théorie très populaire.

— Tout comme celle qui voulait que vous ayez une liaison avec John Sanders.

— C'est ridicule. John et moi sommes seulement des amis.

— De *bons* amis.

— Voyons, Rick, arrêtez.

— J'arrêterai si vous-même, vous cessez d'être si entêtée.

— Soit… si vous arrêtez de me harceler avec vos propositions.

— Allez-y carrément, Blaine, dit Rick en souriant. Dites franchement ce que vous pensez.

— Ne plaisantez pas là-dessus. Vous me harcelez, c'est vrai.

Elle se pencha en avant, s'approchant si près de lui qu'elle put sentir son eau de toilette Gray Flannel.

— Écoutez, Rick, poursuivit-elle, je trouve que vous êtes un homme merveilleux. Vous avez certes été un excellent ami pour moi. Mais je ne peux pas penser à qui que ce soit de façon sentimentale pour le moment.

— À personne ?

— Non, personne.

Rick leva les mains d'un geste résigné.

— D'accord, dans ce cas. C'est la dernière fois que je fais allusion au mariage. Cette semaine, j'entends.

Blaine s'esclaffa.

— Vous êtes impossible.

— Et impitoyable.

— *Et* épuisé. Si vous ne rentrez pas chez vous dormir un peu, vous allez perdre ce physique avantageux qui fait de vous le médecin le plus populaire de la ville.

— Ma parole, madame, en voilà une idée ! s'exclama Rick, en contrefaisant l'élégant accent anglais de Sir Percy Blakeney dans *Le Mouron rouge*, qu'ils avaient regardé à la télévision quelques jours plus tôt. Fort bien, j'accepte de me plier ce soir à votre volonté, mais je vous reverrai demain.

Il se pencha vers elle et lui donna une petite bise sur la joue.

— Faites de beaux rêves, jolie dame.

Une demi-heure plus tard, elle finissait de charger le lave-vaisselle. Quelques minutes à peine après que Robin fut montée dans sa chambre, la maison s'était mise à vibrer sous les trépidations de sa puissante stéréo. Blaine tendit l'oreille : Led Zeppelin, *Ramble On*. La musique avait failli faire tourner Martin en bourrique, mais elle plaisait à Blaine, attestation supplémentaire de leur différence d'âge. Blaine ne l'aurait jamais avoué, même sous la torture, mais elle s'était souvent trouvée davantage en phase avec Robin qu'avec Martin. Quand elle s'était mariée, sa sœur l'avait prédit, mais Blaine n'avait pas écouté. À son grand soulagement, d'ailleurs, leurs divergences n'avaient jamais occasionné de graves problèmes. Si leur mariage avait duré plus longtemps, peut-être en aurait-il été autrement.

Il était dix heures quand elle finit de nettoyer la cuisine ; après avoir pris un long bain chaud, elle décida d'aller se coucher. Elle se sentait épuisée et commençait à avoir la migraine. Elle avala deux aspirines, puis se glissa dans ses draps parsemés de roses roses.

Ashley s'allongea sur sa couche de tissu écossais à côté du grand lit de sa maîtresse, que Blaine occupait seule depuis presque un an, date de l'accident de Martin. Avant cette nuit abominable, les choses avaient été bien différentes. Blaine, malgré elle, repensa aux premiers temps de sa relation avec Martin Avery.

C'était un samedi soir de mai ; il faisait anormalement chaud. La ville fêtait son bicentenaire au bord du petit lac artificiel, où la reconstruction d'un fort démoli au XVIIIe siècle devait commencer le lundi matin. Le fait que le nouveau fort serait érigé presque à deux kilomètres de l'endroit où se dressait l'original et qu'il serait entouré d'un lac artificiel peuplé de bateaux à aubes aux couleurs vives ne semblait guère gêner que les historiens purs et durs, pour qui tout cela ressemblerait plus à un décor de Disneyland qu'à un fort authentique. Blaine partageait cet avis, mais étant donné que l'entreprise de menuiserie dirigée par Kirk et son père devait se charger de l'aménagement intérieur du fort, ils avaient tous deux été sollicités pour prendre la parole lors de la commémoration. C'était l'unique raison pour laquelle Blaine avait accepté d'assister aux festivités. Des heures entières sous le soleil brûlant à ingurgiter discours, hot dogs et salade de pommes de terre n'étaient pas sa conception d'une journée réussie, mais elle supposait que c'était toujours mieux que de rester seule dans son appartement à regarder de vieux films à la télévision.

Elle vivait à Dallas depuis presque huit ans, date à laquelle sa mère, essayant de se racheter d'avoir abandonné ses filles des années auparavant, avait invité Blaine à habiter avec elle et son second mari pendant ses études à l'Université méthodiste du Sud. Blaine n'avait pas envie d'accepter, mais son père avait insisté : « C'est une opportunité formidable pour toi. Et puis, n'oublie pas, il faut penser à Caity. Je ne veux pas paraître calculateur, mais ton beau-père est très à l'aise pécuniairement. Tu n'es pas la seule que ça aiderait ; comme ça, tu préparerais le terrain pour Caity, qui pourrait connaître une vie bien plus confortable que celle que j'ai jamais pu vous offrir. » Blaine avait donc quitté son père, sa sœur et Logan – les trois seules personnes qu'elle aimait – pour partir dans l'Ouest. Malheureusement, la laborieuse trêve entre Blaine et sa mère n'avait pas duré longtemps, et Blaine avait commencé sa seconde année comme pensionnaire d'une résidence universitaire, aidée financièrement par diverses bourses et autres emprunts, trop mortifiée pour retourner chez son père. Que penserait-il ? Qu'elle n'avait même pas fait un effort pour Caity ? Quant à Logan, c'était fichu, il avait été trop blessé par son abandon. Et bien sûr, les gens de Sinclair diraient que si elle était revenue, ce n'était pas par choix, mais simplement parce qu'elle y avait été forcée, après son échec dans cette belle école de la grande ville. Cait étant mariée et heureuse quand Blaine avait achevé ses études, Blaine était restée à Dallas ; après son diplôme, comme aucun poste de professeur ne se libérait et qu'elle devait rembourser ses emprunts étudiants, elle avait pris un emploi qu'elle détestait dans la vente d'ordinateurs.

Trois ans plus tard, elle était rentrée à Sinclair pour l'enterrement de son père ; là, sur un coup de tête, elle avait décidé de troquer son lucratif boulot de commerciale contre un poste de suppléante au lycée de Sinclair, afin de pouvoir demeurer quelque temps auprès de Caitlin et de Sarah, sa nièce de deux mois. Son travail au lycée lui plaisait – il lui permettait de réaliser enfin sa vocation –, et elle adorait Caitlin et sa famille ; pourtant, si elle avait espéré que les choses, à Sinclair, soient différentes pour elle de ce qu'elles avaient été dans sa jeunesse, elle se trompait. La ville lui portait malheur, se disait-elle souvent. Rien à Sinclair ne lui avait jamais réussi. Bien sûr, une partie du problème provenait simplement du fait que Sinclair comptait en tout et pour tout six mille habitants. Il n'y avait pas grand-chose à y faire ni grand monde à y rencontrer. À vingt-six ans, donc, Blaine était seule dans la vie, à l'exception de Cait, de Sandra Jarvis, sa vieille amie d'école, aujourd'hui mariée et mère de trois enfants qui l'occupaient trop pour qu'elle puisse rien faire d'autre, et de John Sanders, avec qui elle passait de temps à autre une soirée, mais qui quittait la ville presque tous les week-ends. Sur le plan sentimental, elle n'était attachée à personne, et même si trouver un mari ne comptait pas parmi ses priorités, elle espérait bien se marier et fonder un jour sa propre famille. Bon sang, pensa-t-elle accablée tandis que la nuit descendait sur la fête et qu'elle se dirigeait vers la jetée, Sarah paisiblement endormie dans ses bras pendant que Cait aidait d'autres respectables matrones de la ville à servir de la glace maison avant le début du feu d'artifice, bon sang, elle se satisferait désormais d'un homme qui ne soit pas engagé ailleurs, comme John, qui ne soit pas un homme marié en quête d'une aventure, ou d'un homme qui recherchait autre chose que de s'enfiler des bières au bar du coin en lui racontant ses exploits de chasseur ou de pêcheur. Quelle bêtise d'avoir renouvelé pour un an son contrat au lycée et le bail de son appartement, enrageait-elle en silence. Qu'est-ce qui lui avait pris ? Était-ce à cause de son affection pour Cait et Sarah ? Allons, elle ne pouvait se contenter de ça éternellement. Il était temps de quitter Sinclair et de recommencer sa propre vie. Mais voilà qu'elle se retrouvait coincée ici pour une année de plus, et qu'elle ne pouvait s'en prendre qu'à elle-même.

Elle ôta ses chaussures et s'assit sur la jetée. Dans ses bras, Sarah se tortilla et gémit faiblement, puis, bouche ouverte, resombra paisiblement dans son sommeil de bébé. Blaine contempla en souriant le visage reposé de l'enfant. « Je regrette que tu ne sois pas à moi », murmura-t-elle. Une bulle se forma sur la bouche de Sarah. Blaine soupira et laissa pendre dans l'eau ses pieds nus. Comme elle était fraîche. Si elle avait été seule, elle aurait enlevé tous ses vêtements, elle se serait glissée dans l'eau et elle aurait nagé pour conjurer son cafard. Au lieu de cela, elle se trouvait entourée par des centaines de gens.

– J'ai l'impression que ceci vous fera du bien.

Redressant brusquement la tête, elle vit un homme dans la pénombre. Son visage était mince, bronzé, souriant. Même ses yeux bleus lui souriaient. Martin Avery. Tout le monde en ville connaissait Martin Avery.

– Qu'est-ce que vous avez dit ? demanda-t-elle sottement.

– J'ai dit : j'ai l'impression que ceci vous fera du bien. Il lui tendit une coupe de glace maison.

– Bien sûr, ce serait plus efficace avec un peu de Drambuie ou de grand-marnier par-dessus, mais il ne faut rien espérer de tel ce soir.

Blaine le dévisagea d'un air surpris, et il rit doucement.

– Tenez, donnez-moi le bébé pendant que vous mangez.

– Merci.

Posant la coupe de glace à côté d'elle, il se percha si près d'elle sur la jetée qu'elle eut l'impression de sentir la chaleur que dégageaient ses bras bronzés lorsqu'il lui prit agilement le bébé. Sarah se mit à vagir ; s'interrompant soudain comme si elle changeait d'avis, elle se rendormit.

– C'est très gentil à vous, Mr. Avery, avait dit Blaine en attaquant sa glace.

– Je m'appelle Martin. Et ce n'est pas si gentil. Je me souviens très bien de vous quand vous étiez plus jeune. Vous veniez chez moi avec votre père, et vous travailliez comme un petit démon à ses côtés. Il était payé, mais pas vous.

Blaine sentit ses joues s'empourprer au souvenir de cette époque, surtout en repensant à un jour du temps de ses treize ans. Elle était en train de ratisser l'herbe que son père venait de tondre quand Gloria, la femme de Martin, était sortie de la maison ; elle l'avait interrompue pour lui dire : « J'ai de vieux vêtements que je ne mets plus. Ils sont démodés, mais je suis très petite et toi tu es grande pour ton âge, et apparemment, tu en as bien besoin. »

Mr. Avery était assis sur la véranda. Abaissant son journal, il les avait fixées l'une et l'autre de ses yeux au bleu électrique. Humiliée, Blaine avait répondu : « Merci beaucoup, Mrs. Avery, mais j'ai tous les vêtements qu'il me faut. » Plus tard, en s'en allant, son père et elle étaient passés devant une fenêtre ouverte. Blaine avait entendu la voix de Mr. Avery ; il criait presque : « Pourquoi diable as-tu proposé tes vieux vêtements à cette gamine ? — J'essayais seulement de rendre service, avait rétorqué Mrs. Avery. Seigneur, elle ressemble à une va-nu-pieds, on dirait une orpheline de Dickens. Tu ne me reproches pas d'être généreuse, quand même ? — Je ne te reproche pas d'être généreuse. Je te reproche en revanche d'être cruelle, et c'est exactement ce que tu étais. Tu as bien trop de tact pour dire à une gamine qu'apparemment elle a *besoin* de tes vieux vêtements. Tu l'as mortifiée. — Oh, ne sois pas ridicule, avait protesté Mrs. Avery. Cette gosse aurait dû être reconnaissante. Son problème, c'est qu'elle est beaucoup trop orgueilleuse pour quelqu'un de son espèce. — Quelqu'un de son *espèce* ? Mon Dieu, Gloria, peut-être aurais-tu été plus heureuse si tu avais vécu dans une plantation du vieux Sud. Tu aurais pu alors te promener tous les jours en insultant les esclaves… » Mrs. Avery avait fondu en larmes : « Ne me parle pas comme ça ! J'ai des douleurs dans la poitrine. J'ai toujours eu le cœur fragile. Je ne suis pas censée m'énerver, et voilà que tu cries après moi sous prétexte que j'aurais manqué de tact avec une petite rien du tout que tu défends parce que tu la trouves *jolie*. Elles ne sont jamais trop jeunes pour toi, n'est-ce pas ? »

Ils s'étaient éloignés de la fenêtre, le père de Blaine penchant la tête d'un air honteux et Blaine réprimant de brûlantes larmes de gêne. Quelques mois plus tard, quand Gloria Avery était morte d'une crise cardiaque, Blaine s'était sentie terriblement coupable en se rappelant cette journée d'été où elle avait souhaité sa mort.

Et voilà qu'après toutes ces années Martin Avery lui apportait de la glace sur la jetée et tenait dans ses bras le bébé de sa sœur… Les mots lui manquèrent soudain, mais par bonheur Martin Avery continuait à parler, comme s'il comprenait son malaise.

– Le fort est un sacré projet, mais il devrait attirer pas mal de touristes. La ville a besoin de quelque chose pour stimuler l'économie.

– Oui.

Blaine le regarda du coin de l'œil. Il paraissait légèrement plus âgé que du temps où son père s'occupait de son jardin, mais il avait toujours la même sveltesse, les mêmes cheveux dorés et les mêmes yeux bleus. Il émanait de lui un intense magnétisme et une formidable énergie. Elle se le représenta soudain en train d'enjamber triomphalement le filet au tournoi de Monaco ou de franchir en tête la ligne d'arrivée du Grand Prix. Les privilèges parmi lesquels il avait grandi semblaient l'envelopper comme une aura, à l'instant même où, assis sur une digue branlante, il tenait dans ses bras un bébé qui, à l'heure qu'il était, avait certainement mouillé sa couche.

— La seule chose qui soit florissante pour le moment est Avery Manufacturing, ajouta-t-elle.

— C'est vrai. Mais nous ne pouvons pas subvenir aux besoins de toute une ville.

La glace était bien plus riche que celle que Blaine achetait en boutique, et tellement froide qu'elle lui faisait mal aux dents, d'une façon plutôt agréable. Elle n'avait pas mangé de glace maison depuis son enfance. Martin Avery regarda vers le lac.

— J'ai été désolé pour votre père.

Blaine se hâta d'avaler.

— Merci. Et merci pour les fleurs. Il n'y en avait pas beaucoup à l'enterrement.

Elle regretta aussitôt cette remarque aux accents quémandeurs, mais Martin Avery ne semblait pas mal à l'aise.

— J'étais absent, sans ça je serais venu, dit-il tranquillement. J'ai toujours bien aimé votre père.

Blaine le dévisagea.

— C'est vrai ?

— Bien sûr. Quelquefois, quand vous n'étiez pas là, il buvait un verre avec moi une fois le boulot terminé. C'était un homme intelligent, Blaine.

— Oui. Très intelligent, acquiesça-t-elle avec raideur.

Puis, sur un ton plus chaleureux et plus intime qui la surprit elle-même, elle ajouta :

— L'ennui, c'est qu'il n'arrivait pas à canaliser son intelligence.

— Chacun a ses faiblesses.

Et quelle faiblesse pouvez-vous bien avoir ? se demanda Blaine, en contemplant à nouveau sa glace. Il avait l'air parfait, sublime, pareil à un personnage de cinéma. Comment pouvait-il bien comprendre que

Jim O'Connor était un homme mené par des rêves que son manque d'éducation et son alcoolisme ne lui avaient jamais permis de réaliser ? Et pourtant, elle avait l'impression que Martin *savait*.

— On m'a dit que vous faisiez de l'excellent boulot au lycée.

— J'essaie. Mais qui vous tient au courant de mes résultats ?

Des plis apparurent autour de ses yeux tandis que Martin souriait.

— J'appartiens au conseil d'établissement.

— Oh, j'avais oublié.

— Je suis content que vous ayez décidé de rester. Ma fille Robin va entrer au lycée de Sinclair l'année prochaine. J'aimerais bien qu'elle vous ait comme prof d'anglais, même si son point fort est la musique.

— Vous ne l'enverrez pas dans une école privée ?

Il secoua la tête.

— Non. On m'avait expédié dans une école privée quand j'étais jeune, et ça ne m'avait pas plu du tout. Tous mes amis étaient ici. Et puis, Robin est tout ce que j'ai.

— Pourquoi ne vous êtes-vous pas remarié ? demanda Blaine, aussitôt horrifiée par l'indiscrétion de sa question.

Mais Martin avait rejeté sa tête en arrière et riait.

— Aussi directe que l'était votre père !

Sarah donna un coup de pied, ouvrit la bouche et émit un cri perçant. Blaine avait terminé sa glace ; reposant la coupe, elle attrapa le bébé, qui se réinstalla dans ses bras sans trop d'histoires.

— Désolé, dit Martin.

— Ce n'est rien. Je suis étonnée de la voir aussi calme, avec tout le vacarme qui règne autour du lac. J'ai proposé de la ramener à la maison, mais Cait veut qu'elle reste pour admirer le feu d'artifice.

Martin fronça les sourcils.

— Quel âge a-t-elle, six mois ?

— Sept. Et je sais… c'est idiot. Soit elle se fichera complètement du feu d'artifice, soit elle sera à moitié morte de peur, mais Cait peut être très têtue parfois.

Blaine enfonça une tétine dans la bouche du bébé et Sarah s'apaisa.

— Je n'ai pas rencontré la femme qu'il fallait, dit Martin.

— Pardon ?

— Vous m'avez demandé pourquoi je ne m'étais pas remarié après Gloria. Je ne faisais que répondre à votre question.

— Oh, je suis désolée d'avoir posé une question aussi personnelle. Je me sens toute bête.

Une brise opportune flottait dans l'air nocturne, soulevant sur sa nuque les cheveux de Blaine. Quelque chose lui mordilla les orteils : sans doute un des poissons qu'on avait récemment transplantés dans le lac artificiel ; elle agita son pied, puis elle sortit ses jambes nues de l'eau froide et les replia sous la grande jupe de sa robe bain de soleil.

— Accepteriez-vous de dîner avec moi, Blaine ?

Elle scruta les yeux bleu électrique de Martin. Ils souriaient, mais ils étaient également sincères. Aussi incroyable que cela parût, il ne plaisantait pas. Blaine déglutit avec effort.

— Ça me plairait beaucoup, Mr… Martin, rectifia-t-elle.

Six mois plus tard, le 15 décembre, jour du vingt-septième anniversaire de Blaine, ils se mariaient. Ils passèrent leur lune de miel aux Caraïbes et rentrèrent à temps pour Noël. Martin avait offert à Blaine un jeune setter irlandais et une Mercedes blanche. Elle fut ravie du chiot mais déclara que la voiture était bien trop luxueuse pour se rendre au lycée de Sinclair. Martin, toutefois, insista. Blaine était belle, elle était brillante, elle méritait ce qu'il y avait de mieux. Elle avait ramené l'amour, la jeunesse et l'enthousiasme dans sa vie. Et leur vie était réellement excitante, avec ces voyages impromptus, ces réceptions et ces pique-niques, ces bouquets de roses jaunes à n'en plus finir, ces magnifiques vêtements, et l'amour passionné d'un homme qu'elle admirait depuis l'enfance. Elle avait l'impression d'être une princesse. Mis à part la froideur de Robin à son égard, les deux années suivantes avaient été idylliques, et quelques heures à peine avant ce réveillon fatidique auquel Blaine ne pouvait toujours pas penser sans frissonner, Martin et elle avaient décidé d'avoir un enfant.

Maintenant tout était fini : le bonheur, la sécurité, l'amour, tout cela lui avait été arraché parce que quelqu'un avait grillé un stop par une nuit de neige pour venir percuter de plein fouet la Ferrari de Martin. Blaine se tourna sur le côté, s'obligeant à fermer les yeux. « Ne pense pas à ce que tu as perdu, ou à la façon dont Martin te haïssait à la fin, sinon tu vas devenir folle. » Au bout du couloir la stéréo de Robin continuait à résonner ; Blaine se concentra sur la musique et, bercée par les accords qui lui parvenaient, finit par s'endormir.

Blaine se gara dans l'allée, coupa le moteur et respira profondément. Était-elle prête à affronter Martin ? Il lui avait dit que c'était de sa faute s'il était paralysé. Il lui avait enfin craché le fond de sa pensée. Et quand elle s'était disputée avec lui, qu'elle lui avait dit qu'ils auraient mieux fait d'aller au bal avec la Bronco plutôt qu'avec sa voiture de sport, il s'était déchaîné : il l'avait agonie d'injures et lui avait lancé à la figure un lourd cendrier en verre. Pas à la figure, réalisait-elle maintenant, presque trois heures plus tard. Il l'avait lancé dans sa direction, juste pour lui faire peur, juste pour décharger sa colère. Alors elle était partie sans demander son reste. Mais elle n'aurait pas dû faire ça, malgré toutes ses provocations. L'état mental de Martin était trop fragile pour qu'on le laisse seul, fût-ce même peu de temps.

La porte d'entrée était fermée à clé. Ce détail intrigua Blaine. Bernice ne fermait jamais la porte à clé, et elle était censée arriver vingt minutes après le départ de Blaine. Or la voiture de Bernice n'était pas dehors. Peut-être un ami l'avait-il déposée. Peut-être avait-elle pris un taxi. Ou peut-être n'était-elle pas venue du tout, soufflait une voix accusatrice dans la tête de Blaine. Peut-être était-il arrivé quelque chose et Martin avait-il passé tout ce temps tout seul.

La peur s'empara de Blaine, lui nouant l'estomac. Elle sortit sa clé afin d'ouvrir la porte. À l'intérieur, l'air conditionné ronronnait dans la grande maison silencieuse. Il faisait anormalement chaud pour une fin mai, aussi chaud qu'en ce mois de mai où Martin avait ressurgi dans sa vie. Il y avait déjà eu deux journées où la température avait dépassé les trente degrés. Peut-être le temps respectait-il des cycles de trois ans, songea-t-elle de façon saugrenue.

Elle pénétra dans le salon ; son regard se posa sur les fragments de verre bleu foncé qui parsemaient le plancher de chêne clair : les débris du cendrier que Martin avait lancé. Elle aurait dû balayer avant l'arrivée de Bernice. Mais si l'infirmière était effectivement *venue, elle n'aurait pas manqué de ramasser les morceaux de verre. Bernice n'était pas là ; elle n'était pas venue du tout aujourd'hui. « Martin ? appela timidement Blaine. Martin, où es-tu ? »*

La maison était trop silencieuse. Même Ashley n'était pas là pour venir l'accueillir. La respiration de Blaine s'accéléra. Quelque chose n'allait pas. La maison semblait vibrer d'ondes maléfiques. Debout dans le salon, Blaine demeura parfaitement immobile, tendant l'oreille, tous les sens en éveil. Il s'était passé quelque chose de grave, pressentit-elle. Elle entendit alors des gémissements derrière la porte du bureau de Martin. Avec une appréhension croissante, elle l'ouvrit, et Ashley fit irruption dans le salon, tournoyant autour d'elle et poussant des aboiements frénétiques. « Qu'est-ce qu'il y a ? demanda Blaine, la voix frémissante de peur. Où est Martin ? » Elle regarda dans le bureau. Il était vide, mais il y flottait une forte odeur de brûlé. Dans la corbeille à papiers métallique au pied du bureau, Blaine remarqua les restes carbonisés de deux carnets à reliure de cuir — les journaux de Martin, réalisa-t-elle par la suite. Les journaux qu'il avait rédigés si fiévreusement ces dernières semaines se réduisaient désormais à des couvertures roussies, enserrant des pages calcinées.

Tandis que Blaine contemplait les carnets encore fumants, Ashley se dirigea vers la porte-fenêtre. Dressée sur ses pattes de derrière, déchirant le voile des rideaux avec ses pattes de devant, elle se mit à aboyer et à gémir pour inciter Blaine à la suivre. « Arrête ! » ordonna Blaine. Elle se précipita vers la chienne afin de l'écarter de la porte. C'est alors qu'elle vit Martin, effondré dans son fauteuil roulant sur la véranda.

D'un pas lent, elle franchit la porte. Les planches lisses de la véranda étaient chaudes sous ses chaussures à fines semelles. Il devait faire trente-trois degrés aujourd'hui, pensa-t-elle vaguement. Martin n'aurait pas dû sortir par cette chaleur. Peut-être s'était-il évanoui…

Ashley le rejoignit et lécha sa main qui pendait mollement. Blaine baissa les yeux : un revolver qu'elle connaissait bien reposait sur le plancher à côté de lui. Mais ce n'était pas possible ! se dit-elle. Elle avait fermé à clé le placard où elle l'avait rangé et caché la clé dans son coffret à bijoux. Et pourtant le pistolet était là, brillant d'un éclat menaçant sous le soleil de l'après-midi. Malgré la chaleur, elle sentit des frissons la parcourir. Le pistolet était là. Le pistolet était là, *hurlait son esprit. Elle leva enfin les yeux. Ils se fixèrent sur le trou noirci et irrégulier qui creusait la tempe droite de Martin, tandis que le monde s'emplissait de la clarté étincelante du soleil et de la stridulation monotone des cigales, au loin, dans les arbres.*

– Non !

Blaine se réveilla brusquement, trempée de sueurs froides. Ashley était montée sur le lit et lui léchait le visage. « Je vais bien, ma belle », marmonna-t-elle, caressant la chienne tout en se redressant. Au cours des semaines passées chez Caitlin, la fréquence du cauchemar s'était ralentie, et elle avait espéré qu'il ne tarderait pas à disparaître. Mais elle avait fait ce rêve trois nuits d'affilée depuis qu'elle était rentrée chez elle, et elle savait que le traumatisme de cette abominable journée de mai était trop profondément enraciné dans son subconscient pour s'évanouir aussi rapidement.

D'un geste tremblant, elle repoussa les couvertures et regarda le réveil sur la table de chevet. Une heure et demie. Il régnait dans la maison un silence de mort. Et il faisait froid.

Blaine sortit de son lit et enfila un léger déshabillé de soie qui ne la réchauffa en rien. Quelque part sous le lit se trouvaient les pantoufles délicates qu'elle portait rarement, mais ce soir le plancher de chêne bien ciré lui glaçait les pieds et elle les chercha puis les enfila. Elle voulut ensuite allumer sa lampe de chevet, mais rien ne se produisit. Ainsi ses frissons ne résultaient-ils pas seulement du cauchemar familier. Comme cela arrivait de temps en temps, il y avait une panne de courant. D'après ce que disait Martin, la maison avait des problèmes d'électricité depuis des années.

Elle entra à pas de loup dans la chambre de Robin, trébuchant sur Ashley, qui s'immobilisait tout le temps devant elle, en position d'écoute. « Tout va bien, Ash. C'est seulement que la maison grince à cause de la baisse soudaine de température », murmura-t-elle. Robin dormait à poings fermés, mais elle était découverte. Blaine lui remonta l'édredon sous le menton et sortit de la chambre sur la pointe des pieds.

– La lampe électrique, dit-elle à Ashley. Elle est dans la cuisine.

D'un pas mal assuré, elles remontèrent le long couloir puis traversèrent le salon et la salle à manger. Quand elles atteignirent la cuisine, Blaine appuya machinalement sur l'interrupteur, mais la pièce resta plongée dans l'obscurité. « Génial, grommela-t-elle. Quatre degrés, une nuit noire comme de la poix, et pas de chauffage ni de lumière. » Elle tâtonna jusqu'au tiroir à côté de la cuisinière et en sortit une lampe de poche. La pile était usée et elle n'éclairait que faiblement. « Oh, non », gémit-elle. Combien de fois Martin lui avait-il recommandé de toujours mettre des piles neuves dans les lampes électriques ? Combien de fois lui avait-il conseillé d'avoir toujours des bougies sous la main ? Elle n'avait pas tenu compte de tous ces beaux conseils. Et il faisait tellement *froid*. À ce régime-là, demain matin, Robin et elle tiendraient toutes les deux un rhume carabiné.

Blaine eut une idée. Et si le problème venait du disjoncteur ? Un jour, peu de temps après leur mariage, il y avait eu une panne et, quand l'électricité était revenue, son afflux avait fait sauter la moitié des plombs. Peut-être la même chose s'était-elle produite. Cela valait la peine de vérifier.

– En bas, au tableau électrique, dit-elle à Ashley. La chienne gémit et redressa la tête. Bon, si tu as peur, tu peux rester ici.

Comme pour relever le gant, Ashley trotta jusqu'à la porte de la cave. Elle se campa fermement devant, en fixant Blaine d'un air qui s'apparentait à du défi. La chienne avait toujours eu peur de la cave et, même à grands renforts de cajoleries, on ne pouvait lui faire descendre que la moitié de l'escalier. Cette aversion aussi entêtée qu'irrationnelle avait toujours amusé Martin, mais ce soir l'attitude d'Ashley agaçait Blaine. Elle soupira.

– Écoute, Ash, je n'aime pas non plus aller à la cave, mais il faut que je descende. Elle attrapa le collier d'Ashley et tira dessus. Allons, *pousse-toi*...

Blaine ouvrit la porte. Ashley aboya à deux reprises. « Je ne vais pas discuter avec toi. » Blaine savait que cela avait l'air bête, mais elle avait toujours parlé à la chienne comme à un être humain. Quelquefois elle avait l'impression qu'elle en était un. En partie. Maintenant, par exemple : Blaine la vit se retourner à contrecœur puis, à sa grande stupéfaction, Ashley la précéda dans l'escalier.

Tout juste deux semaines avant sa mort, Martin venait de terminer ses plans visant à convertir en salle de jeux le grand sous-sol de la maison. Après le drame, Blaine n'avait pas eu le cœur de mettre son projet à exécution, et Robin n'avait pas l'air intéressée, le sous-sol était donc resté vide à part quelques cartons et autres vieux meubles. Même le lave-linge et le sèche-linge se trouvaient à côté de la cuisine, dans une buanderie indépendante.

Bien que le sous-sol ne fût pas humide, Blaine le trouva affreusement froid dans son mince peignoir. Ashley s'arrêta au pied de l'escalier en bois qui menait à la grande pièce principale, scrutant les ténèbres. Puis elle poussa deux faibles grondements. Blaine faillit à nouveau trébucher sur elle et, l'espace d'un instant, elle éprouva le même effroi pernicieux que celui qu'elle avait éprouvé au bord du ruisseau. Sa main tremblait légèrement et elle eut envie de remonter en courant et de fermer la porte à clé derrière elle. Toutefois, malgré toute sa méfiance, Ashley décida apparemment qu'il n'y avait rien d'anormal et, après avoir enfin descendu la dernière marche, elle se retourna vers Blaine.

– Tu m'as bien fichu la frousse, Ash, dit Blaine d'une voix tremblante. Je m'étais mise à avoir peur de tomber sur un autre cadavre. Mais il ne peut rien y avoir dans cette cave. Après tout, la porte extérieure qui y mène est fermée à clé. Comme c'est le cas de la maison tout entière depuis des semaines.

Blaine ne lambina pas pour autant en traversant un coin sombre du sous-sol, avant de pénétrer dans une pièce plus petite qui abritait la chaudière, le chauffe-eau et le tableau électrique. Ouvrant le coffret électrique, elle ne tarda pas à repérer les disjoncteurs sautés. Elle les remit en position *on* et attendit.

– Qu'est-ce que vous fabriquez ici ?

Blaine sursauta et, en se retournant, elle vit Robin qui se tenait à la porte.

– L'électricité a sauté. Je suis descendue vérifier les plombs.

— À en juger par la température arctique, celui qui régit la chaudière est sûrement le coupable.

— C'est ça qui t'a réveillée ? Le froid ?

— J'ai entendu des bruits. C'était sans doute Ashley et toi.

— Bon, tout devrait rentrer dans l'ordre maintenant.

À cet instant précis, la chaudière redémarra dans un ronronnement et la lampe du plafond que Blaine avait machinalement allumée en entrant dans la pièce s'illumina.

— Heureusement que c'était aussi facile. Nous ne serions jamais arrivées à faire venir quelqu'un à cette heure de la nuit. Remontons, dit Blaine.

Mais ni Robin ni Ashley ne l'écoutaient. Ashley reniflait quelque chose de l'autre côté de la chaudière, tout en émettant des grognements étouffés.

Robin avait le regard fixe et Blaine sentit monter en elle une horrible vague de peur.

— C'est sans doute une souris morte.

— Il n'y a jamais eu de souris dans cette maison.

— Ce n'est pas possible, protesta Blaine. Cette maison a cinquante ans.

Elle fut soudain submergée par la panique. Des gouttes de sueur commencèrent à perler sur ses mains et, voyant que ni la jeune fille ni la chienne ne bougeaient, elle s'écria d'une voix perçante :

— Robin, sortons d'ici.

Robin ne l'écouta pas et rejoignit la chienne. Elle plissa le front, puis dit d'une petite voix effrayée :

— Blaine, viens par ici.

Non sans hésitation, Blaine s'approcha de la chienne et de Robin pour regarder derrière la chaudière. Après un hoquet stupéfait, elle se baissa et ramassa une veste de daim ocre, un petit sac à main marron et une valise bleu marine. Précautionneusement, elle souleva l'étiquette de la valise et lut à haute voix.

– Rosalind Van Zandt.

Levant les yeux vers Robin, elle s'exclama :

– Mon Dieu, ce sont les affaires de Rosie, et quelqu'un les a cachées ici.

– Cachées, répéta Robin, troublée.

Blaine braqua de nouveau la torche derrière la chaudière.

– Ce n'est pas tout ce qu'on a caché, d'ailleurs, dit-elle d'une voix chevrotante.

Sur le sol, sa longue aiguille cassée presque à la base, gisait une seringue jetable.

6

Pour la deuxième fois en moins de deux jours Blaine téléphona au bureau du shérif. Vingt minutes plus tard, quand Logan Quint s'arrêta dans l'allée, Blaine avait revêtu un jogging et allumé toutes les lampes de la maison.

— C'est vous ! s'exclama Blaine, ouvrant la porte avant même que Logan ait eu le temps de sonner. Je croyais voir un adjoint. Est-ce que vous travaillez vingt-quatre heures sur vingt-quatre ?

— Ça m'arrive.

Blaine remarqua qu'il portait un jean fatigué, un sweat-shirt et une paire de boots tout éraflées. À ses yeux endormis et son habillement négligé, on devinait sans mal qu'il avait été réveillé par un coup de téléphone et qu'il s'était habillé à la hâte.

— En fait, j'avais laissé des ordres pour qu'on me prévienne s'il survenait le moindre élément nouveau dans l'affaire Van Zandt, quelle que soit l'heure. Montrez-moi ce que vous avez trouvé.

Est-ce que ça te tuerait de sourire rien que pour nous rasséréner un peu, Robin et moi ? songea Blaine avec colère ; mais Logan avait l'air distant, voire renfermé. Contrariée, elle le précéda en direction de la cave, où Robin attendait leur arrivée, comme si elle craignait que la valise disparaisse si personne ne la surveillait.

— Comment êtes-vous tombées là-dessus ? demanda Logan.

— Ashley, encore une fois. L'électricité avait sauté et je suis descendue vérifier les plombs. La boîte à fusibles se trouve dans la chaufferie. Ash a déniché les affaires presque tout de suite, derrière la chaudière.

— Qu'est-ce qui vous rend si sûres que ces articles appartiennent à Rosalind ? demanda-t-il tandis qu'ils descendaient l'escalier.

— Il y a une étiquette sur la valise. Et Robin et moi avions vu Rosie avec ce sac et cette veste.

En pénétrant dans la petite chaufferie, Logan s'arrêta pour regarder les affaires de Rosie disposées devant la chaudière ; puis il enfila des gants en caoutchouc très fins qu'il avait dans sa poche de derrière.

— Je ne veux pas effacer les empreintes, expliqua-t-il. Bien sûr, les vôtres, il faudra s'en arranger, puisque manifestement vous avez touché aux affaires.

— Nous n'aurions pas dû, s'excusa Blaine.

— C'est une réaction naturelle, la rassura-t-il en considérant la valise. Il faudrait que vous restiez là toutes les deux pendant que j'examine tout ça. Je peux avoir besoin de renseignements.

Blaine regarda sa belle-fille.

— Robin ?

— Je veux rester. Je connaissais les affaires de Rosie mieux que quiconque à part sa tante.

Logan s'agenouilla et attira la valise à lui.

— Je la saupoudrerai pour les empreintes quand nous l'aurons fouillée, annonça-t-il.

— Pourquoi vous en faites-vous tant pour les empreintes ? demanda Blaine d'un air soupçonneux. Je croyais que vous aviez dit qu'elle s'était suicidée.

— J'ai dit que ça en avait l'air.

La valise s'ouvrit avec un bruit sec. À l'intérieur, tout était minutieusement plié et ordonné. Ça ressemblait tellement à Rosie, songea Blaine, une boule dans la gorge. Elle avait toujours été si soigneuse.

Un pantalon de laine noir et un chemisier en soie blanc — pas tout à fait aussi mode que les vêtements portés par certaines filles, mais luxueux et indéniablement dans le style de Rosie. Un collant. Une chemise de nuit en dentelle rose de chez Christian Dior et une robe de chambre assortie. Trois culottes. Un soutien-gorge à armature, une combinaison de soie. Un sèche-cheveux et un fer à friser. Dans un des compartiments latéraux, une boîte d'Allerest, un échantillon de shampooing Revlon, une brosse à dents, du dentifrice, du mascara, du fard à joues et de l'ombre à paupières grise ; dans l'autre, des pantoufles blanches.

— Tu reconnais tout ça, Robin ? demanda Logan.

— Oui, mis à part les articles de toilette. Mais elle utilisait du maquillage Estée Lauder. C'était sa marque préférée, parce qu'ils ne font pas d'expériences sur les animaux.

Logan passa ensuite à l'examen du sac à main. Il en sortit une brosse, un poudrier, un bâton de rouge à lèvres rose, un stylo-bille et un rouleau de bonbons à la cerise ; dans le portefeuille, il trouva son permis de conduire, sa carte de sécurité sociale, sa carte de bibliothèque et trois billets de cent dollars. Logan haussa les sourcils à la vue de cette somme. Quatre clés étaient accrochées à son porte-clés en forme d'hippocampe. Dans une poche à fermeture Éclair se dissimulait une autre clé.

— Clé de maison, clé de casier et clé de voiture, déclara-t-il, songeur, en brandissant le porte-clés.

Robin hocha la tête.

— Et cette quatrième clé sur le porte-clés est la clé du garage des Peyton. Je l'ai vue s'en servir.

— Je vois.

Il montra la cinquième clé, celle qui était cachée.

— Et celle-là ? C'est une autre clé de la maison ?

Robin fronça les sourcils.

— Je ne crois pas, dit-elle lentement. Il me semble que Rosie ne possédait que la clé de la porte d'entrée. Ça l'a toujours embêtée. Sa tante l'attendait chaque fois pour se coucher, vous voyez, et Rosie était obligée de rentrer par la porte principale de manière que Miss Peyton puisse la voir depuis le salon.

— Voilà qui est plutôt bizarre.

— Je vous ai dit que Rosie était surprotégée.

— Peut-être Joan Peyton saurait-elle à quoi correspond cette clé, suggéra Blaine.

Logan examina la clé.

— À mon avis, non.

Blaine le dévisagea, intriguée :

— Que voulez-vous dire ?

Logan scruta la clé comme s'il s'agissait d'une boule de cristal ; dans la lumière que diffusait l'austère ampoule du plafond, son long visage buriné paraissait encore plus anguleux et les paupières de ses yeux sombres plus tombantes. Si j'écrivais des romans roses, je qualifierais ces yeux-là d'énigmatiques, songea Blaine hors de propos. Mais pour l'instant, elle était incapable de déchiffrer l'expression de Logan et cette impuissance la fascinait moins qu'elle ne la déconcertait. Tout à coup, il affichait une mine sévère et implacable, exactement comme la nuit précédente quand il l'avait ramenée chez elle après la localisation du corps de Rosie.

— Logan, que se passe-t-il ? demanda Blaine lorsqu'il ne répondit pas à sa première question.

Il garda un moment les yeux rivés sur le sol,

comme s'il se livrait à un débat intérieur, puis il leva la tête.

— Je vais vous confier certaines choses que nous ne voulons pas encore répandre dans le public, déclara-t-il sans ambages. Nous avons découvert cette information en fin d'après-midi, et la tante de Rosie a été prévenue il y a quelques heures, mais vous en saurez peut-être plus qu'elle là-dessus.

Blaine et Robin le regardèrent.

— Allez-y, dit Robin d'une voix qui avait l'air froide et lointaine.

— Nous avons envoyé le corps de Rosie à l'Institut médico-légal de Charleston pour une autopsie et ils ont travaillé à toute vitesse, moitié à cause de la nature de sa mort et moitié à cause de l'influence de sa famille dans cet État. Toujours est-il qu'elle était morte depuis quarante ou quarante-huit heures quand vous l'avez trouvée, mais elle n'avait pas séjourné tout ce temps dans l'eau. J'ai repéré un endroit à quelques mètres du saule où la berge s'était effondrée. Je pense qu'elle a dû y rester un moment et puis qu'elle est tombée dans le ruisseau pendant l'orage de samedi. Malgré ses veines coupées et son séjour dans le ruisseau, elle ne s'était pas complètement vidée de son sang, sûrement à cause de la température de l'eau. L'analyse de sang a révélé la présence d'un stupéfiant. Mais à moins de savoir ce qu'ils doivent rechercher, ils ne peuvent pas identifier de produits spécifiques. De toute façon, vu l'énorme quantité de sang qu'elle avait perdue, ils n'ont pas su dire combien de drogue elle avait ingéré, mais c'était une sacrée dose. Elle lui a été injectée en intramusculaire. Ce genre de piqûres nécessitent des aiguilles plus longues, qui quelquefois se cassent. On a retrouvé un morceau de l'aiguille encore enfoncé dans le muscle du bras gauche de Rosalind.

La gorge de Blaine se serra.

— Sa grand-mère suit un traitement pour son col du fémur. Est-il possible que Rosie ait pris des remèdes destinés à Mrs. Peyton ?

— Non. Ils ont fait les tests en vue de déceler ces drogues. Rien ne correspondait.

Logan s'interrompit ; il observa attentivement Robin.

— L'autopsie a également révélé que Rosalind portait un fœtus de deux mois.

La mâchoire de Blaine tomba.

— Rosie était *enceinte* ? Est-ce que Joan le savait ?

Logan ne quittait pas Robin des yeux.

— Elle dit qu'elle n'y croit pas — qu'il a dû se produire une erreur dans l'autopsie. Mais il n'y a pas eu d'erreur. C'est pour cela que je te pose la question, Robin. Est-ce que tu sais qui était le père ?

Robin secoua la tête sans rien dire.

— Mon Dieu, souffla Blaine.

— Attendez une minute, dit lentement Robin. Vous avez dit que l'aiguille était dans son bras *gauche* ?

Logan acquiesça.

— Rosie était gauchère, reprit Robin.

— C'est ce qu'a dit le médecin légiste d'après la bosse due au stylo sur son majeur gauche.

Logan leva enfin les yeux.

— Cela ne porte pas à croire qu'elle se soit administré l'injection elle-même, n'est-ce pas ? De plus, il y a quelques trucs qui paraissaient bizarres même avant l'autopsie. La nuit où on l'a retirée du ruisseau, j'ai trouvé beaucoup de bleus sur ses bras, et une de ses boucles d'oreilles pour oreilles percées avait été arrachée de son lobe.

— Et les poissons et les oiseaux qui s'en sont pris

à elle ? demanda Robin. Est-ce que ça pourrait être eux ?

— Ils mordent. Ils ne donnent pas de coups, surtout à la tempe. Le médecin légiste a trouvé un bleu impressionnant à cet endroit. Une commotion.

Blaine fixait Logan ; elle savait où il voulait en venir.

Robin suggéra :

— Elle s'était battue.

Logan hocha la tête.

— Un autre truc bizarre, c'est que même le lendemain matin je ne suis pas arrivé à retrouver le couteau qui lui avait ouvert les veines. Il avait pu tomber dans le ruisseau, je suppose.

— Et vous n'avez pas retrouvé sa valise, son sac à main et sa veste, déclara Blaine d'une voix éteinte.

Logan la regarda dans les yeux.

— À quelle date exactement êtes-vous revenue habiter ici ?

— Samedi matin, vers dix heures. J'avais pensé rester chez Cait jusqu'à dimanche, mais j'ai décidé que cette journée supplémentaire me laisserait plus de temps pour préparer mon retour au lycée.

— Quand vous êtes revenue, est-ce que vous avez découvert des indices montrant que quelqu'un était entré dans la maison ?

— Non.

— Rien n'avait été déplacé ?

— Pas que je me souvienne. Bien sûr, j'avais quitté la maison depuis plusieurs semaines, mais Robin y venait régulièrement pour travailler son piano, et mon beau-frère Kirk passait une fois par semaine pour voir si tout allait bien.

Blaine respira profondément.

— Logan, reprit-elle, il y a quelque chose que je ne vous ai pas dit. Je suis venue ici vendredi soir.

— Je m'en doutais.

La surprise fit reculer Blaine.

— Vous vous en *doutiez* ?

— Oui. On a repéré votre voiture qui allait dans cette direction.

— Qui m'a vue ?

— Abel Stroud. J'habite aussi sur Prescott Road, à environ deux kilomètres au sud de chez vous, vers la ville. Il était passé m'apporter quelque chose et il vous a vue arriver de cette direction aux alentours de huit heures et demie. Il n'y a pas tellement de Mercedes blanches dans le coin, vous savez. Vous êtes un peu voyante.

— Pourquoi n'en avez-vous pas parlé ?

— J'attendais que vous le fassiez.

— Ça m'était sorti de l'esprit jusqu'à dimanche soir, quand nous avons trouvé le corps de Rosie et que j'ai appris qu'elle était partie de chez elle vendredi.

— Est-ce que vous êtes entrée dans la maison ?

— Oui, mais seulement quelques minutes pour monter le chauffage vu que j'avais l'intention de revenir le lendemain matin, et pour ranger quelques provisions.

— Avez-vous remarqué quoi que ce soit d'inhabituel ?

— Rien. Pas de lumières dans la maison. Pas de voitures non plus.

— S'il y avait une voiture garée sur la route d'accès à l'endroit où se trouvait celle de Rosie, elle n'était pas visible depuis Prescott Road ni depuis votre allée.

— Non, je suppose que non.

Blaine s'aperçut que ses mains tremblaient. Elle avait eu une peur bleue de parler à Logan de cette nuit-là. Mais il était déjà au courant et ne l'avait même pas interrogée à ce sujet. Alors pourquoi se sentait-elle encore si mal à l'aise ?

Logan se tourna vers Robin :

— Es-tu sûre que tu ne savais pas que Rosalind voyait quelqu'un d'autre que Tony Jarvis ?

— J'en suis sûre. Je veux dire, je ne suis pas sûre qu'elle ne voyait personne d'autre, mais moi, je ne le savais pas.

— Et sa relation avec lui s'arrêtait là.

— Oui. La tante de Rosie ne voulait pas qu'elle sorte avec lui, elle tolérait seulement qu'ils se fréquentent au lycée. D'ailleurs, il voyait d'autres filles. Je ne crois pas que Rosie serait sortie avec un type qui voyait d'autres filles, et vous ?

— Je ne la connaissais pas, Robin.

— Eh bien, je vous dis que non.

— Tu en es sûre ?

Blaine voyait bien que Logan harcelait Robin, qui pâlissait à vue d'œil. Furieuse, elle réprima son malaise, et demanda en le regardant :

— Pouvez-vous oublier un instant la nature exacte des rapports de Rosie et Tony pour répondre à la grande question que je me pose ? À l'exception des visites de Robin et de Kirk, la maison était fermée depuis des semaines. Alors comment les affaires que Rosie avait emportées avec elle vendredi après-midi ont-elles pu atterrir ici ?

Logan se leva.

— Montez avec moi.

Blaine et Robin échangèrent un rapide coup d'œil rempli d'appréhension, mais elles le suivirent calmement. Même Ashley leur emboîta le pas. Quand ils atteignirent la porte d'entrée, Logan l'ouvrit et la referma à clé ; puis il y introduisit la clé qu'il avait trouvée dans le sac de Rosie. La serrure s'ouvrit dans un claquement sec.

— Oh, Seigneur ! hoqueta Blaine.

Logan regarda Robin.

— Avais-tu donné une clé de la maison à Rosalind ?

Robin nia de la tête.

— Non.

— Tu en es sûre ?

— Ce n'est pas le genre de chose que j'oublierais.

— Évidemment.

Robin regarda Logan sans se démonter.

— Alors comme ça, vous insinuez que je mens. Eh bien, laissez-moi vous dire une chose : je ne mens pas.

— Même pour couvrir une amie ?

— Non, pas même pour couvrir une amie.

Elle hésita, et une lueur d'incertitude vacilla dans ses yeux.

— Mais il y a quelque chose, ajouta-t-elle lentement. Je n'ai jamais donné une clé en propre à Rosie. Mais il y a eu une fois, quand Blaine s'est trouvée mal au lycée à cause de sa pneumonie, où Rosie a eu la clé de la maison. J'étais à l'hôpital et Rosie a proposé de venir ici chercher la robe de chambre et les affaires de toilette de Blaine. Ce jour-là, je lui ai donné la clé pour qu'elle puisse entrer.

— Et elle te l'a rendue ? demanda Logan.

— Oui, mais elle a pu en faire faire un double. Cela ne prendrait pas beaucoup de temps à la quincaillerie. Elle n'est pas loin de l'hôpital.

Logan examina la clé.

— Tu as peut-être raison. Cette clé paraît assez neuve.

— Mais pourquoi ? demanda lentement Blaine. Pourquoi Rosie ferait-elle une chose pareille ?

— Parce qu'elle avait besoin d'un lieu de rendez-vous. Robin et vous n'alliez pas habiter ici pendant un certain temps, et l'endroit est isolé, elle n'avait donc pas à s'inquiéter des regards indiscrets.

Blaine le dévisagea :

— Bien sûr. C'était le lieu idéal pour une liaison.

Logan hocha la tête :

— C'était aussi le lieu idéal pour un meurtre.

— Joan ! Joan Ma-*rie !*

Joan Peyton ouvrit péniblement les yeux et scruta la montre d'homme qu'elle portait même en dormant. Deux heures dix. Elle n'avait pas trouvé le sommeil avant minuit passé et elle n'avait pas dormi du tout la nuit précédente.

— Joan !

— J'arrive, Mère, répondit-elle, en rabattant le drap et gagnant pieds nus la chambre de l'autre côté du couloir. Qu'est-ce qui se passe ?

La silhouette desséchée se redressa légèrement dans son lit.

— Rapproche-toi. Je ne te vois pas.

Joan fit un pas en avant.

— Est-ce que tu veux que j'allume la lampe ?

— Non ! Elle est trop violente !

La voix qui lançait jadis impérieusement ses ordres aux domestiques avec de riches inflexions de contralto était désormais haut perchée et grinçante. Mais elle était toujours impérieuse.

— J'ai froid.

— Froid ! Le thermostat est réglé à vingt-quatre. Je n'arrive même pas à supporter une couverture et tu en as deux sur toi.

À ce moment-là, Bernice Litchfield fit son apparition : sa silhouette trapue était enveloppée dans un peignoir parsemé d'énormes fleurs rose vif, et ses cheveux d'un blond fané étaient hérissés de bigoudis.

— Voyons, Mrs. Peyton, vous n'auriez pas dû déranger votre fille, dit-elle sur le ton affectueusement grondeur qu'elle employait souvent avec sa patiente. Vous savez que je suis juste dans la chambre à côté.

— Vous n'avez pas répondu quand j'ai sonné.

Les paupières de Bernice avaient cet aspect gonflé qu'elles prenaient quand elle souffrait d'une de ses migraines. Sous la crème de nuit, sa grosse figure luisante devint rouge de confusion, mais Joan était sûre que sa mère n'avait pas sonné Bernice. Son visage exprimait la mauvaise humeur qu'elle affichait toujours quand elle trouvait que Joan ne s'occupait pas assez d'elle.

— Je veux un couvre-pieds, geignit-elle. Joan, va me chercher le couvre-pieds en bas dans le salon. Le bleu et blanc que j'ai tricoté l'année dernière.

La couverture bleu et blanc avait été tricotée plus de vingt ans auparavant, mais le temps n'avait plus aucune signification pour Edith Peyton.

— J'y vais, s'empressa de dire Bernice.

Joan fit non de la tête.

— Ça ne fait rien. Je m'en charge, dit-elle en adressant un clin d'œil à Bernice — c'était devenu leur signal pour « Essayez de la calmer ».

Bernice allait se diriger vers la salle de bains où étaient rangés les médicaments d'Edith, mais la vieille femme lui attrapa la main.

— Restez ici en attendant qu'elle revienne. Je ne veux pas être seule. Il y a de la mort dans l'air ce soir.

— Allons, allons, Mrs. Peyton, fit Bernice, comme si elle parlait à une enfant de trois ans. Qu'est-ce que vous racontez là ? ajouta-t-elle en s'asseyant sur le lit.

— La mort à l'haleine glaciale et aux os qui craquent ! insista Edith.

Bernice paraissait consternée.

— Elle a toujours eu le goût du drame dans ses moments de contrariété, expliqua Joan. Je reviens tout de suite.

Elle trouva la couverture sur le canapé du salon et, en ressortant, elle aperçut son reflet dans le grand miroir à cadre doré. Ses cheveux retombaient, brillants et épais, sur ses épaules, mais son visage avait la couleur des coquilles d'œuf et, sans rouge à lèvres, sa bouche paraissait fine et sèche. Cinq ans auparavant il n'en était pas ainsi, même sans maquillage. Les années et les morts avaient prélevé leur tribut, songea-t-elle, remontant péniblement l'escalier avec la couverture.

— Voilà, Mère, dit-elle en étalant le couvre-pieds sur la silhouette rabougrie.

Même la tête d'Edith semblait s'être ratatinée ces deux dernières années, comme si elle était tombée sous les griffes d'un réducteur de têtes.

— Ça va mieux, maintenant ? demanda-t-elle, pleine de sollicitude, tandis que Bernice s'esquivait.

— Bavarde avec moi un moment, ma cocotte.

— D'accord. Je vais rester là en attendant que Bernice revienne.

— Non. Je veux que tu restes à mon chevet jusqu'au matin. J'ai peur du noir.

— Mère, j'ai très peu dormi.

Sous l'effet de la colère, les paupières tombantes d'Edith s'ouvrirent toutes grandes :

— Alors, fiche le camp dans ce cas ! Allez, va-t'en ! Ne t'occupe plus de ta mère ! Tu regretteras de t'être montrée aussi égoïste une fois que je serai morte !

Joan avait l'habitude de ces transformations soudaines. À un moment, Edith était une douce et fragile vieille dame dont la mémoire défaillante vous brisait le cœur. Celui d'après, c'était une harpie dotée de la langue la plus acérée. Joan entendait Bernice s'affairer dans la salle de bains : elle fouillait parmi la myriade de flacons afin d'y dénicher des somnifères. Le soulagement n'allait pas tarder.

Joan soupira et se dirigea vers la fenêtre, contemplant au loin par-delà la pelouse les anciennes écuries qui donnaient sur l'allée et accueillaient désormais les voitures de la famille. La haie en bordure d'allée avait tellement grandi que les voitures pouvaient arriver et repartir sans qu'on les aperçoive d'en bas, mais, du premier étage, Joan vit un chat traverser sournoisement l'asphalte et bondir d'un seul coup. Il se débattit un moment avec quelque chose, puis disparut dans les buissons avec sa proie.

— De quoi aimerais-tu parler, Mère ?

Edith Peyton tourna brusquement la tête vers sa fille.

— Où est Charlotte ?

— Charlotte est morte. Elle est morte depuis très longtemps.

La main droite d'Edith, entrelacée de veines atrocement saillantes, tira nerveusement sur le couvre-pieds.

— Non, je ne voulais pas dire Charlotte. Ce n'est pas ça. L'autre. L'enfant.

— Rosalind.

— C'est ça, Rosalind ! Voilà qui je voulais dire. Où est Rosie ?

Pourquoi Bernice mettait-elle si longtemps ? Joan quitta la fenêtre et, s'asseyant sur le lit, prit dans la sienne la main froide et osseuse de sa mère.

— Il y a eu une tragédie, tu te souviens ? Rosie est… partie.

Sous le clair de lune qui entrait à flots par les rideaux ouverts, le visage de la vieille femme parut se concentrer.

— Tu veux dire morte. Rosie s'est suicidée.

Joan regarda sa mère, étonnée qu'elle se souvienne de ce qu'on lui avait raconté sur la mort de Rosie.

— Je n'arrive toujours pas à y croire. Elle était tellement belle.

— Oui, Rosie était très belle, dit Joan avec douceur. Et intelligente. Et talentueuse. Et jeune.

— Belle. Belle comme toi. Tu es tellement belle. Tu as toujours été tellement belle, Joan.

— Merci, Mère.

— Je ne sais pas d'où venait ta beauté. Tu étais la plus belle enfant que j'aie jamais vue. Je n'arrivais pas à croire que deux personnes au physique aussi quelconque que ton père et moi aient pu produire quelqu'un comme toi.

— C'est un joli compliment, Mère.

— Ah bon ? Être jolie n'est pas si formidable. Cela ne signifie pas que tu sois exceptionnelle dans ton âme.

Elle lança brusquement à Joan un coup d'œil perçant, et le plaisir que lui avait causé le compliment s'évanouit. Sa mère avait toujours eu le chic pour la flatter, afin de mieux la rabaisser l'instant d'après. La sénilité n'avait pas émoussé cette vieille tactique.

— Rosie était belle comme toi. Mais sa personnalité. Sa personnalité était celle de sa mère. Elle avait la personnalité de Charlotte.

Fronçant les sourcils, elle demanda :

— Est-ce que tu crois que la personnalité de Charlotte s'était infiltrée dans le corps de Rosalind ?

Combien de fois avait-elle posé cette question depuis la mort de Charlotte ? Et combien de fois Ned Peyton avait-il rabroué sa femme pour qu'elle cesse de débiter toutes ces âneries hindouistes ?

— Charlotte me manquera toujours, radota Edith. Elle ne cessera *jamais* de me manquer.

Joan entendait Bernice qui fourrageait dans le placard de la salle de bains : elle cherchait sans doute un paquet neuf de petits gobelets jetables.

— Mère, Charlotte ne cessera jamais de manquer à tous les gens qui l'ont aimée.

— Est-ce que tu crois que Charlotte et Rosalind sont réunies à présent ?

— Je l'espère.

Edith soupira.

— Ma Charlotte. Elle avait si peu de chance avec les hommes. Elle n'a jamais su s'y prendre avec eux, contrairement à toi. D'abord, ce salopard d'Avery qui la plaque.

Joan tressaillit. Cinq ans auparavant, jamais un mot grossier n'aurait franchi les lèvres d'Edith ; elle manifestait aujourd'hui une aisance stupéfiante à manier les jurons.

— Puis cette ordure de Van… Van quelque chose qui la tue. Il a tué mon bébé.

— Mère, Charlotte n'est jamais sortie avec Martin Avery. Elle avait seulement un petit béguin pour lui. Et Derek Van Zandt n'a pas tué Charlotte.

— Elle est morte, pas vrai ? Et c'est lui qui conduisait.

— Ils sont morts dans un accident d'avion privé, Mère, et ce *n'était pas* Derek le pilote.

— Je sais bien que si ! Vous avez tous menti pour protéger Rosie, pour l'empêcher d'apprendre que son père avait tué sa mère. Mais, par tous les dieux, je connais la vérité ! Cette pourriture de salaud, cette saloperie de fils de…

Joan se leva vivement tandis que Bernice entrait dans la pièce.

— Pourquoi avez-vous mis si longtemps ? s'écria-t-elle d'une voix aiguë.

Bernice se crispa ; à sa mine, on aurait cru qu'elle s'imaginait que Joan allait se précipiter sur elle pour la gifler.

— Je suis désolée, Miss Peyton. Je n'arrivais pas à trouver…

Joan respira profondément, retrouvant son sang-froid.

— Oh, ça ne fait rien. Je suis juste fatiguée. Vous êtes là avec les pilules maintenant. C'est tout ce qui compte.

L'expression d'Edith passa de la rage au soupçon.

— Quel genre de pilules ?

— Votre Valium, répondit Bernice.

— Qu'est-ce que c'est ?

— C'est une pilule pour vous calmer. Vous en prenez tout le temps.

Le visage d'Edith se figea.

— Je n'ai jamais pris de radium de ma vie, protesta-t-elle énergiquement.

Bernice lui adressa un sourire apaisant.

— C'est du Valium, pas du radium. Pourquoi ne pas en essayer un ce soir ? Et puis regardez, je vous ai apporté votre eau dans une de ces tasses joliment décorées que vous aimez.

— Celles avec les tulipes rouges sur le côté ?

Seigneur, pensa Joan. Était-ce là la femme qui, même en cachette, ne sirotait jadis son brandy que dans de délicats petits verres de cristal ?

— C'est ça, Mrs. Peyton. De belles tulipes roses. Et quand vous aurez pris une de vos pilules, je m'assiérai ici et je vous tiendrai la main jusqu'à ce que vous vous endormiez.

— Bien. Mais je vous assure, je n'ai *jamais* pris la moindre de ces pilules, poursuivit implacablement la voix éraillée. Je m'en souviendrais si j'en avais pris une. Je me souviens de tout même si on pense le contraire. Les gens aiment se moquer de moi. Ils aiment s'imaginer que je suis folle. Mon œil, folle comme un renard, oui, voilà ce que je suis, et ne l'oubliez pas !

Bernice enfourna presque la pilule dans la bouche d'Edith et la regarda lamper son eau tel un bébé baveur.

— J'ai mal à la hanche, gémit Edith après avoir avalé la pilule.

Bernice remua la tête.

— Je regrette, mais vous avez déjà pris votre médicament contre la douleur. Détendez-vous et dans un petit moment vous vous sentirez beaucoup mieux.

— Je veux que Joan reste avec moi.

— Joan est affreusement fatiguée, Mrs. Peyton. Pourquoi ne pas me laisser…

— Je veux Joan ! cria Edith avec une force surprenante.

Joan et Bernice eurent toutes deux un mouvement de recul.

— Ça ne fait rien, dit Joan d'un ton las. Je ne suis pas sûre de pouvoir me rendormir maintenant de toute façon.

Pendant le quart d'heure qui suivit, Joan tint la main d'Edith tandis qu'elle jaspinait sur un bal auquel elle était allée quand elle avait seize ans. Elle y portait une robe de soie rose et avait des boutons de rose piqués dans les cheveux, et son carnet de bal était plein. Les hommes, en fait, se battaient pour danser avec elle ! Elle avait une grâce aérienne, tel un ange en mouvement. Tout le monde le disait.

Mais Joan n'écoutait pas ce récit qu'elle avait entendu des centaines de fois dans sa vie, un récit qui devenait plus brillant et plus romantique à chaque fois. Au lieu de cela, elle pensait à Rosie. Un suicide, avaient-ils dit. Comme si une fille comme Rosie pouvait se suicider ! Cette idée était absurde. Joan avait fait semblant d'y croire, se gardant d'évoquer auprès de quiconque l'hypothèse d'un meurtre. Si elle en soufflait mot, les gens déclareraient qu'elle ne pouvait tout simplement pas accepter le geste de Rosie. Mais la police, à coup sûr, ne croirait pas longtemps que Rosie avait mis fin à ses jours. L'autopsie avait dû dévoiler *quelque chose*. C'était forcé. De plus, Logan Quint était un homme intelligent. Il n'allait pas manquer de constater que quelque chose ne collait pas dans la mort de Rosalind. Elle comptait sur lui. Mais si personne ne s'en chargeait, elle s'en occuperait elle-même. Elle combattrait le verdict de mort par suicide aussi longtemps qu'il faudrait, jusqu'à ce qu'enfin tout le monde sache que quelqu'un avait voulu la mort de Rosie.

7

— Kathy, vous êtes arrivée en retard au cours hier et aujourd'hui.

Kathleen Foss, la voluptueuse cheerleader en chef aux cheveux blond platine, fit claquer son chewing-gum en regardant Blaine avec une impassibilité exaspérante.

— Cinq minutes de retard hier et dix aujourd'hui, poursuivit Blaine. Je suis censée vous envoyer chez le directeur, mais je n'ai pas envie de vous traiter comme une enfant. J'ai pensé que nous pouvions régler ça entre nous.

Kathy lui avait toujours fait penser à une poupée chinoise : elle était aussi jolie et avait la tête tout aussi vide. Elle regarda Blaine de ses yeux mornes que des lentilles colorées avaient rendus bleu ciel.

— Ouais, d'accord, bon, je ne serai plus en retard.

Blaine ne savait pas ce qu'elle avait espéré — de l'embarras face à ses remontrances, de la reconnaissance face à son indulgence ? Elle n'eut droit ni à l'un ni à l'autre. Kathy était demeurée de marbre, bien qu'elle eût l'air toutefois plus pâle que d'habitude. La considérant d'un œil intrigué, Blaine remarqua que Kathy s'était maquillée avec sa précision habituelle, mais que son fard à joue rose dissimulait une peau cireuse.

— Kathy, vous vous sentez bien ?

Kathy parut légèrement étonnée, premier signe d'animation qu'elle manifestait depuis deux jours.

— Bien sûr que je vais bien. Pourquoi ? J'ai une sale tête ?

— Vous êtes un peu blême.

— Un peu flemme ?

— *Blême.* Ça veut dire pâle.

— Oh ! Euh, non, je vais bien. Vous n'avez plus rien à me dire ?

À bout de patience, Blaine éclata :

— Non, mais vous n'êtes pas censée mâcher du chewing-gum en classe ! Crachez-le immédiatement.

Kathy la regarda comme si elle était folle, et Blaine se sentit ridicule. Contrairement à certains professeurs, elle n'arrivait pas à comprendre pourquoi les professeurs avaient le droit de mâcher du chewing-gum et de fumer dans l'enceinte de l'établissement, mais pas les élèves. Ce n'étaient pas des gamins. Néanmoins, elle ne dit rien lorsque Kathy porta ses doigts manucurés à sa bouche, en sortit un chewing-gum vert et le déposa avec beaucoup de cérémonie dans la corbeille.

— Bon. *Maintenant* je peux m'en aller, *Mrs.* Avery ?

Blaine soupira.

— Oui. Mais ne soyez plus en retard.

Quand elle avait commencé l'enseignement, Blaine s'était imaginée établissant une bonne relation avec tous ses étudiants, communiquant même aux plus apathiques un certain sens, sinon un véritable amour, de la littérature et de la composition. Mais en regardant Kathleen s'en aller, elle se rendit compte que de tels rêves étaient totalement irréalistes. Il y avait des élèves qu'un professeur n'atteindrait jamais, et Kathy Foss en était un excellent exemple. Pour elle, l'école n'était qu'une vitrine destinée à mettre en valeur son jeune corps sensuel et ses facultés athlétiques. Dans vingt ans, elle se rappellerait certainement ses exploits de cheerleader en chef comme le temps fort de sa carrière scolaire et rabâcherait sans doute ses histoires jusqu'à ce que ses amis et sa famille puissent toutes les réciter mot pour mot à sa place.

C'était l'heure du déjeuner et, tandis qu'elle mangeait encore une fois un sandwich dans sa salle de classe, Blaine repensa à la nuit précédente, à la découverte de la valise de Rosie et à sa clé secrète lui donnant accès à la maison des Avery.

Alors qu'il l'observait attentivement, l'expression de Logan avait changé. Que traduisait ce visage ? Était-il grave ? Sinistre ? Accusateur ?

— Blaine, vous n'avez pas cru au suicide de Rosie depuis la nuit même où nous l'avons retrouvée, n'est-ce pas ? avait demandé Logan.

Blaine avait répondu sans détourner les yeux.

— Non, je vous ai dit que je ne croyais pas qu'elle s'était suicidée, et je n'ai pas compris pourquoi ça ne vous a pas paru évident, à vous aussi.

— Ça m'a paru évident.

— Alors pourquoi avez-vous joué à ce petit jeu avec moi dans la voiture, à faire comme si vous étiez convaincu qu'il s'agissait d'un suicide ?

— Parce que je ne pouvais pas affirmer avec certitude que ce n'en était pas un, et si ce n'en était pas un, j'avais besoin que vous me disiez tout ce que vous pouviez sur l'état d'esprit de la jeune fille sans que la question du meurtre vienne brouiller vos souvenirs.

Blaine rougit : il pensait manifestement à ses problèmes passés, quand elle avait été soupçonnée de meurtre.

Remarquant de toute évidence son malaise, Logan ajouta vivement :

— Pourquoi n'avez-vous pas cru à la thèse du suicide ?

— La profondeur inutile des entailles sur ses poignets, déjà. Et puis, j'ai dit à Robin de réfléchir à quoi que ce soit de révélateur que Rosie ait pu dire, et j'ai fait la même chose de mon côté. Au cours de ces deux dernières années, j'ai beaucoup vu Rosie, moi aussi. Elle n'a jamais tenu le moindre propos qui fasse allusion au suicide. Mais, en revanche, elle parlait beaucoup de l'avenir. Elle disait que tout allait changer pour elle une fois qu'elle aurait quitté cette petite ville. Quelqu'un qui a une vision aussi optimiste de la vie ne se suicide pas tout d'un coup.

— Mais vous ne l'aviez pas beaucoup vue depuis l'été dernier. Cela représente trois mois durant lesquels il aurait pu se produire pour elle un changement radical.

— Je sais, Logan. Mais il y avait autre chose que je n'arrivais pas à me sortir de la tête. Rosie avait emporté une valise en partant. Pourquoi irait-elle trimballer une valise avec elle si elle devait se suicider ?

— Elle était censée passer le week-end à Charleston chez sa cousine. Elle aurait pris une valise pour donner le change.

— Pourquoi prendre la peine de raconter ce mensonge sur Charleston ? Elle aurait pu inventer une excuse pour sortir juste pour la soirée. Elle aurait déjà été morte quand on l'aurait retrouvée sur la propriété. Par ailleurs, je sais que si, quand elles étaient petites, Robin et Rosie aimaient jouer dans les bois, Rosie, au fil des années, avait fini par les détester. Elle me demandait tout le temps si leur présence ne me gênait pas, si menaçants et si proches de la maison. Je n'arrivais tout simplement pas à croire qu'elle ait pu y aller de nuit pour se tuer.

– À moins que ce ne soit une histoire de drogue.

– Elle ne prenait pas de drogue ! s'écria Robin avec véhémence. Oh, je sais qu'elle avait un comportement bizarre depuis quelque temps, mais croyez-moi, elle avait peur des drogues, et une terreur toute particulière des seringues.

Logan la considéra avec intérêt.

– Je n'étais pas au courant de cette peur des seringues.

– Je l'ai vue s'évanouir un jour lors d'une simple prise de sang de routine, expliqua Robin.

– Vous ne m'avez pas parlé de tout ça quand je vous ai interrogée ce matin.

Robin haussa les épaules.

– Je ne savais pas qu'elle avait été droguée. Je n'y avais même pas pensé.

– En tout cas, je peux vous dire une chose, peur des seringues mise à part, reprit Logan. Rosalind Van Zandt n'est pas venue dans cette maison, elle ne s'est pas injecté une overdose massive, elle n'a pas caché son sac, sa valise et la seringue derrière votre chaudière, elle n'a pas fermé toutes les portes à clé, puis elle n'a pas marché presque cinq cents mètres jusqu'au ruisseau pour s'y entailler les poignets jusqu'à l'os. Vu la quantité de stupéfiant retrouvée dans son organisme, elle n'aurait pas pu marcher bien loin. On l'a peut-être portée ; mais c'est un long trajet avec une fille de soixante kilos dans les bras. À mon avis, on l'a sans doute attirée dans les bois ou bien on l'a contrainte à y aller, et on l'a droguée près du ruisseau.

– Alors, c'est son meurtrier qui a mis ces choses derrière la chaudière, dit Blaine. Mais pourquoi ?

– Peut-être que quelque chose l'a effrayé. Bon

sang, c'était peut-être vous quand vous êtes entrée dans la maison ce soir-là. Il se cachait peut-être dans le sous-sol et il a réussi à sortir par la porte de derrière ; il l'aura refermée derrière lui, mais sans prendre le risque de trimballer les affaires de Rosie avec lui.

Blaine se représenta Rosie en train d'agoniser dans les bois pendant qu'elle se promenait tranquillement en voiture dans le secteur, allant même jusqu'à la maison, si près, et elle fut prise de nausées.

— L'assassin se figurait sans doute qu'il pourrait récupérer les affaires de Rosie la nuit suivante. Seulement voilà, vous êtes rentrée chez vous le lendemain matin.

— Comment l'assassin pouvait-il espérer récupérer les affaires de Rosie la nuit suivante si toutes les portes étaient fermées à clé ?

Logan la regarda d'un air solennel.

— Blaine, si Rosalind a été tuée par le père de son bébé, il a sans doute sa propre clé.

Un frisson glacé lui parcourut l'échine, et Logan ajouta :

— Vous feriez mieux de faire changer vos serrures demain.

— Bien sûr. Je vais le faire, dit Blaine d'une voix éteinte, en se massant les muscles de la nuque.

Elle commençait à avoir mal à la tête ; la douleur lui battait les tempes si fort qu'elle avait un mal fou à réfléchir.

— Comment cela s'est-il passé, d'après vous, Shérif ? demanda Robin. Est-ce que vous croyez que Rosie projetait de s'enfuir avec son amant pour se marier ? Peut-être qu'ils étaient censés se retrouver ici, mais qu'à la dernière minute, il a décidé de renoncer. Rosie a peut-être piqué une crise et il aura explosé…

— Et il aura entrepris de lui faire une piqûre avec le narcotique qu'il promenait avec lui juste au cas où il se mettrait en colère ? J'ai bien peur que non, Robin.

— Alors c'était prémédité.

— Pour sûr que ça l'était, dit Logan avec une fureur calme. Et pour couronner le tout, le salopard a eu le culot d'essayer de maquiller le tout en suicide.

— Un meurtre maquillé en suicide, dit Blaine tout haut dans la salle de classe. C'est ce que la police a pensé pour Martin.

— Si vous ne viviez pas en recluse comme vous le faites depuis votre retour, vous ne seriez pas obligée de parler toute seule.

Blaine sursauta, oubliant ses souvenirs de la veille, et aperçut John Sanders dans l'encadrement de la porte.

— Bonjour, John. Pourquoi ne déjeunez-vous pas à l'extérieur avec les autres ?

— J'avais quelques copies en retard que je pensais corriger. Vous permettez que j'entre quelques minutes ?

Blaine lui fit signe de s'asseoir sur une chaise à côté de son bureau. Il obéit et croisa les jambes avec désinvolture en posant sa cheville sur son genou.

— Vous vous sentez encore pas mal secouée par la mort de Rosie ?

— Oui, ça va de soi. J'évite les gens du déjeuner parce que je n'ai pas envie de discuter des détails, dit-elle sans équivoque.

— Je ne vous le reproche pas.

Le faible espoir que John ait saisi son allusion s'éteignit quand il baissa la voix d'un air de conspirateur :

— J'ai appris aujourd'hui que ce n'était pas du tout un suicide.

— Qui vous a dit ça ?

— Arletta Stroud, notre agent de liaison entre le campus et le bureau du shérif.

— Cette fille ! Franchement... Elle répète tout ce qu'elle sait. Mais son père n'aurait pas dû lui en parler, d'abord. Pas encore.

— Pourquoi pas ? Ils en sont quasiment certains, non ?

Blaine reposa son sandwich au beurre de cacahuète : elle n'arriverait pas à le finir désormais.

— Je ne sais pas, John. Je crois que la police fait seulement des conjectures.

— Et la valise et le sac à main de Rosie étaient chez vous ?

— Arletta n'a guère tenu sa langue, on dirait ?

— C'est sa seule façon d'attirer l'attention. Alors, c'est vrai ? Ils ont trouvé ses affaires, je veux dire ?

— Je ne suis pas sûre d'avoir le droit de parler de ça.

— Tout le monde est au courant, Blaine. Cette sotte d'Arletta bavarde comme une folle depuis ce matin.

— Arletta bavarde toujours comme une folle. C'est pour cela qu'elle n'apprend jamais rien en cours.

Elle soupira, rangeant ce qui restait de son sandwich dans son sachet en plastique. Elle n'avait plus envie de parler du meurtre, mais elle devait se souvenir que John avait bien aimé Rosie, lui aussi. Il était naturel qu'il soit curieux. De plus, elle avait confiance en sa discrétion.

— Oui, le sac à main et la valise étaient cachés dans mon sous-sol.

— Plus que bizarre. Arletta a dit aussi que Rosie était enceinte.

— Oh, non. J'espérais que personne n'apprendrait ce détail.

— Loupé ! Joan sera encore plus accablée qu'elle ne l'est quand la nouvelle se répandra. Une idée de qui était le père ?

— Non, pas la moindre.

— Tony Jarvis ?

— Peut-être. Robin ne pense pas que la relation de Rosie avec Tony ait été d'ordre sexuel, mais qui sait ? Je ne veux pas croire que Tony ait quoi que ce soit à voir avec tout ça.

— N'oubliez pas que l'avant-dernier été, Jarvis a fait quantité de petits travaux chez les Peyton. Mr. Peyton était à l'agonie à ce moment-là, et Rosie m'avait dit que Jarvis aidait même l'infirmière à tourner le vieillard dans son lit et à accomplir certaines des tâches plus difficiles qu'implique le soin d'un invalide. Rosie l'a mieux connu à ce moment-là et elle l'aimait bien. Ça m'échappait, d'ailleurs… il ne m'apparaissait pas comme son genre de garçon.

— Il est beau et sexy, et il a du talent.

— Ça le rend donc irrésistible ?

Blaine haussa les épaules.

— Je n'en sais rien. Ce que je sais, c'est que je n'arrive pas à imaginer Tony en train de faire un enfant à une fille pour l'assassiner ensuite.

— Oh, j'oubliais. Vous avez toujours eu un faible pour notre rebelle sans cause, pas vrai ?

— Oui. La sœur aînée de Tony était ma meilleure amie à l'école. Je me souviens de lui quand il était petit.

— Eh bien, n'oubliez pas qu'il s'est fait arrêter pour une histoire de drogue il y a deux ans.

— Une cigarette de marijuana quand il avait quinze ans.

— N'empêche, quand on sait que Rosie a été droguée avant d'être assassinée...

— Seigneur ! explosa Blaine. Arletta a divulgué ce détail-là aussi ?

— Celui-là et quelques autres qu'elle a sans doute inventés. Mais ne vous mettez pas en colère comme ça. C'est la vérité, n'est-ce pas ? On a bien retrouvé la seringue dans votre sous-sol ?

— Oui, soupira Blaine, en se disant qu'il faudrait mettre une muselière à Arletta, mais aussi à son père.

— Mon Dieu, c'est affreux, marmonna John. Pauvre Rosie. Blaine attrapa son sac à main et en sortit son flacon d'aspirine.

— J'ai un mal de tête abominable.

D'un air inquiet, John la regarda qui avalait ses comprimés avec un peu du café qu'elle avait apporté dans une Thermos.

— Ce doit être la tension. Le choc d'avoir trouvé Rosie et tout ça. Voilà qui devrait me remettre d'aplomb. En attendant, pourrions-nous parler de quelque chose d'autre que Rosie ?

— Je suppose que les jeunes filles assassinées avec un bébé dans le ventre ne constituent pas exactement le sujet idéal pour une conversation de déjeuner. Je suis désolé.

— Ça ne fait rien.

— Le chapitre est clos, dit John en la regardant de ses yeux bleu fumée si envoûtants. C'est vous qui choisissez le prochain sujet.

— D'accord. Comment va Sam ? demanda alors Blaine, en référence à la petite amie dont il parlait souvent, Samantha.

— Pas mal, comme coq-à-l'âne !

John leva les mains au-dessus de sa tête et s'étira.

— Sam va bien, reprit-il. Je lui ai parlé hier soir, en fait.

— Est-ce qu'elle a l'intention de quitter Philadelphie pour venir habiter ici ?

— Vous plaisantez ? dit John en riant. Pas question. Elle adore autant la ville que son travail à l'hôpital. Et étant donné que contrairement à notre chère Arletta vous pouvez être discrète, je vous confierai que j'ai posé ma candidature dans quelques lycées de Philadelphie.

— John, je trouve ça formidable !

— Eh bien, je ne rêve pas trop. Le marché est dur pour les profs d'anglais en ce moment, mais au moins je tente le coup. Ça fait plaisir à Sam.

— Est-ce que vous allez passer Thanksgiving avec elle ?

— Oui. Je pars mercredi prochain après les cours. Et croyez-moi, après l'interrogatoire serré que Quint m'a fait subir au sujet de Rosie, je regrette que ce ne soit pas demain.

— Il vous en a vraiment fait baver ?

— J'ai pratiquement eu droit à la lampe dans les yeux et au nerf de bœuf, répondit-il en souriant. Enfin, j'ai tendance à exagérer. Ce n'était pas tout à fait aussi terrible, mais il avait l'air extrêmement soupçonneux.

Il hésita, puis poursuivit :

— Blaine, je sais que vous n'avez pas envie de parler de ça, mais avez-vous insisté sur mon amitié avec Rosie auprès de lui ?

Non, elle n'avait pas envie d'en parler, mais John paraissait presque obsédé par le sujet.

— C'est à peine si j'ai mentionné votre relation avec elle.

— Ce n'était pas une *relation*. C'était une *amitié*.

Blaine le regarda d'un œil pénétrant.

— D'accord. Votre *amitié*. Je n'en ai pas dit grand-chose.

— Mais vous lui en avez effectivement touché un mot.

— Touché un mot de quoi, John ? Que vous aviez l'air de mieux la connaître que tous les professeurs ici à part moi ? Oui, ça, je l'ai dit.

— Je suppose que ça a suffi, grogna-t-il, maussade.

— Qu'est-ce que j'étais censée faire ? Mentir ?

— Ça n'aurait pas fait de mal.

— John !

— Oh, je ne voulais pas dire ça.

John se pencha en avant et laissa ses mains pendre entre ses genoux. Blaine se figea.

— Je crois que vous vouliez exactement dire ça. Qu'est-ce qui vous contrarie tant, John ?

— Si des rumeurs se répandent au sujet de Rosie et moi, je risque de perdre mon emploi.

— J'y ai pensé, et c'est pour cela que j'ai fait valoir à Logan que vous aidiez Rosie dans son travail d'écriture. Je n'ai en aucune façon sous-entendu qu'il y avait quoi que ce soit de romantique entre vous, et Robin non plus.

Il sourit à pleines dents, mais ses yeux demeurèrent graves.

— D'accord. Désolé, encore une fois. C'est juste que dans une ville de cette taille, on doit tout le temps faire attention.

Blaine se renfrogna, mais il regardait par la fenêtre, une expression inquiète sur le visage.

Un attroupement s'était formé dans le couloir.

— Mon père dit que ses poignets étaient entaillés *vraiment* profond.

Arletta Stroud souleva son poignet gauche et fit le geste de le trancher violemment, puis elle répéta sa pantomime sur le droit, en grimaçant horriblement.

— Mais même alors, poursuivit-elle, elle ne s'est pas complètement vidée de son sang.

— Arletta, tu es vraiment morbide, tu sais ça ? observa Dean Newman, en faisant demi-tour pour s'éloigner. Allez, viens, Susie.

Arletta fit mine de réfléchir, ses petits yeux louchant sous la mèche de cheveux qu'elle maintenait dressée avec de la laque.

— Bon dieu, peut-être qu'elle était encore *vivante* quand il l'a laissée ! Peut-être qu'elle était encore consciente quand les bêtes sont arrivées et ont commencé à l'attaquer voracement !

Kathy Foss pâlit brusquement et s'effondra sur le sol.

— Elle s'est évanouie ! cria quelqu'un.

La foule grouillante s'écarta tandis que Susie Wolfe se penchait au-dessus d'elle.

— Dean, va chercher quelqu'un, s'écria-t-elle en soulevant la tête décolorée de Kathy et en la déposant sur ses genoux. La porte de Mrs. Avery est juste là, et je crois qu'elle est restée dans la classe pour le déjeuner aujourd'hui.

Dean Newman, ses yeux marron à la fois anxieux et excités par la vue de l'imperturbable Kathy ainsi affalée en une masse impuissante, rejoignit à grands pas la porte de Blaine. Tandis qu'il y cognait, Arletta entreprit de s'esquiver subrepticement. Tout le monde était tellement absorbé par le malaise de Kathy que personne ne remarqua qu'elle se dirigeait en catimini vers les toilettes des filles. Elle venait de disparaître quand la porte de Blaine s'ouvrit. Après un bref conciliabule avec Dean, Blaine se précipita vers Kathy, suivie de près par John. Elle s'agenouilla, prit le pouls de Kathy, puis leva les yeux.

— Est-ce que quelqu'un est allé chercher l'infirmière ?

Les étudiants échangèrent des regards interdits, et Blaine se rappela qu'au lycée l'infirmière scolaire ne suscitait pas le même effroi qu'à l'école. La plupart des élèves, si ça se trouve, ne savaient même pas qu'il existait une infirmière scolaire.

— Elle est au premier étage à côté du bureau de la conseillère. Que quelqu'un y aille. *Vite.*

L'extrême pâleur de Kathy ne lui plaisait pas, pas plus que les mains glacées qu'elle frictionnait entre les siennes : elle se faisait l'impression d'être une de ces directrices d'école de romans victoriens essayant de ranimer quelque frêle jeune fille tombée en pâmoison.

— Que s'est-il passé ? demanda-t-elle aux visages qui la scrutaient. Est-ce que Kathy était malade, ce matin ?

Susie Wolfe fit non de la tête.

— Elle avait l'air bien pendant le premier cours. Même au déjeuner. Un peu silencieuse, mais en forme. Et puis Arletta s'est mise à nous raconter le meurtre de Rosie.

— Arletta ? fit Blaine sèchement.

Aussitôt, tout le monde se mit à la chercher des yeux. Dean expliqua :

— Elle a dû déguerpir.

— Laissez-moi deviner, dit Blaine. Arletta vous a décrit la mort de Rosie dans les termes les plus pittoresques.

Susie acquiesça.

— Elle a été très crue. Elle a parlé de bêtes en train de la dévorer avant même qu'elle soit morte.

— Oh, pour l'amour du ciel, marmonna Blaine.

Ce langage édulcoré ne traduisait en rien le dégoût qu'elle éprouvait pour Arletta, mais elle ne pouvait trahir la répulsion réelle que cette fille lui inspirait devant tous les autres étudiants.

John se pencha et toucha le visage de Kathy.

— J'ai l'impression qu'elle retrouve des couleurs.

— Mais elle est encore tellement froide.

— Que diable se passe-t-il ?

En levant les yeux, Blaine aperçut l'infirmière scolaire qui approchait.

— Il semble que Kathy se soit évanouie.

L'infirmière repoussa la meute d'adolescents bouche bée et se pencha sur Kathy. Elle tâta à son tour le pouls de la jeune fille, puis lui tint une petite fiole sous les narines. La figure de Kathy se contracta et elle détourna la tête. L'infirmière lui passa à nouveau le flacon sous le nez, et cette fois les yeux de Kathy s'ouvrirent en papillotant. Elle lança autour d'elle des regards affolés.

— Rosie ! cria-t-elle en agrippant le bras de l'infirmière. Rosie, j'étais là. J'ai *vu*...

8

Blaine s'arrêta devant une charmante maison en bois jaune et aux volets blancs. Derrière un grillage s'étendait une pelouse bien entretenue sur laquelle on trouvait une balançoire, un cube en bois naturel à vocation multiple, une corde pour grimper, un bac à sable, ainsi qu'une petite maison en cèdre. Sur un panneau de bois blanc à côté de la porte on lisait en lettres noires *Garderie de Caitlin*. Frissonnant légèrement, Blaine ouvrit le portail, le referma soigneusement derrière elle, et se dirigea vers la porte d'entrée. Le soleil blanc doré qui, dans la journée, avait réchauffé l'atmosphère avait à présent disparu derrière un nuage, baignant les environs d'un gris lavande mélancolique. Les feuilles sèches bruissaient dans les arbres tandis que le vent se levait, et au-dessus de sa tête Blaine aperçut une formation d'oies canadiennes qui volaient vers le sud. D'après le calendrier l'hiver n'arriverait pas officiellement avant un mois, mais, pour Blaine, la saison froide était déjà là.

Pourtant, elle eut à peine ouvert la porte que toutes ses pensées hivernales disparurent. Le sol était couvert d'une moquette à la chaude teinte dorée, et les murs garnis d'étagères contenant des livres et des albums aux couleurs éclatantes. Au-dessus des étagères étaient accrochées des gravures représentant des personnages de Walt Disney. Des cubes multicolores traînaient éparpillés dans un coin, dans un autre s'étalait un puzzle composé de pièces aussi énormes que criardes. Caitlin était assise sur une chaise en plastique blanc, entourée de huit enfants environ, dont les âges variaient de trois à cinq ans. Sur ses genoux trônait un enfant aux yeux écarquillés qui n'avait pas plus de dix-huit mois.

— Alors qui peut me dire ce qui s'est passé lors du premier Thanksgiving ? demanda Cait.

Un petit garçon aux cheveux blonds comme les blés répondit aussi solennellement que spontanément :

— Les Indiens sont venus et ont appris aux pèlerins à danser le quadrille.

À son grand mérite, Cait n'esquissa même pas un sourire.

— Euh, pas exactement, Doug.

— Je sais, je sais ! s'écria un autre petit garçon qui avait les yeux d'un ange et le sourire d'un démon. Les Indiens ont apporté de méchants dindons qui ont dévoré tous les pèlerins !

Cait fronça les sourcils.

— Voyons, Jack, tu sais que c'est stupide. Les dindons ne mangent pas les hommes.

— Si, ils les mangent, insista Jack, en jetant des regards autour de lui pour s'assurer que tous les yeux étaient fixés sur sa petite personne de cinq ans. Mon papa m'a raconté comment à ce Thanksgiving quand il était petit la dinde avait sauté du plat pour aller mordre le nez de sa sœur !

Six petits visages se chiffonnèrent sous l'effet de l'hilarité tandis que les beaux yeux sensibles d'une petite fille d'environ trois ans se remplissaient de larmes.

— Tu veux dire que je vais me faire manger le nez au dîner de Thanksgiving ?

— Oh, Sally, bien sûr que non, protesta Cait avec fermeté. (Elle lança à Jack un regard courroucé.) Dis à ta sœur que ce n'est qu'une histoire.

— Mais, c'est pas une histoire, s'entêta Jack avec une dignité offensée. Sal, tu vois comme le nez de Tante Dot est bizarre ? (La petite fille hocha craintivement la tête.) Eh bien, c'est ce qui s'est passé. Grand-mère n'avait pas coupé la tête de la dinde, et cette sale bête a sauté du plat et...

Jack se leva, ouvrit grande la bouche et fit claquer ses mâchoires. Sally poussa un hurlement. Trois enfants tombèrent sur le côté, pris de fou rire. Jack se plia en deux de jubilation. Le bébé se mit à brailler.

— Tu as besoin d'aide ? demanda Blaine.

Cait tourna brusquement la tête.

— Oh, Blaine ! Tu peux vraiment rester un moment ?

Ses cheveux étaient rabattus en arrière comme si elle n'avait pas arrêté d'y passer ses mains et, du côté droit, sa chemise sortait de son pantalon.

— Mon assistante a dû aller chez le dentiste ce matin pour un abcès, expliqua-t-elle. Peut-être que ce sont juste les vacances qui approchent, mais comme tu peux le constater, ils sont tous un peu énervés aujourd'hui.

— Pas de problème, je peux rester.

Il n'était que quatre heures et la plupart des mères n'arriveraient pas avant cinq heures au plus tôt. À en juger par l'aspect de Cait, elle ne tiendrait jamais jusque-là.

— Après les cours, Robin va chez Susie réviser une interro et elle dînera là-bas ; je n'ai donc pas à me préoccuper du repas.

— Dieu merci, murmura Cait.

Blaine se débarrassa de son manteau d'un mouvement d'épaules et regarda les enfants en simulant l'excitation.

— J'ai une idée ! Je vais vous raconter une histoire, et vous allez faire un dessin de ce que je vous raconte.

— On doit seulement faire ce que Miss Cait nous dit, proclama Jack, agressif.

Cait le dévisagea longuement :

— Alors fais-le.

Jack fronça les sourcils d'un air sombre. Cait avait déjà dit à Blaine que Jack était à la fois le plus précoce mais aussi le plus exaspérant gamin qui soit jamais passé par la garderie, et il ne se laissait pas intimider facilement. En même temps, il n'était pas habitué non plus à entendre Cait parler durement. Il cligna une ou deux fois des yeux en la regardant avant de se tourner vers Blaine.

— D'accord, mais on en a ras le bol des comptines.

Moi aussi, songea Blaine, se rappelant *Ring Around a Rosy* au téléphone.

— Je ne vais pas vous raconter de comptines. Prenez donc du papier et vos crayons de couleur, et faites de votre mieux.

Tous les enfants à part le bébé s'affairèrent pour rassembler leur attirail de dessin, puis ils s'installèrent, dévisageant Blaine d'un air d'attente tandis qu'elle prenait une pose théâtrale et annonçait d'une voix sonore :

— Voici *Le Conte des trois pommes d'or.*

La plupart des enfants se mirent à dessiner consciencieusement de vagues sphères dorées et jaunes. Sa nièce Sarah, la réplique de Caitlin, entreprit de dessiner les trois belles jeunes femmes qui tressaient des couronnes de fleurs au bord de la rivière.

Jack, de façon prévisible, dessina l'affreux dragon aux cent têtes qui faisait la garde sous l'arbre aux pommes d'or.

À cinq heures trente, quand le dernier des petits manteaux eut été boutonné, que les précieux dessins eurent été montrés à des mères fatiguées mais admiratives, et que Sarah eut été renvoyée à côté chez Cait pour regarder *Mr. Rogers*, Cait se tourna vers Blaine et, les traits tirés par l'épuisement, déclara :

— Tu m'as sauvé la vie.

— Je suis contente d'avoir pu t'aider, mais je ne t'ai jamais vue à plat comme ça à cause des gosses.

— Nos inscriptions ont presque doublé cette année. Dieu merci, la moitié sont repartis chez eux à midi. Et puis, je n'ai jamais eu à me débrouiller toute seule une journée entière avec eux. Quant à Jack, bien sûr, il vaut cinq gamins à lui seul. Je suis contente qu'il aille à l'école l'année prochaine.

Elle soupira.

— En plus, reprit-elle, je suppose que je suis encore ébranlée par l'histoire de Rosie : je ne dors pas bien, enfin, ce genre de choses. Je ne la connaissais pas très bien, mais la voir comme ça…

Cait frissonna.

— Tomber comme ça sur un cadavre est une chose qu'on n'oublie jamais.

— Je suppose que tu es experte. Je suis tellement navrée que cela ait dû se reproduire.

— Tu n'es pas la seule.

Cait ne souffla pas mot des affaires de Rosie qu'on avait retrouvées dans le sous-sol de Blaine. Apparemment, elle n'avait pas encore appris la nouvelle ; elle avait l'air trop épuisée pour recevoir un choc supplémentaire et Blaine demanda d'un ton volontairement désinvolte :

— Caity, est-ce que tu possèdes un enregistrement de *Ring Around a Rosy* ?

Cait haussa un de ses sourcils roux.

— Tu as changé de goûts musicaux ces derniers temps ?

— Non. Je me demandais, c'est tout.

Cait perdit son air amusé :

— Non, tu ne faisais pas que te demander. Qu'est-ce qui se passe ?

— Ne m'asticote pas. Je suis fatiguée moi aussi. Contente-toi de répondre à ma question.

— D'accord. J'ai des douzaines de disques, mais je ne me souviens pas de celui-là.

— Es-tu sûre de ne pas l'avoir ici à la crèche ?

— Non. Quand j'ai ouvert cet endroit, les gens m'ont donné des tas de trucs, y compris des disques. Je sais que je ne l'ai pas acheté, et nous ne l'écoutons jamais. Les gosses préfèrent des chansons tirées d'émissions comme *Sesame Street.* Mais ne te gêne pas, inspecte la discothèque et vérifie par toi-même.

Un quart d'heure plus tard, Blaine avait passé en revue tous les disques et toutes les cassettes dont disposait la garderie.

— Rien, dit-elle, assise en tailleur sur le sol. Il n'est pas ici.

— Tu as encore reçu un coup de fil de maniaque, n'est-ce pas ? lança Cait, péremptoire.

Elle se tenait au-dessus de Blaine, les mains fermement plantées sur les hanches. Blaine revit soudain leur mère la dominant exactement dans la même attitude quand, par une glaciale soirée de février, à l'âge de huit ans, elle avait ramené à la maison un petit bâtard perdu, qu'elle avait essayé sans succès de cacher dans sa chambre à l'intérieur d'un coffre en bois sur lequel elle était assise. Le chiot, malheureusement, ne voulait pas se tenir tranquille. Au bout de dix minutes, il avait regagné la rue, et Blaine était restée à sangloter dans son lit jusqu'à onze heures du soir, quand son père, rentrant de quelque bar et se demandant ce qui avait causé tout ce tintouin, était allé récupérer le chiot gémissant de peur sous un arbre voisin et l'avait glissé dans le lit de Blaine. Jim O'Connor, pour la peine, avait passé la nuit sur le divan, et sa femme ne lui avait pas adressé la parole, pas plus qu'à Blaine, pendant une semaine, mais le chiot était resté.

— Tu as encore reçu un coup de fil de maniaque, répéta Caitlin. Blaine, réponds-moi.

— Comment le sais-tu ?

— Je ne crois pas qu'autrement tu te serais soudain prise d'une envie irrépressible d'entendre *Ring Around a Rosy*. De plus, je ne suis peut-être pas Sherlock Holmes, mais je suis quand même capable de faire le rapprochement entre *Rosy* et *Rosie* Van Zandt.

— C'est bon, concéda Blaine en se relevant.

Elle faisait cinq centimètres de plus que sa sœur et sa taille lui servait souvent à retrouver la maîtrise de ses émotions face à l'imitation parfois déconcertante des tics maternels à laquelle se livrait Cait durant les disputes.

— Quelqu'un a effectivement téléphoné pour me passer ce disque quelques heures après qu'on eut retrouvé Rosie. Et avant que tu n'ajoutes quoi que ce soit, laisse-moi te dire que j'ai déjà signalé ce coup de fil à Logan et que j'ai fait une demande de localisation de mes correspondants.

Cait parut d'abord troublée, puis contrariée lorsqu'elle comprit à quoi rimaient les recherches de Blaine dans sa discothèque.

— Tu n'as quand même pas pensé que c'était moi qui avais téléphoné ?

— Oh, Cait, bien sûr que non. Mais c'était une chanson enfantine, et comme Robin l'a fait remarquer, des douzaines de gens entrent et sortent d'ici tous les jours.

— Pas des douzaines.

Le visage de Cait se détendit. Elle reprit :

— Mais beaucoup. C'était logique, j'imagine, de supposer que le disque ait pu provenir d'ici. Mais j'ignore qui pourrait faire une chose pareille. Les mères des gamins sont gentilles.

— Sans doute que pas mal des gens qui avaient téléphoné pour m'accuser du meurtre de Martin paraissaient gentils, eux aussi.

— Je continue à maintenir que tu ne devrais pas rester dans cette maison.

Blaine roula des yeux agacés.

— Cait, Logan fait patrouiller une voiture devant chez moi toutes les heures.

— Une patrouille ? Pour quoi faire ? C'était un suicide, non ?

Blaine se retourna, époussetant machinalement l'arrière de sa jupe.

— C'était un suicide, oui ou non ? insista Cait.

— Non, ça n'en a pas l'air, répondit Blaine à contrecœur. Je veux dire, ils n'en sont pas sûrs, mais…

— Cette fois, c'en est trop ! Robin et toi allez revenir habiter chez nous.

— Non, pas question. Kirk et toi avez été suffisamment dérangés — d'abord, Kirk a dû venir sans arrêt à la maison pour nous aider avec Martin à son retour de l'hôpital, puis il a tout fait pour l'habituer à son fauteuil roulant, et ensuite vous avez dû nous héberger quand j'ai été malade. Et puis d'ailleurs, vous avez besoin d'un peu d'intimité, tous les deux.

— Pas du tout. Nous sommes mariés depuis six ans.

Blaine sourit.

— Oh, alors, dans ce cas, Robin et moi allons apporter des sacs de couchage et camper dans votre chambre.

— Ça me semble une idée tout à fait intéressante, fit une voix.

Blaine leva les yeux et aperçut son beau-frère dans l'encadrement de la porte. Il portait un jean et une chemise écossaise, ses cheveux blond-roux étaient coupés court, et ses yeux gris étaient rieurs dans un visage qu'on pouvait qualifier de buriné sinon de classiquement beau.

— Est-ce que vous allez arrêter de plaisanter, tous les deux ! s'écria Cait avec feu. Kirk, la police a conclu que Rosie Van Zandt avait été assassinée.

Kirk s'assagit aussitôt.

— Assassinée !

— C'est ce qu'ils *pensent*, intervint Blaine. Ils ne sont pas sûrs.

— J'ai dit à Blaine que Robin et elle devaient revenir habiter chez nous.

— Ce serait peut-être une bonne idée, approuva Kirk.

— Nous sommes très bien à la maison, insista Blaine.

Caitlin regarda son mari.

— Elle croit que Robin et elle nous gêneraient dans notre vie privée. Peut-être n'a-t-elle pas remarqué, mais, quand elle a été malade, tu n'étais presque jamais là le soir.

Blaine, mal à l'aise, détourna les yeux. Une des raisons pour lesquelles elle n'avait pas voulu retourner chez Cait et Kirk était la tension subtile qu'elle avait constatée entre eux ces derniers temps. Même si elle ignorait ce qui n'allait pas, elle savait qu'envahir leur couple n'arrangerait pas les choses.

Kirk haussa les épaules. Il était grand et musclé, du fait à la fois de ses activités manuelles et de sa longue pratique de l'haltérophilie.

— Nous avons eu de grosses commandes, Cait. Nous avons travaillé tard tous les soirs. Mais je rentre à l'heure tous les jours à présent. Je pourrais m'occuper de tout le monde.

— Merci, Kirk, mais ce n'est vraiment pas nécessaire. Nous avons un nouveau système d'alarme et, comme je l'ai dit à Cait, la police surveille notre maison de très près.

— La police ? répéta Kirk, l'air interloqué. Enfin, je suppose que c'est normal s'ils soupçonnent qu'un meurtre a été commis sur la propriété.

Blaine hocha la tête.

— Apparemment, une cheerleader du lycée, Kathy Foss, est au courant de quelque chose, mais elle ne veut pas parler.

— Ça, tu ne me l'as pas dit ! tempêta Cait.

— Et je n'aurais rien dû dire du tout pour l'instant.

Blaine aurait pu se gifler.

— Quoi qu'il en soit, reprit-elle, Robin et moi allons bien. Et votre maison est trop petite pour nous tous. Nous nous en sommes déjà rendu compte. Si vous vouliez seulement me laisser vous prêter l'argent nécessaire pour acheter cette maison de Townsend Street qui vous plaît tellement à tous les deux…

Le menton de Cait se crispa.

— Tu sais que nous n'accepterons pas un seul *cent* de ton héritage, même sous forme de prêt. Mais arrête d'essayer de changer de sujet. Je ne sais pas comment tu peux seulement envisager de rester dans cette maison après tout ce qui s'est passé.

— Il faut que je m'en aille, Caity, annonça Blaine en enfilant son manteau.

Cait poussa un énorme soupir.

— Quelle entêtée !

— Exactement comme ma sœur.

— Très bien. Si tu es résolue à retourner dans cet affreux endroit, alors vas-y.

— Merci. C'est ce que je vais faire.

— Kirk, tu ne peux pas dire quelque chose pour la faire changer d'avis ?

— Je n'essaie jamais de faire changer d'avis une O'Connor. C'est désespéré.

— Voilà un homme sage, dit Blaine.

Cait parvint à esquisser un sourire.

— D'accord, j'abandonne. Mais je demanderai aux enfants demain s'il y en a parmi eux qui possèdent un enregistrement de *Ring Around a Rosy*.

Blaine se pencha et embrassa sa sœur sur la joue.

— Merci, petite. Et ne t'inquiète pas pour moi.

— J'aimerais ne pas avoir à m'inquiéter, dit Cait avec douceur tandis que Blaine se dirigeait vers la porte.

Blaine jeta un coup d'œil sur les chiffres lumineux de la pendule de voiture. 6:50. Elle disposait de quarante minutes pour déposer chez Rick l'agenda qu'il avait oublié chez elle la veille au soir et se rendre à l'école pour la répétition du gala des élèves.

Elle soupira, regrettant de ne pas s'être démise de cette responsabilité. Elle était déjà conseillère du comité des élèves et metteur en scène de la pièce des terminales. Étant donné sa récente maladie, tout le monde à l'école aurait compris qu'elle renonce cette année à l'une de ces activités. Mais elle avait voulu prouver qu'elle était parfaitement rétablie et qu'elle tenait à assumer sa part. Toutefois, depuis la mort de

Rosie, elle se sentait vidée. Elle n'avait pas besoin du gala des élèves par-dessus le marché.

Blaine se gara devant l'immeuble en brique à un étage où Rick s'était installé après son divorce. Les lampes du porche diffusaient dans la nuit une chaude lumière, et Blaine remonta le passage jonché de feuilles pour aller frapper à la porte de l'appartement numéro 5. Rick lui ouvrit. Il portait un peignoir en éponge blanc, et ses cheveux ondulés étaient mouillés comme s'il sortait tout juste de la douche.

– Blaine, dit-il avec son chaleureux sourire. En voilà une surprise formidable.

– Vous aviez perdu ça ? demanda-t-elle en brandissant l'agenda.

– Je l'ai cherché pendant à peu près une heure ce matin. Puis je me suis rappelé où il était.

– Et vous n'êtes pas venu le récupérer parce que vous vouliez m'attirer chez vous.

Rick éclata de rire.

– Comme vous connaissez bien mes vilaines intentions. À vrai dire, j'étais simplement trop fatigué pour m'arrêter chez vous ce soir. Je m'étais dit que je survivrais sans jusqu'à demain matin.

Blaine lui tendit l'agenda ; il s'en empara, puis il lui attrapa le poignet et la fit entrer dans l'appartement.

– J'ai une tarte aux pommes tout droit sortie de chez le boulanger. Qu'est-ce que vous diriez d'un morceau avec une tasse de café ?

– Ma tarte préférée tout droit sortie de chez le boulanger, répéta Blaine en feignant la suspicion. Quelle coïncidence.

– Ce n'est pas une coïncidence. C'est soigneusement calculé. Je savais que vous me rapporteriez l'agenda.

– C'est bien ce que je pensais.

Parcourant du regard le sinistre et minuscule appartement, Blaine se demanda une fois de plus comment Rick arrivait à le supporter après avoir vécu quatre ans dans la grande et belle maison de style Cape Cod qui appartenait désormais à son ex-femme, Ellen.

— La journée a été dure ?

— Oui, et longue, dit Rick, mais rien qu'une bonne nuit de sommeil ne puisse réparer. Maintenant, revenons à nos moutons. Si je préparais un peu de café et si nous mangions chacun une part de cette délicieuse tarte basses calories ?

— J'aimerais bien, mais il faut que je m'en aille. C'est moi qui supervise le gala scolaire et les répétitions commencent ce soir à sept heures et demie.

Rick se frappa le front.

— Vous ne m'en avez parlé qu'une dizaine de fois, et j'avais quand même oublié.

— Les médecins exténués ont le droit d'oublier des choses aussi importantes que les galas de lycée.

— Est-ce que vous avez convaincu Robin d'y participer ?

— Je ne sais pas. Ce matin, en tout cas, elle ne s'était pas encore décidée. Elle est tellement timide.

— Il faudra qu'elle surmonte ça si elle veut jouer en public.

— Elle en est consciente. J'espère qu'elle va venir. J'ai prévu un rôle pour elle.

Rick regarda Blaine attentivement.

— Blaine, est-ce que vous allez bien ? Vous m'avez l'air bien lessivée.

Blaine se força à sourire.

— La journée a été longue pour moi aussi. Vous avez appris, je suppose, que la police a conclu que Rosie Van Zandt avait été assassinée.

— Oui, je l'ai appris à l'hôpital juste avant de rentrer. On peut faire confiance au téléphone arabe par ici, vous savez. Peut-être qu'il vaudrait mieux que vous vous réinstalliez chez Cait quelque temps.

— Oh, non, vous n'allez pas vous y mettre, vous aussi !

— Vous avez déjà abordé le sujet avec Cait, pas vrai ?

— Tout juste. Rick, la maison de Prescott Road, c'est chez moi. Je viens de m'y réinstaller. Et puis, la maison de Cait est vraiment trop petite pour Robin, moi et Ashley en prime. Les semaines que j'ai passées là-bas après ma maladie ont été plutôt pénibles. De plus, je n'ai pas envie de me mêler de leur vie. Cait a été très accueillante, mais je voyais bien qu'on la gênait, Robin, Ashley et moi.

— Je comprends, mais vous n'avez pas peur dans cette grande maison ?

— Je me sens un peu mal à l'aise, reconnut-elle, mais ça va passer.

Elle soupira et laissa Rick lui passer le bras autour des épaules.

— Vous savez, reprit-elle, c'était déjà affreux de penser que Rosie s'était suicidée, mais c'est encore pire de savoir qu'elle a été assassinée. Et évidemment les étudiants sont dans tous leurs états avec cette histoire. Une élève s'est même évanouie quand elle a appris la nouvelle.

— Qui ça ?

— Kathy Foss. C'est le chef des cheerleaders.

— Je l'ai vue aux matches.

— Difficile de ne pas la remarquer, commenta Blaine d'un ton sec. Elle a eu un malaise dans le couloir à l'heure du déjeuner. Un attroupement s'est formé autour d'elle et elle s'est réveillée en disant : « Rosie, j'étais là et j'ai *vu.* » Quelque chose de ce genre. Ça a vraiment déchaîné les étudiants. Ils en ont parlé tout l'après-midi, et comme une idiote je l'ai raconté à Cait.

Rick s'éloigna de Blaine et la regarda dans les yeux :

— Vous croyez que cette fille sait réellement quelque chose ?

— Oui, mais quand elle a repris complètement connaissance, elle a refusé de dire quoi que ce soit d'autre.

— C'est bizarre.

— Pas si elle a peur de dire ce qu'elle a vu.

— Bien sûr. J'aurais dû y penser tout seul. Attribuez ma lenteur à la fatigue et à un manque de sucre.

Blaine sourit.

— Rick, vu la quantité de sucre que vous consommez, vous devriez peser cinquante kilos de plus. Je croyais que les médecins étaient incollables sur la nutrition.

— C'est vrai. Mais nous n'appliquons pas toujours nos préceptes, c'est tout.

Blaine sourit, puis jeta un œil sur sa montre.

— Il faut vraiment que je m'en aille.

— Vous êtes absolument sûre que je ne peux pas vous tenter avec de la tarte et peut-être quelque chose d'encore plus voluptueusement exquis ?

— Comme quoi ? Vous regarder somnoler sur le divan ? Parce que, à en juger par les cernes sous vos yeux, d'ici une demi-heure, vous aurez décroché.

— Vous avez peut-être raison. Mais un de ces soirs, quand je ne serai pas fatigué et que vous ne vous soucierez plus de ce que tout le monde en ville dit de vous…

Blaine éclata de rire.

— Dormez un peu, Roméo. Nous parlerons des cancans une autre fois.

Le gala des élèves avait lieu dans le gymnase du lycée et Blaine sentit monter en elle une bouffée d'excitation en constatant que les participants y étaient déjà rassemblés et avaient déjà, pour certains, commencé à répéter leurs numéros. À neuf heures, cependant, elle avait envie de hurler, et elle était convaincue que ce gala allait être le pire de toute l'histoire de l'école.

Aucun des étudiants ne voulant passer en premier, elle jeta son dévolu sur Susie Wolfe ; celle-ci lança malencontreusement son bâton enrubanné dans un groupe d'élèves qui, debout près de la scène, s'égaillèrent en criant à travers le gymnase. Personne ne fut blessé et, quelques secondes après, tout le monde piqua une crise de fou rire pendant que Susie piquait quant à elle une crise de larmes. Il fallut un quart d'heure à Blaine pour la calmer et la persuader d'effectuer une nouvelle tentative.

Susie fut suivie de Dean Newman qui exécuta un numéro comique dont seule la nullité fit rire le public. Déconfit, il céda la scène à une fille qui chanta *Raindrops Keep Fallin'On My Head* en maniant un parapluie et en faisant des claquettes si assourdissantes qu'elles couvraient complètement la musique. Deux membres de son groupe de rock ayant déjà eu leur bac et étant donc exclus du concours, Tony Jarvis joua en solo une chanson qu'il avait écrite et qui s'appelait *Wherever You Are*. Blaine l'avait entendu répéter cette chanson dans l'auditorium du lycée avant sa pneumonie et l'avait trouvée magnifique, mais ce soir il en donna une interprétation sans relief ni inspiration. Néanmoins, à sa décharge, Blaine avait appris que Tony avait été embarqué pour un interrogatoire juste après les cours cet après-midi-là. Ce soir, il avait l'air à la fois maussade et tendu : son visage au teint olivâtre était fatigué, et ses lèvres pincées. Elle fut étonnée qu'il soit même venu à la répétition.

Elle fut également étonnée de voir Kathy Foss, qui paraissait s'être bien remise de son évanouissement. Elle avait l'air en forme et fit un numéro de gymnastique sur la chanson des Eagles, *Witchy Woman*. Kathy était indéniablement douée, mais ses mouvements n'étaient absolument pas synchronisés avec la chanson, que Kathy avait à coup sûr choisie plus pour son caractère aguichant que pour sa concordance avec son numéro.

Peu après le numéro de Kathy, John Sanders fit son entrée dans le gymnase. Il était vêtu d'un jean et d'un imperméable bien coupé, et Blaine ne put retenir un sourire en voyant tous les yeux féminins qui le suivaient tandis qu'il s'emparait d'une chaise pliante et s'asseyait à côté d'elle devant la scène.

— Est-ce que nous avons là quelques futurs génies du spectacle ? demanda-t-il.

— Non, répondit Blaine doucement, de façon que les élèves ne puissent l'entendre. Jusqu'à présent ça a été plutôt désastreux. Même Tony Jarvis ne joue pas bien.

— C'est l'effet que produisent les interrogatoires de police.

— Vous n'en avez pas subi un autre, si ?

— Non, mais j'ai le fâcheux pressentiment que ça ne va pas tarder.

— Ne soyez pas si pessimiste. Qu'est-ce que vous fabriquez ici, au fait ?

— Je me suis juste dit que j'allais passer voir si vous alliez bien. Vous aviez l'air pas mal bouleversée tout à l'heure et j'ai pensé que vous auriez peut-être besoin de quelqu'un pour vous relayer.

— C'était très gentil, mais je vais bien. Je voudrais seulement que mon nom ne soit pas cité comme coordinatrice du spectacle !

John s'esclaffa.

— La plupart des gens qui viennent à ces galas sont les parents des participants, alors vous n'avez pas à vous en faire. Ils trouvent toujours leurs enfants formidables.

— J'espère. Vous pouvez rester jusqu'à la fin ?

— J'ai bien peur que non. J'attends un coup de fil de Sam, et puisque vous allez bien, j'aimerais rentrer à la maison.

— Oh, très bien ! fit Blaine faussement vexée. Si vous préférez parler à la femme que vous aimez plutôt que d'applaudir tous ces remarquables artistes, je suppose que je comprends.

— Je préfère. (Le sourire de John disparut.) Mais si vous avez besoin de moi plus tard, appelez-moi. Je suis sincère.

— Merci, John.

Après que John fut parti et que Blaine eut enduré deux autres numéros absolument affligeants, Robin monta sur scène. Blaine avait été contente de la voir arriver quelque temps avant avec Susie, mais elle fut moins ravie du choix de Robin. La tête penchée, les mains visiblement tremblantes, Robin s'installa au piano à queue et attaqua « Rêverie » de Debussy. Même si Blaine adorait cet air, elle savait qu'il n'était pas adapté au spectacle. Le public adolescent de la pianiste s'ennuyait, bavardant et virevoltant dans le gymnase pendant que Robin s'échinait à poursuivre, les joues de plus en plus rouges. Blaine se sentait malheureuse pour elle et se demanda si elle avait eu tort de l'encourager à participer au concours. Elle ne manquerait certes pas de le nier, mais l'opinion de ses pairs était pour Robin d'une importance vitale, et leur dédain risquait d'anéantir son ego déjà si fragile.

Robin termina son morceau et s'enfuit de la scène alors que seules trois personnes – Susie Wolfe, Dean Newman et Tony Jarvis – l'applaudissaient. Tandis qu'Arletta Stroud commençait à se dandiner sur la scène en chantant en play-back *Like a Virgin* de Madonna, Blaine aperçut Robin qui s'échappait furtivement par une des portes latérales du gymnase.

Kathy se réfugia dans les coulisses pendant que Robin exécutait son numéro classique. Dieu que c'était donc barbant, songea Kathy. Y avait-il vraiment des gens pour *aimer* ce genre de musique ? À en croire le public présent, non. Kathy ne put réprimer un sourire de satisfaction. Pas de souci à se faire du côté de Robin, malgré tout le talent que lui trouvaient les professeurs, malgré tout le talent que lui avait toujours trouvé Rosie.

Kathy se raidit ; elle avait beau transpirer encore à la suite de son exténuant numéro de gymnastique, elle eut subitement froid. Si elle n'arrivait pas à décider ce qu'elle devait faire au sujet de Rosie – parler ou non à la police –, elle allait devenir folle, littéralement cinglée. Et elle risquait de se trahir auprès de la personne qu'il ne fallait pas. En réalité, c'était peut-être déjà fait. Mon Dieu, personne n'allait la laisser tranquille après son évanouissement d'aujourd'hui ! C'était la chose la plus bête qu'elle ait jamais faite de sa vie. Mais quand Arletta s'était mise à décrire comment Rosie avait peut-être trouvé la mort… Pensant à Rosie, Kathy ferma les yeux, parcourue de frissons incontrôlables.

Tout juste trois mois plus tôt, Rosie lui avait donné des cours particuliers d'algèbre. Kathy s'attendait à ne pas l'aimer. Rosalind Van Zandt était tellement jolie et tellement intelligente. C'était humiliant de voir cette fille belle et calme la regarder se débattre avec les formules d'algèbre les plus simples. Mais Rosie ne s'était jamais montrée suffisante, et quand Kathy, à la fin de ses cours d'été, avait été gratifiée d'un C tout à fait honorable pour compenser le F qu'elle avait eu au printemps, Rosie avait semblé véritablement enchantée. Kathy était aux anges : ce bon résultat signifiait qu'elle pouvait non seulement rester dans l'équipe des cheerleaders, mais qu'elle pouvait en outre poser sa candidature comme cheerleader en chef à l'automne. Elle avait donc tenu à inviter Rosie dans le nouveau restaurant mexicain de la ville et c'était en dégustant des chimichangas de la mer qu'elles avaient inauguré une prudente amitié.

Même si Kathy savait qu'elle n'était pas « érudite » comme disaient ses parents, elle avait l'étrange faculté de percer les gens à nu, de sentir leurs forces et leurs faiblesses, de savoir quand ils dissimulaient quelque chose, et elle n'avait pas mis longtemps à deviner que Rosie avait un secret. Bien sûr, ce n'était pas la peine d'être un génie pour remarquer qu'elle s'était éloignée de Robin Avery. Rosie n'avait jamais rien dit de mal sur Robin, mais de toute façon, ça n'intéressait pas Kathy, car elle ne croyait pas que le problème venait de Robin. Quoi qu'il en soit, le fait de ne pas arriver à pénétrer ce mystère la rendait chèvre.

Enfin, un soir de la semaine précédente alors qu'elle rentrait du drugstore, elle avait vu la belle décapotable rouge de Rosie qui quittait la ville à toute allure en direction de Prescott Road, et par curiosité Kathy l'avait suivie. Elle était restée en arrière comme dans les films policiers pour s'assurer que Rosie ne la voyait pas, et l'avait observée tandis qu'elle tournait sur une route de gravier et garait la voiture loin dans les bois, puis traversait l'immense pelouse des Avery et sortait une clé pour ouvrir la porte d'entrée. Or il n'y avait personne chez les Avery. Tout le monde savait que Mrs. Avery et Robin habitaient en ville pour l'instant. Intriguée, Kathy avait continué sur Prescott Road, fait demi-tour, et soigneusement garé sa voiture à l'écart, la mettant assez près des arbres pour être sûre qu'on ne la repérerait pas depuis la maison. Puis elle avait rejoint à pied l'extrémité nord de la pelouse des Avery.

Un quart d'heure plus tard — alors qu'elle avait froid, qu'elle s'ennuyait et qu'elle s'inquiétait à l'idée de louper à neuf heures son feuilleton préféré — elle s'apprêtait à regagner sa voiture quand elle vit une autre voiture s'engager dans la route de gravier et s'enfoncer dans les bois. Quelques minutes plus tard, un homme traversa la pelouse exactement comme Rosie venait de le faire. Kathy essaya de distinguer ses traits, en maudissant la nuit. S'il n'y avait pas eu le clair de lune, elle ne l'aurait pas vu du tout. Elle fit un pas en avant, espérant mieux discerner son visage, et quand elle y arriva, elle fut stupéfaite. La porte d'entrée s'ouvrit et elle vit la silhouette de Rosie se découper dans la faible lumière du crépuscule. Rosie jeta ses bras autour du cou de l'homme, puis ils entrèrent tous les deux dans la maison et la porte se referma. Dans l'obscurité, Kathy se plaqua une main sur la bouche pour réprimer un cri d'étonnement. Rosie et cet homme qui se retrouvaient dans la maison de Mrs. Avery ! Seigneur, quel culot Rosie avait. Mais ça tenait debout. Cet endroit était complètement isolé. Et luxueux. En réalité, Rosie était vraiment maligne. Mrs. Avery partie, elle avait très peu de chances d'être surprise.

Amusée, Kathy reprit le chemin de sa voiture. D'une certaine manière, la cote de Rosie dans son esprit avait encore monté. C'était génial ! Mais elle ne pouvait pas avouer à Rosie qu'elle l'avait suivie. Non, elle risquait de perdre ainsi l'amitié de Rosie, et cette amitié était soudain pour Kathy plus importante que jamais.

Se gardant d'allumer ses phares, Kathy démarra et retourna sur Prescott Road. Elle avait à peine parcouru quelques dizaines de mètres quand une voiture de police fonça sur elle, sirène hurlante et gyrophare tournoyant. Horrifiée, jurant intérieurement, Kathy n'eut d'autre choix que de se ranger là, bien en évidence. Elle descendit sa vitre et attendit le jeune adjoint qui approchait d'un pas nonchalant.

— Vous n'avez pas allumé vos phares, annonça-t-il d'une voix traînante. On ne vous a jamais dit que ça pouvait être dangereux de conduire sans phares ?

Il mit dix minutes à vérifier son permis de conduire et à lui rédiger un avertissement sur lequel il avait inscrit son numéro de téléphone. Pendant tout ce temps les gyrophares de sa voiture avaient impitoyablement illuminé la voiture de Kathy ainsi que la pelouse des Avery. Moins d'une semaine plus tard Rosie était morte, et désormais Kathy savait qu'elle avait été assassinée, sans aucun doute par le type qui l'avait rejointe chez les Avery — un type dont il aurait fallu qu'il soit sourd et aveugle pour ne pas repérer sa voiture devant la maison. Peut-être qu'il ne savait pas à qui appartenait cette voiture. Il faisait terriblement sombre cette nuit-là et elle n'était pas la seule en ville à posséder une Honda Civic. Dans ce cas, elle ne risquait rien. Mais si elle allait à la police et qu'ils interrogeaient l'homme en mentionnant malencontreusement le nom de la personne qui avait déclaré l'avoir vu avec Rosie, et puis qu'ils le laissaient repartir faute de preuves ? Ce genre de chose arrivait tout le temps. Elle avait vu ça à la télé un million de fois. À ce moment-là elle serait *réellement* en danger. Redoutant qu'elle n'en sache trop, il la rechercherait, dans l'espoir de se venger.

— Je suis désolée de ce qui est arrivé aujourd'hui, Kathy. Tu veux bien me souhaiter bonne chance quand même ?

Kathy cligna des yeux et contempla, ébahie, la fille qui se tenait à côté d'elle : elle était vêtue d'un jupon et d'un haut qui lui découvrait le nombril. Mon Dieu, Arletta Stroud essayait d'imiter Madonna ! Kathy faillit éclater d'un rire nerveux, mais parvint à se dominer le temps de lui dire bonne chance et de la regarder rejoindre la scène à la hâte et commencer à gigoter. Quand l'une des lourdes croix pendant à son collier retomba en lui frappant le visage, Kathy céda au fou rire. Alors qu'on arrêtait la musique et qu'Arletta vérifiait qu'elle ne s'était pas cassé une dent, Kathy regarda furtivement par un trou du rideau afin de surprendre la réaction de Mrs. Avery à *ce* numéro, mais elle ne put la distinguer, là-bas dans l'ombre près des gradins. En fait, il ne restait quasiment plus personne. Oh, eh bien, tant pis. Les efforts d'Arletta pour paraître sexy étaient à se tordre, et elle aurait l'air encore plus bête quand tout le monde la verrait, elle, Kathy, le soir du gala. Son numéro n'était peut-être pas très au point, mais alors son costume ! Rien qu'à y penser, Kathy en avait des frissons, et elle eut envie d'aller tout de suite l'admirer. Elle savait qu'elle se sentirait mieux si elle le voyait. La contemplation des jolis vêtements lui faisait toujours un bien fou.

Elle l'avait fait faire le mois précédent et n'osait pas le laisser chez elle, de peur que sa mère ne tombe dessus. Elle serait tellement scandalisée qu'elle le découperait à grands coups de ciseaux, depuis qu'elle avait « trouvé le Seigneur » l'année d'avant, quand le frère aîné de Kathy était mort dans un stupide accident lors d'un exercice d'entraînement des Marines. C'était Mrs. Foss qui l'avait encouragé à entrer dans les Marines et à présent elle se sentait coupable. Le père de Kathy avait beau l'avoir expliqué à sa fille, cela ne rendait pas plus supportable la nouvelle ferveur religieuse de sa mère. Mrs. Foss avait déjà découpé des vêtements de Kathy qu'elle jugeait indécents, et toutes deux n'arrêtaient pas de se disputer au sujet des cheveux décolorés de Kathy et des jupettes de cheerleader qu'elle portait. S'il fallait écouter sa mère, Kathy ne montrerait même pas ses chevilles. Ce n'était que grâce à son père que Kathy était malgré tout arrivée à rester dans l'équipe des cheerleaders.

Kathy se rendit au sous-sol, dans la partie droite qui accueillait le vestiaire des filles. Elle s'était attendue à voir au moins une ou deux filles s'y rhabiller après leurs numéros, mais Arletta était apparemment la dernière à s'être changée. Ils avaient repris son numéro au début, et *Like a Virgin* résonnait à tue-tête dans le gymnase.

Le béton était froid sous les pieds de Kathy. Elle aurait dû penser à mettre des chaussures – elle allait sûrement filer ses collants –, mais elle n'avait pas envie de remonter les chercher où elle les avait laissées avec le jean qu'elle portait par-dessus son collant de gymnaste. Sur la pointe des pieds elle dépassa les douches, que les faibles ampoules du plafond éclairaient à peine. Un de ces jours, songea-t-elle, il faudrait bien que le personnel d'entretien se débrouille pour installer en bas des lampes dignes de ce nom. Dans la journée, ça allait, quand la lumière pénétrait par les soupiraux, mais la nuit le sous-sol était plutôt inquiétant.

Il était extrêmement inquiétant, en fait. Kathy s'immobilisa et envisagea d'oublier son costume et de remonter en vitesse dans le gymnase. Il faisait froid dans ce sous-sol. Il faisait froid et l'ambiance était lugubre. Et elle avait eu tellement peur toute la journée.

« Tu ne vas quand même pas céder à ces terreurs absurdes, se sermonna-t-elle. Trois minutes. C'est tout ce qu'il te faut pour vérifier ton costume, et puis tu fileras d'ici. »

À côté du vestiaire principal, il y avait une pièce plus petite qui servait surtout à entreposer tout l'attirail des majorettes et des cheerleaders. Kathy poussa la porte et alluma la lumière, qui se réduisait à une pauvre ampoule poussiéreuse pendant du plafond. Elle marqua une nouvelle hésitation. Elle était venue souvent dans cette petite pièce cimentée sans jamais se formaliser. Mais ce soir la pièce semblait toute peuplée d'ombres inconnues. « Deux minutes, répéta-t-elle à haute voix, en refermant soigneusement la porte derrière elle. Cela ne prendra que *deux* minutes. Je serai sûre alors que personne n'a lacéré mon costume, et je n'aurai pas à m'inquiéter pour ça en plus de tout le reste. »

Contre le mur opposé se dressait une vieille commode. Elle avait toujours paru étrangement déplacée dans cette pièce remplie d'armoires métalliques et de cartons de rangement, mais son tiroir du haut étant doté d'une serrure, elle constituait une cachette idéale. Kathy s'agenouilla et chercha à tâtons la clé qu'elle avait scotchée sous la commode. L'ayant trouvée, elle l'arracha d'un coup sec. Dans un premier temps, la serrure résista. Peut-être le scotch avait-il laissé trop de colle sur la clé, se dit-elle.

À la fin, la clé tourna sans enthousiasme et Kathy tira le tiroir, qui grinça bruyamment. Son costume était là, intact. Elle le sortit, charmée par ses paillettes noires qui, même sous ce morne éclairage, scintillaient de mille feux. Échancré haut sur les cuisses et profondément décolleté sur la poitrine, il était absolument éblouissant ! Elle l'adorait. Elle ferait sensation au concours. Ils n'étaient pas prêts d'oublier son numéro !

Tout à coup un déclic derrière elle lui indiqua qu'on ouvrait la porte. Kathy se raidit. Sans doute une petite curieuse qui essayait de voir ce qu'elle fabriquait, songea-t-elle, mais, bizarrement, elle n'y croyait pas. La porte se referma. Un frisson de panique lui parcourut le corps comme un déluge d'eau glacée, et elle resta clouée au sol, totalement incapable de se retourner. De toute sa vie, elle n'avait jamais éprouvé une telle sensation. Bien que rapide et athlétique, elle demeura pétrifiée, les yeux écarquillés, serrant son costume contre sa poitrine. Elle avait l'impression d'entendre son cœur qui battait à tout rompre derrière ses côtes. Elle avait également l'impression d'entendre un autre cœur qui battait, mais pas de peur, celui-là.

Quelque chose de doux et pelucheux lui effleura les pieds et, lâchant son costume, elle poussa un cri. Une souris. Avec un couinement perçant, le rongeur poursuivit sa route et Kathy, retrouvant enfin la voix, se mit à hurler en reculant machinalement vers la porte. C'est alors qu'un bras se referma sur sa gorge.

— J'attendais de te coincer toute seule, chuchota à son oreille une voix rauque. Je t'ai vue descendre ici.

Kathy se figea tandis que le sang lui quittait le visage. Malgré le bras vigoureux qui lui serrait la gorge, elle parvint à pousser un petit cri, mais *Like a Virgin* continuait à tonner au-dessus de sa tête.

— Personne ne peut t'entendre. De toute façon, il faut que je le fasse, alors autant en finir tout de suite.

Égaré par la terreur, l'instinct de Kathy prit le dessus ; elle s'agrippa au bras de son agresseur et lui décocha un violent coup de pied en arrière. « Nom de Dieu ! » L'étreinte se relâcha. Kathy souleva sa jambe, prête à envoyer un nouveau coup de pied, mais quelque chose vint s'écraser sur le côté droit de sa tête. Elle s'écroula sans bruit. Elle était tellement étourdie qu'elle ne pouvait bouger, mais elle était consciente. Elle vit une silhouette se pencher au-dessus d'elle et sentit une aiguille s'enfoncer dans le muscle de son bras. « Non ! Je vous en prie, ne me tuez pas », implora-t-elle, tandis que ses poings se crispaient convulsivement. Une main de fer la maintenait implacablement contre le glacial sol de béton. La souris, pensa-t-elle. La souris va me grignoter exactement comme les bêtes ont dévoré Rosie. Une larme roula sur sa joue. Le picotement dans son bras s'estompa, et elle comprit qu'on avait retiré l'aiguille. Elle sentait néanmoins le produit qu'on lui avait injecté se répandre dans tout son corps, cheminant dans ses veines telle quelque plante rampante à l'insidieux pouvoir anesthésiant.

— Je vous en prie, non… Je ne dirai rien…

— Je sais bien que tu ne diras rien. Plus maintenant en tout cas.

Ce n'est pas possible, je ne vais pas mourir dans cette horrible petite pièce, songea Kathy. Ce n'est pas possible, ce n'est pas possible…

Elle sentit contre sa nuque un objet froid et coupant. Un couteau.

— Non, pas ça, grommela-t-elle.

— Peur des couteaux ? Ne t'inquiète pas. J'attendrai que la drogue ait fait son effet.

— Fait mal…

— Tu crois que j'attends parce que je ne veux pas te faire mal ? Je me fiche complètement de te faire mal ou non, espèce de stupide petite traînée. Je veux juste m'assurer que tu ne vas pas remonter en courant dans le gymnase avec tes poignets en sang. On pourrait te conduire à l'hôpital avant que tu ne sois morte.

— Veux pas mourir…

La main relâcha son emprise, et Kathy put soulever sa tête du sol. Ses jambes et ses bras, toutefois, étaient lourds comme du plomb. Elle était incapable de se mettre debout, ou même à genoux. Sa respiration se fit plus superficielle et elle sentit la salive lui envahir la bouche. Elle vomit.

— Bon Dieu ! C'est répugnant !

Kathy s'efforça de garder la tête levée, mais n'y arriva pas. Son visage retomba dans son vomi et elle s'étrangla, mais elle continuait à lutter pour ne pas perdre connaissance.

Elle avait de plus en plus sommeil, mais elle demeurait consciente des minutes qui passaient. Dans un recoin obstinément attentif de son esprit, Kathy pouvait presque entendre le tic-tac de leur défilement. Mais le temps ne lui était d'aucun secours. Le temps ne faisait que rendre les choses plus confuses, plus irréelles. Elle avait l'impression de flotter.

La musique retentissait au-dessus de sa tête. Inlassablement. S'ils arrêtaient la musique, peut-être pourrait-elle crier. *Peut-être* que quelqu'un l'entendrait. Mais la musique ne s'arrêtait pas.

Ce n'est pas possible… pensa vaguement Kathy une dernière fois. Ce n'est pas possible, je vais vraiment mourir comme ça ! Une main lui souleva le poignet gauche et le couteau, d'un mouvement habile autant que délicat, s'abattit sur la fragile chair blanche et les veines bleutées. Le sang jaillit ; Kathy poussa un gémissement.

— Je ne vois pas pourquoi le sang rend les gens aussi nerveux. Tout le monde en a.

— Non. Non, je vous en prie…

Le couteau s'éleva de nouveau. Cette fois, il s'enfonça profondément ; il entailla l'artère, mais c'est à peine si Kathy le sentit.

9

Arletta jeta ses bras en l'air, s'élança vers la droite, et retomba lourdement sur la scène. La musique s'arrêta et elle chercha Blaine des yeux.

— Alors, qu'est-ce que vous en pensez, Mrs. Avery ? demanda-t-elle en s'efforçant de percer les ténèbres. Mrs. Avery, vous êtes là ?

Blaine revint dans le gymnase et s'écria :

— C'est fini, Arletta ?

— *Fini ?* Comment, vous ne regardiez même pas ?

— Je suis allée aux toilettes une minute, c'est tout.

— Au milieu de ma *danse* ?

Dans le gymnase sonore, la voix d'Arletta, toujours haut perchée et nasillarde, semblait maintenant parée d'une tonalité grinçante.

— Arletta, vous avez recommencé cinq fois. Je n'ai pas pu attendre. Je suis désolée. Quoi qu'il en soit, j'ai une suggestion, annonça Blaine en se rapprochant de la scène. Deux des juges du concours sont des professeurs assez âgés. Je ne suis pas sûre qu'ils apprécieront les paroles de cette chanson. Vous auriez plus de chance avec quelque chose d'autre.

— Mais, Mrs. Avery, c'est ma chanson préférée, geignit Arletta. C'est vraiment celle que je préfère entre toutes !

— Oui, mais…

Blaine hésita ; elle réfléchissait : Arletta pouvait même chanter une chanson tirée de *La Mélodie du bonheur*, elle n'avait pas la moindre chance de gagner. Alors pourquoi ne pas lui laisser faire ce dont elle avait envie ?

— D'accord. Mais que diriez-vous de supprimer quelques-unes de vos croix ?

Les petits yeux d'Arletta s'ouvrirent tout grands d'horreur, et elle attrapa une des croix comme si elle pensait que Blaine allait la lui arracher.

— Mais c'est le genre de trucs que Madonna portait à ses débuts. Sérieusement, Mrs. Avery, c'est vrai.

— Je sais, Arletta. En dépit de mon âge avancé, j'ai vu quelques vidéo-clips. C'est juste qu'une de ces croix risque de vous fracturer le nez.

— Je suis *obligée* de porter toutes ces grosses croix. Pour faire *vrai*, vous comprenez ? Pour ressembler à la Madonna de l'époque. Je vous en prie, Mrs. Avery. Je vais m'entraîner pour éviter qu'elles sautent dans tous les sens.

— C'est votre numéro, après tout, convint Blaine, trop fatiguée pour continuer à tergiverser. (Elle avait l'impression d'avoir couru un marathon.) Si vous voulez courir le risque de vous blesser, allez-y.

— J'aurai fait des progrès d'ici la répétition de jeudi soir, sérieusement, vous pouvez me croire !

Blaine grimaça un sourire.

— Soit. Tout ce que vous voudrez.

Tandis qu'Arletta reprenait son disque et se rendait dans les coulisses pour récupérer son manteau, Blaine enfila le sien et s'empara de son sac, où elle chercha les clés du gymnase. Vraiment, il allait falloir qu'elle fasse le ménage dans ce sac. Il devait peser dans les trois kilos avec tous les trucs qu'elle trimballait.

Le sourire d'Arletta et son aimable « B'soir, Mrs. Avery » n'arrivaient pas à camoufler la rancœur qui luisait dans ses yeux. La jeune fille, Blaine le savait, se croyait persécutée. C'était peut-être vrai. Arletta lui faisait indéniablement le même effet que des ongles qui crissent sur un tableau, mais la jeune fille n'y pouvait rien si elle était crispante et sotte. Cela lui venait naturellement. Blaine regretta soudain les réflexions qu'elle avait faites sur la chanson comme sur les bijoux, même si, à en juger par la répétition de ce soir, Arletta allait très certainement s'assommer sur scène le jour du concours. Blaine décida néanmoins de se montrer plus gentille avec la jeune fille à l'avenir. Arletta faisait de son mieux.

Blaine jeta un coup d'œil à sa montre. Dix heures dix. Avait-elle réellement passé moins de trois heures dans le gymnase ? Elle avait l'impression que cela avait duré six heures. En soupirant, elle descendit dans le vestiaire des garçons pour éteindre les lumières. Puis elle remonta, traversa le gymnase et descendit une nouvelle fois pour vérifier le vestiaire des filles. Elle avait la main sur l'interrupteur lorsqu'elle fut submergée par la sensation qu'elle n'était pas seule. Elle s'arrêta. De là où elle se tenait elle avait vue sur les cabines de douche dépourvues de portes. « Il y a quelqu'un ? » lança-t-elle, agacée par le timbre à la fois criard et fluet de sa voix. Elle s'éclaircit la gorge et déclara sur un ton plus normal : « Je ferme maintenant. À moins que vous ne vouliez passer la nuit enfermé ici, vous feriez mieux de vous activer. » Mais ces mots étaient superflus. Elle voyait bien que la pièce était vide. Elle éteignit la lumière d'une chiquenaude et se dépêcha de remonter : la fatigue ajoutée au choc de la mort de

Rosie lui faisait décidément éprouver toutes sortes de picotements et de frissons. Pourtant, elle n'aimait pas se trouver ainsi seule dans le gymnase.

Elle éteignit les lumières de la grande salle, puis se rendit dans le hall où le vif éclairage se réverbérait tristement sur les écrans métalliques protégeant les fenêtres. Après avoir éteint les lumières du hall, elle sortit du bâtiment et ferma la double porte vitrée, introduisant sa clé dans la serrure. Normalement, un des deux concierges de l'école percevait un supplément de salaire pour se charger de la fermeture, mais l'un des deux avait la grippe, et la femme de l'autre, qui devait accoucher incessamment, n'aimait pas rester seule le soir. Blaine secoua la porte, afin de s'assurer qu'elle était bien fermée.

La nuit était froide et humide, la lune brillait faiblement à travers un mince voile de nuages effilochés, et on ne voyait pas les étoiles. Blaine resserra autour d'elle son imperméable doublé, tandis que le vent soufflait sur le vaste parking du lycée, soulevant les feuilles mortes et les amoncelant contre les bâtiments scolaires et contre sa voiture. Ou plutôt, contre sa voiture et contre la Honda Civic blanche qui se trouvait encore sur le parking. Blaine fronça les sourcils. Bien sûr, ce véhicule pouvait appartenir à quelqu'un qui avait à faire dans le bâtiment principal, mais elle ne voyait pas de qui il pouvait s'agir. Il ne pouvait s'agir du proviseur ni du proviseur-adjoint, dont elle connaissait les voitures. Et, si son souvenir était exact, Jean Lewis, la secrétaire du lycée, avait une Buick.

Curieuse, Blaine dépassa sa propre voiture pour rejoindre la Civic. Regardant à travers les vitres, elle aperçut sur le siège de devant un cahier à spirales et un livre de géographie en lambeaux. Une voiture d'élève, cela ne faisait aucun doute. Elle contourna le véhicule et se baissa pour regarder à l'avant la plaque d'immatriculation.

* KATHY *

Kathy Foss, évidemment. Blaine se redressa, saisie d'une crainte soudaine. Pas étonnant qu'elle ait eu le sentiment d'une présence dans le gymnase : Kathy s'y trouvait sans doute encore. Peut-être s'était-elle évanouie de nouveau et se retrouvait-elle enfermée pour la nuit.

Blaine se dépêcha de regagner le bâtiment, se demandant si elle devait appeler police-secours. Et si Kathy s'était blessée en tombant ? Mais elle ne faisait que supposer que Kathy s'était évanouie. Peut-être n'était-ce qu'un jeu que Kathy jouait. Peut-être pensait-elle qu'elle aurait une histoire excitante à raconter sur la nuit de terreur qu'elle avait passée bloquée dans le grand bâtiment aux ombres angoissantes. Ou peut-être essayait-elle de se venger de Blaine sous prétexte que celle-ci lui avait reproché ses retards. Certes, ces scénarios étaient un peu excessifs, même pour Kathy, mais Blaine espérait que la disparition de la jeune fille correspondait bien à l'un d'eux.

Blaine déverrouilla les portes de devant et traversa le hall, en allumant les lumières. Puis elle appuya sur d'autres interrupteurs et la grande salle du gymnase s'illumina, une lumière qui paraissait d'autant plus vive qu'elle se réfléchissait sur le sol verni du gymnase.

– Kathy ! appela-t-elle. Kathleen ! Vous êtes là ?

Pas de réponse. Blaine hésita, puis elle retourna au téléphone dans le hall. Elle allait téléphoner à Logan. Après tout ce qui s'était passé, il comprendrait son inquiétude et n'irait pas clamer l'incident sur les toits si celui-ci s'avérait n'être qu'une farce d'adolescente. Après avoir cherché son numéro personnel dans l'annuaire déchiqueté, Blaine introduisit des pièces dans l'appareil. Elles retombèrent en cliquetant. Blaine renouvela l'opération, et la même chose se produisit. Le téléphone était cassé. Pour changer.

Avec un soupir, Blaine reposa violemment le combiné. Que faire ? Devait-elle prendre le temps d'aller chez Logan ? Bien sûr que non. Kathy avait peut-être des problèmes graves. Elle allait devoir faire quelque chose elle-même.

Elle avança d'un pas dans le gymnase et s'arrêta. Ils étaient de retour : ces étranges picotements sur la nuque. Dans les livres, ces picotements traduisaient toujours la présence du danger, mais on n'était pas dans un livre. Refoulant cette désagréable sensation, elle traversa le gymnase.

– Kathy, si tu m'entends, je t'en prie, essaie de crier.

À nouveau, pas de réponse. Blaine s'arrêta devant la scène. La jeune fille devait être en bas. Bien que Blaine eût déjà vérifié le sous-sol une fois, elle n'avait pas regardé dans chaque coin et recoin ; quant au rez-de-chaussée, il était tellement éclairé qu'il n'y avait aucun endroit où Kathy aurait pu se cacher.

Blaine resserra encore la ceinture de son manteau, comme si ce geste pouvait lui donner la force de faire quelque chose qu'elle n'avait pas envie de faire. Mais elle se dit intérieurement qu'elle était stupide. Redescendre au vestiaire était certes barbant, mais il n'y avait pas de raison d'être terrifiée. Elle ne pouvait pas laisser ses nerfs prendre le dessus quand une jeune fille se trouvait peut-être sans connaissance étendue à l'étage en dessous, peut-être blessée si elle s'était cogné la tête en tombant. Elle se dirigea avec détermination vers l'escalier en ciment, alluma encore des lumières, et descendit.

Le vestiaire avait exactement le même aspect qu'un quart d'heure auparavant : les douches qui étincelaient, les grandes portes du vestiaire fermées.

— Kathy, appela-t-elle encore. Sa voix se cassa.

Elle prit une brusque aspiration. Il y avait quelque chose d'anormal dans cette pièce. Si ces auteurs de livres d'horreur parlent si souvent des peurs ataviques c'est peut-être parce qu'elles existent, songea-t-elle vaguement. Elles existent sûrement, vu que mon épine dorsale me fait l'effet d'un glaçon et qu'il n'y a pas dans cette pièce la moindre chose tangible à redouter. Une pièce propre, relativement bien éclairée, voilà tout ce dont il s'agit. Alors pourquoi mon cœur bat-il si fort ? Pourquoi ai-je l'impression d'être rivée au sol ?

Parce que l'atmosphère semble de plomb, se dit-elle. Parce qu'il règne ici une bizarre odeur de cuivre que je n'ai jamais remarquée avant. Parce que je sais que je ne suis pas seule dans ce sous-sol.

Sa respiration s'accéléra et elle regarda autour d'elle avec nervosité. Un sol de ciment peint en gris. Cinq lavabos blancs le long du mur. Deux water-closets aux portes béantes, n'offrant aucune place pour se cacher. Des cabines de douches carrelées, ouvertes elles aussi. De longs bancs en bois en face des lavabos et des douches. Une vertigineuse enfilade de vieux casiers massifs qui avaient été installés là lorsque des casiers neufs plus fonctionnels les avaient remplacés dans le bâtiment principal. Il n'y avait rien d'anormal. Il n'y avait absolument rien d'…

Le cœur de Blaine bondit dans sa poitrine. Les casiers. Le casier du milieu. Quelque chose ruisselait par le bas. Quelque chose de rouge.

Blaine contempla avec stupéfaction et horreur la mare écarlate qui se formait sur le sol. Elle ne cessait de s'agrandir. Blaine poussa un faible gémissement. Puis, mue par une force que, rétrospectivement, elle ne s'expliqua pas, elle s'approcha du casier et ouvrit la porte. Un flot de sang s'en échappa en même temps que le corps de Kathleen Foss, dont les yeux bleu ciel et sans vie semblaient regarder tout droit dans ceux de Blaine.

Elle avait du mal à respirer. Sa main, luisante de transpiration, dérapa sur le combiné tandis que quelqu'un disait :

— Allô ? Qui est à l'appareil ?

La mère de Logan. Bien qu'elle ne l'eût pas entendue depuis des années, Blaine reconnut sa voix si caractéristique.

— Mrs. Quint, c'est Blaine O'Connor. Avery. Est-ce que Logan est là ? débita-t-elle dans un souffle.

— Oui, Blaine. Vous allez bien ?

— Dites-lui de venir tout de suite au lycée.

— Comment ça ?

— Au lycée. Une élève a été assassinée.

— Quoi ! Blaine…

— Dites-le à Logan. Dites-lui de venir au lycée.

Elle prit une longue aspiration puis raccrocha, fixant le téléphone tout en cherchant son souffle. Heureusement qu'elle avait insisté pour faire installer le téléphone dans sa voiture après l'accident de Martin : elle voulait pouvoir le joindre à tout moment quand elle n'était pas à la maison. Tout à l'heure, avant de fouiller le gymnase, elle avait carrément oublié son existence. Blocage psychologique ? se demandait-elle maintenant. Associait-elle tellement le téléphone à la paralysie de Martin qu'elle ne *voulait* pas se souvenir ? Se rappelait-elle toutes les fois où elle avait appelé à la maison pour entendre Bernice lui dire que Martin était enfermé dans son bureau, à écrire dans les carnets qui étaient devenus son idée fixe quatre mois après l'accident ? Blaine n'avait vu là qu'un indice supplémentaire de la détérioration de son état mental : son obsession de ces fichus carnets qu'il avait d'abord gardés sous clé dans un tiroir, puis brûlés avant de mourir. Oui, c'était sûrement cela, conclut-elle. Sans compter le fait qu'elle ne s'était pas servie du téléphone en question depuis la mort de Martin.

La mort. Ratatinée sur son siège, elle ferma les yeux de toutes ses forces, puis les rouvrit brusquement, vérifiant que les deux portières étaient bien verrouillées. Kathy était morte, exactement comme Rosie. À en juger par l'immense flaque rouge qui s'étalait devant le casier, elle avait dû perdre tout son sang.

À nouveau prise de malaise, Blaine se pencha en avant, glissant tant bien que mal sa tête sous le volant pour la placer entre ses genoux. C'est très dangereux de rester là comme ça, songea-t-elle. Mais je ne peux pas conduire dans cet état et il faut que j'attende Logan. Si seulement il pouvait se dépêcher.

Elle pensa à Robin toute seule dans la grande maison et sursauta, cognant douloureusement son crâne contre le volant. Elle se redressa et décrocha à nouveau le combiné. Robin répondit à la troisième sonnerie.

— Est-ce que tu vas bien ? demanda tout de suite Blaine.

— Tu veux dire, après mon envoûtante démonstration en répétition ? Bien sûr. Mais toi, ça n'a pas l'air d'aller. Où es-tu ?

— Encore au lycée. Écoute, Robin, il s'est passé quelque chose…

— Quoi ?

— Je t'expliquerai plus tard. En attendant, je veux que tu t'assures que les portes sont bien fermées et que tu branches le système d'alarme.

— Pourquoi ?

Je ne peux pas le lui dire, pensa Blaine. Pas maintenant.

— Comme je te l'ai dit, j'arriverai un peu plus tard que prévu et je veux juste être sûre que tu es en sécurité.

— Eh bien oui, les portes sont fermées.

— Parfait. Je veux aussi que tu fixes le panneau sur la porte du chien dans la cuisine.

Robin hésita, puis elle demanda, d'une voix teintée de peur :

— Est-ce que c'est parce que tu ne veux pas qu'Ashley sorte, ou parce que tu ne veux pas que quelqu'un entre ?

— Fais-le, Robin, c'est tout.

— D'accord. Mais j'aimerais bien que tu me dises ce qui se passe. Tu me fiches la frousse.

— Il faut que je te laisse, maintenant.

— *Blaine !*

Blaine raccrocha ; pleine de frissons, elle regarda s'écouler six minutes sur la montre de voiture. Le contrecoup nerveux de la découverte du cadavre associé à sa peur de voir le meurtrier surgir du gymnase la décidèrent à quitter le parking. Si Logan n'arrivait pas bientôt, elle allait…

Une voiture de police s'engagea dans le parking. Blaine sentit soudain des larmes de soulagement lui inonder le visage. Elle s'empressa de les essuyer avant de sortir de voiture.

Logan sortit d'un bond de la sienne et rejoignit Blaine.

— De qui s'agit-il ? demanda-t-il avec brusquerie.

– Kathy Foss.

Tandis qu'une deuxième voiture de police pénétrait gyrophare allumé dans le parking, Blaine fouilla dans sa poche gauche et tendit à Logan la clé du gymnase.

– Le vestiaire des filles. Elle était enfermée dans un casier.

Les yeux de Logan s'agrandirent légèrement, mais à part ça, il ne manifesta aucune réaction. Comme d'habitude dans les situations d'urgence, il était très professionnel.

– Et puis, ma belle-fille est toute seule à la maison, ajouta Blaine. Vous voulez bien y envoyer un policier ?

Logan acquiesça de la tête.

– D'accord, et plus tard, il faudra que je vous pose quelques questions, mais pour le moment je veux que vous, vous rentriez à la maison.

– Non, je veux attendre.

– Blaine…

Trop honteuse pour avouer qu'elle avait peur de conduire, Blaine répéta en criant presque :

– Je veux attendre !

Logan avait l'air extrêmement agacé.

– Vous avez toujours été la femme la plus entêtée que je connaisse ! Alors d'accord, bon sang, entrez dans votre voiture et fermez les portières. Je reviens dès que possible, et après, vous rentrez chez vous. Compris ?

Blaine s'exécuta humblement. Dans le rétroviseur, elle vit Logan retourner à sa voiture, manifestement pour envoyer un officier chez les Avery. Puis, dégainant leurs armes, l'adjoint et lui s'approchèrent du gymnase et pénétrèrent dans le hall illuminé. Bien qu'elle eût d'instinct fermé les portes à clé en ressortant, elle avait laissé les lumières allumées dans tout le bâtiment.

Le vent avait redoublé, et les effilochures de nuages défilaient à toute allure devant la lune. La température, quant à elle, dégringolait. Blaine mit le contact et monta le chauffage au maximum, tout en sachant bien que si elle avait froid ce n'était pas uniquement à cause de la température ambiante.

Elle jeta de nouveau un coup d'œil dans le rétroviseur, puis ferma les yeux. On dirait que je suis tout le temps en train d'attendre que les policiers aient examiné un cadavre, songea Blaine. La première fois, c'était Martin. Elle avait attendu sur le canapé, la bouche sèche, les mains agitées de violents tremblements tandis qu'elle étreignait Ashley, toujours fidèle à ses côtés. Elle n'arrivait pas à se rappeler combien de personnes étaient arrivées après Logan ; elle se rappelait seulement leurs voix impersonnelles discutant de la position du corps, de la nature de la blessure par balle, des dispositions concernant l'autopsie. Et puis Robin était rentrée à la maison. Blaine avait physiquement essayé d'empêcher la jeune fille de regarder son père, mais Robin avait forcé son barrage pour se précipiter sur la véranda. Elle avait poussé un unique petit cri avant de se murer dans un silence qui avait duré presque vingt-quatre heures.

Quelqu'un tapota à la vitre et Blaine faillit hurler. Après s'être ressaisie, elle descendit sa vitre.

— On l'a trouvée, dit Logan, exactement sur le même ton que celui qu'il avait le soir où ils avaient retrouvé le corps de Rosie. Dites-moi ce qui s'est passé ici ce soir.

Blaine rabattit ses cheveux derrière ses oreilles et regarda droit devant elle, en se concentrant :

— C'était le premier soir des répétitions pour le gala des élèves. Kathy était une des cinq dernières à passer. Arletta Stroud est passée en dernier et elle n'a pas arrêté de recommencer au début. J'avais l'impression qu'elle ne finirait jamais, et quand elle a enfin terminé son numéro, tous les autres étaient partis. J'ai fait une ronde avant de fermer le gymnase. Je croyais qu'il était vide. Puis j'ai rejoint le parking et j'ai vu la voiture de Kathy.

Logan hocha la tête, prenant des notes dans un petit carnet.

— Et alors vous êtes retournée à l'intérieur la chercher ?

— Évidemment. Je ne pouvais pas courir le risque de la laisser enfermée dans le gymnase toute la nuit. Je me disais qu'elle était peut-être blessée.

— Blessée ?

— Elle s'est évanouie aujourd'hui. Puis elle s'est réveillée en disant quelque chose au sujet de Rosie et comme quoi elle était là, qu'elle savait ce qui s'était passé. C'est le chaos dans ma tête pour l'instant, mais j'aurais dû vous appeler dès que c'est arrivé.

— Je le savais déjà. Arletta a appelé Abel cet après-midi pour lui raconter. Elle l'a probablement raconté à la moitié de la ville.

— Et cela a sans doute causé la mort de Kathy. Est-ce que vous aviez interrogé Kathy ?

— Non. Chaque fois que nous appelions chez elle, sa mère prétendait qu'elle était sortie et qu'elle ne savait pas où elle était. J'avais l'impression qu'elle ne disait pas la vérité, et je comptais venir coincer Kathy au lycée demain. Blaine, si vous pensiez que Kathy savait quelque chose à propos du meurtre, si vous pensiez qu'elle gisait peut-être dans le gymnase, blessée, pourquoi ne m'avez-vous pas appelé ou quelqu'un d'autre au bureau du shérif ? Pourquoi êtes-vous retournée là-bas toute seule ?

— J'ai essayé d'appeler, mais le téléphone à pièces du gymnase est cassé. Tous les autres postes se trouvent dans des bureaux qui étaient fermés. Et, croyez-le ou non, mais j'avais tout bonnement oublié l'existence de mon téléphone de voiture.

— Vous aviez oublié ?

— Je sais que ça paraît étrange, mais je ne m'en suis pas servie depuis longtemps. Je n'ai même pas réglé la facture ce mois-ci. Je suppose que pour une fois la compagnie du téléphone a été un peu lente, sinon ils me l'auraient coupé. J'étais tellement inquiète que je n'ai même pas pensé à faire l'essai.

Elle joignit ses mains froides, consciente de la faiblesse de son explication. Une explication presque aussi douteuse que sa décision d'aller faire des courses le samedi après-midi de la mort de Martin. Sur les conseils de son avocat, elle n'avait jamais reconnu qu'ils s'étaient affreusement disputés et que c'était pour cela qu'elle avait quitté la maison. Mais elle ne devait pas repenser pour l'instant à cette effroyable enquête, pas quand Logan recommençait à la regarder comme s'il faisait tous ses efforts pour la croire mais n'y arrivait pas.

— Est-ce que Kathy a été droguée comme Rosie ? demanda-t-elle soudain.

— On ne peut pas dire. On va devoir attendre l'autopsie. Mais ces *poignets*... (Il secoua la tête avec accablement.) Ses mains étaient presque détachées de ses bras.

— Oh, mon Dieu.

— Cela s'est passé dans cette petite pièce où sont rangés les équipements des majorettes et des cheerleaders. Il y a une grosse mare de sang là-bas. Le sang qui a dégouliné entre cette pièce et le casier a été essuyé avec une espèce de costume noir à paillettes que nous avons trouvé accroché à une patère dans le casier.

Blaine frissonna.

— Logan, c'est grotesque ! Pourquoi l'aurait-on traînée jusqu'au casier ?

— Peut-être que l'assassin ne savait pas jusqu'à quelle heure vous seriez obligée de rester avec Arletta et qu'il a eu peur que vous ne vérifiiez la petite pièce avant de quitter le gymnase et que vous ne trouviez Kathy avant qu'elle ait eu le temps de se vider de son sang.

— Si seulement Arletta n'avait pas mis aussi longtemps ! J'aurais vérifié le vestiaire plus tôt...

— Et vous vous seriez sans doute fait assassiner, vous aussi.

Blaine se pencha en avant, posant son front sur le volant.

— Oh, Logan, pas plus tard qu'aujourd'hui, je m'en suis prise à Kathy parce qu'elle mâchait du chewing-gum.

— Voilà qui me semble très grave.

Il y avait une note d'humour dans la voix de Logan et Blaine leva les yeux vers lui.

— Comment pouvez-vous rire ?

— Je ne ris pas, mais vous devez relativiser cet incident. Elle n'y a sans doute même plus pensé.

— Peut-être que non, fit Blaine en soupirant. Comment le tueur a-t-il fait pour entrer ?

— Une des portes du vestiaire donnant sur l'extérieur n'est pas fermée à clé.

— Mais, Logan, je n'ai déverrouillé aucune de ces portes !

— N'importe lequel des élèves aurait pu le faire. Peut-être pas le tueur... peut-être qu'il a simplement eu de la chance, mais j'aurai besoin que vous me donniez une liste de toutes les personnes qui étaient ici ce soir.

— D'accord. Cela devrait être facile. Allez-vous faire appel à la police de l'État ?

— Pas tout de suite.

— Pas *tout de suite* ?

— J'ai un diplôme de droit criminel, Blaine, et j'ai travaillé avec un ou deux grands commissariats avant de venir ici. Je sais ce que je fais. Je ne veux aucune ingérence pour le moment.

À cet instant l'ambulance apparut sur le parking, gyrophare clignotant. Une voiture de patrouille arriva environ trente secondes après.

— J'ai horreur de ça, murmura Blaine.

— Moi aussi, mais le labo de Sinclair est arrivé.

Logan regarda Blaine ; il n'y avait aucune vie dans ses yeux sombres.

— Il faut que je fasse protéger ce secteur, reprit-il, et vous avez besoin de rentrer chez vous.

— Oui.

— Vous voulez que quelqu'un vous accompagne ?

Blaine fit non de la tête.

— Je peux me débrouiller toute seule.

— C'est ce que tu m'as dit il y a douze ans quand tu es partie pour Dallas.

Blaine lui lança un regard surpris. Il l'avait tutoyée. De plus, Logan évitait habituellement toute allusion à leur passé.

— Je n'arrive pas à croire que tu te souviennes de mes paroles précises.

Logan la dévisagea quelques secondes.

— Rentre chez toi, Blaine.

Il était plus de minuit quand Logan rentra chez lui. Il ouvrit doucement la porte de la maison en bois peinte en blanc et pénétra à l'intérieur, s'arrêtant un instant pour tendre l'oreille. C'était une vieille habitude qui remontait aux premières années de son mariage, quand Dory l'attendait si souvent en regardant la télévision. Mais aucun son ne lui parvint de la pièce commune à l'arrière de la maison. C'était normal. Dory était partie cette fois depuis cinq semaines, et la mère de Logan, qui s'était installée là provisoirement pour s'occuper de Timothy, ne se couchait jamais après onze heures.

Logan remonta discrètement le couloir pour rejoindre sa chambre. Mais la voix de son fils l'arrêta :

– Papa ?

Logan entra dans la petite chambre décorée de posters de *La Guerre des étoiles* et de Jean-Claude Van Damme ; c'était son héros du moment, bien que Timothy n'ait vu que les morceaux les moins violents des films de Van Damme. Les posters luisaient faiblement dans le clair de lune. Timothy se redressa dans son lit jumeau, ses cheveux noirs complètement hirsutes.

– Qu'est-ce que tu fais encore réveillé ? demanda Logan, en allant s'asseoir sur le lit. Demain, tu as école.

– Je sais. Mais j'ai fait un rêve, Papa. Grand-mère m'a dit que c'était important pour nous, Indiens, de raconter nos rêves, alors tu veux entendre le mien ?

Logan sourit. Sa mère, qu'on appelait Allie bien que son vrai nom fût Alequippa, était une Iroquoise de race pure ; elle était résolue à ce que son unique petit-fils apprenne les coutumes ancestrales, même s'il décidait de ne pas les suivre. Timothy avait embrassé avec ferveur certaines de ces traditions, dont l'une consistait à considérer les rêves comme l'oracle universel, capable d'avertir le sujet de la présence d'ennemis, et de prédire son destin. Autrefois, chaque matin, les mères indiennes interrogeaient méticuleusement leurs enfants à propos de leurs rêves.

— D'accord, Tim, raconte-moi ton rêve.

Timothy croisa ses bras sur sa petite poitrine, plissa le front, et entama son récit d'une voix étouffée un peu théâtrale.

— Eh bien, j'étais dans les bois, je me promenais. Et puis tout d'un coup, ce gros chien doré a surgi des arbres en courant et s'est mis à aboyer devant moi. Il avait les poils tout emmêlés mais je l'ai quand même caressé, et il a eu l'air d'aimer ça, mais quand j'ai arrêté de le caresser et que je me suis remis à marcher sur le sentier, il a pas voulu me laisser avancer. Il a attrapé la jambe de mon jean et il s'est mis à tirer dessus. Je savais pas ce qui se passait au début. Et puis j'ai compris que le chien essayait de me dire qu'il y avait quelque chose de dangereux dans les bois, alors j'ai suivi le chien dans l'autre sens. Tous les deux, nous avons couru, couru. Et, pour sûr, il y avait un énorme *monstre* dans les bois ! Il voulait me prendre et le chien m'a sauvé !

Logan tendit la main et ébouriffa les cheveux de son fils.

— Tim, c'est le début de *Chasse à mort*.

— Hein ?

— Le roman *Chasse à mort* de Dean Koontz. Tu as trouvé ce livre l'année dernière et tu l'as apporté à ta mère. Elle t'a lu la première partie, mais pas tout parce que tu as eu peur quand le monstre est apparu.

— Je n'ai pas eu peur du tout ! protesta Tim énergiquement.

En réalité, Tim avait fondu en larmes à la description de l'affreux monstre qui traquait le chien, mais Logan savait à quel point le petit garçon était fier.

— Bon, je suppose que maman s'est trompée en disant que tu avais eu peur. Mais, fiston, le rêve figurait bel et bien dans le livre. Ce n'était pas une prédiction de l'avenir.

Timothy prit un air sombre.

— Alors il n'y a pas de gros chien doré qui va me protéger ?

— Je ne pense pas.

— Zut !

L'enfant se tourna pour regarder par la fenêtre le pin brun qui poussait juste devant.

— Mon arbre d'anniversaire est en train de mourir, reprit-il.

— Je sais, Tim. Nous en planterons un autre.

La voix de Timothy se fit pleine d'espoir :

— Dès que maman rentrera à la maison ?

— Bien sûr.

— Et quand est-ce que maman va rentrer à la maison ?

— Très bientôt, j'en suis sûr.

— Ce que tu veux dire, c'est que tu ne sais pas. Et si elle ne rentre pas pour Thanksgiving ? demanda Timothy d'une voix vibrante de chagrin. Et si elle ne rentre pas pour *Noël* ?

La gorge de Logan se serra.

— Elle sera là pour Noël, fiston.

Elle sera là, même si je dois la ramener de New Mexico en la tirant par ces beaux cheveux blonds dont elle est si fière, songea-t-il.

— Tu sais bien que ta mère ne manquerait pas Noël avec toi.

— Elle a bien manqué Halloween. Après Noël, c'est ma fête préférée, et elle n'est pas venue.

— Mais on s'est bien amusés, non ? Tu avais l'air d'un vrai chef indien dans ce costume que t'avait fait ta grand-mère.

— Oui, c'est vrai. Mais les vrais chefs indiens ne s'appellent pas Timothy. J'aimerais avoir un vrai nom de chef indien comme toi.

Logan le regarda d'un air grave :

— C'est que… ta mère et moi avions pensé t'appeler Épi de Blé. Ça t'aurait plu ?

— Pas trop, répondit Timothy en gloussant.

— Sitting Bull était aussi une possibilité. Soit ça, soit Crazy Horse.

Timothy se tordait de rire.

— Ugh !

— Qu'est-ce que c'est que ça ? Du dialecte indien ?

Timothy tomba sur le côté, pouffant dans son oreiller.

— En réalité, le Logan dont je porte le nom s'appelait en fait Tah-gah-yee-tah. Logan est le nom qu'il a fini par prendre parce que les Blancs n'arrivaient pas à prononcer convenablement l'original.

— Mais c'était un chef, exactement comme toi !

Logan sourit.

— Je suis un shérif, fiston, pas un chef.

— Mais tu es le chef de tous les autres policiers.

— Je suppose. Mais Logan n'était même pas vraiment chef… juste un dirigeant.

— Un dirigeant des Six Nations !

— Euh, un dirigeant des membres des Six Nations qui avaient décidé d'émigrer de New York vers le sud.

— Et Logan était ami avec les Blancs jusqu'à ce que sa famille tout entière soit traîtreusement assassinée par un sale type. Après il a cherché à se venger. Grand-mère m'a raconté.

— Ah oui ?

— Ouais. Il avait plus du tout de famille.

Une voix caverneuse retentit derrière eux.

— Il ne coule plus une seule goutte de mon sang dans les veines d'aucune créature de ce monde.

La voix reprit un ton normal :

— Logan a dit ça dans son discours le plus célèbre.

Logan se retourna et vit sa mère debout à la porte, grande et mince dans son peignoir blanc. Ses cheveux, à peine striés de gris, étaient tirés en arrière et rassemblés en une tresse qui lui pendait jusqu'à la taille. Elle n'avait pas tellement changé par rapport aux photos datant d'avant son mariage, du temps où elle vivait dans la réserve Saint-Regis au nord de l'État de New York. Le père de Logan avait fait sa connaissance quand, jeune homme, il avait quitté Sinclair pour monter à New York travailler dans la construction de ponts ; là, il s'était lié d'amitié avec un de ses collègues : le frère d'Allie. Allie et lui s'étaient mariés à peine quelques mois après leur rencontre, et ils étaient revenus à Sinclair, où Allie paraissait heureuse, bien qu'elle passât un peu pour une curiosité dans la population à large dominante WASP de la ville. Elle sourit et entra dans la chambre.

— Comment voulez-vous que je dorme avec tous ces éclats de rire dans la chambre à côté ?

— Pardon de t'avoir réveillée, Mère, dit Logan. Je viens de rentrer.

Les yeux foncés d'Allie scrutèrent les siens :

— C'était très moche ?

— Oui.

Elle hocha la tête.

— Va dormir. Je vais raconter de merveilleuses histoires à mon petit-fils en attendant qu'il se rendorme.

— Merci, Mère, dit Logan.

Il se pencha pour embrasser Timothy, qui murmura :

— Est-ce que tu es *sûr* qu'il n'y a pas de gros chien doré qui va venir me sauver ?

— Je ne crois pas.

— Je vais quand même demander à Grand-mère, dit Timothy. Elle s'y connaît plus que toi dans ces trucs-là.

Logan s'esclaffa.

— Elle s'y connaît plus que moi dans bien des domaines, fiston. Bonne nuit. À demain matin.

Dans sa chambre, Logan se déshabilla et prit une douche dans la salle de bains. Il fut épouvanté de voir les petites taches de sang qui constellaient son cou et son visage : c'était du sang de Kathy, qui l'avait sans doute éclaboussé quand il avait rangé le costume à paillettes dans le sachet des preuves. Il se félicita de ne pas avoir allumé dans la chambre de Timothy. La dernière chose dont ce gosse avait besoin, c'était de voir quelque chose qui le bouleverse. Il était déjà assez bouleversé avec sa mère.

Une simple serviette autour de la taille, Logan alla prendre dans le tiroir de sa commode la lettre qu'il avait reçue la veille de Dory. Elle était écrite sur du papier parfumé, et Dory avait dessiné en haut un petit cactus.

Salut, chéri,

Il fait tout bonnement un temps merveilleux ici à Taos. Mais la sensation que j'éprouve dépasse largement le temps qu'il fait. J'ai l'impression d'être parmi les gens de ma race. Des écrivains. Il y a tellement de créativité dans l'air que ça vous grise littéralement.

J'espère que Timmy et toi vous entendez bien. Ça m'a vraiment embêtée de vous quitter une fois encore, mais, pour ma propre santé mentale, il fallait que je parte. Je veux être une bonne épouse. Je veux être une bonne mère. Mais quelquefois c'est tellement dur. *Ça me rend tellement nerveuse. J'ai l'impression que si on t'appelle une seule fois encore le soir quand nous avons prévu quelque chose, ou que si Timmy veut que je joue avec lui ou que je l'aide à faire ses devoirs quand j'essaie de travailler une histoire, je risquerai tout simplement de me mettre à hurler. Et peut-être pire.*

Oh, je ne veux pas avoir l'air si déprimante. Je me sens tellement mieux, vraiment. Et je rentrerai à la maison dès que je pourrai, mon chéri. Je rentrerai à la maison quand je me sentirai à nouveau forte et guérie et à la hauteur. *En attendant, bien des choses à toi, et fais un gros baiser à Timmy de la part de sa maman.*

— Pourquoi n'essaies-tu pas de rentrer à la maison et de lui en faire un toi-même ? marmonna Logan en froissant la lettre.

Six fois. C'était la sixième fois que Dory déclarait qu'elle « n'y arrivait pas » et qu'elle s'en allait. Mais elle n'était jamais partie aussi longtemps. Et elle avait téléphoné les fois précédentes. Elle avait envoyé des petites cartes à Timothy les fois précédentes. Cette fois, il n'y avait rien eu que cette unique lettre.

Il se souvint du temps où il avait connu Dory. Fille d'un riche homme d'affaires de Chicago, Wilson Whitfield, elle avait fait la connaissance de Logan lors d'une virée avec des amis en Virginie occidentale à la station de ski Snowshoe. Pendant ses vacances de Noël, Logan, afin de gagner l'argent pour payer son dernier semestre d'université, servait dans un restaurant, et il avait repéré Dory. Elle n'avait pas le même teint, mais il y avait quelque chose en elle — la façon dont elle riait, sa haute stature élancée, la forme de ses grands yeux — qui lui rappelait

Blaine, partie deux ans plus tôt pour Dallas. Il avait compris pourquoi elle était partie, mais la douleur que lui avait causée son départ ne s'était jamais apaisée. Et puis finalement, il y avait eu Dory, qui était folle de lui – surtout, il s'en rendait compte maintenant, parce qu'elle s'était provisoirement entichée de culture indienne, et aussi parce qu'elle voulait se venger de son père, qui avait récemment divorcé de son épouse aimante mais instable, la mère que Dory adorait. En choisissant Logan, Dory avait donc détruit à cœur joie les grandes espérances de Wilson Whitfield, qui escomptait marier sa délicieuse fille à un garçon de riche et bonne famille.

Les deux premières années de leur mariage avaient été bonnes – pas merveilleuses, pas ce que Logan avait espéré, mais bonnes. Puis Tim était né, et tout à coup Dory avait commencé à se conduire comme un animal en cage. Ils avaient essayé d'habiter San Francisco, mais Dory avait prétendu qu'elle avait peur des tremblements de terre et avait envie de vivre sur la côte Est, et donc, quand Tim avait eu un an, ils s'étaient installés à Miami. Là-bas, elle avait prétendu qu'il y avait trop de délinquance et trop de drogue affluant des Caraïbes. Elle ne voulait pas que son petit garçon grandisse dans cet environnement, avait-elle dit. Maintenant elle aspirait aux belles collines luxuriantes de Virginie occidentale, là où ils s'étaient connus. La vie était plus lente et plus calme là-bas. Alors, quatre ans auparavant, ils étaient revenus à Sinclair. Six mois plus tard, elle lui avait dit qu'elle étouffait et qu'elle s'ennuyait à mourir. Il lui avait expliqué qu'ils ne pouvaient pas passer leur temps à déménager. C'est là que les disputes avaient commencé, s'intensifiant progressivement jusqu'à ce que Tim ne se déplace que craintivement, fonde souvent en larmes, et s'enfuie quelquefois de la maison, persuadé d'être la cause de ces problèmes. Logan avait alors insisté pour que Dory reçoive une aide psychiatrique, et c'est là que ses escapades commencèrent. L'année écoulée, Logan s'était enfin avoué que Dory n'était pas taillée pour être mère. En fait, il ne pensait même pas qu'elle était taillée pour être une épouse, et surtout pas l'épouse d'un flic. Elle avait besoin d'attentions constantes et de distractions perpétuelles, mais pas le genre d'attentions ou de distractions que pouvaient offrir un mari qui travaillait et un petit garçon.

Il ne haïssait pas Dory. Il avait pitié de ce pauvre caractère agité qui ne lui accordait jamais la tranquillité d'âme. Mais comment avait-il pu penser un seul instant qu'elle ressemblait à la Blaine O'Connor, si forte et si déterminée, qu'il aimait depuis l'enfance ? Et comment avait-il pu croire un seul instant qu'elle ferait une bonne mère, le genre de mère que Blaine s'efforçait d'être pour une belle-fille qui, d'après ce qu'il avait observé, ne lui portait même pas d'affection particulière ? « Le dépit, dit-il tout haut. Voilà comment on appelle ce qui s'est passé entre toi et Dory, l'amour par dépit. »

Logan jeta la lettre chiffonnée dans la corbeille et se regarda dans la glace. Je parais cinq ans de plus que mon âge, médita-t-il. Je suis fatigué et je suis meurtri. Et maintenant tout cet enfer qui se déchaîne. Dory est partie une fois encore, mon fils souffre le martyre sur le plan affectif, et j'ai deux filles assassinées sur les bras. Et il y a Blaine. Qu'est-ce que je fais de Blaine ?

Il soupira, se demandant combien il y avait de chances statistiquement pour qu'une femme autrefois soupçonnée de meurtre tombe sur deux cadavres féminins en moins d'une semaine.

Une voiture de patrouille était garée dans l'allée quand Blaine arriva chez elle. Elle entra dans la maison et trouva Robin toute raide sur le canapé, en train de discuter laborieusement avec Clarke, le jeune shérif-adjoint dont elles avaient fait la connaissance pendant l'enquête sur la mort de Martin.

– Que s'est-il passé ? demanda aussitôt Robin, péremptoire.

Blaine se débarrassa de son sac à main et s'effondra dans un fauteuil.

– Kathy Foss a été assassinée ce soir dans le gymnase.

Robin la dévisageait comme si elle venait d'annoncer que les Martiens avaient débarqué. Clarke se raidit, et ses yeux verts se rétrécirent.

– Vous en êtes sûre ?

– Évidemment que j'en suis sûre. Le shérif Quint est au gymnase en ce moment. Il a dit que Kathy avait eu les poignets tailladés.

– Il faut que j'aille là-bas ! s'écria Clarke, tout excité. Est-ce que ça ira, toutes les deux ?

Blaine eut l'impression que même si elle avait dit « non », Clarke serait parti quand même. Toujours est-il qu'elle fit oui de la tête, et Clarke sortit comme une fusée.

– Je savais que quelqu'un était mort, déclara Robin d'un ton morne quand il fut parti. J'ai su quand tu as appelé que quelqu'un d'autre avait été assassiné.

Les longs cheveux de la jeune fille étaient ramassés en une queue de cheval encore humide ; elle avait dû prendre une douche peu de temps avant l'arrivée de Clarke. Elle ne regardait pas Blaine.

— Robin, est-ce que tu as vu qui que ce soit au gymnase ce soir qui n'aurait pas dû s'y trouver ?

— Rien que les participants au concours. Et toi. Et Mr. Sanders.

— C'est tout ?

— Oui. Alors lequel d'entre nous est coupable ?

— *Aucun* d'entre nous, répliqua Blaine.

— M'oui, bien sûr.

Voilà qu'elle se réfugie encore derrière le sarcasme et la désinvolture, songea Blaine. Mais Blaine était trop fatiguée et trop ébranlée pour essayer de faire parler la jeune fille. Ce soir, c'était elle qui avait besoin qu'on fasse attention à elle, qu'on s'occupe d'elle ; mais elle ne pouvait certes pas espérer un tel soutien de Robin.

Ashley, qui lui avait réservé un accueil enthousiaste, se mit à la renifler avec curiosité. Blaine contempla ses mains, qui avaient ouvert la porte du casier où l'on avait caché Kathy. Sans un mot de plus, Blaine abandonna Robin à sa bouderie et se rendit dans la salle de bains ; là, elle enleva tous ses vêtements, les jeta dans la baignoire, et pénétra dans la douche. Elle dut se savonner interminablement et se laver deux fois la tête avant de se sentir propre à nouveau. Elle s'enveloppa ensuite dans un long peignoir bien chaud, ramassa ses vêtements en utilisant une serviette pour protéger ses mains, et balança le tout dans le lave-linge, sans manquer d'ajouter de l'eau de javel à la lessive.

Enfin elle retourna dans le salon, que Robin avait entre-temps déserté, et se servit un verre de vin. Elle s'installa sur le canapé, Ashley à côté d'elle. Elle avait laissé ouverts les rideaux de la baie vitrée et, contemplant au-delà la nuit sombre et glacée, elle eut soudain la sensation que quelqu'un était tapi dehors, à l'observer. Traversant la pièce comme une flèche, elle ferma les rideaux avec une telle force qu'ils se balancèrent un long moment. Ashley, flairant son inquiétude, se leva d'un bond et lui emboîta le pas. Elle inclina la tête en regardant sa maîtresse. « Désolée, ma belle. J'ai peur, c'est tout. Il n'y a rien là dehors, sinon tu le saurais avant moi. »

Un quart d'heure plus tard, quand Blaine eut fini son vin et vérifié une fois encore les serrures, elle se mit au lit. Elle était absolument épuisée, si épuisée qu'elle ne put trouver le sommeil. Chaque fois qu'elle commençait à somnoler, l'abominable image de Kathy dégringolant du casier pour la fixer dans les yeux de ce regard aveugle lui revenait à l'esprit et elle se réveillait en sursaut.

À deux heures vingt elle prit la décision de se lever, de préparer du café et de regarder la télévision par câble pendant le reste de la nuit. Elle venait de rejeter ses couvertures quand le téléphone sonna. C'était certainement Logan. Il avait sans doute décidé qu'il ne pouvait pas attendre le lendemain pour l'interroger. Elle décrocha vivement le combiné :

— Allô.

Silence.

Oh non, ça ne va pas recommencer ! songea-t-elle. Elle eut envie de raccrocher violemment l'appareil, mais une curiosité effrayée l'en retint.

— Allô, répéta-t-elle, cette fois avec moins d'assurance.

Elle entendit le saphir qu'on posait sur un disque. Il y eut ensuite de légers grésillements. Puis la chanson commença, servie par une riche voix de ténor que même le vieil enregistrement ne pouvait déformer :

Oh ! I will take you back, Kathleen,
To where your heart will feel no pain.
And when the fields are fresh and green,
*I'll take you to your home again, again**.*

* N.d.T. : cette chanson peut approximativement se traduire ainsi :

Oh ! je te ramènerai, Kathleen,
Là où ton cœur plus jamais ne souffrira.
Et quand les prés seront bien verts,
Je te ramènerai chez toi, oui, chez toi.

10

— J'ai eu un autre coup de téléphone cette nuit, dit Blaine.

Assis dans un rayon de soleil derrière son bureau de métal gris, Logan la considérait d'un air grave. Blaine avait désagréablement conscience de la présence d'Abel Stroud qui, assis à un autre bureau près du mur beige, écoutait de toutes ses oreilles. Elle aurait aimé qu'il sorte et trouve quelque chose à faire dans la pièce principale, où un autre officier s'occupait de paperasserie et où un autre était au téléphone. Mais Stroud n'avait manifestement l'intention d'aller nulle part, et Blaine poursuivit péniblement.

— Le coup de fil a eu lieu aux alentours de deux heures vingt et il avait un rapport avec la mort de Kathy.

— Qu'a dit le correspondant ? demanda Logan.

— Il n'a rien *dit*. Exactement comme la dernière fois, il a passé un disque. Un enregistrement de *I'll Take You Home, Kathleen*.

— Je ne connais pas cette chanson.

— Moi si, lança Stroud spontanément. Ma mère la chantait tout le temps. Elle dit quelque chose comme

« Je t'emmènerai là où ton cœur ne souffrira plus. » Ça me faisait toujours pleurer quand j'étais mouflet.

Abel rougit, manifestement gêné de cet aveu personnel ; ramassant aussitôt un stylo, il se mit à écrire furieusement dans son carnet.

Blaine ignorait pourquoi, mais cette confidence l'attendrit.

— C'est ça, Mr. Stroud. Il s'agit bien de cette chanson.

Logan fronça les sourcils en regardant Blaine.

— Et le nom complet de Kathy est Kathleen. Combien de gens étaient au courant ?

— Beaucoup. Il y avait des gens, parmi lesquels moi, qui l'appelaient de temps en temps Kathleen, et elle figurait toujours sous le nom de Kathleen Foss sur les programmes distribués lors des matches de foot. C'était la cheerleader en chef.

Abel, qui s'était remis de son embarras, la considérait désormais d'un air incrédule.

— Le shérif ne m'avait pas raconté que vous aviez reçu un coup de téléphone après qu'on eut découvert le corps de Rosalind Van Zandt. Est-ce que vous êtes en train de dire qu'après chacun des meurtres, vous avez reçu un coup de téléphone où on vous passait une musique qui avait un rapport avec les victimes ?

— Oui.

Il reposa son stylo à côté d'une photo encadrée d'Arletta — un grand sourire fendait la figure ronde de la jeune fille et ses cheveux rebiquaient sur sa tête.

— On dirait un truc que vous auriez vu dans un film.

Blaine le regarda sans se démonter.

— Eh bien, je ne l'ai pas vu dans un film. C'est véritablement arrivé.

Logan tapota son bureau de ses longs doigts. Elle

posa à nouveau son regard sur lui, remarquant pour la première fois la façon dont son badge réfléchissait la lumière et la lui renvoyait, presque comme une menace.

— Blaine, vous avez trouvé le corps de Kathleen aux alentours de dix heures quarante-cinq et vous avez reçu ce coup de téléphone à peu près trois heures et demie plus tard. Nous n'avons pas utilisé nos radios cette nuit : je ne voulais pas que quelqu'un apprenne la nouvelle en écoutant un de ces maudits scanners de la police. Alors, même dans une petite ville comme celle-là, il n'y a pas beaucoup de gens qui ont pu être au courant si tôt. Le coup de fil a dû être donné par la personne qui a assassiné Kathy.

— Je sais.

Logan la dévisagea, et Blaine s'efforça de maîtriser le tremblement de ses mains.

— J'ai déjà demandé à la compagnie du téléphone de repérer les appels que je reçois. Ils ont dit qu'il me faudrait trois localisations réussies avant de pouvoir contacter la police, mais j'ai pensé que dans ce cas, un repérage suffirait.

— Normalement, oui, approuva Logan.

Le fauteuil en vinyle de Stroud émit sous son poids un grincement lugubre :

— Admettons, simple conjecture, que vous recevez vraiment ces coups de fil de maniaque.

— Mais je les reçois !

— M'ouais, O.K. Mais il y a une chose à laquelle vous n'avez pas pensé.

— Et laquelle ?

— Ces coups de fil proviennent sans doute d'une cabine téléphonique, et localiser leur origine ne vous apprendrait rien.

— La musique n'est pas enregistrée sur une cassette ni sur un compact-disc, expliqua Blaine patiemment. Pendant les coups de fil, j'entends un saphir qui se pose sur un vieux disque. J'ai du mal à croire que quelqu'un traîne un électrophone dans une cabine téléphonique.

— Non, mais on peut passer une cassette d'un vieil enregistrement, maintint Abel avec obstination.

— Pourquoi ferait-on ça ? Pourquoi ne pas tout simplement passer une cassette neuve ?

Stroud haussa les épaules.

— C'est votre histoire, Mrs. Avery. À vous de nous l'expliquer.

— Ce n'est pas parce que c'est à moi que ça arrive que je sais ce que ça signifie ni comment on s'y prend.

— Je suis content que vous ayez réclamé le Repérage d'appels, dit Logan. Il m'aurait fallu une décision judiciaire pour l'installer sur votre téléphone.

— Je sais. Mais il faut bien faire quelque chose. Ces coups de fil sont tellement effrayants, Logan. Je ne saurais vous dire combien je me sentirais mieux si on pouvait démasquer leur auteur.

Blaine s'interrompit.

— Il n'y a qu'un inconvénient à découvrir leur provenance.

Logan leva un sourcil.

— Et lequel ?

— Je n'en recevrai un autre que lorsqu'une autre personne aura été assassinée.

À peine Blaine Avery était-elle sortie du bureau qu'Abel Stroud regarda Logan.

— Veux-tu me dire, Logan, pourquoi le meurtrier appellerait cette femme après chaque meurtre ?

— Je n'en ai aucune idée.

Stroud fixa son supérieur d'un air méditatif.

— Comment se fait-il que tu n'aies pas signalé qu'elle avait reçu un coup de téléphone après avoir trouvé le cadavre de la petite Van Zandt ?

— Je suppose que j'ai tout simplement oublié.

Stroud éclata de rire.

— Toi ? Oublier ? Tu es comme un éléphant. Tu n'oublies jamais rien, surtout si ça a quelque chose à voir avec une affaire.

Logan ramassa son gobelet de café et le vida d'un trait. Il se l'était servi une demi-heure plus tôt, et le café était à présent froid et amer.

— Merci pour le compliment, Stroud.

— Ce n'était pas un compliment — un simple constat. Je crois que tu n'en as pas parlé pour une raison précise.

— Et laquelle, je te prie ?

— Tu ne penses pas qu'elle reçoive véritablement ces coups de fil de cinglé.

Logan broya le gobelet et le balança dans une poubelle métallique à côté de son bureau.

— Alors pourquoi demanderait-elle volontairement un repérage d'appels ?

— Je n'ai pas encore trouvé l'explication.

Stroud aspira bruyamment à travers ses dents de devant — une manie qui agaçait prodigieusement Logan.

— Mais je vais te dire une chose, reprit-il enfin, alors que Logan s'apprêtait à quitter la pièce. Ce repérage ne va rien faire ressortir du tout.

— Nous verrons.

— Logan ! (Logan s'arrêta sur sa lancée, frappé par le sérieux de son intonation.) Tu sais que je n'étais pas ravi-ravi quand tu as été élu shérif il y a deux ans, vu que tu étais tellement plus jeune que moi et tout. Mais ça m'a passé. Je t'ai vu à l'œuvre. Tu sais bien plus de choses que moi en matière de techniques d'enquête. Tu as travaillé dans de grands commissariats. Tu es bon, *fichtrement* bon. Mais tu te laisses embrouiller cette fois-ci.

— Embrouiller ? Qu'est-ce que j'ai fait ?

— Rien de grave. *Pas encore.* Mais je vois bien que tu veux protéger Blaine O'Connor.

— Pourquoi est-ce que je ferais ça ?

— Oh, allons, Logan. Tu sortais avec elle.

— Au lycée, pour l'amour de Dieu ! Il y a presque quinze ans.

— Toujours est-il que tu as un intérêt personnel dans cette affaire.

— Même si je voulais réellement protéger Blaine, est-ce que cela m'a empêché de suivre toutes les pistes dans l'enquête sur la mort de Martin Avery ?

— Non. Mais tu commences à cacher des choses.

Stroud se pencha en avant :

— Écoute, Logan, je n'essaie pas de faire des histoires. Je dis seulement que, pour ton bien, tu devrais faire intervenir la police de l'État *maintenant*. Laisse-les prendre le relais. Laisse tomber cette affaire. Sinon, tu risques de ne pas garder ton boulot très longtemps.

11

Tu es mon berger Ô Seigneur rien ne saurait manquer
Où tu me conduis
Dans les verts pâturages Tu me fais reposer

Les verts pâturages, songea Blaine. Eh bien, en attendant, Rosalind Van Zandt allait reposer en ce mois de novembre dans la morne terre brune du cimetière de l'Érable argenté. Quelques flocons de neige — les premiers de la saison — avaient commencé à tomber du ciel bas couleur d'étain. C'étaient de gros flocons secs qui atterrissaient gracieusement sur les épaules de la cinquantaine de personnes qui s'étaient déplacées jusqu'au cimetière depuis la morgue. Les gens se mirent à s'essuyer subrepticement le visage, mais Joan n'avait pas l'air gênée par la neige qui s'accrochait à ses cils et qui tachaient de petits points blancs ses noirs cheveux brillants. Elle fixait le cercueil comme une personne en extase ; son visage était d'une pâleur de mort, et elle se tenait toute raide dans son tailleur de laine noire à longue jupe.

Dans la vallée de l'ombre
Je ne crains pas la mort

Les gens commençaient à frissonner, et Blaine espéra que le pasteur passe rapidement sur les versets qui n'auraient pas plu à Rosie. Ce n'était pas une fille religieuse, pas dans le sens traditionnel, et Blaine se dit qu'il aurait été bien plus approprié de lire un des beaux poèmes de Rosie. Plus approprié et plus personnel.

Qu'est-ce que Martin penserait de cela ? se demanda Blaine. Il s'était beaucoup lié avec Rosie pendant les dernières semaines de sa vie. Souvent Blaine les avait vus discuter tous les deux seuls sur la terrasse tandis que le crépuscule tombait. Même si Blaine savait que Rosie venait chez les Avery depuis l'enfance, elle n'avait remarqué de la part de Martin qu'une affection superficielle, presque distraite, à l'égard de la jeune fille. Et Robin avait été déconcertée par leur récente intimité, elle aussi. Elle restait souvent à l'intérieur, à les regarder bavarder tranquillement sur la terrasse, le visage vide d'expression. Avait-elle eu l'impression que Rosie, qui était plus belle qu'elle, lui ôtait l'attention de son père ? se demandait maintenant Blaine. En voulait-elle à Rosie ? Ou bien était-elle simplement déroutée par cette nouvelle relation, comme Blaine ? Si seulement elles étaient plus proches, Blaine aurait pu lui poser la question. Dans l'état actuel des choses, elle ne pouvait espérer de réponse franche.

Les yeux de Blaine quittèrent la tombe fraîchement creusée pour se poser sur deux pierres tombales voisines. L'une, grise et dénuée d'ornements, annonçait Edward Parker Peyton, 5 décembre 1913 — 12 juin 1990. L'autre — taillée dans un granit d'une chaude teinte rose — présentait des sculptures compliquées de vignes et de fleurs, et mesurait presque un mètre vingt. On y lisait :

Charlotte Rachel Peyton Van Zandt.
14 juin 1950 — 4 juin 1975.

De même que l'aube laisse la place au jour,
Tout ce qui est d'or ne peut durer.

Quel membre de la famille avait-il pu choisir ces vers de Frost ? Sans doute Joan, même s'ils avaient tous été convaincus que Charlotte était d'or. « La référence absolue, la surnommait Rosie avec un doux regret. Jamais je ne lui arriverai à la cheville. » Un jour, alors que Bernice Litchfield soignait Martin Avery après son accident, Blaine lui avait demandé comment était Charlotte Peyton. « Elle était adorable, avait répondu Bernice avec affection. Elle était dans ma classe de catéchisme et je m'étais occupée d'elle quand on lui avait enlevé les amygdales. Elle ne s'était jamais plainte d'avoir mal à la gorge, pas une fois. Elle endurait son calvaire comme un vrai petit soldat. Elle n'a jamais pleurniché, même si elle était souvent malade et sujette aux accidents. Et elle n'avait pas l'intelligence de Joan ; en fait, elle a eu beaucoup de difficultés pendant toute sa scolarité. Il n'a jamais été question qu'elle aille à l'université. Et elle n'était assurément pas belle. À y bien réfléchir, je me rends compte qu'elle était tout à fait quelconque. Mais c'est vrai que la beauté n'est pas qu'extérieure. C'était son adorable personnalité, presque enfantine, qui la rendait belle. Et toute la famille pensait que le soleil tournait autour d'elle. Joan était une petite mère poule, toujours à s'occuper de sa jeune sœur exactement comme avec Rosie. La mort de Charlotte a été une épouvantable tragédie ! À dire la vérité, c'est après la mort de sa fille que Mrs. Peyton a commencé à avoir un comportement bizarre. Oh, tout ne vient pas de la sénilité, croyez-moi. La mort de Charlotte l'a complètement démolie. C'est pour cela que je suis tellement contente que Joan ait été là pour élever Rosie. Je ne crois pas que Mrs. Peyton aurait été capable de remplir cette tâche. Mais Joan s'en est admirablement tirée. Pourtant, aucun des Peyton ne se remettra jamais d'avoir perdu Charlotte. »

Pas plus qu'ils ne se remettraient du fait que la stèle de Charlotte n'indiquât pas l'emplacement d'une tombe. Tout le monde savait que le corps de Charlotte, après le terrible accident d'avion, était trop disloqué pour être ramené à la maison. Sa pauvre dépouille reposait à côté de celle de son mari quelque part au Brésil, et les Peyton avaient été obligés d'ériger un monument sur un lot vide dans la section familiale du cimetière. Ce détail avait toujours gêné Rosie. « Je ne ressens rien quand je regarde cette pierre, avait-elle un jour dit à Blaine. Je suppose que c'est parce que ma mère n'est pas là — le peu qu'il restait d'elle a été enterré au Brésil avec mon père. Un jour, j'irai là-bas voir la tombe. Je veux m'assurer que c'est un endroit joli, bien entretenu. Je sais que mes grands-parents et Joan n'ont jamais voulu se rendre sur la vraie tombe — ça rendrait la mort de ma mère plus réelle pour eux, je suppose — mais il faut que quelqu'un y aille. Il faudra que ce soit moi, j'imagine. »

Blaine s'aperçut tout à coup que Joan s'avançait pour déposer une rose sur le cercueil de Rosalind. Des larmes avaient enfin commencé à couler sur son visage, et elle murmura : « Au revoir, petite Rosie. » Blaine sentit à son tour les larmes lui monter aux yeux, et Robin attrapa sa main gantée, la serrant très fort. Elle avait les lèvres pincées en une ligne dure et ses yeux clignaient rapidement. Elle avait exactement la même expression aux obsèques de son père, se souvint Blaine avec désespoir. Accablée et réprimant désespérément ses émotions, des émotions qu'elle aurait dû libérer. Elle pressa la main de Robin et l'éloigna avec douceur de la tombe tandis que les autres membres du cortège funèbre commençaient à se rassembler autour de Joan, qui se mit soudain à jeter en tous sens des regards affolés d'animal traqué. J'aimerais pouvoir vous aider, pensa Blaine tristement, mais je dois d'abord aider ma belle-fille.

Bien qu'on fût jeudi, Blaine avait demandé un remplaçant pour la journée ; à en juger par la foule d'étudiants qui étaient venus au dépôt mortuaire, il avait dû y avoir beaucoup d'absences au lycée de Sinclair aujourd'hui. Même si Rosie avait beaucoup d'amis, son meurtre, suivi quelques jours après par celui de Kathy Foss, avait attisé la curiosité et l'horreur de l'ensemble des élèves. Sans doute la moitié des gens présents à ses obsèques connaissaient-ils à peine Rosie. Ils voulaient simplement assister aux obsèques des jeunes filles assassinées. Ils voulaient aussi examiner de plus près la femme qui les avait trouvées. Pendant toute la durée du service, Blaine avait été désagréablement consciente des regards fascinés qui pesaient sur elle. Et hier, le proviseur lui avait dit que trois parents avaient appelé le lycée pour annoncer que leurs enfants ne retourneraient pas en cours tant que tous les doutes concernant Blaine Avery ne seraient pas dissipés. Après tout, n'y avait-il pas eu un scandale au sujet de la mort de son mari cet été ? Et n'était-ce pas une drôle de coïncidence que Rosie et Kathy non seulement aient été ses élèves, mais aussi qu'elle ait trouvé les corps des *deux* jeunes filles ? Bien sûr ils oublient que je n'étais pas seule quand j'ai trouvé Rosie, songea Blaine avec amertume. Et ils ne tiennent pas non plus compte du fait que n'importe qui aurait pu découvrir Kathy en se rendant dans le vestiaire après la répétition. Apparemment, je suis celle qui se trouve toujours au mauvais endroit au mauvais moment.

Chassant son propre malaise, Blaine leva les yeux et vit Caitlin et Kirk qui approchaient. Blaine s'était attendue à la présence de Cait, mais pas à celle de Kirk ; il était remarquablement beau dans le costume bleu marine que Blaine ne lui avait pas vu porter depuis son mariage avec Martin.

— C'était un très joli service, dit Cait.

Robin leva les épaules :

— Je l'ai trouvé morbide. Rosie l'aurait détesté.

Cait parut déroutée, ne sachant manifestement comment réagir. Blaine dit vivement :

— Est-ce que vous avez le temps, tous les deux, de venir un moment à la maison ?

Kirk secoua la tête d'un air de regret.

— Non. En tout cas, pas moi. Papa et moi avons une grosse commande à livrer cet après-midi ; encore que, après ça, je ne sais pas si j'aurai vraiment l'esprit à travailler.

— Et moi je ne veux pas laisser mon assistante seule avec les gosses trop longtemps. Après cette journée que j'ai passée moi-même seule avec eux…

— Ce n'était pas si terrible, dit Blaine en souriant.

— Tu as raté les meilleurs moments. Ils commençaient à fatiguer quand tu es arrivée.

Puis, s'adressant à Kirk :

— Je ne savais pas que vous aviez une grosse commande pour cet après-midi.

— Chérie, je te l'ai dit. La moitié du temps, tu n'écoutes plus, voilà tout. Je dois terminer une armoire à trousseau en cèdre pour la fille de Mrs. Bayley. Elle veut la lui offrir pour ses seize ans, demain.

— Tu ne me l'avais pas dit, insista Cait.

Avec un mouvement de tête exaspéré, Kirk déclara sèchement :

— Caity, tu n'as pas écouté un mot de ce que je pouvais dire depuis que tu as ouvert cette garderie.

Cait parut blessée et Blaine s'étonna un peu du ton de son beau-frère. Il était décidément très tendu aujourd'hui.

— Ça ne fait rien, intervint Blaine. Nous nous réunirons tous une autre fois.

Kirk lui fit un clin d'œil, comme pour renouer avec sa bonne humeur habituelle.

— C'est seulement un mauvais jour pour tout le monde. La dernière chose dont vous ayez besoin, c'est d'avoir la famille qui se bagarre autour de vous.

— Qui se bagarre ! s'exclama Cait. Qu'est-ce que tu…

— Caity, évitons de faire une scène au cimetière, dit Kirk avec douceur.

Il prit le bras de sa femme, lançant à Blaine un sourire forcé :

— On se voit plus tard dans la semaine !

— Je veux rentrer à la maison, maintenant, murmura Robin tandis que Blaine suivait des yeux les silhouettes de Cait et de Kirk.

La jeune fille n'avait pas pleuré à l'enterrement, mais elle était incroyablement pâle et bouleversée.

— Bien sûr. Je te ramène le plus vite possible.

Mais la voiture ne voulait pas démarrer. Blaine essaya quatre fois avant que quelqu'un ne tape au carreau ; c'était Tony Jarvis. Elle baissa la vitre.

— On dirait que ma batterie est morte.

— Au bruit, ce n'est pas ça, répondit Tony.

— Alors qu'est-ce que ça peut être ?

Il lui sourit.

— Permettez que je regarde sous votre capot ?

— Je t'en prie. Mais essaie de ne pas te salir. Tu es tellement élégant.

— Pour changer.

— Ce n'est pas ce que je voulais dire.

Il eut un large sourire.

— Je sais ce que vous avez voulu dire, Mrs. Avery. Je plaisante, c'est tout. Maintenant, débloquez-moi le capot.

Robin était blottie contre la portière, encore sous le choc des obsèques, mais Blaine remarqua qu'elle avait repris des couleurs et qu'elle suivait attentivement Tony des yeux. L'expression qu'ils avaient ! Elle avait un faible pour lui ! songea Blaine, stupéfaite. Robin l'intellectuelle, Robin la timide, en pince pour un type qui roule à moto, porte une boucle d'oreille et dirige son propre groupe de rock !

Blaine respira profondément. Qu'est-ce qui la surprenait tant ? Ne venait-elle pas de dire à John Sanders il y a quelques jours que Tony était beau, sexy et talentueux ? Et pour une fille aussi protégée que Robin l'avait toujours été, les accrochages de Tony avec la police devaient paraître extraordinairement romanesques.

— Permettez que j'essaie de faire démarrer la voiture ?

Blaine revint brusquement à sa préoccupation du moment. Hésitante, elle plongea une nouvelle fois son regard dans ces yeux marron qui ressemblaient tant à ceux du petit garçon qu'elle avait connu autrefois. Puis elle se serra contre Robin pour lui céder la place :

— Vas-y, Tony.

Le corps de Robin se tendit ; Blaine n'aurait su dire si c'était par simple surprise ou à cause de la proximité de Tony.

Tony tourna la clé une fois ou deux et obtint le même déclic que Blaine précédemment.

— Je pense que ça vient de l'alternateur.

— Oh non ! gémit Blaine. Ça veut dire que je vais être obligée d'appeler un garagiste pour la faire remorquer. Et regarde-moi cette neige.

Tony regarda docilement la neige, qui tombait désormais en un épais voile silencieux. Puis il jeta un coup d'œil à Robin qui, tremblante de froid et d'énervement, fixait les yeux droit devant elle.

— Je vais vous dire. Pourquoi est-ce que je ne vous ramènerais pas chez vous ?

— Sur ta *moto* ?

Tony éclata de rire.

— Non, Mrs. Avery, j'ai une voiture aujourd'hui.

— Tu ne retournes pas au lycée ?

— Ce n'était pas dans mes projets.

Blaine contempla à nouveau la neige.

— Peut-être que je ne devrais pas laisser ma voiture comme ça.

— Fermez-la à clé et ça ira. Pour vous, c'est autre chose. Vous savez comment sont les garagistes par ici. La plupart n'ont même pas de dépanneuses.

— Nous pourrions prendre un taxi.

— Avec cette neige ? La Compagnie de taxis de Sinclair, avec son impressionnante flotte de cinq véhicules, va être complètement débordée. Vous risquez d'attendre ici encore une heure.

Blaine regarda autour d'elle. Presque tous les gens qu'elle connaissait étaient partis, et Tony avait raison. En outre, Robin commençait à avoir mauvaise allure : elle était presque aussi pâle et abattue que la nuit de la mort de son père. Blaine devait d'abord ramener la jeune fille à la maison, elle s'inquiéterait de la voiture ensuite. Et Tony ? Il était officiellement suspect de meurtre. Mais est-ce qu'elle le croyait *vraiment* capable de meurtre ? Non. Pas la peine d'épiloguer.

— D'accord, si tu es sûr que ça ne te gêne pas, dit-elle lentement.

— Pas de problème. J'ai même un quatre-quatre aujourd'hui. La voiture de p'pa.

Avec une galanterie que Blaine ne lui avait jamais vu déployer, Tony les aida à sortir de la Mercedes. Lorsque Robin glissa sur le trottoir, il la prit par le bras — intensifiant le rouge de ses joues — et, en dépit des épouvantables circonstances, Blaine ne put retenir un sourire. À sa connaissance, Robin ne s'était jamais intéressée sérieusement à un garçon, et Blaine avait parfois craint que, par timidité et par peur de l'échec, Robin n'ait réprimé en elle tout désir de romance. À présent, Blaine savait qu'elle s'était trompée. Robin était loin de manquer de désirs ; elle les avait simplement bien cachés.

Robin se faufila sur la banquette arrière, obligeant Blaine à s'installer devant avec Tony. Après avoir roulé quelques minutes en silence, Tony demanda :

— Est-ce que la répétition pour le concours est maintenue ce soir ?

— Non. Elle a été annulée en hommage à Rosie et Kathy. Et, bien sûr, l'accès du gymnase est toujours interdit par un cordon de police.

— Je me demande s'ils vont annuler tout le spectacle ? déclara vivement Tony.

— Je ne pense pas. C'est une tradition de l'école. La dernière fois que j'ai parlé au proviseur, il avait l'air résolu à ce qu'il ait lieu.

Blaine aurait voulu que Robin se joigne à leur conversation, mais la jeune fille demeurait obstinément muette ; ils se turent donc à nouveau.

Il était tombé à peine plus d'un centimètre de

neige, et ils parcoururent sans aucun problème les cinq kilomètres qui les séparaient de la maison de Prescott Road. Blaine avait toujours aimé l'aspect que prenait la maison sous la neige : avec son immense pelouse couverte de blanc, ses lucarnes, son toit aux arêtes multiples et sa drôle de coupole, on aurait dit une illustration de carte de Noël. Quand ils pénétrèrent dans l'allée, Blaine aperçut Ashley postée derrière la baie vitrée du salon, guettant leur retour avec impatience.

— Je vous avais bien dit que je vous amènerais ici sans bobo, dit Tony. Je m'arrêterai au Garage Pearson en repartant et j'essaierai de les faire s'occuper de votre voiture.

— Pourquoi n'entres-tu pas, plutôt ? suggéra soudain Blaine.

Elle sentit Robin se crisper, mal à l'aise.

— Il est une heure et demie, poursuivit Blaine avec naturel. Je peux nous préparer quelque chose à déjeuner, et tu pourras téléphoner au garage pour nous.

Tony parut aussi surpris que Robin ; un peu désemparé, il dit :

— Vous n'êtes pas obligée de m'inviter à déjeuner, Mrs. Avery, rien que parce que je vous ai raccompagnées chez vous.

— Eh bien, si tu n'as pas faim…

À cet instant, le ventre de Tony émit un gargouillement retentissant. Il se tapa sur l'abdomen, prit un air sidéré, puis éclata de rire en même temps que Blaine. Robin elle-même ne put réprimer un sourire.

— Je suppose que cela répond à votre question, commenta-t-il. Je n'ai pas pris de petit déjeuner.

— Nous avons tous besoin de manger quelque chose, et sans aucun doute aussi de boire quelque chose. Quelque chose de *chaud*. Je suis gelée.

Elle sourit aux jeunes gens :

— Allons, vous deux. On ne va pas rester là à tergiverser toute la journée.

Martin aurait eu une attaque, se dit Blaine. Ce n'était pas du tout le genre de garçon qu'il souhaitait pour sa fille. Mais Martin n'avait pas toujours raison, se souvint Blaine. Malgré toute son assurance, il n'arrivait pas mieux qu'elle à percer le cœur humain. Elle ne pouvait se fier qu'à son instinct, et son instinct lui disait que Tony, que la jeune fille, de toute évidence, admirait, serait peut-être la seule personne à pouvoir la sortir de son état de choc et de sa dépression.

Blaine composa la combinaison désamorçant le nouveau système d'alarme, et ils pénétrèrent tous trois dans la maison. Ashley se tenait dans l'entrée. Elle considéra attentivement Tony pendant quelques instants, et une lueur de soupçon brillait dans ses yeux si expressifs. Il s'agenouilla, tendant la main vers elle. Elle le regarda dans les yeux, contempla sa main, puis elle s'assit en offrant sa propre patte de l'air majestueux qui avait toujours fait rire Martin.

— Tu as été accepté par la reine de la maisonnée, dit Blaine. Très peu de gens ont droit à ce traitement.

Tony sourit, serrant la patte qu'on lui tendait.

— Elle sait que j'aime les chiens, c'est tout. J'en ai un. Un berger allemand d'environ quinze ans. Il s'appelle Doc. On a grandi ensemble.

— Je me souviens de lui, dit Blaine.

— Doc ? fit Robin.

C'était le premier mot qu'elle prononçait depuis que Tony s'était joint à elles.

— Oui. Maman me l'avait acheté quand j'avais trois ans et que j'étais fou de Bugs Bunny et de sa formule « What's up, Doc ». Je trouvais que c'était la chose la plus drôle du monde. C'est bête, hein ?

Robin fit non de la tête.

— Ce n'est pas bête. Je suis sûre que ça lui plaît. Le chien, je veux dire.

— Il n'y connaît rien. Si c'était le cas, il préférerait sans doute s'appeler Rex ou Rin-Tin-Tin ou quelque chose.

— Tony, si tu veux bien appeler le Garage Pearson pour moi, je vais préparer le déjeuner.

Blaine se débarrassa de son manteau sombre d'un mouvement d'épaules et épousseta la neige de ses cheveux, qui bouclaient légèrement du fait de l'humidité.

— Des préférences pour le menu ?

— Ce que vous aurez, Mrs. Avery.

Blaine se rendit dans la cuisine ; elle l'entendit qui parlait au téléphone dans le salon, et ouvrit la porte du réfrigérateur. Du jambon à foison. De la dinde en tranches. Du gruyère. Elle venait d'acheter un nouveau paquet de chips et avait confectionné la veille au soir une tarte à la cerise. Elle ne faisait des gâteaux que quand elle était nerveuse et qu'elle essayait de se changer les idées.

— Tony a appelé le garage, dit Robin, en scrutant le réfrigérateur derrière Blaine. Ils ont dit qu'ils iraient chercher la voiture dans à peu près une heure.

— Bien.

— Est-ce que je peux t'aider ?

Robin ne proposait *jamais* d'aider pour les repas, et Blaine eut du mal à réprimer un sourire.

— J'ai la situation en main. Pourquoi ne retournes-tu pas discuter avec Tony ?

Robin émit un grognement étranglé et Blaine la regarda avec étonnement.

— Qu'est-ce qui ne va pas ?

— Je ne peux pas rester t'aider ?

Elle baissa la tête et ses longs cheveux retombèrent sur son visage.

— Je ne trouve rien à lui dire. Et puis, il est suspecté de meurtre, chuchota-t-elle.

— Moi aussi, Robin. (La jeune fille cilla.) Tu ne penses quand même pas réellement qu'il ait quelque chose à voir avec la mort de Rosie ?

— Euh, je… je ne sais pas.

Blaine respira profondément.

— Je le connais depuis qu'il est tout petit, Rob. Et moi, je ne crois pas qu'il ait tué Rosie.

— On ne peut pas être sûr.

— Il y a beaucoup de choses dont on ne peut pas être sûr dans la vie. (La jeune fille lui jeta un long regard pénétrant.) Robin, on ne peut pas laisser Tony comme ça tout seul. Parle-lui de n'importe quoi. De l'école. De chiens. De musique.

Robin soupira, puis elle redressa ses épaules et regagna le salon comme si elle allait à la guillotine. Blaine se sentit légèrement coupable, consciente de l'épreuve qu'elle infligeait à la jeune fille, mais convaincue qu'à terme cela lui ferait du bien. Après tout, ce n'était pas comme si Robin avait besoin de solitude pour s'adonner à son chagrin après l'enterrement de Rosie. Si Tony s'en allait à cet instant, elle s'enfermerait tout bonnement dans sa chambre, et elle y resterait jusqu'au soir à feuilleter des magazines et à jouer du piano électrique, comme elle l'avait fait pendant plus de deux semaines après la mort de son père.

Un quart d'heure plus tard, quand Blaine apporta dans le salon un plateau de sandwiches et de chocolats chauds surmontés de crème fouettée, Robin et Tony échangeaient des histoires de chiens, alors qu'Ashley contemplait fixement le jeune homme, comme si elle essayait de pénétrer un mystère. On dirait presque qu'elle sait elle aussi qu'il est suspecté de meurtre, songea Blaine.

— Vous avez besoin d'aide ? demanda Tony, rejoignant Blaine pour la libérer du plateau. Ouaou ! Ce sont les plus gros sandwiches que j'aie jamais vus.

Blaine sourit.

— À en juger par le bruit qu'a fait ton ventre tout à l'heure, je dirais que tu as besoin d'un gros sandwich. Il y a aussi de la tarte aux cerises, après.

— Génial !

Tandis qu'ils mangeaient, Blaine demanda à Tony des nouvelles de sa famille.

— Sandra a un autre bébé en route, dit-il entre deux bouchées. Ça lui en fera quatre.

— Elle est si débordée ! J'essaie de la voir depuis deux ans, mais à part un déjeuner chez elle, elle a été trop accaparée par ses occupations et par ses soucis.

Le regard de Tony s'assombrit.

— Oui. Elle s'inquiète pour toute la famille, il faut dire — l'arthrite de maman, qui ne fait que s'aggraver. Et puis Jane qui est partie il y a deux ans pour être hôtesse de l'air. Sandra est sûre, à chaque fois qu'elle embarque, que l'avion va s'écraser.

— Tu ne peux pas lui reprocher de se faire du souci pour sa petite sœur.

— Je suppose que non. Et puis il y a moi. Toujours la brebis galeuse. Et Joe.

Pas *papa*, se dit Blaine, *Joe.*

— Elle est résolue à tout arranger entre nous, poursuivit-il. Je ne crois pas qu'elle y arrivera un jour — je ne pardonnerai jamais à Joe d'avoir plaqué m'man avec ses gosses il y a cinq ans — mais ma belle-mère est sympa. Elle m'aime bien. Joe pense que je ne vaux rien.

— Oh, Tony, je suis sûre que non, s'exclama Blaine.

— Si, c'est ce qu'il pense. S'il me prête de temps en temps sa voiture, c'est parce que ma belle-mère l'y force. Elle aussi, elle voudrait qu'on ait des rapports normaux de père et fils.

— J'ai oublié combien de temps ça fait que ton père est remarié.

— Deux ans. J'aurais aimé que maman trouve quelqu'un de bien, mais je ne crois pas qu'elle ait jamais vraiment essayé. Elle était trop absorbée par nous autres, les gosses. Maintenant elle a cette foutue arthrite. Je ne crois pas qu'elle va pouvoir continuer plus de deux ans à travailler. Il n'y a jamais moyen qu'elle se repose.

Une expression d'indicible tristesse traversa le visage de Tony, et Blaine changea brusquement de sujet pour parler de son groupe de rock. Toutefois, Rosie ne tarda pas à venir sur le tapis.

— J'ai été un peu surprise quand tu as subitement quitté mon cours l'autre jour, hasarda Blaine.

Tony détourna les yeux.

— C'était ce poème. *Annabel Lee.* C'était le poème préféré de Rosie. Elle voulait que je le mette en musique un jour, mais je lui avais dit que ce n'était pas mon style. Elle avait été pas mal déçue. Quand vous avez commencé à le lire en classe ce jour-là, j'ai pensé que ça aurait été tellement facile de faire plaisir à Rosie, et moi qui n'en avais même pas pris la peine.

Blaine remarqua que Robin observait Tony avec intérêt.

— Nous avons trouvé les affaires de Rosie dans le sous-sol, annonça-t-elle soudain.

Blaine regarda la jeune fille avec stupeur. Elle essaie d'obtenir une réaction de sa part, se dit-elle. Elle joue les détectives amateurs.

— Je sais. Arletta Stroud l'a dit à tout le monde. La valise. La veste. Le sac à main. La seringue. (Tony dressa un sourcil en regardant Robin.) C'est bien ça ?

— Oui. Nous avons trouvé le tout derrière la chaudière. C'était caché. Pourquoi ferait-on une chose pareille, d'après toi ?

Tony fronça les sourcils.

— Rosie avait déjà dû venir dans cette maison. Oh, ça aussi, je le sais. Qu'elle retrouvait quelqu'un ici. Mais la personne en question n'a sans doute pas eu le temps de se débarrasser de ses affaires.

— C'est l'opinion du shérif, précisa Blaine.

— C'est la seule explication qui tienne debout.

— Tu ne sais pas qui elle retrouvait, n'est-ce pas, Tony ? demanda Blaine.

Il reposa son assiette de tarte sur la petite table et la regarda avec une expression de parfaite honnêteté.

— Vous ne pensez pas que je le dirais à la police, si je le savais ? Seigneur, cet individu, quel qu'il soit, est sans doute celui qui l'a *tuée*. Qui lui a tranché les veines. Qui l'a laissée mariner dans l'eau pendant des jours. (Sa figure prit une teinte légèrement grisâtre.) Ça me donne la nausée rien que d'y penser.

Si tu joues la comédie, alors tu es fichtrement bon acteur, se dit Blaine. Jetant un coup d'œil à Robin, elle constata que l'expression de méfiance qu'elle affichait depuis l'apparition de Tony à la fenêtre de la voiture avait disparu.

— Bon, je pense qu'on a suffisamment discuté de cette pauvre Rosie, décréta soudain Blaine. Tony, que dirais-tu d'un autre morceau de tarte ?

La neige avait cessé de tomber quand Tony termina sa deuxième part de tarte aux cerises. Le soleil essayait de vaincre la grisaille du jour, et Blaine sentit son moral remonter un peu. Si le soleil pouvait briller en cette triste journée, alors assurément le monde ne pouvait pas être aussi sombre qu'il l'avait paru depuis qu'elle avait découvert le corps de Rosie.

Tandis que Blaine commençait à rassembler la vaisselle, Tony se tourna vers Robin.

— Tu sais, ces deux derniers jours, je n'ai pas arrêté de retourner cette idée dans ma tête, à propos du gala des élèves.

Robin parut circonspecte, mais intéressée.

— Qu'est-ce que c'est ?

— Ne sois pas vexée, mais ni toi ni moi n'étions en grande forme pendant la répétition de mardi. (Robin devint aussitôt écarlate et Tony se hâta de poursuivre.) Je savais que je formulerais mal la chose. Je veux dire, tu as été formidable, mais ce genre de trucs classiques n'est pas apprécié de beaucoup de gens. Parmi le public du lycée de Sinclair, c'est-à-dire. Et ma chanson n'est pas prête. Rosie m'aidait pour les paroles, mais… enfin, quoi qu'il en soit, elle n'est pas encore au point et je ne me sens pas à l'aise avec. Alors j'ai pensé à ça… pourquoi toi et moi ne ferions-nous pas quelque chose ensemble ?

— Ensemble ? répéta Robin.

— Bien sûr. Moi je joue de la guitare et je chante, et toi tu es au piano. À moins, évidemment, que tu ne saches chanter sans que je sois au courant.

— On dirait un orignal à l'agonie quand je chante, lança Robin avec une telle sincérité que Tony éclata de rire.

— D'accord. Pas d'orignal à l'agonie sur scène, dit Tony une fois calmé. Mais que dirais-tu de faire une chanson à nous deux ?

— Eh bien, ce serait possible, je suppose.

Oh non, pensa Blaine. Cela voulait dire des répétitions ensemble.

— Est-ce que tu penses à quelque chose comme la *Layla* d'Eric Clapton ? demanda Robin.

Tony écarquilla les yeux.

— Robin, mais tu es *télépathe* ! C'est la chanson à laquelle je pense depuis mardi soir !

— C'est vrai ?

— Tout à fait. Il va falloir te trouver la partition…

— Je la connais déjà.

Tony resta bouche bée.

— Tu la connais ?

— Eh bien, je ne joue pas seulement de la musique classique, Tony. J'ai écouté la chanson plusieurs fois et puis je l'ai jouée. La partie pour piano, je veux dire.

— Mrs. Avery, vous vous rendez compte ? s'exclama Tony.

Oui, elle se rendait compte. Elle se rendait compte que la première chanson acceptable proposée par Robin aurait justement été celle que Tony avait en tête, et naturellement elle avait suggéré quelque chose qu'elle savait déjà jouer. Mais malgré les doutes de Blaine sur Tony, malgré sa fureur contre la jeune fille, elle était touchée par la lueur d'espoir et d'excitation qu'elle lisait dans ses yeux. Blaine n'avait pas vu cette lueur depuis la mort de Martin.

— Qu'est-ce que vous en pensez, Mrs. Avery ? Vous trouvez que c'est une bonne idée qu'on fasse la chanson ensemble ?

— Je trouve… je trouve que, pourquoi pas, tant que vous répétez tous les deux ici, dit-elle lentement. Je n'aime pas que Robin sorte le soir avec tout ce qui se passe.

— Euh, bien sûr, O.K., dit Tony.

Robin lança à Blaine un regard d'infinie reconnaissance, et Blaine pria le ciel qu'elle ait pris la bonne décision. Elle ne voulait pas leur faire de mal ni à l'un ni à l'autre ; elle ne voulait pas éloigner davantage encore la fille de Martin (en effet, elle avait déjà décidé que, malgré toute sa colère, il n'était pas question d'expédier Robin chez ses grands-parents pendant sa terminale). Cependant, Robin paraissait si jeune, si vulnérable, et il y avait ce tueur en liberté…

— Pourquoi est-ce qu'on ne travaillerait pas un peu pendant que je suis là ? demanda Tony.

Robin se leva sur-le-champ et se dirigea vers le piano, Tony sur ses talons. Ashley ne tarda pas à les suivre, comme si elle allait elle aussi participer au numéro.

Quelques minutes plus tard, alors que Robin tapait les accords familiers de *Layla*, on sonna à la porte. Les deux jeunes gens restèrent au piano, mais Ashley accompagna Blaine qui allait ouvrir. Logan Quint se tenait sur la véranda.

— Désolé de vous déranger, Blaine, mais je cherche Tony Jarvis. Quelqu'un m'a dit qu'il vous avait raccompagnées.

— Oui.

Blaine eut la sensation que le jour s'était brusquement assombri.

— Quelque chose ne va pas ?

Le lourd regard de Logan ne révéla rien.

— J'ai juste besoin de le voir.

À contrecœur, Blaine le conduisit dans le salon. Robin s'interrompit au milieu d'un accord, et Tony et elle contemplèrent Logan.

Après un signe de tête à Robin, il regarda Tony.

— J'aimerais que tu m'accompagnes.

Tony se raidit ; ses yeux sombres se firent méfiants.

— Pour quoi faire ?
— Un interrogatoire.
— Vous m'avez déjà interrogé pour le meurtre de Rosie. Ce n'est pas au sujet de Kathy, quand même ?
— Pas directement. J'ai juste quelques autres détails à te demander.
Glissant sur la banquette de piano, Tony se leva ; il affichait désormais une expression de défi.
— Pourquoi d'autres questions ?
— Je pense que cela vaudrait mieux si nous en parlions dans mon bureau.
— Non. Il s'est passé quelque chose et je veux le savoir *maintenant*, avant d'aller où que ce soit.
Les yeux de Robin étaient devenus immenses, et le bonheur radieux qu'on y lisait précédemment s'était envolé.
— Très bien, Jarvis, on va faire comme tu le désires, dit Logan d'un ton égal. Vendredi soir, le soir du meurtre de Rosie, tu as dit que toi et ton groupe vous aviez répété à la ferme de Ron Gibson jusqu'à presque sept heures.
— Oui. Vous avez parlé à Ron… il vous a dit que j'étais là.
— Tu as dit aussi qu'après être parti de chez les Gibson, tu étais rentré directement chez toi.
Tony leva légèrement le menton.
— Exact.
— La ferme des Gibson est à seize kilomètres au sud de la ville. Tu aurais dû être chez toi entre sept heures un quart et sept heures et demie au plus tard.
— Ma mère vous a dit que j'étais rentré un peu après sept heures.
— Oui, elle me l'a dit. Mais ni l'un ni l'autre n'avez dit que ton père était chez ta mère à attendre que tu rentres. Apparemment, il était furieux parce que tu avais emprunté sa voiture ce jour-là pour

transporter du matériel de musique et que tu avais promis de la ramener aux alentours de sept heures. Il m'a dit que tu n'étais pas rentré avant dix heures du soir.

Logan se tut, regardant Tony droit dans les yeux.

— Tu veux me dire pourquoi tu as menti sur l'endroit où tu te trouvais au moment où Rosalind Van Zandt se faisait ouvrir les veines ?

12

— J'espère que vous avez tous fini de lire *Walden*, déclara Blaine en troisième heure, lors de son cours de littérature supérieure. Qui peut me dire ce que symbolise Walden Pond dans le livre ?

Plusieurs regards se détournèrent, gênés, évitant soigneusement celui du professeur. Blaine attendit cinq secondes, sourit, puis dit :

— Quelqu'un va-t-il se porter volontaire, ou va-t-il falloir que je choisisse une victime ?

Tout à coup la porte de la classe s'ouvrit à la volée, claquant contre le mur. Une ou deux filles poussèrent un cri, et Blaine changea de couleur alors qu'une femme aux cheveux gris souris frisottés et aux flamboyants yeux sombres entrait dans la salle comme un ouragan.

— Vous ! cria-t-elle à Blaine. Espèce d'horrible meurtrière !

Blaine fut tellement surprise qu'elle recula d'un pas avant de dire « Qui êtes-vous ? » d'une petite voix fluette.

— Qui je suis ? Qui je *suis* ? Je suis la mère d'une jeune fille que vous avez assassinée.

— Mrs. Foss ?

La mère de Kathy traversa la classe dans un tourbillon ; son manteau de laine grise s'ouvrit, révélant un pantalon fané tout froissé et un chemisier à col haut orné sur le devant de ce qui ressemblait à une grosse tache de café.

— Vous voyez... elle ne nie même pas !

Plusieurs élèves étouffèrent un hoquet, et ils semblèrent tous se recroqueviller sur leurs sièges comme pour esquiver des coups. Le cœur de Blaine battait la chamade devant la folie qu'elle lisait dans les yeux de cette femme, mais elle se força à prendre une profonde inspiration et déclara avec fermeté :

— Mrs. Foss, vous ne devriez pas être ici.

— Moi, je ne devrais pas être ici !

Ses lèvres étaient sèches et craquelées.

— *Vous*... espèce de sale meurtrière ! C'est *vous* qui ne devriez pas être là ! Un loup dans la bergerie ! Un loup dans la bergerie !

Du coin de l'œil, Blaine vit Dean Newman qui se levait au fond de la classe et commençait à se rapprocher. Au même moment, John apparut à la porte.

— Mais, au nom du ciel, que... commença-t-il.

Mrs. Foss fit volte-face pour lui faire front.

— Oui, au nom du ciel ! C'est pourquoi je suis ici... au nom du ciel. Pour que cette abominable créature... (sa main s'agita vivement en direction de Blaine) soit éloignée de ces enfants innocents. De ces *filles* innocentes. Des filles comme ma Kathy. Ma Kathy qu'on va mettre en terre samedi matin !

Tout à coup la femme se retourna et se précipita sur Blaine, les mains comme des serres d'oiseau de proie. Blaine leva instinctivement ses propres mains et, avec une force qu'elle ne se connaissait pas, elle s'empara des poignets de la femme et les étreignit avec vigueur. Mrs. Foss cria et se débattit, donnant des coups de pied à Blaine, essayant d'arracher ses bras à cette poigne de fer pendant que ses mains aux longs ongles s'ouvraient et se refermaient convulsivement. Dean et John l'attrapèrent chacun par une épaule, essayant de l'écarter de Blaine.

— Vous pouvez la lâcher, dit John.

Mais les mains de Blaine paraissaient bloquées sur les poignets de la femme.

— Blaine, lâchez-la ! cria John. *Lâchez-la !*

Les mains de Blaine s'ouvrirent brusquement, libérant Mrs. Foss. Aussitôt, celle-ci recommença à pousser des cris stridents.

— Elle a déjà tué ! Son propre mari ! Maintenant elle tue des jeunes filles innocentes. Vous avez vu… tous, vous êtes témoins. Elle a la force d'un démon. Un *démon*, vous dis-je !

Dean et John entraînèrent l'hystérique vers la porte. Elle s'accrocha au chambranle et s'y cramponna. John finit par l'en arracher d'un geste brutal. Son emprise se relâcha, et ils la poussèrent dans le couloir.

— C'est une meurtrière ! criait la femme dans le couloir désert. C'est une meurtrière et, écoutez-moi bien, les meurtres ne sont pas finis ! Ils ne sont pas encore finis !

Vingt minutes plus tard, alors qu'on n'avait pas réussi à joindre Mr. Foss et que l'hystérie de Mrs. Foss ne cessait de croître, police-secours arriva pour lui administrer un tranquillisant et l'emmener à l'hôpital. Dix minutes après que la femme eut été sanglée et embarquée, Blaine se trouvait dans le bureau du proviseur, bouleversée et mal à l'aise.

Il la regarda d'un air solennel.

— C'était une scène déplorable.

— Je sais, Mr. Hooper, répondit Blaine sur un ton pitoyable, tenant à la main un gobelet de café que la secrétaire Jean Lewis lui avait apporté.

Le proviseur l'examina ; son visage aux fortes mâchoires ne trahissait aucune expression.

— Blaine, que diriez-vous de prendre quelques jours de congé ?

Elle le regarda avec des yeux vides.

— Quelques jours ? Je sors d'un arrêt de travail de cinq semaines. Je vais bien, croyez-moi.

— Vous n'en avez pas l'air. De plus, nous avons un autre problème.

Blaine le regarda longuement sans broncher :

— Des plaintes de parents ?

— J'en ai peur. Je vous en ai déjà parlé. Vous avez non seulement trouvé Rosie mais aussi Kathy. Vous devez reconnaître que c'est une sacrée coïncidence.

Elle ne l'avait jamais considéré comme un homme chaleureux et compréhensif, mais à présent il paraissait carrément hostile.

— Et, bien sûr, il y a eu toute cette histoire avec votre mari. Les gens d'ici ne l'ont pas oubliée.

— Non, je suppose que non, dit Blaine d'un ton morne.

— Alors je crois vraiment que pour votre propre bien, et pour celui de l'école…

— Il faudrait que je dégage le plancher un moment.

— Je n'aurais pas formulé la chose ainsi, mais…

— Mais c'est ce que vous vouliez dire.

Elle regarda par la fenêtre : épuisées, les dernières feuilles jaunes de novembre s'accrochaient désespérément aux branches du chêne centenaire qui se dressait devant le bureau du proviseur.

— Mr. Hooper, je me rends compte que vous devez penser à la réputation du lycée, mais est-ce que vous vous rendez compte de l'impression que va faire mon départ ? Ce que les gens vont en conclure ?

— Je regrette, mais vos problèmes ne me concernent pas.

— Je vois. Est-ce que je dois comprendre que si je romps mon contrat en démissionnant, il n'y aura pas de poursuites ?

Il regarda juste au-dessus de la tête de Blaine.

— Je crois que c'est une supposition raisonnable. Le conseil d'administration comprendra.

— Pour ça, je ne m'en fais pas.

Blaine reposa son café sur le bureau du proviseur.

— Je vais terminer la journée et…

— Eh bien, à vrai dire, j'ai déjà appelé quelqu'un pour s'occuper de vos cours de l'après-midi. Je crois qu'il vaudrait mieux que vous quittiez les lieux tout de suite.

Blaine le fixa du regard. Elle sentit les larmes lui monter aux yeux, mais elle ne voulait pas craquer, pas devant cet homme au regard glacial qui lui léchait quasiment les bottes du temps où elle était mariée avec Martin. Elle se leva.

— J'espère que vous ne nous en tiendrez pas rigueur, Blaine.

— Oh, non, fit Blaine d'un ton froid. Mais cette année, n'espérez pas un chèque signé de moi pour votre association d'anciens élèves.

Le proviseur cilla. L'association des anciens élèves était son dada et une organisation à laquelle Martin et elle avaient toujours fait des dons généreux.

— Je ne pense vraiment pas qu'il faille devenir mesquin pour si peu, Blaine.

— Vous n'avez qu'à considérer que je suis avare. Au revoir, Mr. Hooper.

Logan jeta un coup d'œil à Tim ; ceinture attachée, il était assis dans la voiture à côté de lui.

— Ça ne te fait rien si on fait un détour ?

— Un détour, répéta Tim prudemment. Est-ce que ça veut dire que nous allons d'abord quelque part avant de rentrer à la maison ?

— Oui.

— Eh bien, non, ça ne me gêne pas, si ça ne prend pas trop de temps. On a loué ce film pour le regarder ce soir, et je suis censé me coucher à neuf heures.

— Je me souviens.

— Remarque, je pourrais me coucher plus tard pour le regarder.

— Je ne crois pas que ce sera nécessaire, dit Logan tandis qu'ils dépassaient leur maison et continuaient vers le nord sur Prescott Road.

— Est-ce que nous allons quelque part pour raison officielle ?

— Pour raison officielle ? Où as-tu pêché cette expression ?

— Tu l'emploies tout le temps quand tu ne veux pas que je sache où tu vas vraiment.

— Oh ! Eh bien, oui et non. La dame que nous allons voir a des problèmes, mais nous ne lui rendons pas visite pour raison officielle.

Je ne devrais pas faire ça du tout, songea Logan. Je ne devrais rien dire à Blaine à titre officieux, et je ne devrais certes pas aller chez elle. Néanmoins, il y allait. Son besoin de la voir après ce qu'il avait appris aujourd'hui était trop fort pour qu'il y résiste.

Tim fouilla dans la poche de son blouson en laine et en sortit un bâton de chewing-gum Juicy Fruit ; il le tendit à Logan, lui offrant silencieusement de le partager. Logan refusa d'un signe de tête.

— Est-ce que cette dame est ta petite amie ?

Logan le regarda, éberlué.

— Ma petite amie ! Qui diable t'a mis une idée pareille dans le crâne ?

— Maman a dit que tu aurais sans doute des petites amies pendant son absence.

La rage envahit Logan. Non contente d'abandonner sa famille, il fallait encore que Dory confie ses craintes intimes à son enfant de sept ans.

— Cette dame n'est la petite amie de personne, expliqua-t-il, en s'efforçant d'étouffer sa colère. Son mari est mort il y a quelques mois et elle ne s'en est toujours pas bien remise. Mais là n'est pas le problème. Je n'ai pas de petites amies, Tim. Je suis marié.

Après avoir cassé le chewing-gum en trois morceaux, il les enfourna tous trois dans sa bouche et commença à croquer. Ce bâton de chewing-gum traînait sans doute dans sa poche depuis l'hiver dernier, se dit Logan.

— À la télé, les types mariés ont des petites amies, articula Tim tout en mastiquant.

— Tu regardes trop la télé.

— Oh, enfin, il y a que les méchants qui ont des petites amies, ajouta vivement Tim, paniqué à l'idée de voir révoquer ses permissions télé.

— Tu crois que je suis un méchant ?

— Pas du tout ! Tu es le shérif !

— D'accord. Le nom de cette dame est Mrs. Avery. C'est une amie à moi, quelqu'un que je connais depuis le temps où j'avais à peu près ton âge.

— Ouaou ! s'exclama Tim, comme si Logan parlait d'une époque aussi lointaine que l'âge de Bronze.

Logan sourit dans la pénombre.

— Alors, ce n'est qu'une visite amicale, compris ?

— Compris ! fit Tim, en continuant à mâcher furieusement son vieux chewing-gum.

Étendue sur le canapé, Robin croquait du pop-corn en contemplant le feu derrière la grille noire du pare-feu.

— Robin, est-ce que tu veux me parler de Tony ? demanda Blaine, en reposant son livre, incapable de supporter plus longtemps le silence.

— Non. Tu es contre lui, exactement comme tout le monde.

— Non, je ne suis pas contre lui.

— Tout à coup, tu ne veux plus que je répète avec lui.

— Je crois que ma décision est justifiée. Les circonstances ont changé.

— Si, effectivement, je ne répète pas avec lui pour le gala, ce n'est pas à cause de ce que tu as pu dire, lança Robin en se redressant et en rejetant en arrière ses longs cheveux. C'est lui qui n'en a pas envie avec tout ce harcèlement policier dont il est l'objet.

— Robin, personne ne le harcèle. Il a menti au sujet de l'endroit où il se trouvait le soir où Rosie a été tuée. Logan l'a découvert. Tu ne peux pas prétendre honnêtement que tu reproches à Logan de l'avoir convoqué pour lui poser d'autres questions.

Robin baissa les yeux.

— Non.

— Est-ce que tu as parlé à Tony depuis l'interrogatoire ?

— Juste deux minutes au téléphone.

— Est-ce qu'il a dit où il se trouvait ce soir-là ?

— Il faisait un tour en voiture, mais il était convaincu que personne ne le croirait.

C'est une chose que je peux comprendre, songea Blaine. Moi aussi j'ai fait un tour en voiture, mais je ne pense pas que quiconque me croie.

On sonna à la porte.

— Qui cela peut-il être ? demanda Blaine distraitement.

— J'ai une idée formidable, s'écria Robin. Pourquoi ne pas aller ouvrir pour vérifier ?

— J'adore quand tu es dans ces dispositions-là, répliqua Blaine.

Mais la jeune fille avait déjà recommencé à se concentrer sur son pop-corn.

Par le judas, Blaine aperçut un ensemble de traits déformés dans lesquels elle reconnut vaguement Logan. Ouvrant la porte, elle le trouva qui tenait par la main un petit garçon aux cheveux noirs ; celui-ci, avec un grand sourire auquel il manquait une dent, tonna joyeusement :

— Salut !

— Eh bien, enchantée, fit Blaine en souriant.

Elle regarda Logan d'un air interrogateur ; elle eut soudain honte de ses yeux, encore légèrement gonflés après les larmes qu'elle avait versées en sortant du lycée, et de ses cheveux, négligemment attachés par un élastique.

— Voici mon fils Tim, annonça Logan.

— Je suis heureuse de faire ta connaissance, Tim.

L'esprit de Blaine battait la campagne. Si Logan était ici, c'était sans doute mauvais signe. Mais il n'amènerait sûrement pas son fils avec lui s'il avait quelque chose de terrible à lui dire.

— Vous voulez entrer vous réchauffer ? proposa-t-elle.

Logan hocha la tête.

— Avec plaisir, si vous n'êtes pas trop occupée.

— Pas du tout.

Ils pénétrèrent tous deux dans le vestibule, prenant soin de bien s'essuyer les pieds sur le paillasson, et Blaine dit doucement à Logan :

— Êtes-vous là pour raison officielle ?

Tim gloussa. Logan lui fit un clin d'œil, puis il sourit, de ce bon vieux sourire qu'elle se rappelait si bien.

— Non. C'est juste que j'ai appris ce qui vous était arrivé au lycée aujourd'hui.

— Je suis étonnée que l'histoire n'ait pas paru dans le journal du soir, dit Blaine amèrement.

— Non — ils avaient une nouvelle plus importante. Le gros titre était *Lumières de Noël : fonds enfin débloqués.*

Bien qu'elle ait vu le journal, Blaine ne put que s'esclaffer. Le gros titre était en réalité *La police toujours sur la trace du meurtrier.*

— De toute façon, je savais que vous aviez passé une journée horrible, et je me suis dit… eh bien, je voulais seulement…

Tim le regardait avec curiosité.

— Tu voulais seulement quoi, papa ?

— Dire bonjour, répondit vivement Logan.

Tim parut dérouté par ce maladroit échange entre grandes personnes. Blaine leur sourit à tous deux.

— Puis-je prendre vos manteaux ?

— Oh, nous ne pouvons pas rester. Je voulais juste vous dire que Mrs. Foss s'était calmée. Nous avons la situation en main.

— Quelle situation ? demanda Tim. Je ne comprends rien à tout ce que vous racontez.

— Tu n'as pas besoin de tout savoir, dit Logan.

Ashley apparut soudain dans l'entrée et Tim laissa échapper un cri de ravissement. Il s'agenouilla et Ashley courut à sa rencontre, comme s'il était son maître et qu'elle était aux anges de le voir.

— Papa, regarde ! s'écria Tim, littéralement ravi. Il m'aime bien !

— C'est une chienne, rectifia Blaine. Elle s'appelle Ashley. Et, pas de doute, ça, elle t'aime bien.

Les petits bras de Tim enserraient fermement le cou de la chienne tandis qu'Ashley lui léchait les joues.

– C'est le plus joli chien que j'aie jamais vu, et j'ai vu des quantités de chiens !

– Je sais qu'elle apprécie le compliment.

Blaine posa son regard sur Logan ; il contemplait son fils avec une telle adoration que Blaine sentit un instant sa gorge se serrer.

– Logan, vous êtes sûr que vous ne pouvez pas rester un moment, tous les deux ? Robin et moi, nous sommes seules, et Tim commence tout juste à connaître Ashley.

– Oh papa, *s'il te plaît* ! supplia Tim.

Il leva les yeux vers Blaine :

– Est-ce que tu as un magnétoscope ?

– Oui.

– On a un film dans la voiture. On allait le regarder à la maison, mais on pourrait le regarder ici à la place, pas vrai, papa ?

Robin avait fait son apparition dans l'entrée ; si, cinq minutes auparavant, son humeur était plutôt bourrue, sa voix était chaleureuse et amicale lorsqu'elle demanda en regardant Tim :

– C'est quoi, le film que vous avez ?

Tim lui répondit avec excitation :

– *Tous les chiens vont au ciel* !

– C'est vrai ? s'exclama Robin. C'est justement le film que je voulais voir !

– Moi aussi, moi aussi ! hurla Tim. Et je parie qu'il plairait aussi à Ashley. Papa, *s'il te plaît* ?

Blaine leva un sourcil vers Logan.

– Je crois que vous êtes en minorité, Shérif.

Logan eut un grand sourire.

– Vous êtes sûre que ça ne vous dérange pas ?

Si ça ne la dérangeait pas ? Elle en était venue à

considérer Logan comme son ennemi cet été, et les choses n'étaient toujours pas merveilleuses entre eux. Loin de là. Elle se méfiait de lui, mais quelque chose les attirait l'un vers l'autre, quelque chose d'autre que les derniers meurtres. Et puis, au moins, il était passé lui dire quelques mots réconfortants après son renvoi du lycée, ce qui était plus que n'en avait fait quiconque.

— Rien ne me dérange moins. Robin et moi serions ravies de vous avoir.

Logan hésita, et Blaine déclara, de sa voix de professeur la plus autoritaire :

— Vous allez à la voiture chercher le film. Je vais refaire du pop-corn. Oh, et si vous pensez que ça plairait à votre femme de se joindre à nous, il y a un téléphone dans le salon.

— Dory est encore dans sa famille, dit vivement Logan.

Le front de Tim se plissa.

— Quelle famille on a à Taco, Mexique ?

Logan rougit.

— C'est Taos, New Mexico, fiston, et elle est avec de la famille que tu ne connais pas. De la famille éloignée.

— Alors, j'espère qu'elle s'amuse bien, dit Blaine d'un ton qu'elle espérait désinvolte, même si elle voyait bien d'après son expression que Logan avait menti.

— Cela fait des semaines et des semaines que maman est partie, poursuivit Tim. (Logan semblait mourir d'envie de coller un sparadrap sur la bouche de l'enfant.) Je savais pas qu'elle était avec de la famille, en tout cas. Je croyais qu'elle écrivait un livre.

La voix de Logan était tendue :

— C'est vrai. Elle écrit. Elle n'a jamais rien publié. C'est en quelque sorte une nouvelle marotte pour elle.

— Grand-mère habite avec nous pendant que maman n'est pas là, l'interrompit Tim. Mais elle est à l'église ce soir. Elle fait partie du chœur et elle répète.

Il serra Ashley dans ses bras, et une expression malheureuse traversa son visage à la fine ossature. Il avait le teint de Logan, remarqua Blaine, mais la délicatesse de sa structure osseuse venait sans doute de sa mère, que Blaine ne connaissait pas.

— Grand-mère est très bien, mais j'espère que maman va rentrer bientôt. Ça fait vraiment longtemps qu'elle est partie. J'ai peur qu'elle ne soit pas revenue pour Noël, mais papa dit que si.

Blaine pouvait presque percevoir la tension insupportable qui vibrait chez Logan, et elle sourit à Tim.

— Je suis sûre qu'elle sera là. Arrête donc de t'inquiéter. Nous allons regarder le film et bien nous amuser. Et puis, Tim, tu as la responsabilité de t'occuper d'Ashley ce soir.

— C'est vrai ?

— Oui. C'est une grosse responsabilité, mais je crois que tu es à la hauteur.

— Pour sûr !

— Bien. Emmène-la dans le salon et installe-toi. Je te rejoins dans une minute avec le pop-corn. Qu'est-ce que tu veux boire ?

— Un coca !

— Parfait. On en a plein. Logan ?

— Une bière, c'est possible ?

Il semblait moins crispé, mais il paraissait fatigué et abattu.

— Je crois qu'une bière ne me ferait pas de mal. Ni même deux ou trois.

— Pareil pour moi.

Leurs yeux se croisèrent, et Blaine sentit un malaise l'envahir en même temps qu'une certaine griserie : ils étaient en train de vivre un de ces moments de parfaite communion qu'ils partageaient jadis au lycée. Il y avait eu tellement d'hostilité entre eux pendant des mois et voilà qu'à présent, pour la première fois depuis la mort de Martin, elle avait l'impression de ne pas être seule. Elle était avec quelqu'un qui savait ce qu'elle pensait pour ainsi dire avant elle – quelqu'un qui savait et, de manière étonnante, compatissait. Elle éprouva une subite envie de se pencher pour l'embrasser sur la joue, exactement comme au temps de ses dix-sept ans. Déconcertée par cette étrange impulsion, elle se renfrogna, déclarant d'un ton sec :

– Je ne crois pas que Tim ait la patience d'attendre beaucoup plus longtemps. Nous ferions mieux d'y aller.

De ses yeux sombres, Logan lui lança un autre regard pénétrant, puis sa propre expression se figea à son tour en une attitude polie :

– D'accord. Je reviens tout de suite avec la cassette.

Tim se tordit de rire tout le long du film, et ses aînés finirent par rigoler aussi, surtout à la vue du ravissement de l'enfant devant les frasques de Charlie, le berger allemand arnaqueur, et de son copain Scratchy. Ashley resta imperturbable aux côtés de Tim, comme si elle regardait le film elle aussi, et Tim la récompensa en lui donnant presque autant de pop-corn qu'il en avalait lui-même. Quand la cassette fut terminée, Tim réclama qu'on la passe une deuxième fois, mais Logan resta ferme.

– Il est presque neuf heures, fiston. Grand-mère va bientôt rentrer et elle risque de se demander ce qui nous est arrivé.

– On ne peut pas l'appeler ?

– Je ne crois pas, mon gars. Il est trop tard.

— Mais alors, elle ne va pas faire la connaissance d'Ashley !

— Elle va être fatiguée après avoir tant chanté à la chorale et elle ne voudra pas ressortir dans le froid. Elle pourra faire la connaissance d'Ashley une autre fois.

— Est-ce que tu nous réinviteras ? demanda Tim à Blaine d'un ton presque suppliant.

— Bien sûr, répondit Blaine, touchée. En fait, tu n'as pas besoin d'attendre une invitation. Tu viens quand tu veux.

Robin se rapprocha et ébouriffa les cheveux noirs du petit garçon.

— Et la prochaine fois, monsieur, je t'invite à un concours de mangeurs de pop-corn.

— Tu vas perdre ! s'écria Tim en gloussant. Ashley et moi, on peut manger plus de pop-corn que n'importe qui au monde !

— Je veux bien le croire, dit Logan, pince-sans-rire. Étant donné ce que tu as ingurgité ce soir, je ne devrais pas avoir à te nourrir avant lundi matin.

Après que Tim eut fait à Ashley des adieux passionnés et que Blaine eut refermé la porte derrière eux, elle se retourna vers Robin.

— Merci d'avoir été aimable. Je ne savais pas comment tu réagirais après que Logan eut emmené Tony pour l'interroger.

Robin haussa les épaules.

— J'ai été gentille avec le petit garçon. Il a apparemment besoin de toute l'attention possible.

— Tu crois ?

— Bien sûr, pas toi ?

— À vrai dire, oui. Sa mère a l'air de lui manquer énormément.

— Je ne crois pas que sa femme manque au shérif, en tout cas.

— Pourquoi dis-tu ça ?

— Je vois beaucoup de choses que tu ne te figures pas que je vois.

— Qu'est-ce que c'est censé vouloir dire ?

Robin haussa un sourcil en regardant sa belle-mère.

— C'était il y a combien de temps, au fait, que le shérif Quint et toi sortiez ensemble ?

— Qui t'a dit ça ?

— À peu près vingt-cinq personnes. Alors ? Combien de temps ?

Blaine s'aperçut avec désarroi qu'elle rougissait.

— C'était il y a *longtemps*.

— Ah oui ?

— Oui.

— Eh bien, je suppose que c'est vrai, ce qu'on dit, à propos de l'amour qui ne meurt jamais.

— Robin ! Qu'est-ce qui te prend ? fit Blaine, mal à l'aise.

Elle n'aimait pas le tour que prenait la conversation.

— Logan est un homme marié, poursuivit-elle. Et puis, ce n'est pas vrai. Ce n'est qu'un tas de bêtises romantiques. L'amour peut mourir.

— Il peut aussi rester dans un placard pendant un temps, cela ne veut pas dire qu'il n'en ressortira pas.

Tournant les talons, Robin se dirigea vers sa chambre, et Blaine resta plantée là, interloquée.

Kirk se glissa dans le lit, s'installa de son côté et tira la couverture au-dessus de sa tête pour se protéger de la lumière provenant de la lampe de chevet de sa femme. Cait reposa son livre.

— Je ne savais pas que tu connaissais Rosie Van Zandt.

— Je ne la connaissais pas, nia Kirk au bout d'un moment.

— Si, tu la connaissais.

Kirk se retourna dans le lit et regarda le visage inquiet de sa femme sous ses taches de rousseur.

— De quoi parles-tu ?

— Je mettais de l'ordre dans les dossiers à ton bureau…

— Tu mettais de l'ordre ! fit Kirk d'une voix forte. Cait, nous avons une secrétaire pour ça.

— Elle ne travaille pas bien.

— Elle travaille très bien, mais ce n'est pas étonnant qu'elle ne retrouve pas les choses la moitié du temps. Si tu viens semer la pagaïe.

— Je ne sème pas la pagaïe ! riposta Cait, au bord des larmes. J'essaie seulement de t'aider.

Kirk se redressa dans le lit.

— Cait, je n'ai pas besoin d'aide.

— Je ne crois pas que tu aies besoin de moi du tout.

Kirk roula des yeux agacés.

— Ce n'est pas vrai et tu le sais. Maintenant qu'est-ce que c'est que cette histoire au sujet de Rosie Van Zandt ?

— Quand je *mettais de l'ordre* dans tes dossiers, j'ai trouvé la commande d'une volière que tu as faite pour Rosalind.

Kirk fronça les sourcils.

— Je me souviens maintenant. Elle voulait une maison pour les oiseaux comme celles que j'avais faites pour Blaine — tu sais, les pagodes chinoises miniatures. Elle avait dit que c'était pour le cadeau d'anniversaire de sa grand-mère. Elle voulait la mettre devant la fenêtre de la chambre de la vieille dame. Je lui ai dit que je ne pouvais pas lui faire une pagode parce que j'avais promis à Blaine que son modèle était unique. Alors nous avons opté pour une version du Taj Mahal.

— Pourquoi n'en as-tu pas parlé après l'assassinat de Rosie ?

— J'ai oublié. Mon Dieu, Cait, c'était il y a des mois. D'ailleurs, quel rapport y a-t-il entre le fait que j'aie fabriqué une mangeoire pour cette fille et le reste ?

— Cela signifie que tu la connaissais.

— Je ne la *connaissais* pas. Elle est venue à l'atelier, elle a passé une commande, et une semaine après elle est venue la récupérer et elle l'a payée. Qu'est-ce qu'il y a de mal à ça ?

— Pourquoi es-tu si en colère ?

Kirk soupira.

— Je suis en colère à cause de tes interrogatoires permanents. Pourquoi ne t'ai-je pas parlé de ça, pourquoi ne t'ai-je pas dit que j'avais rencontré untel ? Je te dis quasiment tout ce qui m'arrive. Je sais que je te l'ai dit pour Rosie.

— Tu ne me l'as pas dit.

— Je te l'ai dit.

— Je ne m'en souviens pas.

— Non, tu ne te souviens pas de la plupart des choses que je te dis parce que tu es trop absorbée par Sarah et par la garderie.

— Tu ne veux pas que je sois une bonne mère ?

La voix de Kirk se tendit.

— Ce n'est pas ce que je veux dire et tu le sais. Je veux juste que tu arrêtes d'essayer d'être une superwoman. Tu n'as pas besoin de tourner sans cesse autour de Sarah comme si c'était un nouveau-né. Tu n'as pas besoin de penser à la crèche quatorze heures par jour. Et tu n'as sûrement pas besoin de venir dans mon atelier tout réorganiser.

Une larme coula le long du visage de Cait.

— Je veux juste faire partie de ta vie.

— Caity, tu es la partie la plus importante de ma vie. Mais j'ai besoin d'une épouse, quelqu'un qui m'écoute quand je parle, quelqu'un qui fasse un peu attention à moi.

— Je pense pourtant que je fais attention à toi.

— Comme ce soir quand tu décides tout à coup que je te cache quelque chose et que tu me tombes dessus ?

— Je ne te suis pas tombée dessus.

— Bien sûr que si, et tu fais ça tout le temps. Je commence à en avoir assez, Cait. Vraiment assez.

— Je suis désolée, dit Cait d'un ton humble.

Kirk essuya la larme qui coulait sur la joue de sa femme et l'embrassa.

— Caity, les choses n'ont pas arrêté de se dégrader entre nous ces deux dernières années, depuis que tu as ouvert la garderie. Mais nous pouvons recommencer à zéro.

— Tu veux que je ferme la crèche ?

— Non, bien sûr que non. Je veux juste que tu n'y penses plus quand la journée est finie. Je veux que les soirées et les week-ends soient à nous, comme avant.

Cait attrapa un mouchoir en papier dans la boîte posée sur la table de chevet et s'essuya le nez.

— C'est seulement qu'il y a tant à faire.

— C'est *toi* qui le veux bien. Je ne sais pas… quelquefois j'ai l'impression que tu essaies de prouver que tu n'es pas paresseuse comme…

— Comme mon père.

— Euh, oui. C'est ce que tu pensais de lui.

— Il *était* paresseux.

— Je ne vais pas discuter de si ton père était ou non un homme qui avait de graves problèmes ou s'il était simplement paresseux. Je parle de nous. Les choses prennent un tour catastrophique entre nous.

— Je ne trouve pas qu'elles prennent un tour catastrophique, dit Cait lentement, mais je suppose que nous nous sommes éloignés l'un de l'autre.

— C'est le moins qu'on puisse dire.

Elle lui adressa un faible sourire.

— D'accord. Je ne veux pas consacrer moins de temps à notre fille, mais à partir de maintenant je ne laisserai plus la garderie occuper une telle place dans ma vie.

— Et tu vas *cesser* de mettre ton nez dans mes affaires au bureau.

— Je vais cesser d'essayer de t'aider au bureau, si c'est ce que tu veux dire.

— Appelle-ça comme tu veux.

Kirk l'embrassa à nouveau, cette fois avec plus d'ardeur.

— Tout va s'arranger, Caity, dit-il avec douceur. Tout va aller bien maintenant.

Mais quand ils eurent éteint la lumière et que Cait resta étendue les yeux ouverts dans l'obscurité tandis que Kirk, endormi, respirait profondément à ses côtés, elle ne put se sortir de la tête la date de la commande de Rosie Van Zandt. Le 24 août — juste deux semaines avant que Kirk ne commence à travailler si souvent tard le soir.

13

John regarda Logan d'un air belliqueux.

— D'accord, le temps du mystère est révolu. Dites-moi exactement pourquoi vous m'avez traîné ici à... (il regarda sa montre) à neuf heures vingt, un samedi matin ?

Logan s'assit derrière son bureau, ramassa calmement un stylo, sans jamais quitter John du regard.

— Vous avez déclaré que le soir du 15 novembre, le soir de la mort de Rosalind Van Zandt, vous étiez avec votre amie Samantha Burton à Columbus, Ohio.

— C'est exact. Vous l'avez appelée et elle l'a confirmé.

— Nous avons appelé le numéro que vous nous aviez donné et une jeune femme *prétendant* être Samantha Burton l'a confirmé.

John se renfrogna.

— Que voulez-vous dire, *prétendant* être Sam ? Je ne saisis pas.

— Nous ne sommes pas tout à fait les amateurs pour qui vous nous prenez, Sanders. Nous n'avons pas accepté votre alibi sur la foi d'un simple coup de téléphone. Nous avons vérifié auprès de la police de Columbus.

— Tiens donc ?

— Oui. Et nous avons découvert quelques détails intéressants. Premièrement, il n'existe pas de Samantha Burton à Columbus.

John se raidit.

— Mais c'est dingue !

— Elle ne figure pas dans l'annuaire.

— Elle est sur liste rouge.

Logan lui lança un regard désapprobateur.

— Vous ne croyez pas que, dans une enquête de meurtre, j'ai accès aux numéros de la liste rouge ? De plus, le numéro que vous nous avez donné est bel et bien dans l'annuaire, mais au nom d'une nommée Gail Clayton.

— Gail est la fille avec qui Samantha partage son appartement.

— Vous venez de dire que Samantha était sur liste rouge.

— Elle l'est. Il y a deux téléphones dans l'appartement.

— Alors vous nous avez donné le numéro de Gail et non celui de Samantha ?

La sueur luisait sur le front de John. Abel Stroud entra nonchalamment dans la pièce et s'adossa au mur, fixant John avec une désinvolture lourde de critique.

— J'ai dû confondre les numéros.

— Je ne crois pas.

Logan se pencha en avant et dévisagea John sans ciller.

— Et voici un autre rebondissement intéressant, reprit-il. Il n'y a personne du nom de Samantha Burton qui travaille au Riverside Hospital. Vous aviez bien dit qu'elle était infirmière là-bas, n'est-ce pas ?

La respiration de John s'accéléra.

— Elle n'y est pas depuis très longtemps. Avant, elle était à l'Hôpital des Enfants.

— Pas d'après leurs registres.

— Euh, pour vous dire la vérité, elle ne travaille pas cette année.

John essaya de sourire comme s'il lui faisait une confidence amusante :

— Voyez-vous, elle était gênée d'avoir perdu son travail. C'était un licenciement économique, bien sûr, cela n'avait rien à voir avec ses qualités d'infirmière. Depuis, je l'aide financièrement…

— Ça suffit !

Logan considérait John d'un œil froid, et celui-ci avait pris une couleur de craie.

— Vous ne comprenez pas qu'il s'agit d'une enquête de *meurtre* ? Vous ne comprenez pas que Rosalind Van Zandt était enceinte, et que vous ainsi qu'une autre personne êtes les seuls hommes avec qui on l'ait vue pendant les dernières semaines de sa vie ? Vous ne comprenez pas que nous *savons* que vous avez menti au sujet de l'endroit où vous vous trouviez le soir où elle a été tuée ?

La main droite de John s'était mise à trembler.

— Êtes-vous en train de dire que je suis un suspect ?

— C'est exactement ce que je suis en train de dire.

— Mais Tony Jarvis…

— Nous ne parlons pas de Jarvis ! cria Logan.

John sursauta et même les petits yeux de Stroud s'agrandirent.

— Nom d'un chien, où est-ce que vous étiez ?

John prit une longue aspiration frémissante avant de s'effondrer dans sa chaise.

— Je n'ai pas menti, commença-t-il d'une voix éteinte. J'étais effectivement à Columbus le 15 novembre.

— Mais pas avec une femme du nom de Samantha Burton.

— Non. J'ai raconté à une amie dans quel pétrin j'étais, et elle a accepté de me couvrir.

— Une amie ? C'est comme ça que vous appelez votre sœur Gail ?

— Oh, Seigneur, murmura John.

— Ce n'était pas très malin de sa part, commenta Stroud. Ni de la vôtre.

— Je suppose que non. J'espère seulement que Gail ne va pas avoir trop d'ennuis à cause de ce qu'elle a fait. Les choses ne marchent pas trop bien pour elle. Elle n'a pas besoin d'avoir des soucis avec moi en plus de tout le reste. Ses intentions étaient bonnes.

Il eut un faible sourire, reprenant aussitôt :

— Mais comme on dit, « La route de l'enfer est pavée de bonnes intentions ».

Logan le regarda d'un air vide.

— Les vieux proverbes ne m'intéressent pas, alors pourquoi n'arrêtez-vous pas d'essayer de gagner du temps en nous disant où vous étiez ?

— D'accord.

La voix de John paraissait désespérément résignée.

— Je rendais visite à un homme du nom de Samuel — Sam — Burleigh.

— Sam Burleigh, répéta lentement Logan. Pourquoi vous êtes-vous cru tenu de garder ce fait secret ?

John baissa les yeux quelques secondes, puis les leva de nouveau ; ils étaient pleins de défi.

— Parce que Sam Burleigh est mon amant.

— Sanders, c'est sûr, n'était pas impatient de faire ce test ADN pour prouver s'il était ou non le père du bébé Van Zandt, annonça Stroud une heure plus tard tout en dévorant son troisième feuilleté de la matinée.

— Je ne pensais pas qu'il allait accepter. C'est le fait que tu lui aies dit que Tony Jarvis était tout à fait disposé à faire le test qui l'a décidé.

— À part que Jarvis a piqué une crise encore pire que Sanders au début.

— Du moment que Sanders ne le sait pas… On a obtenu ce qu'on voulait, et pour l'instant c'est tout ce qui m'intéresse.

Stroud entreprit de s'essuyer les mains sur une vieille serviette qui se trouvait dans le tiroir de son bureau.

— Évidemment, s'il dit la vérité au sujet de ses *préférences sexuelles*, ironisa-t-il en singeant la voix de John, on n'a guère d'espoir de découvrir qu'il est le père, et je suis quasiment sûr qu'il dit la vérité. Ce type est tout simplement trop beau gosse.

— Tu ne serais pas un peu jaloux de son physique, par hasard ? demanda Logan avec un large sourire.

Stroud prit l'air offensé.

— Merde, non ! Seulement, s'il est ce qu'il prétend, ça complique encore plus les choses.

— Et pourquoi ça ?

— Pour deux raisons. La première, ce Sam Burleigh est anesthésiste. Cela veut dire qu'il a accès à des drogues dont nous autres, nous n'avons jamais entendu parler. Et si Sanders est son… (Stroud roula des yeux) *amant*, alors par le biais de Burleigh il aurait pu se procurer la drogue qui a tué ces filles.

— Très juste.

— Mais ça peut aussi signifier quelque chose d'autre.

— Tu veux dire que son homosexualité pourrait avoir des implications différentes ?

— Ouais. C'est exactement ce que je suis en train de dire.

Stroud se mit à examiner les gâteaux qui restaient dans la boîte comme s'il choisissait un diamant. Logan s'énerva :

— Bon sang, Abel ! tonna-t-il enfin, j'aimerais bien que tu arrêtes de faire toutes ces insinuations théâtrales pour les laisser ensuite planer dans les airs ! Dis donc ce que tu sous-entends.

Stroud leva les yeux.

— Ça ne va pas te plaire.

— Dis-le-moi quand même.

— D'accord.

Stroud attrapa une autre pâtisserie et poursuivit :

— Personne par ici ne savait qu'il était homo, pas vrai ?

— Je ne peux pas parler pour tout le monde, mais je dirais qu'il n'est pas de notoriété publique que John Sanders est homosexuel. À l'en croire, c'est pour cela qu'il a menti au sujet de son alibi : il redoutait de perdre son emploi si la vérité éclatait dans cette petite ville.

— Il a raison. La plupart des gens par ici ne toléreront pas ce genre de fantaisies. Je n'apprécie pas beaucoup qu'il soit le prof de ma petite Arletta.

— Je crois que la petite Arletta n'a absolument rien à craindre, dit Logan sèchement. Le simple fait qu'il soit homosexuel ne veut pas dire qu'il est un genre de pervers à tendances violentes.

— Tu as tes opinions, j'ai les miennes. Mais revenons à nos moutons. Qui sont à peu près les seules femmes avec qui on voit jamais Sanders ? Blaine Avery et Rosie Van Zandt.

Logan se pétrifia et lui lança un long regard pénétrant, sachant pertinemment où Stroud allait en venir avec cette ligne de raisonnement.

— Et alors ?

— Alors, le mari de Mrs. Avery est décédé depuis six mois, tu sais. Et comme je l'ai dit, Sanders est un type vraiment beau gosse. Il est également célibataire et il a à peu près le même âge qu'elle. Tout le monde dit qu'ils sont bons amis, mais s'il y avait plus que ça entre eux ? Et si Blaine en pinçait pour Sanders ? Et si elle pensait qu'il ne réagissait pas à ses avances à cause d'une autre nana, comme Rosie ? Et alors, Rosie et Robin Avery étant tellement bonnes amies et tout, et si Rosie avait confié à Robin qu'elle était enceinte et que Blaine l'avait découvert ? Elle aurait pu s'imaginer que c'était le gosse de Sanders. Ça me paraît un mobile tout à fait acceptable pour un de ces crimes passionnels.

Dans un brusque accès de fureur, Logan eut envie de hurler qu'il ne voulait plus entendre aucune de ces théories foireuses sur le compte de Blaine Avery. Mais il n'avait aucun mal à imaginer ce que Stroud conclurait d'une défense aussi enflammée de la femme qu'il avait jadis aimée. En fait, il savait ce que *tout le monde en conclurait*, et il ne pouvait pas laisser les gens penser qu'il perdait son objectivité dans cette affaire. Au lieu de ça, il prit une profonde aspiration et déclara d'un ton égal :

— Eh bien, je suppose que rien n'est impossible. Mais à ce stade je ne me préoccupe que d'une chose : confirmer l'alibi de John Sanders.

— On est en train de localiser ce Sam Burleigh. Ils ont dit à l'hôpital qu'il était effectivement un de leurs anesthésistes.

— Mais cela ne prouve rien. Tu ne vois donc pas, Abel, que Sanders ment peut-être sur son homosexualité ? Sam Burleigh est peut-être simplement quelqu'un que Sanders *connaît*.

Abel fronça les sourcils.

— Mais Sanders se doute bien que nous nous en rendrions compte très vite s'il ment.

— Mais peut-être pas assez vite.

Au sortir de la quincaillerie Dillard, Logan se rendit au cabinet de Richard Bennett. Le cabinet de Bennett se trouvait dans un immeuble de brique neuf avec plein de fenêtres, un vaste parking, et une entrée spéciale pour les handicapés. C'était le plus grand et le plus beau cabinet médical de la ville.

Un jeune homme affligé d'un plâtre qui lui allait du poignet jusqu'au coude leva les yeux de son magazine lorsque Logan entra dans la salle d'attente ensoleillée ; du point de vue de Logan, la pièce ressemblait à une jungle, avec ses innombrables plantes vertes et ses compositions florales presque sur toutes les tables. Une réceptionniste entre deux âges, avec des traits pincés de chihuahua et une poitrine plate arborant un badge au nom de « Miss Roush », lui avait annoncé avec beaucoup de suffisance que le Dr Bennett était avec un patient et ne pourrait pas le voir avant au moins une heure. Ou bien demain. Oui, demain conviendrait décidément mieux au docteur. Voulait-il prendre rendez-vous ?

— Je suis là pour raison officielle, précisa Logan, en se disant qu'il ne pourrait plus jamais utiliser cette expression sans entendre Tim glousser. Il faut que je voie le Dr Bennett aussitôt que possible.

— Oh, très bien.

Miss Roush fronça les sourcils d'un air féroce. L'image du chien ne voulait pas se dissiper, et Logan eut soudain une vision absurde où il se la représenta en train de s'amuser à déchirer des journaux avec ses dents.

— Comme vous le voyez, Shérif, le Dr Bennett a quelqu'un qui attend.

L'adolescent un peu boutonneux qui tenait le magazine dit avec un large sourire :

— Ça ne me fait rien d'attendre que le shérif ait vu le docteur.

On eût dit qu'il cultivait délibérément son air innocent. Logan avait déjà remarqué ce type de réaction — cette volonté apeurée de paraître irréprochable dès qu'apparaissait un badge de shérif.

— Terry, ce cabinet ferme à midi, dit Miss Roush d'un ton sévère. Si le shérif met trop de temps, tu risques de manquer ton rendez-vous.

— Oui, mais je ne veux pas empêcher la police de faire son travail. Je pourrai toujours sécher une matinée la semaine prochaine et revenir.

— Ah ça, ça ne te déplairait pas !

— Non, madame, c'est vrai, répondit Terry, tout souriant.

— Puisque ce jeune homme veut bien patienter, je prendrai donc le tour suivant, dit Logan.

Le froncement de sourcils de Miss Roush s'accentua.

— Ça n'est pas gênant, n'est-ce pas ?

— Je vais devoir demander au docteur, répondit-elle, la voix tremblante de désapprobation. Asseyez-vous, Shérif.

Elle attendit que Logan soit bien assis, puis elle retourna dans l'entrée ; ses semelles en caoutchouc grinçaient sur le carrelage bien astiqué.

— Pas commode, hein ? fit Terry.

Logan hocha la tête :

— Je parie que personne ne franchit son barrage.

— Plus efficace qu'un gardien armé. Elle a le béguin pour le Dr Bennett. Elle s'imagine qu'il est sa propriété ou quelque chose dans le genre.

Il secoua la tête avec perplexité :

– Seigneur, est-ce que vous imaginez rentrer chez vous pour retrouver cette femme tous les soirs ?

Ils étaient tous deux en train de pouffer quand Miss Roush revint d'un pas énergique.

– Le docteur a dit qu'il sera heureux de discuter avec vous dès qu'il en aura terminé avec son patient, annonça-t-elle, répétant de toute évidence comme une perruche les propos de Rick, puis elle ajouta, juste assez fort pour être entendue : évidemment, ça va bouleverser son planning pour *tout* l'après-midi.

Terry pouffa de nouveau, manifestement ravi de toute cette agitation. Ramassant un numéro de *National Geographic*, Logan entreprit de lire un article sur une forêt tropicale, mais par la suite il n'arriva pas à se rappeler dans quel pays elle se trouvait.

Au bout de cinq minutes Rick Bennett, vêtu d'une blouse blanche, apparut à la porte de la salle d'attente.

– Bonjour, shérif Quint. Entrez dans mon cabinet.

Comme Logan se levait, Rick jeta un coup d'œil au jeune homme.

– Tu as assez de lecture pour tenir un moment, Terry ?

– Bien sûr. Je suis content que vous vous soyez mis à acheter *People* plutôt que tous ces trucs éducatifs.

Rick éclata de rire ; il s'écarta pour laisser passer Logan. Ils se rendirent dans son cabinet, une grande pièce ensoleillée munie d'un beau bureau en acajou, d'un canapé en cuir bordeaux et de fauteuils, mais dépourvue de toute plante verte. Logan, du coup, en déduisit que les plantes de la salle d'attente étaient dues à Miss Roush.

– Alors, que puis-je faire pour vous ? demanda Rick, en indiquant le canapé tout en prenant place derrière son bureau.

— J'ai besoin de renseignements au sujet d'une drogue.

— Ah oui ?

— Ce matin un gosse a trouvé un flacon médical à quelques dizaines de mètres du gymnase scolaire, sous un buisson. Ça m'embête que nous l'ayons loupé quand nous avons fouillé le secteur après la mort de Kathleen Foss, mais c'est comme ça. Bien sûr, je ne sais pas ce qu'on peut faire en ce qui concerne les empreintes : la fiole se trouve sans doute là depuis un moment et le gosse l'a touchée, mais on peut essayer. Quoi qu'il en soit, le flacon contenait une drogue appelée Dilaudid. Vous connaissez ?

Rick sourit.

— Bien sûr. C'est un analgésique narcotique qu'on utilise pour soulager les douleurs modérées à graves associées aux opérations chirurgicales, aux brûlures, aux traumatismes, aux cancers — ce genre de chose.

— Et sous quelle forme se présente-t-il ?

— En comprimés et en ampoules à dose unique ou multiple pour les piqûres, pour les présentations les plus courantes. Le flacon que vous avez trouvé était gros comment ?

Logan le lui indiqua avec ses doigts.

— Alors il s'agissait d'une ampoule à dose multiple.

— Quels seraient les symptômes d'une overdose de Dilaudid ?

— Baisse respiratoire. Extrême somnolence pouvant déboucher sur la stupeur…

— De sorte que si quelqu'un avait reçu une overdose massive, l'interrompit Logan, cette personne n'aurait alors pas la force de résister à une agression. Disons, à quelqu'un qui lui trancherait les veines.

Rick le dévisageait.

— Non. Bien sûr que non.

— Et combien de temps faut-il pour que la drogue agisse ?

— Les comprimés ou l'injection ?

— L'injection.

— Pour un dosage normal, environ un quart d'heure. Une overdose, de cinq à dix minutes, en fonction de la quantité injectée.

— Je vois, fit Logan, en prenant des notes dans son carnet.

Rick se mit à tambouriner sur son bureau.

— De toute évidence, vous pensez que la petite Foss a été droguée au Dilaudid.

— Exact. Est-ce qu'on peut acheter du Dilaudid dans la rue ?

— Oui, répondit lentement Rick. On n'en entend pas autant parler que du crack ou de la coke, mais il en circule.

— Dans une ville comme Sinclair ?

— Euh, ça, je ne peux pas être catégorique mais… eh bien, oui, c'est possible.

— Mais douteux.

— Oui, douteux.

Rick s'empara d'un stylo et se mit à le tripoter nerveusement.

— Shérif, pourquoi me posez-vous toutes ces questions ? Je suis sûr que le laboratoire du médecin légiste peut tout vous dire sur le Dilaudid.

— Oui, mais vous, vous pouvez me parler de Mrs. Peyton. Rien de ce qu'elle prend actuellement ne correspond à ce qu'on a trouvé dans le sang de Rosalind Van Zandt, mais je me demandais si elle avait pris un jour du Dilaudid pour son col du fémur.

— Non. Elle y est allergique.

— Avez-vous déjà prescrit du Dilaudid ?

— Oui.

— Fréquemment ?

— Cela dépend de ce que vous voulez dire par fréquemment.

— Combien de fois pendant l'année écoulée ?

Rick fronça les sourcils.

— Il faudrait que je regarde mes fichiers, mais je dirais environ six, sept fois. Peut-être plus.

— Pouvez-vous me donner certains des noms de ceux à qui vous avez prescrit cette drogue ?

Rick lâcha son stylo et leva les mains.

— Je ne sais pas, Shérif. Je pourrais demander à Miss Roush de vérifier...

— Comme ça, de mémoire.

Rick soupira, exaspéré.

— D'accord. Laissez-moi réfléchir. Bien sûr, vous comprenez qu'étant donné que je suis orthopédiste, j'ai prescrit cette drogue pour des gens qui avaient des lésions osseuses. C'est ma spécialité : je suis spécialiste des os.

— Oui, Dr Bennett, je m'en rends compte, dit Logan calmement, ignorant le ton condescendant de Rick, qui sous-entendait qu'un simple shérif de comté ne pouvait pas comprendre les subtilités des spécialités médicales.

— Parfait. Eh bien, il y avait Aaron Howard — un accident de tracteur qui lui avait broyé la jambe. Dan Frank — vertèbres brisées à la suite d'une chute. Il a eu de la chance de ne pas se rompre le cou. Muriel Boyd — fracture du col du fémur comme Mrs. Peyton. Martin Avery.

Logan leva les yeux de son carnet.

— Martin Avery ?

— Oui. Son épaule droite avait reçu une mauvaise fracture dans cet accident de voiture. Elle a mis des mois à guérir, et il souffrait beaucoup.

— Alors il a pris du Dilaudid après son retour de l'hôpital ?

— Oui. Pendant deux mois.

Rick se raidit.

— Vous ne pensez pas ce que je *pense* que vous pensez, n'est-ce pas ?

— C'est-à-dire ?

— Que Blaine avait accès au Dilaudid.

— Elle y avait accès, pas vrai ?

— Il y en avait dans la maison, oui.

— Est-ce que vous avez jamais remarqué qu'il en manquait ?

— *Non !* En tout cas, Bernice n'en a jamais parlé, et c'était elle qui se chargeait de ses piqûres.

— Et elle en aurait parlé ?

— Certainement !

Rick se pencha en avant.

— Sous-entendez-vous que Blaine Avery aurait drogué ces jeunes filles ?

— C'est une possibilité.

Rick lui lança un regard furieux.

— Bon sang, comment pouvez-vous être assis là si tranquillement et dire ça ? Vous *connaissez* cette femme. Elle est incapable d'assassiner qui que ce soit, et surtout pas une adolescente portant un fœtus de dix semaines. C'est tout simplement abominable…

— Un fœtus de dix semaines ? releva aussitôt Logan. Comment saviez-vous que le fœtus que portait Rosalind avait dix semaines ?

Rick cligna des yeux sous l'effet de la surprise.

— Euh… Blaine me l'a dit.

— J'avais dit à Blaine que le fœtus avait deux mois. C'est ce que j'ai dit à Joan Peyton. Je n'ai dit à *personne* l'âge exact de ce fœtus. D'où sortez-vous ces dix semaines ?

— Je… je ne sais pas. On a dû me le dire.

— Rosalind ?

— Je ne suis pas obstétricien, et elle ne m'a pas consulté au sujet de sa grossesse, dit Rick, tendu.

Logan plissa les yeux.

— Je suis sûr qu'elle ne vous a pas consulté à titre *professionnel*.

— Et que voulez-vous dire par là ?

— Vous savez ce que je veux dire.

— Est-ce que vous prétendez que j'étais le père du bébé de Rosie Van Zandt ?

— Vous l'étiez ?

La rage avait empourpré le visage de Rick, qui s'écria :

— Pas du tout !

— Alors je suppose que cela ne vous ferait rien de vous soumettre à un test de paternité.

— Bien sûr que cela me ferait quelque chose ! Pourquoi m'y soumettrais-je ? Je connaissais à peine cette fille.

— Oh si, vous la connaissiez. Écoutez, Bennett, est-ce que vous me prenez pour un idiot ? Quelque chose me titillait depuis que j'ai appris que Rosalind retrouvait quelqu'un à la maison des Avery. Elle ne pouvait pas savoir quand Robin, Blaine ou le beau-frère de Blaine allait passer. *À moins que*, bien sûr, les mouvements de ces trois personnes n'aient été surveillés de très près. Rosalind n'étant plus très proche de Robin — un fait déjà suspect en soi —, l'information ne pouvait donc venir de Robin. Alors de qui venait-elle ?

— Je n'en ai aucune idée.

— Et si c'était quelqu'un qui parlait à Blaine ou à sa famille au moins une fois par jour ? Pourquoi pas le bon docteur, qui avait joué le loyal partisan de Blaine pendant l'enquête sur le meurtre de Martin Avery et qui s'était montré si attentionné pendant sa pneumonie, étant ainsi au courant du moindre de ses mouvements ?

Rick se leva, poings serrés.

— C'est des conneries, tout ça !

— Vraiment ? Alors, que dites-vous de ça ? Robin pensait que Rosie détenait peut-être une clé de la maison ; celle-ci aurait pu être faite l'après-midi où Blaine avait été emmenée à l'hôpital et où Robin avait donné la clé à Rosalind pour qu'elle puisse passer à la maison chercher certaines affaires de Blaine. Il n'y a qu'un endroit dans le voisinage qui fabrique des clés : la quincaillerie Dillard. Malheureusement, personne chez Dillard ne s'est rappelé avoir vu Rosalind venir se faire faire une clé. Mais aujourd'hui j'ai découvert quelque chose. Vous connaissez le vieux Dillard qui tient la quincaillerie ? Il note méticuleusement toutes les clés qu'il fait. Une drôle d'habitude, qu'il a prise il y a longtemps quand quelqu'un faisait faire des doubles de clés dans sa quincaillerie pour pouvoir cambrioler des maisons. Je lui ai demandé de procéder pour moi à quelques vérifications et de retrouver qui s'était fait faire des clés à l'époque de la maladie de Blaine Avery. Et devinez sur quel nom je suis tombé ?

— Le mien, je suppose.

— Exactement.

— Bon, j'ai fait faire une clé à peu près à cette époque, et après ? Ça ne prouve rien.

— Vous n'avez pas fait faire une clé, vous en avez fait faire deux. Et l'une d'elles n'a pas satisfait Dillard, alors il en a fait une troisième. Il a balancé la deuxième dans un tiroir. Il est fier de son art et conserve les rares loupées qui lui arrivent.

Logan sortit une clé de sa poche, et observa le visage de Rick qui virait du rouge au blanc.

— J'ai cette clé de rab avec moi. Je l'ai essayée il n'y a pas longtemps et même si elle ne marche pas parfaitement, elle ouvre quand même la porte chez les Avery.

Rick le fixa avec défi pendant quelques secondes, puis ses épaules s'affaissèrent.

— J'appelle mon avocat.

— Bien. Mais je suggère que vous lui demandiez de vous retrouver au poste de police, parce que c'est là que nous allons.

14

— Vous reconnaissez que vous aviez une liaison avec Rosalind Van Zandt ?

— Oui.

Rick était assis derrière une table dans la salle des interrogatoires ; son visage était pâle et des perles de sueur brillaient sur sa lèvre supérieure.

— Mais vous avez perdu presque tout ce que vous aviez dans votre divorce, n'est-ce pas, docteur ? poursuivit Logan. Vous aviez besoin d'argent de façon pressante. Rosalind n'avait pas d'argent, mais Blaine en a. Alors quand Rosalind s'est trouvée enceinte, et qu'elle a refusé d'avorter en menaçant de le dire à toute la ville, vous l'avez tuée.

La voix de Logan résonnait durement dans la pièce.

— Vous avez assassiné cette jeune fille et son bébé à naître pour pouvoir mettre la main sur la fortune de Blaine Avery.

L'avocat de Rick, un homme élégant au visage sévère, objecta d'un ton froid :

— Ceci n'est qu'une supposition.

— Ah oui ? Eh bien, je crois que votre client a tué Rosalind Van Zandt.

— Non ! cria Rick. Je n'ai pas tué Rosie. Je ne l'ai pas tuée !

— Avez-vous offert à Rosalind un bracelet gravé ? demanda Logan.

— Oui.

— Eh bien, voilà qui résout un de nos mystères. Maintenant, essayons d'en résoudre d'autres. Quand a commencé votre liaison avec la petite Van Zandt ?

— Je vous conseillerais de ne plus répondre, intervint l'avocat de Rick.

Rick ne parut pas l'entendre. Il se leva et se dirigea vers la fenêtre, puis il respira profondément.

— Mrs. Peyton mère s'est cassé le col du fémur en avril. Quand elle a quitté l'hôpital, j'ai commencé à passer chez elle plusieurs fois par semaine pour voir comment elle allait. C'est là que j'ai rencontré Rosie. C'était la plus jolie fille que j'aie jamais vue. Et elle était très… attirée par moi. Elle n'en faisait pas mystère.

Il se tourna et sourit tristement à Logan, qui le regardait d'un œil glacial.

— Toujours est-il qu'en juillet je l'ai persuadée de passer à mon cabinet. Je lui ai dit que je l'aimais et… enfin, vous pouvez imaginer.

— Vous lui avez dit que vous l'aimiez. L'aimiez-vous ?

— Eh bien, non. Je la connaissais à peine. Je croyais qu'elle comprenait que ce n'étaient que des mots.

— Bien sûr. Les filles de dix-sept ans sont très sophistiquées.

— Elle était sophistiquée, répondit Rick, furieux. Et elle n'était pas vierge, vous pouvez me croire.

— Vous a-t-elle jamais dit qui étaient ses autres amants ?

— Non. Mais je peux deviner. Tony Jarvis d'abord. Peut-être John Sanders.

— Voyait-elle toujours Jarvis quand votre liaison a commencé ?

— Non. Du moins, je ne le crois pas.

— D'accord, continuez votre histoire.

Rick se rassit. Il avait l'air complètement abattu.

— Il était trop risqué de nous rencontrer à mon cabinet, alors, quand Blaine est tombée malade et que sa maison s'est trouvée vide, j'ai compris que c'était idéal. J'ai pris la clé de Blaine quand elle était à l'hôpital, j'en ai fait faire deux doubles, et j'ai commencé à retrouver Rosie là-bas deux fois par semaine. Deux semaines avant sa mort, elle m'a annoncé qu'elle était enceinte. Je l'avais mise à la pilule, mais je suppose qu'elle avait oublié de les prendre régulièrement. Elle était terrifiée. C'est pour cela qu'elle avait tellement attendu pour me l'avouer.

Logan avait les traits tirés par le mépris.

— Je suis sûr qu'elle n'était pas la seule à être terrifiée.

— Non, c'est vrai. Je ne pouvais pas la laisser avoir mon bébé, si tant est qu'il était bien mon bébé, et je n'en suis toujours pas sûr. Je lui ai expliqué qu'elle était trop jeune, que si cela se savait que nous avions une liaison, je serais ruiné. Elle était au courant de mes difficultés financières.

— Au fait, pourquoi un médecin coté aurait-il des difficultés financières ?

— Mon divorce.

— Allons, Bennett. Il n'y a pas d'enfants... vous n'avez même pas de pension à verser pour leur entretien. Qu'est-ce que votre femme peut donc savoir sur vous pour vous avoir forcé à lui accorder des conditions aussi ridiculement généreuses ? Elle a tout eu à part le cabinet, n'est-ce pas ? La maison, la

Mercedes, le bateau, ainsi qu'une très grosse somme d'argent.

— Comment diable savez-vous ça ?

— Je sais beaucoup de choses.

Rick soupira.

— J'aimais Ellen. Je voulais qu'elle soit à son aise.

— Vous mentez, affirma Logan. Mais ça ne fait rien pour l'instant. Je découvrirai la vérité plus tard.

Les lèvres de Rick se serrèrent.

— Quoi qu'il en soit, continua-t-il, ces derniers mois, j'ai eu l'impression de tout recommencer à zéro.

— Et c'est pour cela que vous vouliez épouser Blaine, dit Logan. Vous en aviez assez de vivre dans cet appartement délabré et de conduire ce break vieux de six ans, sans jamais d'argent pour des vacances ou pour les extravagances que vous aimez tant.

L'avocat se pencha en avant :

— C'est *encore* une hypothèse…

— Je tiens beaucoup à Blaine, dit Rick.

— Oh oui, vous *aimiez* votre femme, vous *tenez* à Blaine, mais vous aviez une liaison avec une jeune fille.

— Vous ne pouvez pas comprendre.

La bouche de Logan dessina un pli moqueur.

— Non. Poursuivez votre histoire.

L'avocat fronça les sourcils d'un air désapprobateur.

— Dr Bennett, n'ajoutez plus rien.

— Il l'apprendra, de toute façon, protesta Rick. D'ailleurs, je ne peux plus vivre avec ça sur la conscience.

L'avocat poussa un soupir de frustration.

— Je ne sais pas pourquoi vous avez pris la peine de m'appeler.

— J'ai persuadé Rosie de se faire avorter, continua Rick. Je m'apprêtais à l'emmener voir quelqu'un que je connais en dehors de l'État. Nous avions projeté ça pour un week-end où il y avait un concert de rock à Charleston. Il n'était pas inhabituel pour elle de séjourner là-bas chez une cousine et d'aller à des concerts, alors je me suis dit que Joan n'aurait pas de soupçons. Nous étions censés nous retrouver chez Blaine à sept heures du soir.

— Le vendredi 15 novembre.

— Oui. Mais à six heures et demie, Rosie a appelé alors même que j'allais quitter le cabinet. Elle a dit qu'elle avait changé d'avis. Elle pleurait. Je lui ai demandé si elle était chez les Avery, et elle a répondu que non. Je lui ai dit d'aller là-bas et que nous en discuterions, mais elle a refusé.

— Est-ce que vous vous êtes quand même rendu à la maison ?

— Non. À quoi cela aurait-il servi ? J'avais tellement peur des conséquences de tout ça que je suis allé dans un bar. Au « Harry's ».

— Vers quelle heure ?

— Vers sept heures.

— Vers sept heures ? Vous pouvez être plus précis ?

— Non.

— Alors comment puis-je être sûr que vous dites la vérité ?

— Parce que Harry a fait tout un foin parce que j'étais là pour la Happy Hour. Je ne m'y arrêtais d'habitude que vers neuf ou dix heures pour boire un seul verre. Je ne veux pas que les gens me prennent pour un alcoolique.

— À quelle heure êtes-vous parti ?

— Je ne sais pas. Presque minuit. C'est l'heure à laquelle Harry ferme. Il m'a dit que je devais partir. Il a proposé de m'appeler un taxi.

— Comment puis-je être sûr que vous y avez passé toute le soirée ?

— Parce que j'ai joué au billard avec quelqu'un. Puis Harry a allumé la télé pour un match de catch. Je déteste le catch, mais j'étais tellement bourré que j'ai parié avec lui. C'est moi qui ai gagné. Il a dû me régler vingt dollars. Il s'en souviendra. Et puis, le bar était bondé. Demandez à trente personne si j'y étais, et ils vous diront que oui.

Logan se frotta les tempes.

— Alors Rosalind vous a téléphoné et vous a dit qu'elle n'était pas dans la maison des Avery. Pourtant elle y était. Pourquoi aurait-elle menti ?

— Je ne sais pas. Peut-être qu'elle avait peur que je l'y rejoigne et que j'essaie de la faire changer d'avis.

Ou peut-être qu'elle téléphonait sous la contrainte, songea Logan, en se souvenant que Blaine était passée chez elle ce soir-là.

Logan frappa à la grande porte blanche de la maison Peyton. La porte s'ouvrit si vite qu'il fut convaincu qu'on avait observé son arrivée par une des petites fenêtres de côté.

Joan Peyton se tenait dans l'encadrement, et son sourire ne parvenait pas à cacher l'appréhension qui filtrait dans ses yeux.

— Bonjour, Logan. J'espère que vous ne m'apportez pas d'autres mauvaises nouvelles.

Logan se sentit soudain coupable ; cela lui arrivait souvent auprès des familles de victimes d'agression et de meurtre, comme si au fond de lui, de façon irrationnelle, il se disait que s'il était meilleur policier, il pourrait empêcher toutes les tragédies de ce type. Il réprima cette sensation et rendit son sourire à Joan.

— Non, Miss Peyton, pas d'autres mauvaises nouvelles. J'ai seulement besoin de parler à Mrs. Litchfield.

— À Bernice ? Et pourquoi diable ?

— Je ne peux vraiment pas vous le dire, Miss Peyton.

— Non, évidemment non. Cela ne me regarde pas. Excusez ma question.

Elle recula, lui faisant signe d'entrer :

— Entrez donc au chaud.

Logan pénétra dans le vestibule, la jaugeant du regard. Cela faisait moins d'une semaine qu'il était venu dans cette maison annoncer à Joan qu'on avait retrouvé le corps de Rosie sur la propriété de Blaine. Cette nuit-là, elle semblait affreusement tourmentée — elle s'inquiétait de la disparition de Rosie — mais autrement elle était presque la même que quatorze ans auparavant quand il avait eu son bac. Aujourd'hui sa peau paraissait livide et sèche, accusant de nouvelles rides autour de sa bouche et de ses yeux. Même ses cheveux semblaient avoir perdu leur brillant : négligemment coiffés en arrière et retenus par une barrette en argent, ils dévoilaient un demi-centimètre de racines grises.

— Bernice est en haut avec Mère, dit Joan. Avant d'aller la chercher, pourtant, j'aimerais vous parler une minute.

Logan la regarda d'un air interrogateur.

— J'ai appris que Rick Bennett avait été embarqué pour un interrogatoire cet après-midi.

— Comment savez-vous ça ?

— J'ai appelé pour savoir s'il allait venir voir Mère cet après-midi. Miss Roush m'a dit que vous l'aviez emmené.

— Ce n'était pas aussi spectaculaire, en réalité.

— Logan, je vous en prie, n'éludez pas mes questions. Vous ne pensez pas réellement que Rick sache quoi que ce soit pour Rosie, n'est-ce pas ?

— Euh… si, répondit Logan, mal à l'aise.

Joan le considéra d'un œil scrutateur.

— Qu'est-ce qu'il sait ?

Rosalind était la nièce de Joan et, dans la pratique, elle était comme sa fille. Elle avait droit à la vérité.

— Il a reconnu être le père du bébé.

— Quoi ? s'écria Joan, en portant sa main à sa gorge. *Quoi ?*

— Il avait une liaison avec elle. Cela durait depuis cet été. Durant les semaines précédant la mort de Rosalind, ils se retrouvaient dans la maison des Avery parce que Blaine était chez Cait et que la maison était inoccupée.

— Je… n'arrive pas… à y croire.

Joan se dirigea d'un pas chancelant vers l'une des bergères en cuir où elle s'effondra.

— Oh, mon Dieu, gémit Joan. Je n'arrive pas à y croire. Rosie et moi étions si proches. Comment ai-je pu l'ignorer ? Comment ai-je pu laisser une chose pareille se produire ?

Logan ne savait comment la réconforter.

— Je ne pense pas que vous auriez pu y changer grand-chose, madame. Bennett et Rosalind étaient très prudents.

— Pas assez prudents pour éviter une grossesse !

Joan se leva brusquement ; ses yeux lançaient des éclairs.

— Et dire que je faisais confiance à cet homme, que je l'ai laissé s'occuper de ma mère ! Mon dieu, j'ai invité un assassin dans ma propre maison !

— Nous ne sommes pas sûrs qu'il soit un assassin.

— Vous n'êtes pas *sûrs* ! Vous voulez dire que vous ne l'avez pas arrêté ?

— Non.

— Et pourquoi ?

— Parce qu'être le père de l'enfant de Rosalind ne constitue pas un crime. De plus, son alibi tient la route.

Joan plissa les yeux.

— Et vous, vous ne croyez pas qu'il l'a tuée ?

— Ce que je crois n'a pas d'importance, dit Logan. Il n'y a que les preuves irréfutables qui comptent.

— C'est atroce, l'impartialité que vous devez garder pour faire votre travail.

— C'est vous qui, du temps du lycée, m'aviez dit que j'avais le profil pour ce genre de métier.

Sa colère sembla tomber subitement, et Joan lui adressa un sourire las.

— C'est vrai. Et je ne vous ai jamais dit comme j'étais fière que vous ayez eu votre diplôme ? Eh bien, je vous le dis aujourd'hui.

Elle soupira et se passa une main sur le front. Son large bracelet en argent renvoya faiblement la lumière, et Logan remarqua la magnifique bague de saphir et diamant qu'elle portait à la main droite. Il se souvint de la bague d'opale et de diamant de Rosalind, que sa mère devait, à l'origine, recevoir en guise de cadeau d'anniversaire. Il se demanda si Joan avait elle aussi reçu cette bague comme cadeau d'anniversaire.

— Comment Blaine prend-elle toute cette histoire ? demanda-t-elle soudain.

— Autant que je sache, elle n'est pas au courant. Pourquoi ?

— Je pensais juste à l'amitié qui avait l'air de grandir entre Rick et elle, dit-elle en soupirant. Blaine a toujours été quelqu'un de gentil et de généreux. Elle me rappelle ma sœur.

Elle se redressa et Logan put presque la sentir qui retrouvait sa maîtrise.

— Je vais aller chercher Bernice maintenant. Asseyez-vous. Désirez-vous quelque chose à boire ?

Combien de personnes penseraient-elles à lui offrir un rafraîchissement à un moment pareil ? songea Logan. Mais il se souvint que même au lycée il avait toujours été secrètement impressionné par les manières impeccables de l'élégante Miss Peyton.

— Non merci, Miss Peyton. Ça va très bien.

Au bout de quelques minutes Bernice Litchfield apparut à la porte de la bibliothèque. Malgré ses soixante ans, on aurait dit une petite fille joufflue et effrayée convoquée dans le bureau du directeur. Il lui sourit avec chaleur.

— Bonjour, Mrs. Litchfield. J'apprécie que vous preniez le temps de vous entretenir avec moi.

— Mrs. Peyton s'est endormie. Elle a été tellement énervée toute la matinée, mais je suis enfin arrivée à la faire dormir. Joan — *Miss* Peyton — est avec elle à présent.

— Parfait. Entrez donc vous asseoir. Et fermez la porte, s'il vous plaît.

— Fermer la porte ? demanda Bernice avec circonspection, comme si elle pensait que Logan allait l'agresser sexuellement.

— Je veux vous parler en privé. Cela ne vous gêne pas, j'espère ?

— Non, non.

Bernice ferma la porte et vint s'asseoir au bord d'un canapé en cuir ; là, elle posa fermement ses mains sur ses gros genoux qu'enserraient ses bas blancs d'infirmière.

— Mrs. Litchfield, vous avez été l'infirmière privée de Martin Avery, n'est-ce pas ?

— Oui, en effet. Le pauvre homme. Quelle tragédie. D'abord la paralysie, et puis… euh, ce qui s'est passé.

— Oui. J'ai cru comprendre qu'il avait souffert d'une fracture à l'épaule ainsi que de lésions à la colonne vertébrale dans cet accident de voiture.

— Oui. Une *mauvaise* fracture, en fait. Très mauvaise.

— Pouvez-vous me dire quel calmant lui avait prescrit le Dr Bennett ?

— Le calmant que prenait Mr. Avery ?

— Oui.

Les yeux clairs de Bernice se tournèrent vers le plafond tandis qu'elle réfléchissait.

— Du Dilaudid.

— Je vois. Combien de temps vous êtes-vous occupée de Mr. Avery ?

— Du moment où il est rentré de l'hôpital en février jusqu'à sa… mort. En juin. Deux semaines plus tard Miss Peyton est venue me voir pour me dire qu'elle n'était pas vraiment contente de l'infirmière qu'elle avait engagée juste après que sa mère se fut cassé le col du fémur. Apparemment, elle était devenue trop insolente avec Mrs. Peyton. La patience est nécessaire dans notre branche, Shérif. Une *immense* patience, particulièrement avec les personnes âgées, comme Mrs. Peyton. Cette autre femme, dont je tairai le nom mais je suis sûre que vous la connaissez — une nerveuse petite chose sous-alimentée affublée de fausses mèches blondes et d'uniformes moulants — enfin, bref, ce n'était pas une bonne infirmière. Trop jeune, je dirais. Les jeunes, elles n'ont pas le toucher que nous, femmes plus âgées, nous avons. Elles ne l'ont pas, c'est tout. De plus, je m'étais occupée de Charlotte, la sœur de Joan, il y a longtemps, quand elle s'était fait opérer des amygdales et qu'il y avait eu des complications, et je me suis occupée de Mr. Peyton l'année dernière jusqu'à la semaine de sa mort, juste avant Noël, alors Joan savait que j'étais à la hauteur.

— Vous aviez donc déjà travaillé pour les Peyton.

— Oh, oui, monsieur. Les Peyton paient toujours très bien… et, franchement, ça tombait à pic. L'argent, on en manque toujours, vous savez comment c'est. Mon mari était un homme bien, mais il ne croyait pas en l'assurance-vie. Il disait toujours : « Bern, pourquoi parier contre toi-même ? — Parfait pour toi, je lui répondais. Mais c'est moi qui me retrouverai avec les factures à payer. » Et ça n'a pas loupé, je me suis retrouvée complètement à sec quand il est mort.

— Je suis désolé.

— Je me suis débrouillée. Et puis, je me plais ici.

— Est-ce que vous vous plaisiez chez les Avery ?

Le visage de Bernice se crispa.

— Mr. Avery était très renfermé. Je crois que s'il avait eu une femme plus proche de son âge, quelqu'un qu'il n'aurait pas eu peur de perdre… enfin, quoi qu'il en soit, ce n'était pas mal.

— D'après vous, Martin Avery avait peur de perdre sa femme ?

— Mais, bien sûr ! Elle était jeune, jolie. Elle était aux petits soins avec lui, elle faisait comme si elle s'inquiétait vraiment pour lui, mais je ne crois pas qu'elle aurait longtemps tardé à chercher un type plus jeune. Elle était terriblement amicale avec le Dr Bennett, non qu'il l'ait encouragée un instant, ne vous méprenez pas. Le Dr Bennett est le meilleur des hommes.

Une autre admiratrice de Rick Bennett, songea Logan avec cynisme, en se demandant ce que Bernice penserait de sa liaison avec Rosalind.

— Et puis il y avait ce Sanders, continua Bernice. Un prof du lycée. Il venait de temps en temps chez les Avery, mais il n'a jamais fait trop attention à ce pauvre Mr. Avery. Il y avait aussi le beau-frère de Blaine, Kirk Philips. Il était là très souvent. Tous des hommes jeunes, beaux, *pleins de santé.* Le pauvre Mr. Avery avait des excuses de s'inquiéter.

— Est-ce qu'il vous a jamais fait part de cette inquiétude ?

— Eh bien, non. Ce n'était pas son genre. Il était fier.

Alors ce que vous avez *vu* en fait, se dit Logan, c'est Blaine rivalisant d'attentions envers son mari et trois hommes plus jeunes qui leur rendaient visite. Vous en avez *déduit* que Martin Avery avait peur de perdre sa femme.

— Mrs. Litchfield, quand vous étiez chez les Avery, avez-vous jamais remarqué que des médicaments de Martin avaient disparu ?

— Disparu ? répéta Bernice d'un air sceptique. Que voulez-vous dire, disparu ?

— Est-ce qu'il vous en a jamais manqué ?

Bernice le regardait sans comprendre.

— Est-ce que vous avez jamais été à court d'une ampoule de Dilaudid ?

— Vous voulez dire, est-ce que quelqu'un a pu prendre du Dilaudid dans l'armoire à pharmacie ?

Logan hocha la tête. Les yeux de Bernice se firent méfiants.

— Je sais où vous voulez en venir. Vous pensez que j'ai égaré des médicaments.

Elle poursuivit, en élevant la voix :

— Pour quel genre d'infirmière me prenez-vous ?

— Une très bonne infirmière, j'en suis sûr, mais je dois vous demander ça. Je vous en prie, ne vous froissez pas.

Le front déjà bas de Bernice s'abaissa encore davantage, et Logan pensa soudain à un taureau sur le point de charger.

— Qui a dit que j'étais négligente avec les médicaments ?

— *Personne* n'a dit que vous étiez négligente avec les médicaments, Mrs. Litchfield. Je veux simplement une réponse franche à ma question. Avez-vous remarqué un jour que du Dilaudid avait disparu pendant que vous vous occupiez de Martin Avery ? Oui ou non.

— Absolument pas.

— Merci, dit Logan, regrettant de ne pas se sentir plus soulagé tandis qu'il regagnait sa voiture.

Au lieu de ça, il ne pensait qu'à une chose : l'angoisse qu'il avait lue dans les yeux de Bernice.

Ashley tirait sur sa laisse ; Blaine faillit perdre l'équilibre alors qu'elle réglait sa note chez le vétérinaire. Fourrant sa monnaie et la facture dans son sac, elle poussa la porte vitrée et elles sortirent toutes deux en trombe dans la lumière mauve du jour déclinant. « D'accord, Ash, dit-elle alors que la chienne l'entraînait vers la voiture. Nous rentrons directement à la maison. Robin sera rentrée de chez Susie à l'heure qu'il est et vous pourrez jouer à la balle toutes les deux. »

Ashley se hissait sur le siège avant de la Bronco de Martin quand une voiture entra sur le parking en klaxonnant. Blaine la considéra avec étonnement, puis le chauffeur se gara prestement à côté de la Bronco et sortit de son véhicule.

— Logan ! s'exclama Blaine. Que faites-vous ici ?

Avant que Logan ait eu le temps de répondre, Tim émergea de l'autre côté.

— Salut ! Nous passions par là et je vous ai vues.

Il se précipita vers Ashley, qui était descendue de la voiture et regardait le petit garçon, en remuant frénétiquement la queue.

— Ashley n'est pas malade, au moins ?

— Non, Tim. On n'est venues que pour ses vaccins annuels.

— Si tard un samedi après-midi ? demanda Logan.

— C'est le seul vétérinaire de la ville qui ouvre le samedi après-midi. C'est parce qu'il est fermé le jeudi.

— Est-ce que les piqûres t'ont fait mal, Ashley ? demanda Tim.

La chienne lui lécha la figure et il éclata de rire.

— Elle n'a pas bronché, répondit Blaine.

— Je suis tellement content ! s'écria Tim en frottant les oreilles de la chienne. Quand je vous ai vues ici, j'ai obligé papa à tout de suite se garer, pas vrai, papa ?

Logan sourit.

— Oui, c'est vrai.

Il regarda Blaine et ses yeux devinrent sérieux.

— En fait, j'essaie de vous joindre depuis plusieurs heures.

— J'avais des courses à faire. J'ai été absente presque toute la journée. Pourquoi essayiez-vous de me contacter ?

— Il y a une chose qu'il faut que je vous dise.

Blaine sentit son visage qui se vidait de ses couleurs.

— Oh non ! Qu'est-ce que ça va être encore ?

Logan se tourna vers Tim.

— Pourquoi n'emmènes-tu pas Ashley faire un tour sous ces jolis arbres ? Vous êtes d'accord, n'est-ce pas, Blaine ?

— Bien sûr, acquiesça Blaine, la voix vibrante d'inquiétude. Tiens bien la laisse, c'est tout, Tim. Nous sommes en dehors de la ville et les gens roulent particulièrement vite sur cette route.

— Compris, répondit Tim en enroulant la laisse autour de son poignet. Mais vous pouvez bien nous éloigner, ça ne servira à rien. Les chiens ont de super oreilles. Ashley entendra tout ce que vous direz.

— Mais elle ne pourra pas te le répéter, dit Logan en souriant.

Tim conduisit la chienne vers la pelouse qui s'étendait à côté du cabinet vétérinaire et où se dressaient deux arbres ; là, avec grand sérieux, ils se mirent à chercher des bâtons.

— Bon, Logan, je vous en prie, ne me faites pas attendre plus longtemps. Qu'est-ce qui ne va pas ?

— Aujourd'hui Rick Bennett a avoué être le père du bébé de Rosalind.

Blaine cligna des yeux, trop stupéfaite pour parler.

— Ils avaient une liaison depuis des mois. C'est lui qui a pris votre clé et qui en a fait faire des doubles ; votre maison était leur lieu de rendez-vous pendant que vous étiez à l'hôpital et ensuite chez Cait.

— Rick et *Rosie* ? souffla enfin Blaine.

— Oui.

— Oh, Logan, il doit y avoir une erreur.

— Vous n'avez pas entendu ce que j'ai dit ? Il l'a reconnu.

Une femme avec un caniche noir sortit de chez le vétérinaire ; elle les contempla avec une curiosité impudente pendant que son chien levait la patte contre le bâtiment. Blaine se força à fermer la bouche, une bouche qui, elle s'en rendit compte soudain, était grande ouverte. Logan sourit à la femme. Elle lui rendit son sourire et finit par tirer sur la laisse de son chien. Blaine attendit qu'elle fût entrée dans sa Buick Regal rouge pour reprendre la parole :

— Logan, je n'arrive pas à y croire !

— Vous ne vous en doutiez pas ?

— Si je m'en doutais ? Bien sûr que non ! Je n'arrive pas à réaliser. Rick et une fille de dix-sept ans ! Et ils se retrouvaient chez *moi* ?

— J'en ai peur.

— Mais il n'a rien dit… pas même quand Rosie a été retrouvée morte.

Elle s'interrompit, prenant une profonde aspiration.

— Logan, vous ne pensez pas que *Rick*…

— L'ait tuée ?

Elle hocha la tête.

— Il nous a fourni un alibi. Stroud a passé l'après-midi à travailler dessus. Il tient, même s'il présente quelques trous. Voyez-vous, il prétend qu'il était au « Harry's » ce soir-là. Beaucoup de gens l'ont vu. Mais pour la bonne raison qu'il y avait en effet beaucoup de monde, il est possible qu'il se soit esquivé.

— Possible ? Et pourquoi pas probable ?

— Il aurait fallu qu'il agisse vite pour qu'on ne remarque pas son absence.

— Bien, je suppose que c'est une bonne chose, dit Blaine, encore tout étourdie. Il est peu vraisemblable qu'il ait assassiné Rosie.

Logan fronça les sourcils.

— Je ne suis pas sûr que ce soit vraiment une bonne chose.

— Que voulez-vous dire ?

— Je veux dire que son alibi le disculpe. Mais il m'a dit quelque chose d'autre aujourd'hui qui peut vous causer quelques problèmes.

Blaine sentit sa respiration s'accélérer.

— Me causer des problèmes ?

— Oui. Il n'essayait pas de vous incriminer, Blaine. Il s'est contenté de répondre à mes questions.

— Des questions sur quoi ?

— Il m'a dit que Martin prenait du Dilaudid pour sa blessure à l'épaule.

Blaine le regarda d'un air vide.

— Ah oui ? Je ne savais pas quelles drogues il prenait. Mais quel rapport cela a-t-il avec moi ?

— Nous avons établi avec certitude que Rosalind et Kathy ont l'une et l'autre été droguées au moyen de Dilaudid.

— Ah oui ?

Logan hocha la tête.

— Je ne vois toujours pas...

Ses yeux s'écarquillèrent.

— Oh, mon Dieu ! Moi, j'avais accès au Dilaudid, dit lentement Blaine tandis que le jour s'assombrissait et que le filet semblait se resserrer autour d'elle.

15

Blaine traversa la ville en voiture ; elle considéra avec un intérêt inhabituel la banque, avec sa façade de granit lisse et ses portes vitrées étincelantes, la gracieuse bibliothèque coloniale entourée d'une grille en fer forgé noir datant du XIXe siècle, le gros immeuble en brique de la poste, les magasins par-ci par-là, le cinéma qui avait été complètement inondé lorsque l'Ohio River avait débordé dans les années cinquante. Elle avait vu des photos de la ville pendant la crue, quand les gens circulaient dans les rues en bateau à rames et que le fronton annonçait *Autant en emporte le flot*.

J'ai l'impression de voir tout cela pour la dernière fois, songea-t-elle avec un mélange de panique et de tristesse. Et peut-être est-ce le cas. Peut-être que dans quelques mois je serai en prison pour des meurtres que je n'ai pas commis. Quelle était donc la force maléfique qui coopérait là avec un assassin pour la faire paraître coupable ?

Quand elle rentra finalement chez elle, elle laissa sa voiture dans l'allée et fut étonnée d'entendre de la musique dans la maison. Robin avait dit à Blaine qu'elle passait la journée chez Susie et qu'elle ne serait pas de retour avant six heures. Il n'était que cinq heures et demie, bien que l'obscurité soit déjà tombée. Blaine s'inquiéta aussitôt. Elle n'aimait pas l'idée que Robin soit seule dans la maison avec tout ce qui se passait. En fait, depuis que le cadavre de Rosie Van Zandt avait été découvert, Sinclair, après le coucher du soleil, ressemblait à une ville fantôme.

Apparemment tout le monde, la nuit, se sentait plus en sécurité derrière des portes verrouillées.

Blaine s'inquiéta davantage encore quand elle s'aperçut que le système d'alarme n'avait pas été activé. Or, à l'intérieur, Robin jouait tranquillement du piano. Elle était saine et sauve, et Blaine décida de ne pas la sermonner sur sa négligence.

Elle se rendit directement dans la cuisine, remplit une gamelle d'eau pour Ashley et se prépara un whisky soda, puis elle revint dans le salon écouter Robin. La jeune fille était concentrée, et ses doigts aux ongles courts — les doigts d'une vraie pianiste — effleuraient les touches avec une parfaite assurance. L'espace d'un moment, Blaine crut que Robin n'était même pas consciente de sa présence, mais quand elle eut fini, Robin se retourna en disant :

— Tu sais ce que c'était ?

— Bach. *Andante.*

Robin sourit.

— Exact. Dire que je croyais que tu n'y connaissais rien en musique.

— Je n'y connais rien, mais je t'écoute depuis trois ans.

— Tu écoutais plus attentivement que je ne pensais.

— J'ai toujours rêvé de jouer.

Robin rejeta en arrière ses longs cheveux brillants et dévisagea Blaine avec curiosité.

— Je ne savais pas. Pourquoi n'as-tu jamais pris de leçons ?

— Rob, nous avions à peine assez d'argent pour payer les factures de première utilité.

Robin baissa les yeux.

— J'avais oublié. Vous receviez l'aide sociale quand tu étais gosse, pas vrai ?

— Non. C'est ce que tout le monde croit, mais non. Papa faisait du jardinage et toutes sortes de petits boulots. Il refusait de bénéficier des prestations sociales.

— Comment faisiez-vous pour vivre avec si peu d'argent ?

— Ce n'était pas facile. Maman a travaillé à la boulangerie pendant un temps, puis elle en a eu assez. Tu peux me croire, elle n'avait aucun don de cuisinière, et tout ce qu'elle savait faire ou presque c'était de nettoyer la cuisine. Quand elle a démissionné, nous n'avions presque rien. C'est à ce moment-là qu'elle est partie. J'avais douze ans.

— Ça a dû être terrible.

— J'ai honte de le dire, mais non. (Blaine but une gorgée de son whisky.) Maman et moi n'arrêtions pas de nous disputer. Je me rends compte maintenant que c'était en partie parce qu'elle passait sur moi la frustration que lui causaient notre pauvreté et l'alcoolisme de papa. Pourtant, elle ne faisait pas grand-chose pour améliorer la situation.

— Parce qu'elle n'avait plus d'emploi ?

— Parce qu'elle n'arrêtait jamais de harceler papa en le traitant de raté imbibé, ce qui le faisait boire encore plus.

Robin joignit ses mains et regarda vers la cheminée.

— Mes parents étaient véritablement amoureux. Oh, ils se disputaient quelquefois, mais pas beaucoup. Maman ne se portait pas très bien, et papa était gentil avec elle. Papa était formidable… du moins jusqu'à son accident. Après il était juste tellement malheureux.

— Je sais, Robin.

Pour la première fois depuis qu'elles se connaissaient, Blaine sentit que Robin et elle partageaient un instant d'intimité. C'était une sensation étrange, mais extrêmement réconfortante. Le moment était bizarrement choisi, songea Blaine avec regret. C'est quand mon univers tombe en morceaux que Robin s'ouvre enfin à moi un petit peu.

Le téléphone sur la table basse à côté de Blaine se mit à sonner et elle le fixa des yeux.

— Tu ne réponds pas ? s'étonna Robin.

— Si. C'est seulement qu'après ces coups de fil de maniaque… enfin, peu importe. Je ne peux pas avoir peur chaque fois que le téléphone sonne.

Elle décrocha avec hésitation au bout de la quatrième sonnerie.

— Blaine, mais enfin, qu'est-ce qui se passe ? lança Cait.

— Qu'est-ce que tu veux dire ? demanda Blaine en s'efforçant de prendre un ton désinvolte.

Avec un peu de chance, Cait ne saurait pas pour Rick. Blaine n'était pas d'humeur à expliquer qu'il était le père du bébé de Rosie, ni à Cait ni à Robin.

— Je veux dire que j'ai appris pour Rick. Rick et Rosie. Est-ce que c'est vrai ?

— Je suppose, mais je préférerais ne pas en parler maintenant, d'accord ?

Cait se tut un instant.

— Est-ce que Robin est là ?

— Oui.

— Et elle ne sait pas.

— Très juste.

— D'accord, je comprends. Mais qu'est-ce que c'est que cette histoire de drogue manquante ?

— Comment diable es-tu au courant de ça ?

— Environ trois personnes m'ont appelée à ce sujet.

— *Trois !*

— Oui.

— Comment ont-elles su ?

— Je ne sais pas, Blaine. Je ne les ai pas interrogées.

— Mais tu vas m'interroger, moi.

— Toi, tu es ma sœur.

— D'accord. Apparemment, Rosie et Kathy ont été droguées avec du Dilaudid, une drogue que Martin prenait, et étant donné que j'ai trouvé le corps des deux filles…

Blaine vit les yeux de Robin s'agrandir et entendit Cait qui bredouillait. Après une autre gorgée de whisky, elle interrompit sa sœur :

— Cait, ça me gêne de te demander ça, mais est-ce que Robin peut venir habiter chez vous quelques jours ?

Robin écarquilla encore davantage les yeux ; Cait marqua une pause avant de répondre :

— Bien sûr. Mais pourquoi ? Je veux dire, vous êtes toutes les deux les bienvenues. Je me sentirais tellement plus rassurée si vous étiez là toutes les deux… pourquoi seulement Robin ?

— J'ai mes raisons, Cait.

Pour une fois, Cait garda le silence.

— Alors, reprit Blaine, est-ce que ça te va si Robin débarque demain, avant midi ?

— Ça me va, mais…

— Merci mille fois, Caity. Il faut vraiment que je te laisse maintenant. À plus tard.

Quand Blaine raccrocha, Robin se leva de sa banquette de piano en lui lançant des regards furieux.

— Pourquoi est-ce que je dois aller habiter chez Cait ?

— Parce qu'il se passe trop de choses. Je ne crois pas que tu sois en sécurité ici, et en plus, Cait habite à deux pâtés de maisons du lycée. Tu n'auras pas ce trajet de six kilomètres à faire matin et soir.

— Le trajet ne me gêne pas. Et il ne t'est même pas venu à l'esprit de me demander à moi si je voulais me réinstaller chez Cait et Kirk ?

— Non, parce que je savais ce que tu dirais. Mais tu y vas.

Robin fulminait.

— Je *savais* que tu trouverais un moyen de te débarrasser de moi après la mort de papa ! La semaine prochaine, je serai probablement en Floride chez mes grands-parents.

— Je ne suis pas sûre que la Floride soit une si mauvaise idée…

Robin la regarda d'un air incrédule.

— *Quoi ?*

— Robin, nous avons traversé tellement d'épreuves toutes les deux. Peut-être que cela te ferait du bien de quitter tout ça pendant quelques semaines…

— Tu veux passer du temps toute seule avec Rick, c'est ça ?

Oh, Seigneur, songea Blaine. Comme tu te trompes.

— À moins que ce ne soit John Sanders ? reprit-elle. Pour qui essaies-tu de me faire dégager ?

— Robin, ça suffit. Je n'essaie pas de « te faire dégager » comme tu dis. J'essaie de prendre soin de toi.

— Je n'ai pas besoin qu'on prenne soin de moi ! cria Robin. Je suis une adulte !

Blaine essaya de paraître calme malgré la crampe qui la tenaillait. Elle avait horreur de se disputer avec Robin.

— Non, tu n'es pas une adulte. Tu es une adolescente qui était amie avec deux autres adolescentes qui ont été assassinées.

— Oh, est-ce que tu es en train de dire que je suis la prochaine sur la liste ?

— Rob, je t'en prie. Je n'ai pas envie de me disputer avec toi. Je veux seulement que tu ailles chez Cait quelques jours.

— Et puis en Floride pour que tu aies la maison ainsi que la moitié de la fortune de papa, et quelqu'un pour te distraire !

— Robin ! Ne dis plus jamais une chose pareille !

— Pourquoi pas ? C'est la vérité. Tu as tout ce que tu voulais, maintenant, pas vrai ? Tout ce que tu as à faire c'est te débarrasser de moi. Eh bien, tu vas voir, ce ne sera pas aussi facile que tu l'imagines !

Robin rejoignit sa chambre en tapant des pieds et elle claqua si fort la porte qu'elle parut ébranler toute la maison. Au bout d'une minute à peine la stéréo résonnait à tout rompre. Cette fois le son était trop fort même pour Blaine, qui aimait bien le rock. Elle alla frapper à la porte de Robin. Comme la jeune fille ne répondait pas, Blaine hurla :

— Baisse un peu le son !

Rien. En soupirant, Blaine se rendit dans sa propre chambre, s'assit sur le lit et termina son verre. Puis elle s'allongea. Ashley la rejoignit d'un bond, et Blaine roula sur le côté, enfouissant sa tête dans les poils dorés de la chienne. « Au moins toi, murmura-t-elle, tu ne me hurles pas après et tu ne poses pas un million de questions. Pas étonnant qu'on dise que le chien est le meilleur ami de l'homme. »

Elle fut étonnée quand le téléphone à côté de son lit la réveilla. Comment était-elle parvenue à s'assoupir, vu l'état de contrariété où elle se trouvait, sans parler du vacarme qui émanait toujours de la chambre de Robin ? Sans doute parce qu'elle n'avait pas dormi une seule nuit complète depuis qu'on avait retrouvé Rosie. Elle jeta un coup d'œil au réveil et constata qu'elle n'avait dormi qu'une demi-heure environ. Elle se sentait aussi groggy que si elle avait dormi trois heures. La sonnerie retentit une fois encore et, dans un grognement, Blaine tendit la main pour décrocher. C'était sûrement Cait, qui voulait lui extorquer davantage de renseignements.

Au lieu de ça, une voix assez familière demanda :

— Blaine, vous êtes seule ?

Fronçant les sourcils, Blaine s'assit sur le lit et alluma la lampe de chevet.

— Bernice ?

— C'est moi. J'ai besoin de vous parler. Est-ce que vous êtes seule ?

— Non. Robin est dans sa chambre.

— Oh ! Dans ce cas je vais devoir vous demander de venir chez moi.

Blaine se frotta les yeux et changea le combiné d'oreille.

— Bernice, de quoi voulez-vous me parler ?

Bernice marqua une pause. Puis elle dit :

— Du Dilaudid.

— La drogue que Martin prenait ?

— Oui.

Il y eut un autre silence et Blaine finit par dire :

— Bernice, je ne sais rien sur le Dilaudid. Je ne savais même pas que Martin en prenait.

— Ah non ?

Elle respirait laborieusement et sa voix était légèrement brouillée.

— Le shérif Quint m'a posé des questions au sujet de cette drogue aujourd'hui. Je ne lui ai rien dit. J'avais… peur. Mais je suis une femme honnête. Je ne veux plus mentir.

La main de Blaine se crispa sur le combiné.

— Vous ne voulez plus mentir sur quoi ?

— Sur ce que je sais.

— Bernice, voulez-vous dire les choses clairement ? demanda Blaine, à la fois agacée et inquiète.

Elle n'avait jamais aimé les regards soupçonneux de Bernice ni sa langue perfide, mais au moins, par le passé, elle n'avait jamais eu de comportement bizarre.

— Je ne veux pas discuter de ça au téléphone. Et je ne peux pas venir chez vous.

— Pourquoi pas ?

— J'ai… j'ai mal à la tête. Une de mes migraines. C'est à cause de toute cette tension. Je vis sous haute tension depuis quelques mois. Et aujourd'hui quand le shérif m'a interrogée… enfin, ça ne peut pas continuer.

— Mais qu'est-ce donc qui ne peut pas continuer ?

— Mon silence. Mon silence au sujet du Dilaudid. Mon silence au sujet de l'après-midi où Mr. Avery est mort.

Blaine eut l'impression que sa propre respiration s'arrêtait.

— L'après-midi où Martin est mort ? Vous aviez dit que vous n'étiez pas venue.

— J'avais peur.

Blaine agrippa le téléphone.

— Bernice, *je vous en prie*, ce que vous faites est cruel. De quoi parlez-vous ?

— Venez chez moi. Vous savez où c'est, je crois ?

— Bien sûr, mais je ne vois pas pourquoi vous ne pouvez pas me dire tout simplement…

— Robin est chez vous.

— Et alors ?

— Venez chez moi, Blaine. Je vous raconterai tout, peut-être que nous pourrons trouver une solution, une solution pour la sauver. Après tout, elle a exactement le même âge que ma petite-fille Susie. C'est pour cela que je n'ai rien dit avant. Je savais combien elle aimait son père. Mais tous ces meurtres... Et maintenant ils sont au courant pour le Dilaudid.

Les mains de Blaine se glacèrent.

— Bernice, est-ce que vous êtes en train de dire que Robin...

— Venez chez moi. Si vous n'êtes pas ici dans vingt minutes, j'appelle le shérif.

Elle avait raccroché, mais Blaine tenait encore le récepteur dans ses doigts raidis. Le doute, la *peur* qui étaient presque morts dans son esprit pendant ces derniers mois avaient été ranimés par les réflexions sibyllines de Bernice. Robin qui aimait son père et contemplait son état de détresse et d'impuissance avec une telle affliction. Robin qui était censée se trouver avec Rosie l'après-midi de la mort de Martin. Était-ce possible ?

Elle reposa enfin le combiné sur son socle et se leva, se passant les mains dans les cheveux. C'était ridicule, impensable. Bernice avait simplement... avait simplement quoi ? Perdu subitement la raison ? C'était possible. Elle était manifestement morte de peur à propos d'un médicament disparu. Peut-être voulait-elle faire porter les torts sur Robin plutôt que de reconnaître sa propre incompétence. Mais c'était un peu gros. Que lui arriverait-il si on prouvait qu'elle avait effectivement égaré le médicament ? Elle perdrait sa licence d'infirmière. Mais si les gens venaient à prendre au sérieux l'accusation qu'elle portait contre Robin ? Blaine n'avait-elle pas elle-même douté de ce qui s'était exactement passé le jour de la mort de Martin, un jour où il était soudain entré en possession d'une clé de placard qu'elle avait cachée avec tant de soin et avait mis la main sur un revolver qu'il n'aurait guère pu atteindre sans se renverser le placard sur la tête ?

« Il faut que je découvre ce qu'elle a l'intention de dire à la police, déclara Blaine à haute voix. Il faut que je sache si elle sait vraiment quelque chose ou si elle fait juste des insinuations sous l'effet de la panique. Parce que, dans un cas comme dans l'autre, les répercussions pourraient être désastreuses. Mais, et Robin ? Je ne peux pas la laisser seule. »

Elle appela Cait, mais personne ne répondit. Ce n'était guère surprenant. Il était presque sept heures. Elle devait être en train de baigner Sarah, et Kirk était sans doute encore à l'atelier, en train de travailler. Rick était exclu. La seule pensée de le laisser seul avec Robin lui donna le frisson, même si elle ne pouvait toujours pas croire qu'il soit un assassin. John ? Non, pas après que Robin eut prétendu que Blaine voulait la faire dégager pour pouvoir être avec John. Du reste, on était samedi soir. Il quittait toujours la ville pendant les week-ends.

Personne. Il n'y avait personne. « Voilà ce que ça donne de se couper du monde, marmonna-t-elle. Tu as quatre personnes que tu peux appeler à l'aide, et soit elles sont prises soit elles ne font pas l'affaire. Tu n'as pas d'autre solution que de partir seule. Je vais y aller et revenir le plus vite possible. »

Elle sortit de sa chambre à la hâte et remonta le couloir jusqu'à celle de Robin.

— Rob ! hurla-t-elle par-dessus les accords de Poison. Robin !

Elle n'obtint pas de réponse et se résigna à tourner la poignée. La porte était verrouillée. Génial, songea Blaine. Elle est partie pour une de ses bouderies colossales.

— Robin, s'il te plaît, ouvre la porte.

La porte ne s'ouvrit pas.

— Robin, je dois sortir, cria-t-elle, décidée à ne pas se mettre en colère. (Elle ne pouvait pas voir la colère s'ajouter à tous les sentiments qu'elle éprouvait déjà.) Je vais brancher le système d'alarme avant de partir. N'ouvre la porte à personne, d'accord ?

Rien.

— *D'accord ?* répéta-t-elle, en se disant intérieurement : quelle emmerdeuse de gamine ! Je te laisse Ashley. Je reviens tout de suite.

La température était montée anormalement pendant la journée, mais maintenant elle dégringolait à nouveau, provoquant le brouillard bas qui avait commencé une demi-heure avant à se former sur les arbres. À présent, grignotant le macadam, il semblait dévorer la route, et Blaine préféra allumer ses codes pour éviter les reflets. Elle brancha également les essuie-glaces pour que la brume collante n'embue pas le pare-brise. Déjà, le paysage se parait d'un voile blafard aux relents de mort.

Bernice habitait une ferme isolée, à trois kilomètres de chez elle. Elle n'y était allée qu'une fois un matin, quand Bernice avait eu des ennuis de voiture et avait demandé à Blaine de venir la chercher pour qu'elle passe la journée avec Martin. Elle avait été surprise par la maison. La maison avait beau être dans la famille de Bernice depuis sa construction, Bernice, apparemment, n'y était pas attachée : depuis la mort de son mari dix ans auparavant, elle n'avait rien fait pour la maintenir en bon état. Des meubles en osier déglingués reposaient sur la véranda branlante et, dans le vestibule, Blaine avait pu apercevoir du papier peint taché et un plancher usé parsemé de carpettes élimées.

Blaine quitta Prescott Road et s'engagea sur un sentier de terre qui menait à la maison. Elle ralentit, évitant les ornières du chemin. De part et d'autre s'étendaient des champs, autrefois bien entretenus, mais depuis longtemps laissés à l'abandon. Le brouillard, qui s'épaississait, planait au-dessus d'épais herbages où paissaient autrefois des Herefords, avec leur tête blanche et leurs yeux pleins de douceur.

Tout à coup les pâturages prirent fin et un bouquet d'arbres apparut, séparant les champs de la maison. Les arbres se dressaient au-dessus de la route, et leurs branches nues formaient une sorte de dais squelettique. On dirait les bois derrière chez moi, songea Blaine. J'ai l'impression d'être de retour dans ces bois où j'ai trouvé Rosie, où elle a probablement été assassinée…

Blaine ralentit. Qu'est-ce que je fais ici ? se demanda-t-elle intérieurement. Il fait noir, l'endroit est isolé, et Bernice paraissait si bizarre au téléphone. Pourtant il faut que je sache de quoi elle parlait. Pour Robin, il *faut* que je sache.

Elle se gara devant la maison, coupa le moteur et gravit les marches grinçantes de la véranda. Bernice y avait au moins laissé brûler une lampe pour l'accueillir, même si ce n'était qu'une pauvre ampoule de quarante watts dont la lueur était presque annihilée par les ténèbres et le brouillard. Elle frappa à la porte. Pas de réponse. Elle frappa de nouveau, puis recula. Il n'y avait pas de lumière à la grande fenêtre de devant. Il n'y avait aucun bruit à l'intérieur. Bernice avait dit qu'elle souffrait d'une de ses migraines. Avait-elle pris quelque chose et s'était-elle endormie ? Non, certainement pas après le coup de téléphone insistant qu'elle venait de passer. Ou bien avait-elle bu ? Susie avait un jour glissé qu'elle s'inquiétait parce que sa grand-mère buvait trop, particulièrement après la mort de Martin, puis elle avait supplié Blaine de ne pas répéter sa remarque. « Je n'aurais pas dû dire ça, s'était repentie Susie. Maman et papa me tueraient. D'ailleurs, je ne suis pas absolument sûre qu'elle boit, et je suis sûre qu'elle ne le fait pas pendant son service. C'est juste que parfois quand on lui téléphone et qu'elle ne s'y attend pas, elle a l'air tellement *pompette*, vous savez, comme quelqu'un qui a un peu trop bu. » Est-ce que Bernice avait « un peu trop bu » ce soir ? Est-ce pour cela qu'elle paraissait si bizarre au téléphone ?

Blaine tourna la poignée de la porte. Elle pivota facilement, mais la porte était coincée. De toute évidence le bois gonflait à l'humidité. Blaine força un peu et, comme la porte ne cédait pas, elle fit un pas en arrière et cria :

– Bernice ! C'est Blaine Avery. Est-ce que vous êtes là ?

Toujours rien. Blaine jura dans sa barbe. Elle était là, à essayer de découvrir quelque chose d'une importance vitale au sujet de Robin, et Bernice était soit endormie soit partie. Partie où ? se demanda-t-elle. Partie à la police ? Blaine avait mis quelques minutes à fermer la maison et à essayer de faire réagir Robin. Peut-être Bernice en avait-elle conclu qu'elle ne venait pas et s'était-elle rendue au bureau du shérif. Si c'était le cas, elle ne pouvait rien faire pour l'arrêter.

Lentement, elle redescendit les marches jusqu'à sa voiture, se retournant une ou deux fois pour repérer dans la maison des signes de vie. Mais il n'y avait aucune indication de mouvement à l'intérieur. À contrecœur, Blaine remonta dans sa voiture et tourna la clé de contact.

« Oh non ! pour l'amour de Dieu ! » cria-t-elle lorsque la seule réaction qu'elle obtint fut le même déclic que celui qu'il y avait eu le jour de l'enterrement de Rosie quand la voiture avait été remorquée jusqu'au Garage Pearson. « Ils avaient dit qu'ils l'avaient réparée ! » Ils avaient également dit qu'il fallait la ramener chez le concessionnaire Mercedes, se rappela Blaine. Ils avaient dit qu'ils n'étaient pas équipés pour s'occuper de ces luxueuses voitures étrangères.

Elle fit plusieurs autres tentatives. Clic, clic, clic. N'avait-elle rien remarqué auparavant ? La voiture ne lui avait-elle pas semblé manquer de reprise ? Et elle n'en avait pas tenu compte. Idiote ! Elle tapa sur le volant dans un accès de frustration, puis attrapa le téléphone de voiture. Rien. Ces derniers jours, la compagnie du téléphone avait dû enfin s'apercevoir qu'elle n'avait pas réglé sa note et lui couper la ligne. Quel magnifique concours de circonstances ! Elle reposa le combiné, puis appuya sa tête contre le volant. « Pourquoi ce genre de choses ne vous arrivent-elles jamais dans l'allée de votre propre maison ? demanda-t-elle à voix haute. Pourquoi faut-il toujours se retrouver *bloqué* quelque part ? » Bernice, évidemment, avait le téléphone, mais il n'y avait pas moyen d'ouvrir sa porte. En tout cas pas la porte d'entrée. Mais il existait sûrement d'autres portes. Au moins une entrée latérale, non ?

Blaine descendit de voiture et se dirigea vers le flanc gauche de la maison qui donnait sur une étable à quelques dizaines de mètres ; Bernice l'utilisait manifestement comme garage car il y avait une allée de gravier qui y menait. Blaine se dirigea machinalement vers les portes de l'étable pour vérifier en premier lieu si la voiture de Bernice s'y trouvait, mais elles étaient fermées par un cadenas. « Naturellement », marmonna-t-elle. Depuis que la ferme avait été cambriolée, vingt ans plus tôt, Bernice avait la manie des serrures. Les coupables étaient deux adolescents qui cambriolaient des maisons dans toute la région pour voler des bijoux. Bernice ne se lassait pas de raconter qu'elle avait perdu ainsi le camée de sa mère, bijou dont la valeur augmentait à chaque nouveau récit de l'incident.

Regardant autour d'elle, Blaine repéra une petite porte sur le flanc de la maison. Elle escalada quelques marches éclatées et, après avoir poussé une porte-moustiquaire grinçante, essaya impatiemment de tourner la poignée. Mais cette porte était incontestablement fermée à clé. Elle y tambourina un moment, puis renonça. Elle fit le tour de la maison. Aucune autre porte. « Est-ce que tu y croyais vraiment ? se demanda-t-elle. Est-ce que tu t'imaginais vraiment que sous prétexte que la plupart des maisons de cette taille disposent d'au moins trois portes, ce serait le cas de *celle-là* ? »

Blaine se rendit compte que la peur la poussait à parler toute seule. Le coup de téléphone de Bernice l'avait ébranlée jusqu'au tréfonds. Maintenant qu'elle était en rade dans ce coin perdu, il ne lui restait qu'une solution : rejoindre Prescott Road à pied et arrêter une voiture.

Tout en se félicitant de porter un pantalon et des chaussures plates, Blaine commença à rebrousser chemin. Il n'y avait pas loin jusqu'à la route, se rassura-t-elle. C'était seulement que la nuit était tellement noire et menaçante. Le brouillard s'élevait en volutes au-dessus des arbres, et elle repensa soudain à tous ces films sur Jack l'Éventreur qui montraient rituellement des rues londoniennes noyées dans le brouillard. « Tu as raison de corser les choses en te fichant la frousse toute seule ! lança-t-elle furieusement dans le vide de la nuit. Voyons, ce chemin de campagne ne ressemble pas du tout à une rue de Londres au XIXe siècle ! Jack l'Éventreur ne viendrait jamais traîner ici. »

Elle avait parcouru à peu près une trentaine de mètres quand elle entendit un bruit. Malgré elle, elle s'arrêta. Le brouillard déformait les sons, mais elle était sûre d'avoir entendu craquer une brindille légèrement sur la droite devant elle dans les bois. Une bête, évidemment. Aucune raison de s'alarmer. C'était sans doute un animal d'assez petite taille, comme une marmotte. Ou peut-être plus petit encore. Une mouffette. Allons donc, ne serait-ce pas le clou si elle se faisait asperger par un putois ? ironisa-t-elle dans l'espoir de chasser sa peur.

Elle avança encore de deux pas, puis elle entendit des craquements réguliers, pareils à ceux qu'elle produisait elle-même quand elle empiétait sur les longues herbes en bordure du chemin. Ce n'était pas un animal qui courait dans les bois, songea-t-elle. Pas même un daim qui s'approchait timidement. Non, c'étaient des pas humains, paisibles, décidés. Son cœur battait à tout rompre et elle essaya, mais en vain, de percer l'obscurité des bois. Le monde s'était transformé en un magma de brouillard qui étouffait même la clarté de la lune. Elle se sentait complètement perdue dans cette brume inquiétante — perdue et vulnérable. Après tout, deux jeunes filles avaient été assassinées…

Pleine d'hésitation, elle fit un autre pas en avant, et une silhouette surgit tout à coup des bois — une silhouette massive, revêtue d'un manteau, qui se tenait à environ trois mètres devant elle. Le souffle coupé, Blaine essaya toutefois de distinguer un visage, quand elle fut soudain aveuglée par une torche électrique, braquée droit sur sa figure. « Bernice ? » demanda-t-elle d'une voix tremblante, en levant la main pour protéger ses yeux. La silhouette ne répondit pas. Elle entendit crisser le gravier tandis que l'ombre avançait. Puis elle entendit le bruit si caractéristique d'un revolver qu'on arme.

Pivotant sur ses talons, Blaine se précipita dans les bois qui, quelques minutes plus tôt, lui paraissaient si menaçants ; à présent, elle y voyait un refuge. Il était plus difficile de viser quelqu'un qui zigzaguait entre les arbres que quelqu'un qui courait à découvert sur une route.

La silhouette la poursuivait, l'obligeant à s'éloigner de Prescott Road et à revenir vers la maison. *Concentre-toi*, s'ordonna-t-elle dans sa tête. Ne pense pas à la personne qui te suit ni au moment où elle va faire feu. Contente-toi de te concentrer pour éviter de marcher dans un trou ou de te cogner à une branche basse. *Et ne te retourne pas.* Tu ne ferais que te ralentir.

Si Blaine n'était pas particulièrement athlétique, elle jouissait en temps normal d'une forme assez bonne et son footing tri-hebdomadaire l'avait dotée d'une endurance au-dessus de la moyenne. Mais, ne s'étant pas réellement entraînée depuis sa maladie, elle se sentait quelque peu rouillée.

Le sol était recouvert de feuilles sèches, et elle les maudit à chaque pas tandis qu'elles craquetaient sous ses pieds. Avec tout le bruit qu'elle faisait, elle n'avait aucune chance de semer son poursuivant, et elle n'osait pas s'arrêter de peur qu'il ne la rattrape en quelques secondes. Elle ne pouvait que continuer.

Elle slaloma parmi ce qui lui parut des centaines d'arbres, concentrant son esprit sur sa fuite. Des ronces agrippèrent la jambe de son pantalon de laine et elle trébucha. S'arrêtant pour se dégager, elle entendit des pieds qui martelaient le sol derrière elle, juste derrière elle. Elle se ramassa sur elle-même et repartit comme un bolide. *Concentre-toi*, se répéta-t-elle. Sa plante de pied retomba violemment sur un caillou acéré, et la douleur lui remonta dans la jambe droite jusqu'à son point de côté. Suffoquant dans le brouillard asphyxiant, elle comprit qu'elle ne pourrait guère tenir plus longtemps. Déjà, elle avait l'impression de courir comme dans un cauchemar : ses jambes avaient beau pédaler de plus en plus fort, elle faisait du sur-place.

Tout à coup elle émergea des bois et se retrouva dans un champ. À moins qu'elle ne se soit débrouillée pour tourner en rond, la maison devait se dresser à une quinzaine de mètres devant elle. La maison, cela signifiait de la lumière, des verrous et un téléphone qui la sauveraient de l'inconnu à ses trousses. Son poursuivant, en effet, ne pouvait être Bernice. Cette femme vieillissante, avec sa forte corpulence, ne pouvait courir aussi vite. Et si elle n'arrivait pas à *entrer* dans la maison ? Tant pis, il fallait qu'elle y arrive. La maison constituait son seul espoir.

Le brouillard s'était mis à tourbillonner à une rapidité vertigineuse et Blaine comprit qu'elle était au bord de l'évanouissement. Oh, Seigneur, où était donc cette foutue maison ? Elle ralentit le pas ; son point de côté était devenu presque insupportable. Elle aspira un grand coup et essaya de se repérer. Était-ce une lueur qu'elle apercevait là sur la droite ? Ou bien n'était-ce qu'une illusion d'optique due au brouillard ?

Un coup de feu claqua et elle sentit une balle lui siffler juste au-dessus de la tête. Elle poussa un petit cri étouffé et se précipita vers la source de lumière.

Une masse se matérialisa autour, et elle se rendit compte que c'était la faible lumière de la véranda qu'elle avait vue. Elle ravala un sanglot, guettant toujours les pas qui la suivaient, essayant toujours de concentrer toute son énergie sur sa fuite et non sur le succès éventuel du prochain coup de feu.

Elle avait atteint l'allée de gravier et contourna la maison jusqu'à la véranda, dont elle gravit les trois marches en bondissant et traversa à la hâte le plancher de bois brut. Un deuxième coup de feu déchira l'obscurité avec cet étrange claquement produit par le brouillard. Blaine agrippa la poignée de cuivre, la tourna, et se lança de tout son poids contre la porte. La porte gémit, puis elle s'ouvrit et Blaine se retrouva chancelante dans le vestibule obscur. Elle claqua la lourde porte derrière elle et trifouilla la serrure. Mais il s'agissait de la porte d'origine, et sa serrure à l'ancienne nécessitait une clé. Prise d'une violente crise de sanglots silencieux, Blaine fit remonter ses mains sur le bois lisse et, trouvant un verrou, le ferma d'un geste vif. « Dieu soit loué », fit-elle d'une voix âpre. Elle s'effondra contre la porte, mais elle n'eut que quelques secondes de répit. La porte latérale était certes fermée à clé, mais qu'en était-il des fenêtres ? Elle allait devoir vérifier avant que son agresseur ne trouve le moyen d'entrer. Mais le vestibule tournoyait, tournoyait…

La douleur lui martelait les tempes. Pendant quelques instants de vertige, Blaine crut que sa tête avait été transpercée par un objet long et acéré. Puis, lentement, la raison lui revint. Elle toucha ses tempes. Rien, évidemment.

Elle remarqua ensuite l'odeur de moisi que dégageait sous sa joue une matière rugueuse. Sa douleur s'expliquait : elle était tombée et s'était cogné la tête. Le choc n'avait été amorti que par un vieux tapis tout élimé.

Levant la tête, elle vit la faible lumière de la véranda qui traversait la fenêtre du vestibule. Machinalement, elle jeta un coup d'œil à sa montre. Elle n'avait été inconsciente que quelques minutes tout au plus. Son poursuivant pouvait très bien être encore à l'extérieur, à essayer de trouver le moyen d'entrer. À moins qu'il ne soit *déjà* à l'intérieur.

Son cœur battait douloureusement dans sa poitrine et, l'espace d'un instant, elle se sentit paralysée. Si je pouvais simplement me fondre dans ce tapis, songea-t-elle éperdument. Si je pouvais simplement m'y enfoncer et devenir invisible…

Blaine serra les poings. Arrête de raisonner comme une enfant terrifiée, se gourmanda-t-elle. Tu ne peux pas disparaître, mais ce que tu peux faire, c'est te protéger. Lentement, elle s'assit, regardant autour d'elle. Dans un coin près de la porte, il y avait un portemanteau et, au-dessous, un grand parapluie noir. Elle se remit laborieusement debout et se précipita pour l'attraper, considérant avec satisfaction sa longue pointe métallique. Ce n'était pas une arme à feu, mais c'était déjà *quelque chose*.

Elle n'osa pas appeler Bernice. Si elle élevait la voix elle risquait de trahir sa position, au cas où son agresseur était déjà dans la maison. Pourtant, il devait l'avoir vue entrer. Et s'il était bel et bien dans la maison, aurait-il commencé par la chercher près de la porte d'entrée ?

Elle fit quelques pas vacillants dans le vestibule, ne sachant quelle conduite adopter en priorité. Devait-elle se cacher ? Devait-elle s'assurer que toutes les portes et toutes les fenêtres étaient fermées ?

Non. Elle devait se rendre au téléphone.

Agrippant son parapluie roulé, elle rejoignit à pas de loup la lisière du salon, et l'inspecta depuis la porte. Ses yeux se posèrent sur la cheminée où les restes d'un feu réchauffaient et éclairaient à peine la vaste pièce que n'illuminait aucune lampe. Il pouvait y avoir quelqu'un dans cette pièce, songea-t-elle. Quelqu'un pouvait aisément se cacher derrière un de ces vieux meubles. Dans sa terreur, elle écouta avec une acuité quasi animale, mais elle n'entendit rien. Aucun mouvement, aucune respiration.

Elle pénétra à pas comptés dans le salon ; elle regrettait amèrement de ne pas pouvoir allumer, mais les doubles rideaux s'ouvraient sur la nuit brumeuse et elle ne voulait pas révéler sa position à celui qui pouvait se trouver juste dehors, à celui qui pouvait tirer un coup de feu par la grande fenêtre de devant. Non, elle allait devoir rester dans le noir pour chercher le téléphone.

Afin d'éviter de se profiler sur la fenêtre, elle se laissa tomber à genoux et commença à ramper sur une sorte de tapis laineux. Elle sentait l'odeur de la poussière qu'elle soulevait. Blaine savait que Bernice était maniaque chez les autres et n'arrivait pas à croire qu'il en aille autrement chez elle, mais même un bon aspirateur n'aurait pu venir à bout de cette vieille poussière incrustée. Pourquoi diable Bernice n'entretenait-elle pas cette maison ? Par manque d'argent ? se demanda futilement Blaine, en tendant la main pour attraper le pied arrondi d'une table. Elle se redressa lentement et, avec délicatesse, fit courir sa main sur le dessus. Un napperon au crochet. Un cadre, qu'elle renversa mais rattrapa avant qu'il ne se fracasse sur le sol. Une lampe-tempête manifestement peinte à la main. Des feuilles – une plante d'intérieur. Pas de téléphone.

Elle se baissa de nouveau et continua sa lente progression sur le tapis. Le feu était presque éteint à présent, et elle ne distinguait plus que les vagues ombres des meubles. À sa droite, il y avait un canapé avec des oreillers empilés à un bout. Devant le canapé, il y avait une table basse, un emplacement peu vraisemblable pour un téléphone. Elle passa néanmoins sa main dessus. Des revues, un cendrier, un verre. Elle ramassa le verre : des gouttes d'humidité perlaient sur ses parois à cause des glaçons qu'il contenait, et elle le renifla. Du bourbon.

Elle s'accroupit une nouvelle fois. Pas question de céder à cette impulsion qui me pousse à trembler et à sangloter, s'admonesta-t-elle, malgré ses jambes qui flageolaient et les larmes qui lui coulaient sur les joues. Il y a forcément un téléphone quelque part dans cette maison. D'après moi, il est dans le salon, et je vais le trouver avant que cet individu ne me trouve.

Lentement, précautionneusement, elle continua à ramper, agrippant son parapluie, guettant le moindre bruit en provenance du fond de la maison, où une autre porte était peut-être déverrouillée. Mais elle n'entendit rien. Enfin, elle distingua la forme de ce qui ressemblait à une méridienne, sur laquelle était négligemment jeté une sorte de plaid. À côté était disposée une table.

Une fois encore, elle se souleva ; elle avait l'impression d'être un chat qui se dresse sur ses pattes de derrière pour renifler avec curiosité des bibelots interdits. Après un ultime sifflement, le feu s'éteignit. Il faisait désormais totalement noir, et Blaine s'immobilisa, momentanément submergée par la sensation qu'il y avait quelqu'un juste derrière elle, qui essayait de la toucher — c'était une peur qui, depuis l'enfance, l'envahissait chaque fois qu'elle se trouvait brusquement plongée dans l'obscurité. Elle ne bougea plus, le temps que se dissipe cet accès de panique, puis elle se força à continuer. Sa main gauche toucha un objet en verre : un cendrier. Puis elle rencontra un livre, un livre à reliure de tissu présentant sur chaque page de minuscules encoches. Il devait s'agir d'un répertoire alphabétique. Elle prit sa respiration, sachant ce que sa main allait rencontrer ensuite : un téléphone !

Elle s'écroula sur le sol et décrocha l'appareil. Les boutons émettaient une faible lueur et le soulagement l'envahit. Les lignes téléphoniques n'avaient donc pas été coupées, contrairement à ce qu'elle redoutait. Il n'y avait pas de police-secours dans ce secteur. Si seulement elle pouvait se rappeler le numéro du bureau du shérif. Ou peut-être pouvait-elle tout simplement appeler l'opérateur. Elle appuya sur le zéro et s'adossa lourdement à la méridienne.

Une main lui tomba sur l'épaule.

Poussant un hurlement, Blaine se releva d'un bond, et elle sentit la main lui glisser le long du dos. Lâchant le combiné, elle fit volte-face et s'écarta de la méridienne. Pas un mouvement. Pas un bruit, à part, dans le téléphone, la voix mécanique de l'opératrice. Mais les yeux de Blaine s'étaient désormais habitués à l'obscurité, et elle la voyait. Elle la voyait confusément, mais elle la voyait. Une main, pendante, dépassait du plaid. Une main dégoulinante de sang.

16

Un poids énorme semblait écraser sa poitrine. Après son premier cri, tous les autres sons se coincèrent dans sa gorge. Blaine avait l'impression d'étouffer. Puis, enfin, l'air surgit de ses poumons et s'échappa en un long gémissement sonore.

Elle ne pouvait pas s'enfuir. Qui savait quelle terreur pouvait l'attendre dehors dans le brouillard ? Qui savait quelle terreur pouvait l'attendre dans la *maison* ? Elle n'avait pas le choix : elle devait affronter ce qui se trouvait en face d'elle.

« D'accord, Blaine, dit-elle doucement. Ressaisis-toi, maintenant. Allons, ressaisis-toi. » Elle fit deux pas tremblants en avant, les yeux rivés sur la main immobile aux contours indistincts. La main *dégoulinante*. Avec précaution, elle souleva un bord du plaid et le replia. Le visage gonflé de Bernice Litchfield était tourné vers la fenêtre de la façade, comme si elle avait voulu entrevoir le monde une dernière fois avant de mourir.

Machinalement, sans y penser, Blaine appuya ses doigts sur le cou épais de la femme. D'abord, elle crut qu'elle se faisait des idées, puis elle en fut certaine. Le faible battement d'un pouls ! Bernice n'était pas morte.

Blaine enleva prestement son manteau, le mit sur l'envers et perça avec ses dents deux petits trous dans la doublure de nylon. Elle déchira deux bandes de tissu en partant des trous, puis elle s'empara du poignet droit de Bernice. Se munissant d'une des bandes, elle entreprit de la serrer au-dessus de l'entaille qui creusait son poignet, puis elle s'interrompit. Il y avait des os dans l'avant-bras qui l'empêchaient de serrer suffisamment la bande pour former un garrot. La sueur perlant sur son front malgré le froid qui régnait dans la pièce, Blaine remonta la bande de nylon et noua le garrot au-dessus du coude. Elle renouvela ensuite l'opération sur l'autre bras de Bernice, tout en se disant que cette pauvre Bernice était bien froide. Le choc, naturellement. Blaine la couvrit à nouveau avec le plaid ; tâtonnant sur le canapé, elle rassembla quelques oreillers qu'elle mit sous les pieds de Bernice. Enfin elle s'écroula sur le sol, indifférente au sang qui s'était écoulé des poignets béants de Bernice. Le combiné du téléphone gisait à ses pieds. La voix de l'opératrice avait été remplacée par la bruyante tonalité indiquant que le téléphone était décroché. Blaine appuya un moment sur le bouton de prise de ligne puis recomposa le numéro de l'opératrice pour demander le samu. Une fois qu'elle leur eut expliqué où se trouvait la maison de Bernice, elle appela le bureau du shérif.

Après avoir raccroché, elle s'éloigna en rampant de la méridienne en direction de la cheminée. Elle retira un tisonnier du support à accessoires et se recroquevilla contre le mur, trop effrayée pour réfléchir à l'identité de l'agresseur de Bernice. Si elle pouvait seulement tenir bon quelques minutes, songea-t-elle. Si Bernice et elle pouvaient seulement tenir bon quelques minutes toutes les deux, les secours allaient arriver.

Le téléphone sonna et Blaine laissa tomber le tisonnier, regardant le téléphone comme s'il s'agissait d'une chose vivante. Mais non. Le téléphone ne savait pas qu'il retentissait à côté d'un corps agonisant. Il sonna une deuxième fois. Un ami de Bernice, se dit Blaine. Ou peut-être Susie.

Le téléphone sonna une troisième, puis une quatrième fois, et Blaine pensa soudain que c'était peut-être Logan qui appelait. Le message qu'elle avait laissé manquait peut-être de clarté. Elle ne s'était pas exprimée très nettement quand elle avait appelé le bureau du shérif et elle ne lui avait pas parlé personnellement. Et s'il appelait pour confirmer où elle était ? Et s'il ne venait pas, et que l'assassin était toujours dans les parages ?

Récupérant le tisonnier, elle rampa sur le sol et décrocha. Elle parvint à articuler un faible « Allô ? ».

Une aiguille tombant sur un disque. Oh, Seigneur, oh non ! songea Blaine. Des bruits de friture. Puis une puissante voix d'homme chantant avec révérence :

Rock of Ages, cleft for me
Let me hide myself in Thee ;
Let the water and the blood,
From Thy wounded side which flowed,
Be of sin double cure,
*Save from wrath and make me pure**.

Elle eut vaguement conscience de voitures qui s'arrêtaient devant la maison, de pas qui traversaient

* *Roc des temps, qui pour moi en son sein as ouvert une brèche,*
Laisse-moi me cacher en Toi ;
Laisse l'eau et le sang,
Qui ont coulé de Ton flanc blessé,
Être du péché le double rachat,
Délivre-moi de la colère et rends-moi la pureté.

la véranda, de la porte qu'on ouvrait avec prudence. De la lumière inonda le vestibule, puis elle entendit Logan appeler :

— Blaine, où êtes-vous ?

— Ici, murmura-t-elle, blottie contre la table, serrant toujours le combiné dans sa main.

— Blaine ?

Encore des pas. Des pas prudents. Des hommes avec des armes au poing, ignorant dans quoi ils mettaient les pieds. Comme les policiers sont donc braves, songea vaguement Blaine. Comme ils sont braves d'aller à la rencontre de pareils dangers.

Elle eut conscience de formes qui se dessinaient à la porte du salon.

— Il n'y a personne d'autre ici que moi, annonça-t-elle d'une voix rauque. Je suis là avec Bernice, mais elle est en train de mourir.

Une lampe s'alluma soudain. Elle entendit Logan qui disait : « Stroud, toi et Clarke, vous vérifiez le reste de la maison, et soyez prudents. » Puis il la rejoignit, posant sa main sur son épaule :

— Blaine ? demanda-t-il avec douceur.

Elle leva les yeux. Des ombres creusaient son visage aux traits burinés et aux pommettes saillantes, lui donnant un aspect légèrement effrayant. Elle avala difficilement.

— Je vais bien. Mais Bernice… ses poignets… exactement comme les autres. Oh, Logan !

Elle fut incapable de regarder quand il retira le plaid.

— C'est vous qui lui avez mis ces garrots aux bras ?

— Oui.

— Personne dans la cuisine ni dans la salle à manger, disait quelqu'un.

— Est-ce que quelqu'un vérifie à l'étage ?

— Oui.

— Après, vous inspecterez dehors. Et faites entrer les types du samu maintenant.

Logan s'agenouilla à côté de Blaine ; il lui passa les mains sous les aisselles et la remit debout.

— Vous avez du sang partout.

— Je sais.

— Racontez-moi ce qui s'est passé.

— Elle m'a téléphoné, expliqua Blaine, tandis que des infirmiers entraient et commençaient à s'occuper de Bernice. Elle a dit qu'elle avait besoin de me parler.

— Vous parler de quoi ?

— Je ne sais pas.

— Vous ne *savez* pas ?

Elle fit non de la tête, détournant le regard.

— Elle a seulement dit qu'elle voulait vous parler, reprit Logan, et vous avez accouru sur-le-champ ?

— Elle avait l'air bouleversée.

En arrière-fond, elle entendit quelqu'un dire : « Tension artérielle très basse. Il faut lui donner un vasoconstricteur. Adrénaline, vite. »

Blaine se tenait face à lui et Logan la considérait avec attention.

— D'accord, Bernice était bouleversée. Que s'est-il passé ensuite ?

— J'ai pris ma voiture et je suis venue ici. Comme elle n'a pas répondu à la porte et qu'il n'y avait pas de lumières, j'ai décidé de rentrer chez moi. Mais ma voiture n'a pas voulu démarrer. Le téléphone de voiture ne voulait pas marcher non plus. Alors je suis partie à pied en direction de Prescott Road. Et puis quelqu'un a surgi des bois. Quelqu'un avec une arme.

— Qui ?

— Je ne sais pas, Logan. Il portait un manteau au col relevé, il y avait du brouillard, et il m'a presque tout de suite braqué une torche dans les yeux. Puis il a armé son pistolet et je me suis mise à courir. (La respiration de Blaine s'accéléra à ce souvenir.) Il m'a poursuivie dans les bois. Quand je suis arrivée dans la cour de la maison, il m'a tiré dessus à deux reprises.

— À *deux* reprises ?

— Oui. Je suis entrée et je me suis évanouie quelques minutes. Je ne me suis jamais évanouie de ma vie, mais j'ai perdu connaissance pendant quelques minutes... je ne sais pas exactement combien de temps. Peut-être un quart d'heure.

— Aviez-vous trouvé Bernice avant de vous évanouir ?

— Non. Je me suis réveillée dans le vestibule. Il n'y avait aucune lumière allumée dans le salon, mais je savais qu'il fallait que je trouve un téléphone. Quelle que soit la personne qui me poursuivait, elle pouvait se trouver encore dans les parages. J'ai rampé dans le noir à travers le salon et j'ai trouvé Bernice.

— Personne en haut.

Blaine leva les yeux et vit Abel Stroud dans l'embrasure.

— Vous voulez que j'allume d'autres lumières ?

— S'il vous plaît, dit l'un des infirmiers. Ce n'est pas facile de travailler à la lampe électrique.

— Allez-y, dit Logan.

Il regarda le plaid qui avait servi à dissimuler Bernice.

— Est-ce vous qui l'avez couverte ?

— Non. Elle était déjà couverte. Complètement. J'ai seulement retiré le plaid de sa figure au début.

— Heureusement que vous lui avez mis des garrots, dit l'un des infirmiers. Vous lui avez peut-être sauvé la vie.

Elle hocha la tête.

– J'espère m'y être bien prise. Je sais comme cela peut être dangereux de couper l'afflux de sang pendant une période prolongée…

Clarke avait rejoint Stroud, et ils entamèrent tous deux une inspection méthodique du salon.

– À quoi avez-vous touché dans cette pièce ?

– À toutes les tables. Il faisait noir. Je ne pouvais pas allumer de lampes parce que j'avais peur de faire une cible facile. Alors j'ai rampé sur le sol et j'ai tâtonné pour trouver le téléphone.

– Où est Robin ?

Blaine se contracta.

– Oh ! mon Dieu, elle est toute seule à la maison. Je n'ai même pas appelé…

Les larmes commencèrent à inonder son visage et ses mains tremblaient par réaction nerveuse.

Après avoir installé Bernice sur un brancard, les infirmiers sortirent. Dehors, des gyrophares éclaboussaient de leur rouge sang la porte ouverte et la fenêtre de la façade.

– Clarke, raccompagne Mrs. Avery chez elle, dit Logan.

Clarke le dévisagea avec étonnement.

– *Chez elle ?* Pas au poste ? Je veux dire, c'est la *troisième* fois qu'elle trouve un corps…

– Je sais parfaitement combien de fois ça fait !

Clarke contemplait Logan, bouche bée.

– Raccompagne-la, veux-tu. Et puis reste avec elle. Abel et moi, nous avons du travail.

Il regarda Blaine, et les mots sortirent telle une menace :

– Je vous parlerai plus tard.

Blaine dut s'armer de courage quand, dix minutes après, Clarke, presque frémissant de suspicion et d'hostilité, la déposa devant sa maison. Ouvrant le boîtier situé près de la porte d'entrée, elle composa le code qui désarmait le système d'alarme, puis chercha son sac à main. Elle ne l'avait pas. Elle avait dû le laisser dans sa voiture ou l'avoir lâché dans les bois, elle ne se rappelait plus. Elle sonna à la porte, mais n'obtint pas de réponse. Même là dehors, elle entendait la musique qui résonnait dans la chambre de Robin, et Blaine se sentit excessivement contrariée. Pendant qu'elle essayait de sauver sa peau à la ferme de Bernice, à cause de Robin, la jeune fille était restée là à bouder et à écouter de la musique. Pestant en silence contre la mission qu'on lui avait assignée, Clarke attendit Blaine alors qu'elle se rendait à la fenêtre de Robin. Elle constata avec horreur que celle-ci était ouverte.

— Robin ! cria-t-elle.

La jeune fille n'apparut pas.

— Robin, c'est moi.

Blaine se dressa sur la pointe des pieds et jeta un coup d'œil à l'intérieur. La chambre était vide et Blaine sentit monter en elle une bouffée de colère, aussitôt suivie d'appréhension.

— Robin, Robin, tu es là ?

Seuls lui répondirent les braillements de Mick Jagger. Blaine vint en courant retrouver Clarke, et cria d'une voix haut perchée presque hystérique :

— Sa fenêtre est ouverte. Il y a de la musique dans sa chambre, mais elle n'est pas là.

Pour la première fois le jeune visage de Clarke perdit son expression furibonde.

— Elle ne projetait pas de sortir, si ?

— Non ! Elle était là quand je suis partie. Je lui ai recommandé de ne laisser entrer personne !

Tout à coup Ashley apparut à la fenêtre de devant ; elle repoussa les doubles rideaux et se mit à aboyer. « Ash, où est Robin ? » hurla Blaine sans réfléchir. Elle surprit le regard sceptique de l'officier. De toute évidence, Clarke n'était pas du genre à parler aux animaux.

— Il faut que nous entrions par sa fenêtre, lui dit Blaine, mais je ne suis pas assez grande. Est-ce que vous pouvez me faire la courte échelle ?

À ce moment-là, la Camero bleue de Robin pénétra dans l'allée. Blaine faillit laisser échapper un sanglot de soulagement, mais quand la jeune fille descendit de voiture, Blaine demanda d'un ton impérieux :

— Où diable étais-tu ?

Robin eut un léger mouvement de recul à la vue de l'adjoint du shérif.

— Je suis sortie un moment.

— Sortie où ?

— Sortie, quoi. Faire un tour en voiture.

— Après mon départ ? Alors que je t'avais *ordonné* de rester ici ?

Le regard de la jeune fille s'affola légèrement.

— Oui, après ton départ. J'avais seulement besoin de prendre l'air.

— Tu avais besoin de prendre l'air, répéta Blaine d'un ton incrédule. Tu avais besoin de prendre l'air, et tu es sortie alors qu'il y a un tueur en liberté ?

Robin se lécha les lèvres.

— Ouais. Je vois pas ce que ça peut faire. Tu es bien sortie, toi.

— Pourquoi ta fenêtre est-elle ouverte ?

— Elle est ouverte ? Je suppose que j'ai oublié de la fermer.

Blaine plissa les yeux. Elle aspira profondément.

— Nous reparlerons de ça plus tard. Maintenant ouvre la porte, s'il te plaît. Apparemment, j'ai perdu mon sac.

Une demi-heure après on sonna à la porte.

— C'est le shérif, annonça Clarke, visiblement soulagé.

Blaine et Robin étaient restées muettes de colère depuis qu'ils étaient entrés.

— Je vais lui ouvrir.

Blaine s'empara de la photo encadrée de Martin et elle, prise l'année précédente à Noël. Ils étaient assis face à l'arbre de Noël. Blaine portait une robe de velours turquoise et les boucles d'oreille en perle et diamant que Martin lui avait offertes. Martin arborait l'écharpe en cachemire rouge dont Blaine lui avait fait un jour cadeau. Il paraissait beaucoup plus jeune que son âge, avec son large sourire et ses yeux bleus qui reflétaient un profond bonheur. Une semaine plus tard il était étendu dans un lit d'hôpital, paralysé à partir de la taille, la tenant pour responsable de son impotence. Tu me manques, songea Blaine avec chagrin. L'homme que tu étais me manque, tout comme me manque le sentiment de sécurité que tu m'apportais.

Logan paraissait littéralement épuisé. Il a besoin d'un café, se dit Blaine, mais je ne peux pas le préparer. Mes jambes tremblent encore.

— Robin, veux-tu aller faire du café, s'il te plaît ? demanda-t-elle enfin.

— Je fais très mal le café.

— Prépares-en, c'est tout, Robin. Je ne crois pas qu'aucun de nous se préoccupe de sa qualité pour le moment.

La jeune fille quitta la pièce à contrecœur. Blaine se tourna vers Logan.

— Avez-vous trouvé des traces de la personne qui me poursuivait ?

— Non, Blaine. Rien.

— *Rien ?* On m'a tiré deux fois dessus. Vous

n'avez pas trouvé de balles logées quelque part, dans les piliers de la véranda par exemple ?

— Les premières recherches n'ont rien donné. Il va nous falloir attendre le lever du jour pour mener des recherches plus approfondies.

Blaine se frotta le front. Non, bien sûr qu'il n'y avait de balles nulle part. On n'en avait retrouvé qu'à la mort de Martin, pour la faire paraître coupable.

— Blaine, y a-t-il autre chose que vous puissiez me dire au sujet de ce soir ?

— Pendant que j'étais chez Bernice ?

— Oui.

Blaine se leva et se dirigea vers la cheminée.

— Le téléphone. J'ai reçu un coup de téléphone.

— Avant ou après le coup de téléphone de Bernice ?

— Chez Bernice !

— Vous avez reçu un coup de téléphone chez Bernice Litchfield ?

— Exact. Il était comme les autres coups de téléphone que j'ai reçus : personne n'a parlé, on a seulement passé une chanson. *Rock of Ages*.

— *Rock of Ages ?* Qu'est-ce que cela a à voir avec Bernice ?

— Elle la fredonnait tout le temps. Martin a failli devenir chèvre à force. Il lui en avait touché un mot une fois ou deux, elle avait joué les ulcérées, et puis le lendemain elle avait oublié et recommençait à la chanter.

Logan la dévisageait.

— Blaine, comment l'assassin aurait-il pu vous poursuivre jusqu'à la maison de Bernice, et puis vous téléphoner ? Il n'y a pas la moindre cabine téléphonique dans le secteur.

— Le coup de téléphone n'a pas eu lieu immédiatement après que je fus entrée dans la maison. Comme je l'ai dit, je me suis évanouie pendant dix à quinze minutes. Puis il s'est écoulé encore au moins cinq minutes avant que je ne trouve Bernice. Ensuite j'ai appelé le samu, puis le bureau du shérif. L'appel a eu lieu environ cinq minutes après. C'est-à-dire presque une demi-heure plus tard.

Clarke prit la parole pour la première fois au moment où Robin revenait dans la pièce.

— Comment l'assassin pouvait-il savoir que ce serait vous qui répondriez et non la police ?

— Je suppose qu'il ne pouvait pas le savoir. Il a dû attendre que je dise « Allô ». Si la police avait été là, ce serait certainement un policier qui aurait répondu. Si c'était moi qui répondais, cela voulait dire que j'étais seule.

— Vous avez tout résolu, n'est-ce pas ? dit Clarke.

— Non, monsieur l'Adjoint, répondit Blaine froidement. Mais quand j'aurai effectivement tout résolu, je vous le ferai savoir.

— D'accord, revenons à ce qui nous intéresse, fit Logan brusquement. Vous ne m'avez pas véritablement expliqué pourquoi vous étiez allée voir Bernice.

— Je vous l'ai dit : elle m'a téléphoné. Elle était bouleversée. Elle a dit qu'elle avait besoin de me voir.

— Elle était bouleversée par quoi ?

— Je ne sais pas.

Logan la considéra d'un œil sévère.

— Blaine, vous ne vous êtes pas rendue chez cette femme parce qu'elle a dit qu'elle était bouleversée. Elle ne vous portait pas particulièrement dans son cœur… vous ne seriez pas sortie alors qu'un assassin se promène en liberté rien que pour la réconforter. Qu'est-ce qu'elle a dit ?

— Tout un charabia. Je crois qu'elle avait bu. Écoutez, Logan, je sais qu'elle ne m'aimait pas, mais elle avait été bonne pour Martin et…

— Et elle savait quelque chose à propos d'une histoire de Dilaudid manquant.

Blaine fut parcourue d'un nouveau frisson d'appréhension. Pourquoi croyait-elle toujours qu'elle pouvait cacher des choses à Logan ? Cela ne marchait jamais. Il l'épingla du regard.

— Cet après-midi, avec moi, elle a nié savoir quoi que ce soit au sujet de Dilaudid manquant, mais elle était au courant. Elle ne sait pas bien mentir. Allons, c'est bien de cela qu'elle voulait vous parler, n'est-ce pas ?

— Oui, reconnut Blaine, la voix à peine plus forte qu'un murmure. Elle voulait parler du Dilaudid.

— Qu'est-ce qu'elle a dit à ce sujet ?

— Rien, Logan. Elle avait été agressée quand je suis arrivée là-bas, vous vous souvenez ?

— Je voulais dire, au téléphone.

— Elle a seulement dit qu'elle voulait en parler avec moi.

— C'est tout ?

— C'est tout.

Logan la dévisagea ; la déception se lisait dans ses yeux. Il savait qu'elle ne disait pas la vérité. Ce regard la blessa plus qu'elle ne l'aurait imaginé, et elle éprouva un terrible besoin de rétablir la confiance qu'il avait en elle, mais elle ne pouvait pas le faire sans mettre quelqu'un d'autre en danger. En fin de compte, Logan se tourna vers Robin.

— Clarke m'a dit que tu étais sortie ce soir.

— Je suis juste sortie prendre l'air, comme je l'ai dit.

— Et où es-tu allée prendre l'air ?

Robin avait l'air trop effrayée pour saisir son sarcasme.

— En ville. Je suis allée faire un tour en ville. Je suis allée au parc, mais je ne suis pas sortie de voiture. Je suis restée assise et j'ai regardé la rivière un petit moment. En revenant, j'ai crevé. C'est pour ça que je suis arrivée tellement tard.

— Tu as changé le pneu toi-même ?

— Oui.

Elle tendit les bras, montrant les taches qui maculaient les manches de son pull-over bleu.

— Vous voyez ? Ça vient du vieux pneu. Mon pull est sûrement fichu.

— Où est l'ancien pneu ?

— Dans le coffre, bien sûr. Où voulez-vous que je l'aie mis ? Au bord de la route ?

— Personne ne s'est donc arrêté pour t'aider.

— Non. Cela s'est passé à seulement deux kilomètres d'ici et la route était quasiment déserte.

— Bizarre qu'on ne t'ait pas vue en allant chez Bernice Litchfield.

— J'ai vu passer des voitures de police et l'ambulance, mais tout le monde roulait si vite. Et je m'étais écartée de la grand-route. J'étais sur cette petite route qui mène à la ferme des Dennis.

— Donc, tu étais seule et personne ne t'a vue, dit Logan lentement. Voilà qui est intéressant.

Dès que le shérif et son adjoint furent partis, Blaine se tourna vers Robin.

— Où étais-tu, s'il te plaît ?

— Je t'ai dit…

— Je sais très bien ce que tu m'as dit. Maintenant dis-moi la vérité.

— Après ton départ, j'ai eu un peu la frousse ici toute seule, alors j'ai décidé d'aller faire un tour…

— Robin, arrête !

Robin la regarda avec de grands yeux effrayés.

— Qu'est-ce que tu veux dire ?

— En revenant de la salle de bains il y a quelques minutes, j'ai essayé d'ouvrir ta porte. Elle était encore fermée de l'intérieur. Ton lecteur de compacts accepte cinq disques. Le dernier finissait au moment où nous avons franchi la porte d'entrée, et comme ça tu n'as pas eu besoin d'aller dans ta chambre arrêter la musique. Tu as eu de la chance... tu aurais eu du mal à expliquer cette porte fermée à clé.

Robin se recroquevillait à vue d'œil.

— Je sais exactement ce que tu as fait, poursuivit Blaine. Tu as mis un morceau de scotch sur le bouton d'alarme situé à ta fenêtre pour l'empêcher de se déclencher si je la branchais avant ton retour. Puis tu as utilisé la musique comme camouflage et tu t'es esquivée par la fenêtre. Tu savais que j'étais retournée dans ma chambre et que je n'entendrais pas la porte du garage s'ouvrir et se refermer ni ta voiture partir, et ma voiture se trouvant dans l'allée, je n'ai même pas vu que la tienne avait disparu. Tu avais prévu de revenir tout aussi tranquillement que tu étais partie en passant par ta fenêtre ouverte. Est-ce que je me trompe ?

Robin baissa légèrement la tête.

— Non, tu ne te trompes pas.

— Où es-tu allée ?

— Voir Tony.

— Voir *Tony* !

— Oui. J'étais bouleversée à l'idée que tu m'envoies vivre chez mes grands-parents. J'avais besoin de lui parler.

— Robin, Tony est peut-être un assassin !

— Blaine, il n'était pas le père du bébé de Rosie. C'est vrai !

— Je sais. C'était Rick.

Blaine contempla avec attention le visage de la jeune fille. Elle parut d'abord authentiquement choquée, puis satisfaite.

— C'est ce que Tony a dit. Il pensait que Rick était le père, mais je ne pouvais pas le croire.

— Pourquoi Tony pensait-il que Rick était le père ?

— Tony faisait des petits travaux chez les Peyton. Il a dit qu'il avait remarqué quelque chose entre Rick et Rosie. Rien de bien précis, rien qu'il puisse dire à la police, mais *quelque chose*. (Elle fronça les sourcils.) Est-ce que la police sait que Rick était le père ?

— Oui. Rick l'a reconnu. Tu ne le savais *vraiment* pas ? Rosie ne t'avait pas dit qu'elle avait eu une liaison avec Rick tout l'été ?

— Tu ne crois pas que je l'aurais dit au shérif si je l'avais su ? Je n'en avais pas la moindre idée. Mais je suis contente.

Blaine la dévisagea.

— *Contente ?*

— Oui. Maintenant Tony est disculpé.

— Pas tout à fait. Il a menti sur son alibi pour la nuit de la mort de Rosie.

— Mais je sais où il était, dit Robin avec inquiétude.

— Où ça ?

— C'est un secret.

— Robin !

— Pourquoi tiens-tu tant à rendre Tony responsable de tout ?

— Je n'y tiens pas. Mais tu es trop vague. Je ne crois pas que tu saches vraiment où était Tony. Je crois que tu essaies seulement de le protéger.

— C'est faux !

— Alors si tu l'aimes tellement, aide-le. Dis-moi où il était. Et puis dis-le à la police.

Robin tira une mèche de ses longs cheveux autour de sa gorge, un geste nerveux que, aux dires de Martin, elle avait depuis l'enfance.

— Il ne me confiera plus jamais d'autres secrets.

— Allons, Robin, arrête de parler comme une petite fille de dix ans. Franchement, Tony et toi n'avez pas l'air de comprendre qu'il est question de *meurtre* ici, et Tony a dix-huit ans… ce n'est plus un mineur. Est-ce que tu veux le voir passer le reste de sa vie en prison ?

Robin parut terrifiée. Elle se mordit la lèvre.

— D'accord, d'accord, je vais te le dire, concéda-t-elle à contrecœur. Vois-tu, sa sœur Sandra avait trouvé des trucs dans la chambre de son fils, des petits trucs dont elle savait qu'il les avait volés. Son mari était en voyage, et elle a flippé. Elle ne savait pas quoi faire — aller à la police ou essayer de protéger son fils. Alors elle a appelé Tony chez Ron Gibson. Il est allé là-bas et a fait un grand sermon au gosse sur ce que ça fait de se faire coincer pour quelque chose. Il a dit à Sandra de ne pas aller à la police, mais Sandra avait vraiment peur que quelqu'un ne découvre que la famille était en possession de marchandises volées, alors elle a fait promettre à Tony de garder le secret.

— Et elle l'a laissé mentir à la police pour garder son secret ? Cela ne ressemble pas à la Sandra que je connais.

Robin la regarda d'un air de défi.

— Alors peut-être que tu ne la connais pas aussi bien que tu le penses.

Blaine respira profondément.

— Robin, est-ce que tu as la moindre preuve que ce que Tony t'a dit est vrai ?

— J'ai sa parole.

— Et cela te suffit ?

— Oui. Et je ne vois pas pourquoi cela ne te suffit pas.

— Parce que je ne suis pas une gamine de dix-huit ans amoureuse.

— Je ne suis pas une enfant, dit Robin les dents serrées. De toute façon, je ne vois pas pourquoi tu te mets dans cet état. Tony était avec moi ce soir, alors il ne peut pas être l'assassin.

— Est-ce qu'il va aller à la police dire qu'il était avec toi ?

— Pourquoi le ferait-il ?

— Robin, est-ce que tu sais à quel point tu avais l'air ridicule quand tu as prétendu que tu étais sortie prendre l'air ? Où as-tu trouvé cette réplique — dans un film des années quarante ? Logan n'y a pas cru une minute.

— C'est toi que je ne crois pas. Tu essaies seulement de me faire peur. Le shérif a paru satisfait de mon explication.

— Robin, il t'a laissée tranquille ce soir parce qu'il se concentrait sur moi, mais en fin de compte il va te demander où tu étais vraiment.

Robin paraissait moins sûre d'elle.

— Euh, je n'avais pas l'intention de rester absente si longtemps. J'ai crevé. C'est la vérité. Et j'ai véritablement changé mon pneu là où j'ai dit que je l'avais fait, sans aide. De toute façon, qu'est-ce que ça peut faire, là où j'étais ?

— Parce que ce coup de téléphone que Bernice m'a passé l'a sans doute été sous la contrainte. Quelqu'un a essayé de m'attirer dans sa maison.

Robin la fixa du regard.

— Et tu crois que c'était moi ? Pourquoi ferais-je une chose pareille ?

— Tu as entendu Logan… Bernice voulait me parler du Dilaudid manquant, la drogue qu'on a donnée à Rosie et à Kathy et probablement à Bernice.

— Bon. Et alors ?

Blaine gagna nerveusement la porte-fenêtre et regarda la nuit, dehors.

— Robin, étais-tu avec Rosie tout l'après-midi du jour où ton père… est mort ?

— Quoi ? Tu sais très bien que j'étais avec Rosie !

— Ah oui ? Tu viens bien de me mentir ainsi qu'à la police au sujet de l'endroit où tu te trouvais ce soir.

— Mais je savais que tu serais furieuse si je disais que j'avais fait le mur pour aller voir Tony, et tu veux te débarrasser de moi de toute manière et…

Blaine se retourna et Robin s'interrompit, toute pâle.

— Tu penses que j'ai tué *papa* ?

— Je ne pense pas que tu l'aies tué, Rob. Mais tu savais à quel point il était malheureux. Et, brusquement, il s'est retrouvé avec une clé que tu m'avais vue cacher, et il était en possession d'un pistolet qu'il n'aurait pas pu atteindre sans se renverser le placard sur la tête…

La bouche de Robin s'ouvrit, se referma, puis se rouvrit.

— Tu savais que *je* savais où se trouvait la clé ? Tu crois que j'ai pris le pistolet pour papa de façon qu'il puisse se *tuer* en faisant passer sa mort pour un suicide ?

— Je le comprendrais, Robin. Tu l'aimais tellement. Il pensait que sa vie était fichue. Il t'avait convaincue toi aussi qu'elle était fichue. Peut-être as-tu pensé que tu faisais un acte de charité, comme l'euthanasie. Peut-être…

— Peut-être alors, en entendant parler de la drogue manquante, as-tu imaginé que Rosie avait changé d'avis et ne voulait plus soutenir mon alibi pour l'après-midi de la mort de papa, et que je l'ai donc tuée avec des médicaments que j'avais volés quand papa était malade, dit Robin d'une voix assourdie. Et puis j'ai tué Kathy parce qu'elle avait vu quelque chose, et puis j'ai tué Bernice parce qu'elle savait quelque chose…

Blaine ferma les yeux.

— Robin, je suis allée voir Bernice parce qu'elle avait l'air de dire qu'elle savait que tu étais là l'après-midi où ton père est mort et qu'elle connaissait la signification du Dilaudid manquant. Je ne t'ai *jamais* crue capable de meurtre…

— Mais tu n'étais pas sûre, pas vrai ? Du moins c'est ce que tu vas dire à la police.

Robin haussa la voix.

— Tu vas dire que tu pensais que c'était moi qui avais volé le Dilaudid pour assassiner ces gens !

— Est-ce que j'ai dit ce soir quelque chose de ce genre ?

— Non, mais tu le feras s'ils te mettent le dos au mur ! Tu ne leur as pas craché spontanément ta petite histoire ce soir pour avoir l'air de me protéger. Mais tu ne tarderas pas à la raconter. Et Logan Quint est amoureux de toi. Ça saute aux yeux. Il essaiera de te protéger. Il essaiera de croire tout ce que tu pourras raconter ! Seigneur, il ne t'a même pas arrêtée ce soir ! poursuivit Robin, en rage. N'importe qui d'autre t'aurait arrêtée ! Tu vas t'en sortir et moi…

Elle se leva, les poings serrés, les yeux lançant des éclairs, et se précipita dehors. Blaine entendit ronfler le moteur de sa voiture ; Robin quitta l'allée en faisant crisser ses pneus, et Blaine resta seule dans le salon, complètement désemparée.

17

Dimanche fut un jour triste et couvert. La météo avait prévu de la neige pour le soir, et Blaine en remarquait les signes avant-coureurs : les cirrus hauts et duveteux du début de matinée cédaient la place à l'épaisse couche de nuages bleu-gris qui annonçaient habituellement l'arrivée de la pluie ou de la neige.

Elle se réveilla à six heures, et vers dix heures du matin, elle était tellement agitée qu'elle enfila une veste et emmena Ashley faire un tour. Elles se dirigèrent vers le bois et Blaine éprouva une sensation bizarre en portant le 22 automatique qu'elle avait pris dans le placard à fusils de Martin. Elle revit Martin en train de lui apprendre à s'en servir. « Ne te crispe pas, Blaine. Contente-toi de presser la détente. Et arrête de fermer ton œil gauche. Garde les deux yeux ouverts. » Elle avait essayé, pour lui faire plaisir, et non parce qu'elle pensait qu'elle porterait un jour une arme. Cette idée lui semblait ridicule à l'époque, mais voilà, aujourd'hui elle se retrouvait avec un pistolet fourré dans la poche droite de sa veste, alors qu'elle allait faire ce qui aurait jadis été une banale promenade dans les bois.

Elle ne savait pas ce qui l'attirait vers les bois — peut-être était-ce la peur qu'ils lui inspiraient et qu'elle voulait surmonter. Et Ashley était tout à fait décidée. Elle avait grandi en courant dans les bois, à déloger les marmottes et à gambader dans le ruisseau. Elles avançaient machinalement vers les arbres, comme elles le faisaient presque tous les jours depuis près de trois ans.

Blaine avait emporté de quoi remplir les mangeoires à oiseaux que Kirk avait fabriquées. Peut-être que si elle s'assignait une tâche, songea-t-elle, elle ne serait pas accablée par les souvenirs de la découverte du corps de Rosie. Elle décrocha des branches les élégantes petites pagodes rouge et or et y déversa des graines de tournesol, en même temps que des miettes de biscuits pour chien et de la graisse de rognon dont elle savait qu'elle ne gèlerait pas. Au moins les quelques hirondelles audacieuses, ou peut-être téméraires, qui ne s'étaient pas envolées vers le sud auraient-elles ainsi quelque chose à manger si le présentateur de la météo ne s'était pas trompé en prévoyant une chute de neige anormalement abondante pour fin novembre. Mais il semblait bien que ses prévisions étaient exactes. Elle flairait la neige dans l'air, et tout à coup elle revit son père en train de lui raconter qu'il en était tombé trente centimètres un jour de Thanksgiving dans les années cinquante. À l'entendre, l'événement avait été un moment magique, plein de bonshommes de neige et de glissades en luge, et non la dangereuse catastrophe atmosphérique que tout le monde décrivait. Il aurait été excité aujourd'hui, songea Blaine en remplissant la dernière mangeoire ; il allait sans doute tomber autant de neige que cette fois-là.

Elle était en train d'appeler Ashley, pour rentrer à la maison, lorsqu'elle aperçut Logan sur le sentier. Elle ne put réprimer un frisson de mauvais augure en le voyant.

— Que diable faites-vous ici ? cria-t-elle tandis qu'il s'approchait. Est-ce qu'il est arrivé quelque chose à Robin ?

— Non. Mais où est-elle ? Personne ne m'a répondu.

— Robin est chez Cait. Nous nous sommes disputées hier soir. Elle est partie fâchée et je n'ai pas vécu jusqu'à ce que Cait me téléphone une heure plus tard pour me dire que Robin était là.

Une brise soudaine souleva la mèche de cheveux noirs qui barrait le front de Logan. Il portait un jean et une veste par-dessus un sweat-shirt — pas son uniforme —, et il semblait préoccupé.

— À propos de quoi Robin et vous vous êtes-vous disputées ?

— Oh, des chamailleries normales entre une belle-mère et sa belle-fille.

Logan la regarda tristement.

— J'aimerais bien que vous arrêtiez de me mentir, Blaine.

Elle détourna vivement le regard. Devait-elle lui confier ses soupçons au sujet de Robin ? Et si elle se trompait ? Pouvait-elle risquer de ruiner la vie d'une jeune fille pour se protéger ? Non. Mais si elle avait raison au sujet de Robin ? Dans ce cas la jeune fille avait besoin d'une aide médicale ; elle n'avait pas besoin que la police lui tombe dessus.

— Blaine ?

— Je suis désolée, dit-elle vivement.

Ashley s'assit à ses pieds, les yeux pleins d'espoir, mais elle n'avait pas emporté de bâtons pour les lui lancer. Elle se pencha et caressa la tête dorée de la chienne.

— Comment va Bernice ?

— Elle est en vie, mais seulement par une chance extraordinaire. Apparemment, elle prenait quelque chose pour les migraines qu'elle avait — un médicament qui s'appelle le Cafergot, je crois. Quoi qu'il en soit, il opère en resserrant les vaisseaux sanguins. D'après son médecin, elle a dû en prendre une dose avant d'être agressée, et par conséquent son flux sanguin était ralenti. Avec en plus les garrots, ça lui a sauvé la vie. Mais elle est toujours inconsciente.

— Dieu soit loué, dit Blaine dans un souffle. Mais et le Dilaudid ? Est-ce qu'on lui a donné du Dilaudid ?

— Oui, mais pas une overdose massive, compte tenu de son poids. Nous en avons trouvé un peu sur le sol, avec la seringue. Elle a dû lutter avec son agresseur et une bonne quantité de produit a fini par gicler hors de la seringue. Au bout du compte notre assassin a loupé son coup.

— Notre assassin, murmura Blaine, presque comme si le fait de prononcer ces mots à haute voix risquait de faire apparaître le coupable. Je suppose que vous n'avez trouvé aucune trace prouvant que cette personne m'avait tiré dessus là-bas chez Bernice.

— Non. Jusqu'à présent nous n'avons retrouvé aucune balle ni aucune cartouche.

— Oh. Alors je suppose que vous êtes venu m'arrêter.

— Non. Le procureur a beau tenir absolument à vous voir passer en jugement, il ne peut approuver une arrestation tant qu'il n'y a pas de preuves concrètes, et il n'y en a aucune. Nous avons trouvé l'arme du meurtre : un couteau de cuisine émoussé. Mais il n'y avait aucune empreinte dessus. Aucune sur la seringue non plus, et vous ne portiez pas de gants. (Il baissa les yeux.) Mes hommes continuent à fouiller les bois et la maison pour retrouver les gants que vous portiez peut-être et que vous auriez cachés avant notre arrivée.

Blaine déglutit.

— Sans succès, je suppose.

— Pour le moment.

— Et ma voiture ?

— Nous l'avons fait remorquer, mais on continue à la fouiller pour trouver des preuves. Vous pourriez peut-être la récupérer demain. Mais vous pouvez récupérer votre sac à main tout de suite. C'est ce que je suis venu vous rapporter. Nous l'avons retrouvé hier soir.

Il tendit à Blaine son sac en daim marron. C'était son préféré, mais maintenant qu'il avait traîné des heures sur le sol humide, il était tout taché.

— Regardez à l'intérieur pour vérifier qu'il ne manque rien.

Elle traversa le sentier et s'assit sur un vieux rondin de chêne, passant rapidement son contenu en revue.

— Rien. Des clés. Mon portefeuille. Tout mon argent semble y être. Mon permis de conduire et mes cartes de crédit. Mon maquillage.

— Sans parler du sachet de bonbons.

Blaine sourit.

— Écrabouillé, mais il est bien là.

Logan s'assit à côté d'elle.

— Est-ce que Bennett a essayé de vous joindre ?

— Non. Il a trop honte, sans doute. À juste titre.

Logan ramassa une brindille qu'il cassa en deux.

— Je suppose que vous aimiez réellement ce type.

Blaine le dévisagea, choquée.

— Non, je ne l'aimais pas, Logan. Ce n'était qu'un ami. C'est vrai qu'il voulait que les choses deviennent plus sérieuses — pas une liaison, mais le mariage. Maintenant je sais pourquoi. Ma fortune.

— Je suis sûr que ce n'est pas la seule raison.
— Mais c'était la principale.
— Tous les gens à qui j'ai parlé le prenaient pour un type formidable.
— Oui, c'est l'impression qu'il donnait.
Blaine jeta les brindilles et contempla les feuilles pourrissantes qui tapissaient le sol.
— De toute évidence, ce n'était pas le cas, reprit-elle, mais je n'arrive toujours pas pour autant à croire que c'est un assassin.
— Eh bien, voilà qui contribuera peut-être à vous convaincre. Quand son ex-femme a appris qu'il avait été convoqué pour un interrogatoire et qu'il risquait d'être arrêté, elle a rappliqué avec sa propre confession. Du temps où ils étaient mariés, Bennett escroquait l'assurance-maladie.
— *Quoi ?*
Logan hocha la tête.
— Elle a prétendu qu'elle n'avait rien dit parce que c'était son mari et qu'elle l'aimait, etc. D'après moi, elle était dans la combine jusqu'au moment du divorce. Ensuite elle s'est sans doute servie de ce détail pour le menacer.
— Elle l'a fait chanter pour qu'il lui accorde cette énorme compensation ?
— C'est une hypothèse, mais je crois qu'elle se défend. D'après moi, elle pensait que s'il était arrêté, il risquait de nous dire ce qui s'est réellement passé entre eux, et elle a décidé de prendre les devants en nous livrant sa version à elle.
— Je me suis toujours demandé pourquoi Rick s'était montré si généreux. Je me disais que c'était simplement parce qu'il voulait se débarrasser d'elle, et régler ainsi définitivement les histoires d'argent.
— Je ne crois pas que ce genre de générosité soit très naturelle à quelqu'un comme Bennett.

— Je ne le crois pas non plus. Mais compte tenu de ce qu'il avait à perdre, je suis étonnée qu'il ait quand même divorcé. Martin était encore vivant à ce moment-là. Il ne pouvait pas projeter de m'épouser.

— À ceci près que nous ne sommes pas sûrs que Martin se soit suicidé.

Blaine le regarda sans ciller.

— Mais il s'est suicidé, Logan.

— Comment pouvez-vous le savoir ? Vous étiez absente cet après-midi-là.

— Je croyais que vous n'étiez pas sûr de ça non plus.

— Votre explication selon laquelle vous avez brusquement décidé d'aller faire des courses sonnait un peu faux, Blaine. Même vous, vous devez vous en rendre compte.

— J'étais effectivement au centre commercial, Logan. Seulement, je n'ai rien acheté.

Levant les yeux, elle aperçut la formation d'oies canadiennes qui volaient au-dessus de leurs têtes en cancanant bruyamment. Ashley aboya en l'air, puis elle reporta son attention vers les humains, qui avaient l'air tellement sérieux. Elle se rapprocha de Blaine et posa sa tête sur son genou, geste habituel d'amitié.

— Vous n'allez pas arrêter Rick, n'est-ce pas ?

— Je n'ai pas assez de preuves.

— Oh ! Mais les preuves s'accumulent contre moi, c'est ça ?

— J'en ai peur. Et cela ne semble pas vous affecter outre mesure.

Blaine lui lança un regard blessé et apeuré.

— Non, ce n'est pas vrai, reprit Logan. Cela vous affecte, mais vous ne faites rien pour vous en sortir.

Blaine leva les mains.

— Je ne sais pas ce que vous voudriez que je fasse à part clamer mon innocence.

— Vous pouvez me donner *quelque chose*, Blaine ? Quelque chose qui pourrait vous disculper ?

— Pour l'amour de Dieu, Logan, je vous ai téléphoné après chaque meurtre.

— Vous n'étiez pas seule quand le corps de Rosalind a été découvert. Vous étiez *obligée* de téléphoner du moment que Cait et Robin l'avaient vu. Et dans le cas de Kathy, vous avez été la dernière personne à quitter le gymnase parce que vous deviez fermer le bâtiment. Vous vous trouviez seule à l'intérieur avec Kathy, et ça, tout le monde le savait. Arletta Stroud pourrait l'attester.

— Et je suis sûre qu'elle s'en ferait une joie. Mais pour hier soir ? Personne ne pourrait attester que j'étais avec Bernice.

— Blaine, votre voiture a refusé de démarrer. Vous n'avez pas pu vous enfuir. Même si vous aviez fui, vous auriez été forcée d'abandonner votre voiture.

Blaine mit sa tête dans ses mains.

— Vous avez raison. Tous les indices sont contre moi.

— Pas tous, dit Logan d'un air songeur. Blaine, est-ce que Robin savait où se trouvait la clé de l'armoire à fusils de son père ?

Blaine redressa la tête, les yeux écarquillés.

— Qu... quoi ?

— Vous avez dit que vous aviez caché la clé du placard à fusils quand Martin est devenu si déprimé. Est-ce que Robin savait où elle était ?

Blaine pinça sa lèvre inférieure entre ses dents, puis elle poussa un long soupir.

— Non.

— Vous recommencez à me mentir. *Pourquoi ?* Si elle a tué son père...

— Elle n'a *pas* tué son père, Logan. Elle n'a tué personne. Je ne crois absolument pas qu'elle soit capable d'une chose pareille.

— Vous seriez étonnée de voir qui est capable de meurtre, dit Logan d'un ton sinistre.

— Alors vous sous-entendez qu'elle est peut-être responsable de tous les meurtres ?

Logan la regarda droit dans les yeux.

— Eh bien, poursuivit-elle, demandez à Tony Jarvis. C'est avec lui qu'elle était hier soir quand Bernice a été assassinée et que Robin a prétendu qu'elle était sortie prendre l'air.

— Tony Jarvis jure qu'il était chez lui tout seul avec sa mère.

Blaine était abasourdie. Soit Robin lui avait menti, soit Tony avait menti à la police, pensant que la seule menace pesant sur Robin était la colère de Blaine.

— Pourquoi avez-vous interrogé Tony sur Robin ? demanda-t-elle enfin, la voix brouillée par la peur.

— Il est suspecté pour ces meurtres, Blaine. Naturellement, je l'ai interrogé sur l'endroit où il se trouvait hier soir. Il n'a pas parlé de Robin. C'est vous qui venez de me dire que Robin était avec lui.

— Oh, fit Blaine, respirant difficilement. Bon, et Rick, alors ?

— On n'a pas pu mettre la main sur le Dr Bennett ce matin.

Blaine resta bouche bée.

— On n'a pas pu ?

— Il n'est que onze heures. Il est peut-être à l'église.

Malgré sa peur, Blaine ne put s'empêcher de sourire.

— Oh, oui, bien sûr.

— On n'a pas pu mettre la main sur John Sanders non plus.

— Eh bien, cela n'a rien de mystérieux. Il doit être à Columbus avec Samantha.

— À part que Samantha s'appelle en réalité Samuel.

Blaine le regarda, interloquée.

— *Samantha* était son alibi pour le meurtre de Rosalind Van Zandt. Mais, après supplément d'enquête, on a constaté que l'alibi ne tenait pas. Quand nous l'avons interrogé une deuxième fois, Sanders a dit qu'il avait menti — qu'il n'existe pas de Samantha Burton. La femme à qui nous avons parlé était sa sœur Gail ; elle le couvrait. Il a dit qu'il était homosexuel, et que la personne qu'il voit à Columbus est un homme du nom de Samuel Burleigh, un médecin. Un *anesthésiste*.

Blaine sentit les traits de son visage se relâcher.

— Un anesthésiste ? répéta-t-elle, stupéfaite. Ce qui signifie qu'il a accès à des drogues...

— Oui. Sinon que le Dr Samuel Burleigh est en vacances en Europe. Nous ne sommes pas arrivés à le localiser, et quand nous le ferons, nous risquons de découvrir qu'en réalité il n'est pas du tout l'amant de Sanders. Il n'est peut-être qu'une connaissance dont Sanders se sert comme paravent.

— Peut-être, dit Blaine lentement.

Elle repensa soudain aux invitations que Martin et elle avaient si souvent adressées à John et « Samantha » pour le samedi ou le dimanche. Mais ils n'étaient jamais venus. À sa connaissance, personne à Sinclair n'avait jamais rencontré la mystérieuse Samantha.

— Mais je ne crois pas, ajouta-t-elle.

— Vous croyez que Sanders dit la vérité ?

– Je ne sais pas. Mais s'il est effectivement homosexuel, une grande partie de son comportement s'explique.

– Son comportement ?

– Qu'il se soit montré si discret au sujet de sa petite amie. Il ne l'a jamais amenée ici, ce qui était bizarre compte tenu qu'ils étaient censés se fréquenter depuis des années. Et il est tellement solitaire. Je suppose qu'il s'imaginait que c'était inévitable. Dans cette petite ville provinciale, les gens n'auraient pas compris. Et je suis sûre qu'il perdrait son emploi si le bruit se répandait qu'il est homosexuel.

– C'est ce qu'il a dit.

Blaine fronça les sourcils.

– Oh, pauvre John, être obligé comme ça d'avoir une vie secrète. Il a dû se sentir si seul ici. Il ne m'en a même pas parlé, alors qu'il savait que j'aurais compris.

– Blaine, peut-être que ce n'est pas vrai. Peut-être est-ce pour cela qu'il ne vous l'a jamais dit. Vous étiez en effet très proches tous les deux. Il devait savoir que vous auriez fait preuve de compréhension.

Oui, John l'aurait su, songea Blaine. Alors pourquoi n'avait-il rien dit ? Par peur qu'elle n'en parle à quelqu'un d'autre qui, lui, n'aurait pas compris ou n'aurait pas gardé le secret ? Ou parce qu'il mentait ?

Blaine ferma les yeux. Questions, doutes, ambivalence. Où était la vérité ? Comment pourrait-on jamais découvrir la vérité sur ces meurtres quand, apparemment, tout le monde mentait : Rick, John, Robin. Même elle. Quand elle rouvrit les yeux, Logan la regardait avec attention, le visage plein de compassion.

— Vous me croyez innocente, n'est-ce pas ? demanda-t-elle soudain.

— Blaine, je te connais depuis l'école préparatoire, quand tu avais dégringolé de la cage à poule pour m'atterrir en plein sur la tête.

Blaine sourit.

— Et tu essaies encore d'amortir ma chute, pas vrai ?

Leurs visages étaient si proches que Blaine sentait le souffle de Logan sur sa joue. Ses yeux sombres qui, ces six derniers mois, avaient paru si lointains, étaient à présent chaleureux, presque caressants. Il lui prit la main et la serra. Son alliance, toute froide, s'enfonça dans sa peau. Elle se raidit et retira sa main, quand en fait elle n'avait qu'une envie, se jeter dans ses bras.

— Je suis désolé, dit Logan doucement. Quelquefois j'oublie que nous ne sommes plus au lycée.

— De l'eau a coulé sous les ponts depuis.

— Et beaucoup de choses ont changé. Pas les sentiments, juste les circonstances.

Blaine sentit son cœur battre plus fort ; ses joues rougirent, et elle bénit le ciel que Logan eût les yeux ailleurs : il regardait les vieux arbres vigoureux qui tendaient leurs branches dénudées vers le ciel d'un bleu de cobalt.

— C'est tellement beau ici, déclara-t-il d'un ton calme. Les Indiens d'Amérique du Nord étaient très religieux et ils croyaient en l'omniprésence d'une sorte d'essence surnaturelle. Les Iroquois l'appelaient *orenda*. Elle se personnifiait en dieux, en démons et diverses créatures, qui provenaient de choses naturelles.

— De choses naturelles comme ces arbres ?

Logan fit oui de la tête.

— En ce moment je ne peux pas imaginer qu'il

pourrait en sortir autre chose qu'une créature bienveillante. Et puis je pense à Rosalind Van Zandt qui a été tuée ici…

— Et les arbres semblent alors remplis de créatures démoniaques.

Il sourit à pleines dents.

— Ça paraît dingue, non ?

— En fait, c'est plutôt poétique. Ça paraît effrayant, aussi, car parfois il m'arrive d'éprouver ce même sentiment ici dans les bois. Ça me l'a toujours fait, mais surtout depuis la mort de Rosie. C'est comme si les arbres possédaient une sorte d'intelligence, une sensibilité quasi humaine. (Elle soupira.) Je regrette seulement qu'ils ne puissent pas nous dire ce qui s'est réellement passé la nuit où Rosie a été assassinée.

Logan baissa les yeux ; il tripotait nerveusement son alliance.

— Blaine, ce que j'étais venu te dire n'a rien à voir avec tout ça.

Blaine sentit un frisson lui parcourir le dos. Sa voix avait perdu ses accents chaleureux. Il leva les yeux et, sans la regarder en face, annonça :

— Je repasse l'affaire à la Police d'État.

Après la mort de Kathy, elle s'était demandé pourquoi il n'avait pas demandé leur aide. Mais maintenant, après avoir été renvoyée du lycée, après avoir découvert la vérité sur le Dilaudid, après l'épisode avec Bernice, elle comprenait que ses problèmes à la mort de Martin n'étaient qu'un avant-goût de ses problèmes à venir. Tout à coup elle se sentit abandonnée, telle une personne bloquée au fond d'un trou et dont le seul espoir résidait dans une voix familière, encore que souvent distante et soupçonneuse, une voix pleine d'autorité, une voix familière appartenant à quelqu'un qui, elle le savait, tenait à elle en dépit de tout. Une voix qui ne serait plus là.

— Pourquoi prendre cette décision *maintenant* ? demanda-t-elle

— La pression publique, la pression du maire.

Il se déplaça légèrement, et ses yeux noirs trouvèrent les siens.

— Et parce que je suis trop proche du suspect numéro un.

— Mais c'est à peine si nous sommes encore vaguement amis, protesta Blaine faiblement.

— J'avais un boulot à faire, Blaine. J'ai essayé de le faire de mon mieux. Je le faisais en effet de mon mieux au moment de la mort de Martin. Mais je ne travaille plus correctement à présent. Je me mets en quatre pour t'accorder le bénéfice du doute, et cela ne te rend pas service, cela te nuit. Les gens disent que je te protège parce que je suis toujours amoureux de toi.

— Mais tu n'es pas amoureux de moi, dit Blaine d'un ton piteux. Les gens ne le voient donc pas ?

— Quelquefois les étrangers voient mieux les choses que les intéressés.

— Tu es donc encore amoureux de moi ?

— Je n'ai jamais cessé de t'aimer, Blaine. Mais je suis marié. Et tu penses encore à Martin. De plus, tu n'as pas besoin de t'encombrer de problèmes amoureux pour l'instant. Tu es dans un fichu pétrin.

— Et tu me laisses tomber.

Logan l'attira vers lui ; il la serra contre lui tandis que les larmes de Blaine coulaient soudain à flots sur son veston de laine.

— Je ne te laisse pas tomber, Blaine. Pas en esprit, en tout cas. Mais je n'ai plus la haute main dans cette affaire à présent.

— Parce que tu l'as bien voulu.

— Parce que, à moins de vouloir que les gens ne te soupçonnent encore davantage qu'ils ne le font déjà, il fallait que je renonce. J'ai fait tout ce que je pouvais, mais il n'y a pas moyen que tu me dises la vérité.

— Alors tu me prends pour une meurtrière ?

— Non. Mais tu n'as pas assez confiance en moi pour être honnête. Tu caches des choses.

Blaine ne pouvait le nier. Elle avait menti sur les raisons qui lui avaient fait quitter la maison l'après-midi de la mort de Martin, et elle ne lui disait pas combien elle s'inquiétait du rôle joué par Robin dans tout ce désastre. Elle baissa la tête, avalant sa salive pour endiguer les larmes qui ne cessaient de couler. Il lui embrassa le sommet de la tête.

— Peut-être que ça va s'arranger, Blaine.

Mais elle le connaissait trop bien pour ne pas discerner l'absence de sincérité dans sa voix. Il ne croyait pas que les choses allaient s'arranger, et elle non plus.

La neige commença à tomber aux alentours de deux heures. Blaine et Ashley se tenaient à la porte-fenêtre, contemplant les flocons fins comme de la dentelle qui tombaient de plus en plus dru. Au bout de quinze minutes Blaine ne voyait même plus les bois, et le sol était entièrement blanc.

Blaine se détourna de la fenêtre et erra dans la maison, effleurant les objets, éprouvant un pincement de tendresse pour cet intérieur dans lequel elle avait jadis été si heureuse. À présent Martin était parti, Robin était partie, et bientôt elle serait sans doute partie elle aussi.

Elle se rendit dans la petite chambre d'amis qu'elle utilisait comme bureau. Son traitement de texte n'avait pas servi depuis plusieurs semaines et, d'un doigt distrait, elle traça ses initiales sur l'écran poussiéreux. *B. O. A.* Elle se trouva puérile et s'empressa de les effacer ; puis elle se tourna vers son meuble de classement, où se trouvait une pile de dossiers d'étudiants. En les feuilletant, elle se souvint qu'ils dataient du dernier cours qu'elle avait donné avant sa pneumonie. Après des années passées à discutailler avec les élèves sur des notes dont ils prétendaient qu'elle les avait mal consignées dans son registre (toujours à leurs dépens), elle avait obtenu que les étudiants conservent tous leurs devoirs dans un classeur, de manière qu'on puisse les consulter en fin d'année. Les élèves de cette classe avaient remis leur premier devoir ce jeudi malheureux où Blaine était tombée malade, et elle n'avait jamais eu l'occasion de les regarder. Robin les avait rapportés à la maison, les avait entassés dans son meuble de rangement, où ils étaient demeurés intouchés depuis des semaines.

Rosie était dans cette classe. Poussée par une curiosité morbide, Blaine se mit à explorer la pile et trouva le dossier de Rosie, dont la couverture présentait une reproduction de la *White Girl* de Whistler. Elle se tenait là, dans sa longue robe blanche, ses cheveux bruns flottant sur ses épaules, ses yeux à la fois vulnérables et insondables. Rosie s'était-elle identifiée à la *White Girl* ? Sa ressemblance avec le portrait de la maîtresse de Whistler Joanna Heffernan était étonnante. Et Rosie, elle aussi, avait été une maîtresse. La jeune fille avait toujours été fascinée par les mystères et autres messages sibyllins. Ce choix de classeur pour le cours de Blaine avait-il représenté un besoin irrésistible de confier à quelqu'un qu'elle avait une liaison ?

Blaine ouvrit le classeur, regardant l'essai sur table de Rosie sur *The Legend of the Sleepy Hollow*.

Cette nouvelle n'avait rien d'un chef-d'œuvre, et on ne pouvait guère lui reconnaître que son adresse technique. Blaine ne savait même plus à présent pourquoi elle leur avait assigné ce devoir. Peut-être était-ce seulement pour s'assurer qu'ils avaient bien lu le texte.

Elle s'apprêtait à refermer le classeur quand un papier froissé s'échappa de la poche latérale. Elle le ramassa et le lut, un peu troublée :

Rosalind Van Zandt
Boîte Postale 94
Sinclair, WV 25561
12 septembre 1991.

Registre des Naissances et Statistiques
150 Tremont Street
Boston, MA 02111

Chers messieurs,

J'aimerais obtenir une copie du certificat de naissance de mon père, Derek Garth Van Za

La lettre inachevée avait été tapée sur une machine à écrire antédiluvienne pareille à celles qu'il y avait au lycée. Même le papier ressemblait au papier bon marché fourni aux élèves en cours de dactylo. Tout à coup Blaine revit Robin lui racontant qu'elle avait surpris Rosie en train de taper une lettre, qu'elle avait immédiatement ôtée de la machine pour la glisser dans un classeur. Il devait s'agir de cette lettre-là. Mais pourquoi Rosie réclamerait-elle une copie du certificat de naissance de son père ?

Installé devant la télévision, Tim faisait nonchalamment son arithmétique.

— Tu ne crois pas que tu pourrais mieux te concentrer sur ton travail sans la télé ? demanda Allie.

— Non. Je déteste l'arithmétique. Cela n'a pas d'importance que je regarde *Magnum* ou non quand je fais mes devoirs. J'aurai une mauvaise note de toute façon.

Allie se pencha au-dessus de lui, contemplant les chiffres que son petit-fils avait griffonnés sur la page de son cahier.

— Tim, je n'en crois rien. Tu n'essaies même pas. Regarde-moi ce torchon : tu ne vas quand même pas rendre ça à ton professeur !

— Cela n'a pas d'importance que ce soit bien présenté ou non : j'aurai quand même faux à toutes les réponses.

Sa grand-mère alla éteindre la télévision.

— C'est une rediffusion et tu as déjà vu dix fois cet épisode.

— Ça me plaît toujours !

— Je sais, mais tu as quelque chose de plus important à faire. Tu aurais dû faire ton arithmétique hier, et ne pas attendre ce soir. Prends une nouvelle feuille de papier. Tu vas recommencer au début et tu vas faire ça proprement. Et par-dessus le marché tu vas trouver les réponses justes.

— Oh, Grand-mère ! protesta Tim.

— Tu veux devenir shérif comme ton père, oui ou non ?

— Euh, bien sûr. Ça ou véterminaire.

— Vé-té-ri-nai-re. Mais il faut être bon en maths pour l'un comme pour l'autre.

Tim avait l'air sceptique.

— Qu'est-ce que l'arithmétique a à voir avec arrêter les gens ou donner des piqûres aux chiens ?

— Ces deux professions sont plus compliquées que tu ne crois. Allons, je dois insister. Je veux que tu recommences. Et puis, quand ton père rentrera, tu pourras lui montrer comme tu as bien travaillé. Lui a toujours été bon en maths.

— Ah oui ?

— Oui.

— Bon, d'accord, fit Tim, prenant à contrecœur une nouvelle page de cahier. Peut-être que si mon crayon était mieux taillé j'aurais moins de mal.

— Je vais le tailler, proposa Mrs. Quint en attrapant le crayon tout mordillé au bout. Tim, quand vas-tu arrêter de mâchonner tes crayons ? Tu n'es pas un petit chien, tu sais.

Tim gloussa.

— Quand est-ce que papa rentre ? demanda-t-il tandis que sa grand-mère se dirigeait vers la porte de la cuisine menant au garage, où un taille-crayon était fixé au mur. Elle jeta un coup d'œil à la pendule murale de la cuisine.

— Il est cinq heures moins dix. Il a promis d'être là à six heures.

— Tu veux dire que je dois travailler mon arithmétique pendant tout ce temps ?

Allie Quint poussa un grognement d'exaspération avant de pénétrer dans le garage. Tim envisagea de rallumer la télévision, puis changea d'avis. Peut-être que s'il faisait mine de vraiment essayer de résoudre ces problèmes de soustraction, Grand-mère ne l'obligerait pas à travailler aussi longtemps.

Le téléphone sonna et Tim se précipita pour décrocher.

— Maison du shérif Quint, annonça-t-il d'un air solennel.

Sa mère éclata de rire à l'autre bout du fil.

— Timmy ? Seigneur, quel accueil cérémonieux !

— Maman !

— Est-ce que c'est ton père qui t'a appris à dire ça ?

— Non, ça vient de moi. Grand-mère et papa ne me laissent pas le dire quand ils sont là, mais papa travaille et Grand-mère est dans le garage.

— Papa travaille, hein ? fit Doris, d'une voix un peu moins mélodieuse. Il y a des choses qui ne changent jamais.

— Il y a eu tout un tas de *meurtres*, maman. Papa et Grand-mère pensent que je ne suis pas au courant, mais c'est faux. Nous avons une *vague de crimes* ici !

— Des meurtres ? Qui a été tué ?

— Oh, des filles. Des grandes, pas des filles avec qui je vais à l'école. Maman, est-ce que tu rentres bientôt ?

Dory hésita.

— En fait, c'est pour ça que j'appelais.

Le sourire de Tim s'effaça.

— Tu seras là pour Thanksgiving, pas vrai ?

— Non, mon chéri, je ne pense pas pouvoir y arriver. Tu vois, je suis très absorbée par mon travail.

Tim pâlit.

— Quand est-ce que tu rentres, alors ?

— Euh, je ne suis pas sûre.

— Mais Noël n'est que dans quelques semaines. Tu ne vas tout de même pas louper *Noël* !

— J'essaierai, mais je suis tellement débordée par tout ce que j'ai à faire.

En arrière-fond, Tim entendit un homme qui demandait : « À qui parles-tu, mon cœur ? »

Il entendit sa mère poser une main sur le combiné et marmonner quelque chose à quelqu'un. Quand elle revint en ligne, Tim demanda avec autorité :

— Qui est ce type ?

— Quelqu'un qui va aider maman à faire publier ses nouvelles. Un homme très *gentil*, Timmy.

— Il t'a appelée *mon cœur*.

— Euh, ce n'est qu'une expression. Quoi qu'il en soit, je voulais te souhaiter un joyeux Thanksgiving. Je vais peut-être faire un voyage pendant les vacances, alors je ne pourrai pas appeler pendant un moment…

— Tu as dit que tu avais trop de travail à faire pour aller où que ce soit !

— Ce n'est qu'un petit voyage, pas comme de faire tout le chemin jusqu'en Virginie occidentale.

— Tu ne rentres pas du tout à la maison, c'est ça ? demanda Tim avec froideur. Ni pour Thanksgiving, ni pour Noël.

— C'est une tellement mauvaise période pour moi. Chéri, essaie de comprendre…

— À qui parles-tu ?

Tim se retourna. C'était sa grand-mère. Les larmes coulaient sur les joues du petit garçon et il lui fourra le combiné dans la main.

— C'est maman.

Mrs. Quint prit l'appareil et demanda aussitôt :

— Dory ? Qu'avez-vous dit à Tim ?

Tim entendit sa grand-mère qui s'échauffait au téléphone dans le salon tandis qu'il passait dans le vestibule et ouvrait la porte du placard de l'entrée. Il l'entendait encore — elle criait presque désormais — quand il sortit dans la neige tourbillonnante.

Le téléphone sonna et Blaine se crispa. Si elle entendait de la musique ? Si l'assassin avait encore frappé ? Et elle qui était restée seule chez elle l'après-midi entier, sans aucun alibi à part la voiture de patrouille qui passait toutes les demi-heures.

Réponds ! se sermonna-t-elle. Ce coup de fil arrive chez toi. Tu as demandé le Repérage d'appels. Ne laisse pas tes nerfs avoir raison de toi et ne gâche pas cette occasion de voir qui téléphone. Elle décrocha le combiné et prononça un « Allô ? » prudent.

— Blaine, ici Allie Quint.

— Mrs. Quint, dit Blaine avec un mélange de soulagement et de perplexité. Que puis-je pour vous ?

— C'est Tim. Apparemment, il s'est enfui.

— Enfui ? Par ce temps abominable ?

— Oui.

La voix de Mrs. Quint se brisa.

— Il a reçu un coup de fil de sa mère qui l'a bouleversé. Ce n'est pas la première fois qu'il s'enfuit à cause d'elle. Je pourrais la *tuer* cette femme. Oh, enfin, je suis arrivée à joindre Logan… il avait tenu à régler de la paperasserie au bureau cet après-midi, bien que ce soit dimanche. Il est en train de rassembler quelques hommes et ils vont entreprendre une battue dans les bois entre ici et chez vous.

— Pourquoi chez moi ?

— Parce que Tim a beaucoup accroché avec vous et Robin. Et surtout le chien. Comment s'appelle-t-elle ? Ashley ? Quoi qu'il en soit, il en parlait sans arrêt.

— Mais j'habite à presque deux kilomètres de chez vous… deux kilomètres de bois ininterrompus. Et dans cette tempête de neige…

— Je sais. (Blaine sentait qu'Allie Quint pleurait.) Mais nous avons cherché partout dans le voisinage et nous avons vérifié auprès de tous ses amis. Je me suis dit, simple hypothèse, qu'il était peut-être déjà chez vous.

Blaine revit l'image de Tim avec son doux visage plein d'espoir, sa dent de devant manquante, son attachement passionné à Ashley.

— Je pense que vous avez raison, dit-elle. Il y a de fortes chances pour que, s'il est bouleversé, il essaie de rejoindre Ashley. Elle et moi allons partir à sa recherche dès maintenant.

— Ne vous croyez pas obligée de sortir. Je pensais seulement qu'il était peut-être là.

— Je vous aurais appelée.

— Oui, oui, bien sûr. Mais peut-être devrions-nous laisser les hommes s'occuper des recherches.

Blaine connaissait Allie Quint depuis que Logan et elle étaient amis d'enfance. Cette femme n'était pas du genre à s'en remettre *aux hommes*. Elle a peur que je recherche cet enfant, songea Blaine avec un pincement de douleur. Comme tout le monde, elle pense que je suis peut-être une meurtrière. Elle chassa brusquement cette pensée. Ce n'était pas le moment de se préoccuper de l'opinion que les gens avaient d'elle.

— Je vous rappelle dans une demi-heure, Mrs. Quint.

« Ashley », appela-t-elle après avoir raccroché. La chienne, qui faisait un somme sous la table de la salle à manger, entra à pas feutrés dans la cuisine. « Nous devons retrouver Tim. Tu te souviens de Tim ? Il est perdu dans la neige. »

Perdu dans la neige. Ces mots carillonnaient dans la tête de Blaine lorsque, cinq minutes plus tard, elle s'engouffra avec Ashley dans le maelström blanc de la cour de derrière. La neige fouettait le visage de Blaine. Il s'en était accumulé presque dix centimètres sur le sol au cours des quatre dernières heures et, malgré ses bottes à semelles de caoutchouc, elle avait du mal à avancer. Elle regarda la chienne d'un air inquiet, mais Ashley semblait ignorer le froid. Blaine s'arrêta une minute ; elle se retourna vers la maison où toutes les lampes, à l'intérieur comme à l'extérieur, étaient allumées, dans l'espoir de servir de phare à l'enfant. Elle avait laissé les portes déverrouillées et elle n'avait pas branché le système d'alarme au cas où il aurait débarqué pendant son absence. Elle n'aimait pas beaucoup laisser la maison ouverte comme ça, mais, dans sa poche, elle portait le 22 automatique.

Blaine haussa la voix pour couvrir le vent. « D'accord, allons-y, ma belle. Je regrette de ne pas avoir un vêtement de Tim à te faire renifler. Tu ne sais même pas ce que tu recherches. Mais tu n'avais rien pour Rosie non plus, et pourtant… »

Elle se tut. Non, il n'était même pas question de penser à ça. Tim allait bien. Il était perdu, tout simplement.

Elles traversèrent péniblement la pelouse de derrière en direction des bois du sud, les bois qu'il choisirait pour se cacher. C'était un petit garçon intelligent. Il devait se douter qu'en marchant près de la grand-route il serait aussitôt repéré.

Le vent mugissait dans la clairière. Blaine baissa la tête et resserra la capuche de sa parka de duvet. Jetant un autre coup d'œil sur la maison, elle fut démoralisée de constater que l'obscurité et la tempête avaient englouti les lumières. Ashley était déjà entièrement couverte de neige, mais elle s'entêtait malgré tout, tirant sur sa laisse comme si elle connaissait l'importance de leur mission.

Elles pénétrèrent dans les bois et, aussitôt, le vent tomba, bien qu'il continuât à souffler dans les branches. « Tim ! cria Blaine. Tim, où es-tu ? »

Rien. Mais sa voix était affaiblie par le froid et l'effort de la marche. « Ralentis une minute », dit-elle à Ashley. La chienne s'arrêta net et se mit à aboyer. « C'est bien. Tu as plus de voix que moi. Peut-être qu'il t'entendra. »

Mais Tim n'apparut pas, et au bout d'une minute elles se remirent en marche. Ici, dans les bois, la neige était moitié moins épaisse qu'à découvert, et le vent se réduisait à un gémissement dans les branches des arbres. Pourtant, si Tim était là, il était en danger. S'il tombait et se blessait, il pouvait mourir de froid. Et s'il errait, perdu, pendant longtemps, il risquait de souffrir de gelures. Elles continuèrent leur marche sans désemparer, et Blaine s'enroua à force d'appeler Tim. Elle finit par s'arrêter : elle contempla ses propres mains dans ses gants trop fins, et la chienne qui s'était mise à trembler violemment. « Il faut que nous soufflions un peu, ma belle, dit Blaine. Peut-être que Tim est déjà à la maison. S'il n'y est pas, nous réessaierons dans un petit moment. »

Ashley progressait difficilement quand elles regagnèrent enfin la pelouse. Le vent paraissait plus puissant encore à présent, et la couche de neige avait épaissi. Elle formait une vaste couverture blanche de dix centimètres environ. Elle ne retrouva pas les empreintes qu'elles avaient laissées à l'aller, et l'espace d'un moment de panique elle ne localisa pas non plus les lumières de la maison. Elle avait toujours eu un sens de l'orientation désastreux, et elle se demanda si elles n'avaient pas pris dans les bois un mauvais embranchement et ne s'étaient pas débrouillées pour tourner en rond. Mais Ashley tirait sur la laisse d'un air résolu, la forçant à avancer, et en fin de compte elle aperçut les lumières, d'ordinaire trop vives, de la véranda qui brillaient faiblement à travers les nuées de neige tourbillonnante.

« Dieu soit loué », dit Blaine dans un souffle tandis qu'elles franchissaient en hâte la porte-fenêtre.

Elles pénétrèrent en titubant dans la cuisine, toutes deux hors d'haleine et tremblantes de froid. Blaine se débarrassa de son manteau et de ses pauvres gants détrempés, lança le tout sur la table de la cuisine, et se précipita dans la buanderie ; munie d'une serviette, elle se mit à frotter avec énergie le pelage ruisselant d'Ashley. « C'est incroyable, un temps pareil, marmonna-t-elle haletante. Cette tempête est sûrement historique. » Attrapant une des pattes glacées de la chienne, Blaine entreprit de déloger les glaçons coincés entre ses doigts, quand Ashley s'écarta soudain de sa maîtresse en aboyant furieusement.

« Qu'est-ce qui t'arrive ? s'exclama Blaine. Ashley ? »

La chienne s'élança à toute allure à travers la maison et Blaine la suivit. Elle était dans le salon lorsque le téléphone sonna. Mrs. Quint, naturellement. Elle décrocha avec un petit « Oui ? » misérable.

Elle entendit aussitôt un piano électrique.

Blaine se figea. *La Valse de la Veuve joyeuse*. La musique résonnait avec une absolue clarté. Tout comme un autre bruit : celui d'un chien qui aboyait. Un aboiement familier. L'aboiement d'*Ashley !*

Blaine poussa un cri étranglé et raccrocha brutalement. La musique émanait du piano portatif de Robin. L'appel provenait de la chambre de Robin.

18

Blaine se mit à trembler. « Ashley ? chuchota-t-elle. Ashley ! »

La chienne apparut, extrêmement agitée ; saisissant le poignet de Blaine dans sa gueule, elle l'entraîna vers la porte. Blaine la suivit sans rechigner. « Il faut que nous sortions d'ici », murmura-t-elle.

« Ring around a rosy/Pocket full of posy/Ashes, ashes/We all fall down. »

Blaine se retourna, sidérée. Joan Peyton se tenait derrière elle ; elle chantonnait, un pistolet à la main.

— Joan ?

Sa voix se cassa. Ashley grogna mais ne bougea pas. Elle n'avait pas été dressée comme chien de garde — elle prévenait aussitôt Robin et Blaine quand elle flairait un étranger dans les parages, mais on ne lui avait jamais appris à attaquer. Blaine ne savait absolument pas comment la chienne réagirait si ses maîtresses étaient agressées.

— Cette chanson te rappelle quelque chose ?

— Oui, Joan, dit Blaine simplement, en fixant la femme des yeux.

— Enferme la chienne dans la cuisine, ordonna Joan.

— Je ne comprends pas, bredouilla Blaine. Qu'est-ce que vous faites ?

Joan, avec son regard vide et froid, lui faisait un peu penser à un serpent

— J'ai dit, enferme la chienne dans la cuisine. Je n'aime pas faire du mal aux animaux, mais je n'hésiterai pas s'il le faut.

Blaine regarda l'arme de Joan. Un revolver 38 braqué sur Ashley. Elle conduisit la chienne dans la cuisine et jeta un long regard plein de regret à la veste qui, jetée sur la table de la cuisine à plus de quatre mètres de là, renfermait dans sa poche son propre pistolet. Trop loin. Si elle essayait de s'en emparer, Joan risquait de lui tirer dessus. Elle posa les yeux sur la chienne. « Reste là », lui ordonna-t-elle, puis elle sortit à la hâte de la cuisine et referma la porte. Ashley se mit aussitôt à gratter. Bien qu'elle eût déjà été plusieurs fois enfermée dans la cuisine, elle avait senti la peur de Blaine.

— Bon, dit Blaine d'une voix tremblante. Est-ce que vous allez m'expliquer à quoi rime tout ça ?

— À la mort.

Les longs cheveux noirs de Joan, habituellement ramassés en un chignon bien net, retombaient à présent en mèches humides et bouclées. L'implacable sang-froid qui faisait sa réputation avait disparu. Son visage affichait une expression démente, presque primitive, et très effrayante.

— Joan, de toute évidence, vous êtes bouleversée.

Malgré sa peur, Blaine faillit éclater de rire devant l'ineptie de sa propre remarque. Joan, toutefois, la contemplait avec attention.

— Vous croyez que j'ai tué Rosie ? Est-ce que c'est ça ?

— Tout le monde pense que tu as tué Rosie. Même Logan Quint ne va pas pouvoir continuer longtemps à te protéger.

Ashley grattait désormais la porte avec fureur, et Blaine comprit soudain que la chienne l'aiderait effectivement si elle le pouvait ; mais elle était coincée. Même la petite porte ménagée à son usage était verrouillée.

— Non, en effet. Il transmet l'affaire à la Police d'État, dit Blaine, hypnotisée par le pistolet pointé sur elle. Vous n'avez pas besoin de vous compromettre personnellement pour que je paie pour le meurtre de Rosie.

Joan la fixa des yeux un moment. Puis, à la stupéfaction de Blaine, elle rejeta sa tête en arrière et éclata de rire.

— Mon Dieu, hoqueta-t-elle. Tu n'as vraiment rien compris, n'est-ce pas ? Comment peux-tu être aussi stupide ?

— Stupide ?

À présent Ashley avait cessé de gratter et s'était mise à aboyer.

— Je ne sais pas ce que vous voulez dire par là, Joan.

De sa main gauche, Joan essuya les larmes qui coulaient sur son visage.

— Je savais que tout le monde doutait de toi, mais je croyais que tu avais suffisamment de bon sens pour tout deviner…

Elle secoua la tête d'un air affligé.

— Et moi qui croyais qu'il y avait véritablement un cerveau sous cette toison de cheveux roux.

Oh, mon Dieu ! comprit Blaine. Oui, il y avait bel et bien un cerveau, et il assemblait à présent à toute allure les diverses pièces de l'énigme.

— Vous n'allez pas essayer de me convaincre que c'est *vous* qui avez tué Rosie, dit-elle, feignant maladroitement l'indignation. Je ne le crois pas.

— Fais un effort.

Avec un filet de voix, Blaine demanda :

– *Pourquoi* auriez-vous tué Rosie ?

Les étranges yeux vides de Joan se plissèrent.

– J'étais au courant de ses moindres mouvements. Je savais tout au sujet d'elle et Rick.

– Et vous avez estimé que le fait qu'elle ait une liaison justifiait qu'on la tue ?

– Oui.

Blaine se força à respirer profondément.

– Vous saviez que Rosie allait retrouver Rick ici cette nuit-là, pas vrai ?

– Je t'ai dit que j'étais au courant du moindre de ses mouvements. Même si je n'avais pas remarqué son changement de comportement, je l'aurais vue qui sortait sa voiture du garage et descendait l'allée deux ou trois soirs par semaine. Je ne suis pas aveugle. Je connaissais même l'heure exacte à laquelle elle devait retrouver Rick cette nuit-là. Je l'ai entendue lui parler au téléphone. Alors je l'ai rejointe ici plus tôt. Elle a essayé de se cacher quand elle s'est aperçue que j'étais dehors, mais elle n'était pas la seule à avoir un double de la clé de cette maison. J'en avais fait faire un à partir de son propre double.

– Et vous m'avez impliquée dans son assassinat en mettant ses affaires derrière ma chaudière. Pourquoi ?

– Tu exerçais une mauvaise influence.

Blaine dévisagea la femme, et sa détermination a demeurer passive fut soudain terrassée par une abominable conviction. Sans réfléchir, elle se récria :

– Ce n'est pas vrai. Je n'avais *aucune* influence sur Rosie. Vous l'avez tuée pour une autre raison. Laquelle ? La jalousie ?

Joan la considéra d'un œil froid. Ashley avait brusquement cessé d'aboyer et la maison resta atrocement silencieuse pendant une longue minute. Puis Joan sourit d'un air sournois.

— Ainsi tu es bel et bien intelligente, finalement... plus intelligente que je ne pensais.

Se rapprochant, elle demanda :

— Est-ce que tu avais rencontré ma sœur, Blaine ?

— Une fois ou deux, quand j'étais enfant.

— Mais tu ne la connaissais pas vraiment. Oh, quel plaisir tu as loupé ! Charlotte.

Joan éclata de rire une nouvelle fois, un rire discordant et plein d'amertume.

— Mes parents ne juraient que par elle. *Elle !* C'était *moi* qui étais belle. C'était moi qui avais une moyenne de quatre points à Radcliffe. C'était moi qui avais été élue Miss Virginie-Occidentale. Mais qui mes parents aimaient-ils ? Charlotte. Elle n'était pas intelligente. Elle n'était même pas jolie. Mais elle était *adorable.* C'est ce qu'ils disaient toujours. Malgré tous mes efforts, tout ce que *moi* j'ai jamais obtenu d'eux c'était une admiration contenue. Même quand j'étais gosse et que je ne ramenais que des A à la maison, ils me disaient : « Bravo, Joan, continue à bien travailler. » Mais si Charlotte arrivait à ramener des C, c'est à peine s'ils ne donnaient pas une réception.

— Peut-être est-ce pour cela qu'ils la choyaient tant, hasarda Blaine. Parce qu'elle n'avait pas vos dons, ils devaient la rassurer comme ça.

— Oh, je connais la chanson, railla Joan, en haussant ses larges épaules — des épaules qui, Blaine le comprit soudain, devaient leur puissance au sport que Joan pratiquait quotidiennement. C'est ainsi qu'un psychiatre m'a décortiqué le phénomène un jour. Mais c'est tout ce dont il s'agit : d'une rationalisation censée me réconforter. Est-ce que tu sais ce que mon père m'a dit quand j'avais seize ans, lors d'une de ces rares occasions où il s'autorisait un verre et avait bu un peu trop de Scotch ? Il m'a dit : « Joan, tu es tellement parfaite, bon sang, que c'est difficile de t'aimer. Mais Charlotte est *humaine*. C'est ça qui la rend aimable, *elle.* » Est-ce que tu te rends compte ? Ils l'aimaient parce qu'elle était tellement *ordinaire*.

Blaine repensa tout à coup à Ned Peyton, un homme qui était né dans une baraque de deux pièces et qui, à force de ténacité et d'intelligence naturelle, avait amassé une petite fortune, mais était resté une personne simple à la grammaire douteuse et aux goûts grossiers. Et puis il y avait Edith Peyton, élevée dans un confort matériel que son mari n'avait jamais connu, mais affligée d'une drôle de figure quasi simiesque. Ils avaient dû être intimidés par leur fille Joan, si belle, si brillante, si élégante. Charlotte, d'un autre côté, était moyenne sur tous les plans. Elle n'avait intimidé personne.

Blaine avait les mains glacées ; elle commençait à trembler de tout son corps, mais elle s'efforça de conserver un ton désinvolte.

— Vous avez toujours détesté Charlotte. C'est pour cela qu'elle a eu tant d'accidents en grandissant, n'est-ce pas ?

— Bravo, Blaine. Et sais-tu que cette petite idiote n'a jamais compris ce qui se passait ? Elle croyait qu'elle était simplement maladroite.

Blaine plongea son regard dans les yeux sans expression de Joan.

— Alors, en réalité, vous n'étiez pas la mère de Rosie, n'est-ce pas ?

— Je savais que tu pensais ça ! triompha Joan. La moitié des gens de la ville s'imaginent que j'étais sa mère. Elle me ressemblait tellement et elle était née à Boston au moment où j'y habitais. Et bien sûr personne n'avait jamais vu son père.

Elle soupira :

— Mais non, c'était la fille de Charlotte.

Blaine demanda lentement :

— Joan, où est Charlotte ?

— Mais, morte au Brésil, tu le sais.

— Non, je ne crois pas. Vous n'avez plus rien à perdre maintenant. Pourquoi ne me dites-vous pas la vérité ? Étant donné ce que vous m'avez fait subir, je pense que je le mérite. Et ce n'est pas comme si je risquais de pouvoir aller tout raconter…

Joan parut réfléchir.

— Non, je suppose que non, hein ? Et il n'y a qu'une seule autre personne à qui j'aie raconté comment j'avais si brillamment manigancé tout cela. Car je suis une femme brillante, tu sais.

— Oui, je le sais.

— Je gâchais mon potentiel dans ce lycée.

— C'est ce que j'ai toujours pensé.

— Je ne suis revenue ici qu'à cause de mes parents.

— C'était très gentil à vous, très généreux.

Joan hocha la tête comme si le compliment lui faisait plaisir ; elle était tellement immergée dans son propre univers qu'elle ne sembla pas remarquer le manque de sincérité de Blaine.

— D'accord, je vais te dire toute la vérité, et rien que la vérité.

Elle gloussa, et Blaine réprima un frisson.

— Pendant mes années de troisième cycle universitaire, quand je vivais à Boston, Charlotte m'y avait suivie. Vois-tu, elle m'aimait. Quelle ironie, n'est-ce pas ? Je t'ai dit qu'elle était stupide. Quoi qu'il en soit, après l'échec de mon mariage, je suis rentrée à la maison, mais Charlotte est restée. Elle m'avait dit qu'elle était amoureuse de quelqu'un, mais elle ne pouvait pas me dire qui parce qu'il était marié. Comme si ça m'intéressait, qui c'était ! J'étais seulement ravie qu'elle ait une raison de rester là-bas.

De nouveau, elle soupira.

– C'était merveilleux, quand je suis rentrée à la maison. Charlotte n'était plus là. Je ne rivalisais plus avec elle. Je me sentais tellement en paix. Et puis Charlotte est arrivée avec un bébé. Elle nous avait écrit quelques mois auparavant qu'elle était mariée, mais c'était un mensonge. Charlotte a raconté à mon père toute l'histoire de sa liaison et, le croiras-tu, il a accepté la situation ! Ce baptiste si convaincu ! Mon Dieu, si ça avait été moi, il ne m'aurait plus jamais adressé la parole. Je ne saurais te dire combien j'étais furieuse, mais j'attendais mon heure. Au bout de quelques semaines, Charlotte a annoncé qu'elle retournait à Boston – son amant allait divorcer. Mais ensuite elle a changé d'avis. Juste au moment de partir, elle m'a expliqué qu'elle ne voulait pas être une briseuse de ménage. Cette relation ne valait rien, elle avait dit à l'homme que c'était terminé, et qu'elle allait rester à la maison avec Rosie.

Ses yeux violets si vides d'expression s'animèrent soudain.

– Rester à la maison ! Juste au moment où mes parents commençaient à m'aimer vraiment. Ou, en tout cas, à compter sur moi. Et puis il y a eu *cet homme*. Il était la vraie raison pour laquelle elle restait, je le *savais*. L'homme que je voulais, voilà ce qu'elle voulait en fait – m'enlever une chose de plus. Je ne pouvais pas laisser faire ça. C'était impossible. Alors je l'ai tuée, acheva-t-elle simplement.

La gorge de Blaine se serra, bien qu'elle eût déjà deviné la vérité.

– Vous avez tué Charlotte ?

— Oui. Je l'ai emmenée faire un tour et je l'ai tuée dans les bois. Je ne me souviens plus exactement où aujourd'hui. À quelques kilomètres au nord de la ville. C'est là que je l'ai enterrée.

Dans son effort pour se souvenir, le front de Joan se plissa, puis, comme elle renonçait, il redevint lisse.

— Avant sa mort, je lui ai fait écrire un mot, où elle disait qu'elle était partie pour l'Europe et qu'elle ne voulait pas du bébé d'un homme qui avait décidé de rester avec sa femme. Le mot disait que chaque fois qu'elle regarderait Rosie, elle le verrait, et qu'elle le détestait.

Les yeux de Joan s'étrécirent en deux fentes menaçantes.

— Elle a commencé par résister, mais je lui ai dit que, si elle ne l'écrivait pas, je rentrerais à la maison pour tuer Rosie elle aussi.

Blaine mourait d'envie de la traiter de monstre, mais Joan continua d'une voix calme :

— Je me suis félicitée par la suite de ne pas avoir dû tuer Rosie, car ma vraie vengeance n'a pas été le meurtre, mais le vol. Charlotte m'avait pris ce que je désirais le plus — l'amour de mes parents, les attentions de l'homme que je convoitais —, alors je lui ai pris ce qu'elle désirait le plus — son enfant. Et Rosie ne manquait pas d'atouts. Elle était tellement charmante, tellement intelligente… Tu sais, continua Joan, perplexe, je me suis toujours demandé qui était son père *en réalité*. Pas un homme banal, j'en suis sûre. Non, ce devait être quelqu'un d'extraordinaire pour contrebalancer les gènes de Charlotte.

Ashley continuait à s'échiner en vain sur la porte de la cuisine.

— Alors le père de Rosie ne s'appelait pas Derek Van Zandt ?

Joan fit non de la tête.

— C'était Charlotte — délicate jusqu'au bout. Elle avait utilisé un faux nom sur l'acte de naissance pour protéger le père. Je crois qu'elle avait lu ce nom dans un roman sentimental. C'est *mon* père qui avait inventé cette histoire selon laquelle Derek Van Zandt était un ingénieur venant d'une famille aisée de Boston. Il l'avait racontée en ville quand Charlotte avait eu son bébé. Le fringant *Derek* construisait un pont au Brésil : c'est pour cela, vois-tu, qu'il n'était pas rentré avec Charlotte quand Rosie avait eu dix-huit mois.

Et c'est pour cela que je n'ai jamais vu de photos d'eux ensemble, songea Blaine. Il y avait eu des photos de Charlotte tenant un bébé, et d'autres photos représentant un bel homme brun, mais jamais de photo du trio.

— Est-ce que votre mère savait la vérité ?

— Oh, oui, même si par la suite elle s'était persuadée que Derek avait réellement existé.

Elle fronça les sourcils et ajouta :

— Tu sais, je pense qu'au fond Mère a toujours été un peu déséquilibrée.

— Mais ces derniers temps Rosie avait commencé à soupçonner la vérité, n'est-ce pas ? C'est pour cela qu'elle avait écrit à Boston en demandant le certificat de naissance de Derek Van Zandt.

— Tu étais au courant pour cette lettre ?

— Un brouillon partiel était caché dans son classeur. Je suis tombée dessus aujourd'hui.

— Quelle négligence de sa part. Mais oui, j'ai bien peur qu'en effet elle ait conçu des soupçons et que ces soupçons aient été confirmés par la réponse de Boston. Alors elle a été assez bête pour me confronter à ce qu'elle avait découvert — qu'il n'existait aucun Derek Van Zandt né à Boston. Elle aimait les mystères, vois-tu, et elle a commencé à se demander pourquoi elle n'avait jamais vu personne de la famille de son père. On lui avait dit qu'ils étaient tous morts, mais, en vieillissant, Rosie avait commencé à douter que tous les Van Zandt aient ainsi disparu de la planète, ou que son père n'ait même pas eu d'amis qui soient curieux au sujet de son enfant. Puis elle s'est mise à se poser des questions sur cet énorme monument que mon père avait érigé. Elle savait combien il était attaché à Charlotte… il aurait forcément fait rapatrier ses restes, même s'ils suffisaient à peine à remplir une boîte d'allumettes.

— Votre père savait-il ce qui était *réellement* arrivé à Charlotte ?

— Il n'a jamais dit qu'il ne croyait pas que Charlotte s'était enfuie pour l'Europe sous prétexte qu'elle ne voulait pas de l'enfant, mais je crois qu'il a fini par deviner la vérité quand il n'en a plus eu de nouvelles. Je pense qu'il savait qu'elle était morte, et que je l'avais tuée.

Son visage se durcit.

— Sais-tu que j'ai été rayée de son testament ? ajouta-t-elle. Il a même désigné son avocat comme exécuteur testamentaire, pas moi. Oh oui, je pense qu'il savait.

— Mais il n'a rien fait.

— Que pouvait-il prouver ? Rien. Absolument rien. J'avais été très prudente. De plus, il n'aurait sans doute pas aimé que toute la ville sache que sa fille était une meurtrière… Il devait redouter les effets que produirait ce scandale sur *Rosalind*, sa petite chérie. Oh non. Il a joué le jeu quand je lui ai dit qu'il vaudrait mieux raconter que Charlotte était morte au Brésil avec son mari. C'était tellement loin de chez nous, personne ne découvrirait jamais la vérité, et si Charlotte revenait un jour, lui avais-je expliqué, nous pourrions prétendre qu'il y avait eu une horrible erreur à propos de sa mort. Mais il a changé d'attitude à mon égard après cela.

Elle sourit et précisa :

– Il ne m'adressait la parole que s'il y était obligé. En fait, plus il vieillissait, plus il se conduisait comme s'il avait *peur* de moi. C'était assez délectable. Enfin, j'avais pris le dessus.

– Mais quand Rosie vous a interpellée en affirmant qu'il n'existait aucun Derek Van Zandt et que vous lui avez raconté cette même histoire – que sa mère était partie pour l'Europe et l'avait abandonnée – elle ne vous a pas crue, n'est-ce pas ?

– Non. Je suppose que le lavage de cerveau avait trop bien réussi : elle était persuadée que sa mère était quelqu'un d'absolument merveilleux. Elle ne croyait pas que sa mère ait pu l'abandonner.

– Mais il y avait quelque chose d'autre, n'est-ce pas ? Quelque chose qui faisait qu'elle avait peur de vous ?

Dardant sa langue comme un serpent, Joan humecta ses lèvres.

– C'était Rick. Elle avait énormément d'intuition. Elle savait que je... m'intéressais à Rick.

L'espace d'un instant Blaine oublia sa peur, sidérée par cette révélation.

– C'est vrai ?

– Oui. C'est si difficile à croire ?

– Euh, non, non.

– Je n'ai que quelques années de plus que lui. Et à un moment il avait paru s'intéresser à moi, lui aussi. Et puis il a découvert que je n'avais pas de fortune à part mon salaire au lycée. Père m'avait laissé juste assez d'argent pour acheter une voiture à Rosie pour son dix-septième anniversaire – ce que j'ai fait docilement. Quant à *Mère*, Dieu bénisse sa sale petite âme, elle laissait tout à Rosie.

— Tout ?

— *Tout*. Et si, par hasard, Rosie mourait avant elle, tout devait aller aux œuvres de charité baptistes. Père lui avait recommandé de faire ça, et elle avait beau ignorer les raisons de cette mesure — n'ayant pas la moindre idée des circonstances réelles de la mort de Charlotte —, elle lui avait obéi. Elle n'a pas avancé un seul mot en ma faveur. Tu vois à quel point elle m'aime ?

— Joan, je suis désolée, dit Blaine sincèrement.

Elle mesurait pour la première fois la profondeur de l'indifférence des Peyton à l'égard de leur fille aînée et comprenait un peu mieux l'abominable souffrance que la privation de leur amour lui avait causée et comment Joan avait appris à transférer sur autrui sa rage et sa douleur.

— J'étais désolée, moi aussi, dit Joan amèrement. Et quand Rick l'a appris, il a reporté ses attentions sur toi, sur celle qui précisément avait épousé Martin Avery.

— Martin ? répéta Blaine sans comprendre.

Puis il s'opéra un déclic dans sa tête :

— Vous avez dit que quand Charlotte était revenue, elle avait attiré l'attention d'un homme que vous convoitiez. C'était Martin ?

— Bien sûr. Je sortais avec Martin… oh, rien de sérieux, mais je savais que je pouvais le conquérir. Il était tellement beau, Blaine, encore plus beau que quand vous l'avez épousé.

— Je sais, dit lentement Blaine.

— Oh oui, naturellement. Vous vous occupiez du jardin, n'est-ce pas ? dit-elle, sarcastique. Il a épousé la femme qui, autrefois, lui tondait sa pelouse. Seigneur !

En dépit des circonstances, Blaine sentit se réveiller en elle ses anciens sentiments de gêne et de rancœur, mais elle s'efforça de garder son calme, d'inciter Joan à continuer à parler.

— Joan, vous dites qu'il y a une autre personne qui sait ce qui est arrivé à Charlotte.

— Il y *avait* une autre personne.

— Martin.

Elle hocha la tête.

— Il m'a téléphoné un samedi après-midi. Il a dit qu'il devait me parler parce qu'il avait beaucoup réfléchi. Beaucoup réfléchi depuis son accident. Et les choses ne collaient pas. Les choses à propos de Charlotte.

Blaine eut l'impression de ne plus pouvoir respirer.

— C'était l'après-midi où il est mort.

— Oui. Je suis venue comme il me l'avait demandé. Il m'a dit qu'il avait mis en scène une dispute avec toi — qu'il t'avait même jeté un cendrier à la figure pour te chasser de la maison. Il y avait été obligé parce que tu rôdais tout le temps autour de lui. Puis il a appelé Bernice et lui a dit de ne pas venir. Nous étions seuls pour l'après-midi. Puis il s'est mis à parler de Charlotte. Il a dit qu'il n'était jamais arrivé à cesser de penser à elle. Il l'avait aimée, vois-tu, et il ne l'avait jamais oubliée.

Blaine ressentit une légère souffrance, mais elle n'était pas étonnée. Elle avait toujours su qu'il y avait quelqu'un dans le passé de Martin qu'il n'arrivait pas à oublier, mais elle avait cru à tort qu'il s'agissait de sa femme, Gloria.

— Charlotte l'obsédait littéralement depuis son accident de voiture, me dit-il. Il ne savait pas pourquoi. Il revoyait sans cesse son physique, son attitude, les petites choses qu'elle avait dites. Il avait essayé de démêler tout ça, en couchant ses impressions dans des journaux.

Les journaux dans lesquels il écrivait pendant des heures, enfermé dans son bureau, songea Blaine.

— Il m'a dit qu'il savait ce qui s'était passé. Exactement comme mon père, il avait tout compris. Il savait que j'avais tué Charlotte.

— Alors pourquoi n'était-il pas allé à la police ?

— L'esprit de Martin ne fonctionnait plus très bien, répondit Joan avec son sourire supérieur. Il était obsédé par le passé, alors que le présent perdait de sa réalité. Exactement comme une personne âgée. Je ne savais pas si on le prendrait au sérieux ou non, mais je ne pouvais pas courir le risque.

— Alors vous l'avez tué.

Joan acquiesça de la tête.

— Mais le placard à fusils était fermé…

— Robin avait dit à Rosie où tu avais caché la clé peu après l'accident de Martin. Rosie et moi nous entendions encore bien à ce moment-là — elle me confiait de petits secrets. Pas des secrets sur sa vie à elle, évidemment. Rien que des petits potins. Elle compatissait terriblement à tes inquiétudes au sujet de la santé de Martin — elle disait que cela prouvait que Robin avait tort en croyant que tu n'avais épousé Martin que pour son argent. Quoi qu'il en soit, après avoir laissé Martin sur la véranda cet après-midi-là, je suis tout simplement allée dans ta chambre, j'ai trouvé la clé, j'ai pris une arme dans le placard, je suis ressortie et j'ai tiré une balle dans la tête de Martin. Puis j'ai tiré un deuxième coup de feu en lui mettant le pistolet dans la main.

Elle fronça les sourcils.

— Vois-tu, poursuivit-elle, je voulais vraiment que cette mort-là passe pour un suicide. Je ne voulais pas qu'il y ait d'enquête policière parce que je ne savais pas à qui d'autre il avait confié ses théories au sujet de Charlotte. Ensuite j'ai mis une autre cartouche dans le pistolet, je suis allée dans le bureau, j'ai trouvé ses journaux, et je les ai brûlés.

— Parce que s'ils avaient tout bonnement disparu, on aurait envisagé la possibilité d'un intrus dans la maison. Brûler ses journaux, c'était un acte vraisemblable de la part de Martin avant de se suicider.

— Tout juste. Je me suis dit aussi que la police risquait de vérifier ses appels téléphoniques, et je savais qu'ils découvriraient qu'il avait appelé chez moi peu avant sa mort. Alors j'ai inventé l'histoire selon laquelle il avait téléphoné pour savoir quand Rosie et Robin rentreraient.

— C'était vous le chauffard qui nous est rentré dedans au réveillon dernier ?

Joan parut offensée.

— Pas si bête ! J'aurais pu être blessée ou incapable de quitter les lieux. Non, cet accident-là a bel et bien été un déplorable accident. Pour le reste — je maîtrisais la situation — tout avait été soigneusement prévu. J'avais pensé à tout !

— Sinon que le deuxième coup de feu atterrirait dans cet arbre.

Joan perdit un peu son air de jubilation.

— Tu sais, j'étais tellement nerveuse, j'avais tellement peur de vous voir débarquer, toi ou Robin, que je ne me suis même pas rendu compte que ce coup de feu avait atteint l'arbre. Comme je te l'ai dit, je *voulais* que ça ait l'air d'un suicide. Malheureusement, ajouta-t-elle en secouant la tête, Logan Quint et le procureur ont décidé qu'il s'agissait d'un meurtre maquillé en suicide. Alors, quand il est devenu nécessaire pour moi de supprimer Rosie, j'ai décidé de me conformer à ce que la police prenait pour ta logique.

— Et s'ils ne m'avaient pas soupçonnée ?

— J'étais prête à leur parler de la liaison de Rosie avec Rick, l'homme avec qui tellement de gens pensent que tu sors. Je m'apprêtais à dire que Rosie avait peur de toi. Après tout, elle ne venait plus voir Robin, pas vrai ? Tout cela paraîtrait tout à fait plausible, d'autant plus que je suis une excellente actrice. C'est à ce talent que j'avais dû mon titre de Miss Virginie occidentale, tu sais. À mon talent de comédienne. Je suis merveilleuse.

— Pour le coup, oui, vous m'avez bien eue pendant toutes ces années, dit Blaine sèchement.

— Oui, je le sais. Quoi qu'il en soit, après ce que j'aurais dit à la police au sujet de Rosie et Rick, ils auraient été obligés de procéder à une enquête pour meurtre qui t'aurait inévitablement désignée.

— Alors pourquoi ne pas l'avoir fait ?

Joan se gratta le front.

— Je ne voulais pas le faire à moins d'y être obligée. Je voulais qu'on croie que je te restais loyale. Cela me faisait paraître plus sympathique, tu ne vois donc pas ? *La femme qui a foi en Blaine Avery malgré toutes les preuves*. Voilà ce que conclurait la police. Cela éviterait qu'ils s'intéressent trop à moi, au cas où Martin aurait confié à quelqu'un d'autre ses déductions au sujet de Charlotte. Et puis, d'autres problèmes ont surgi. Il y avait tellement de choses à régler. Comme Kathy Foss. La jeune fille savait quelque chose. Je ne savais pas quel danger elle représentait précisément, et j'ai dû me débarrasser d'elle.

Blaine ne put s'empêcher de remarquer les étranges grincements en provenance de la cuisine. Des dents sur du bois. Qu'est-ce qu'Ashley pouvait bien fabriquer ?

— Comment avez-vous su que Kathy était au courant de quelque chose ?

— Tu oublies… j'avais beau être en congé, j'étais en ligne directe avec le lycée. Susie avait vu Kathy s'évanouir et se réveiller en citant le nom de Rosie et en bredouillant qu'elle avait vu quelque chose et qu'elle avait peur. Susie appelait Bernice tous les jours. Elle lui avait raconté l'incident, et Bernice me l'a raconté.

— Et Bernice ?

— Elle savait pour le médicament, dit Joan d'un ton désinvolte. Pas le médicament de Martin, comme le croyait Logan Quint. Le médicament de mon père. Lui aussi prenait du Dilaudid pendant qu'il était en train de mourir du cancer l'année dernière. Tout le monde avait oublié ce détail. Tu sais, je me serais bien vue leur administrer une overdose à lui et à Mère… bien sûr je n'aurais jamais fait une chose pareille, mais c'était amusant de l'imaginer. Cela me donnait une telle sensation de pouvoir. Alors j'ai commencé à prélever dans les flacons de petites quantités de Dilaudid et à les remplacer par de l'eau. Puis c'est devenu un jeu : quelle dose de Dilaudid pouvais-je voler sans que Bernice s'en aperçoive ? Naturellement, en fin de compte, elle s'en est aperçue. Vaguement. Elle a dit que Père souffrait tellement, le médicament ne devait pas faire d'effet et elle ne comprenait pas pourquoi. Puis un jour j'ai été négligente et elle m'a dit qu'il y avait moins de Dilaudid dans le flacon qu'il n'aurait dû y en avoir. Mais elle n'en était pas absolument sûre, et elle n'en a jamais parlé au médecin. Elle avait toujours peur que les gens s'imaginent qu'elle était incompétente, qu'ils découvrent qu'elle buvait. Mais quand Logan est venu poser des questions sur le Dilaudid, j'ai bien vu que les rouages commençaient à se mettre en branle dans son pauvre cerveau. Elle n'aurait pas tardé à se sentir forcée d'aller voir la police pour leur parler du Dilaudid qui avait, semble-t-il, disparu l'année précédente.

— Ainsi c'est de cette drogue que vous vous êtes servie, dit Blaine. Et vous aviez gardé des flacons vides de l'époque pour la stocker. On a trouvé l'un d'eux au lycée.

— Exactement. Et ce n'était pas fortuit. Je voulais que la police sache ce qu'on avait administré aux filles. Et puis quelqu'un, sans doute Rick, leur dirait que Martin prenait du Dilaudid. Ma seule erreur a été de cacher le flacon un peu trop bien. Je voulais qu'on le retrouve tout de suite.

— Mais qu'est-ce qui vous a fait croire que je me rendrais chez Bernice hier soir ?

Joan lui lança un regard grave.

— Je connais les gens, Blaine. Je te connais depuis le temps où tu étais une petite maligne qui n'a jamais su rester à sa place.

Les faux cils ! songea Blaine avec une stupéfaction ironique. Elle me déteste depuis qu'à l'âge de six ans je lui avais dit que les faux cils ne lui allaient pas.

— Je savais que si cette idiote de Bernice t'appelait pour te menacer, tu lui dirais probablement d'aller répéter ses soupçons à la police et d'aller se faire voir.

Comme tu te trompes... J'ai une peur bleue à l'idée de passer le reste de ma vie en prison depuis la mort de Martin.

— Mais si elle menaçait Robin, alors là, ce serait autre chose. Martin me l'avait dit. Il m'avait dit, peu avant de mourir : « Est-ce que tu te rends compte que Blaine m'aime toujours ? En dépit de tout, elle m'aime encore. Et elle aime Robin. Oh, elles ont beau se houspiller, il y a des sentiments derrière. Oui, Blaine protégera toujours ma fille. »

— Martin a dit ça ?

— Oui. Vois-tu, il ne t'en voulait pas autant que tu l'imaginais. En tout cas, pas quand il était lui-même, quand il n'était pas occupé à pleurer sur son sort. Il t'a couchée sur son testament, n'est-ce pas ?

— Oui, dit Blaine doucement, avec la sensation qu'une horrible souffrance s'apaisait.

Martin ne l'avait pas détestée en fin de compte.

— Mais juste au cas où il se serait trompé sur ton attachement à Robin et au cas où les insinuations de Bernice n'auraient pas marché, j'ai emporté un de tes bracelets. Je l'avais pris dans ton coffret à bijoux le jour où j'ai trouvé la clé de l'armoire à fusils. Un petit bracelet bon marché, mais un bracelet qui portait tes initiales à l'intérieur.

— Le bracelet que mon père m'avait donné quand j'avais eu mon bac ! Je l'ai cherché partout !

— Comme c'est touchant. Quoi qu'il en soit, si tu ne t'étais pas pointée chez Bernice, je m'apprêtais à l'y déposer. En l'occurrence, cela aurait mieux valu, dit Joan d'un air songeur. De cette manière, Bernice serait bel et bien morte et j'aurais coupé à cette abominable course dans les bois.

— Et les coups de téléphone ? Pourquoi m'appeliez-vous tout le temps en me passant de la musique ?

— Je trouvais que c'était une touche macabre assez jolie.

— Vous vouliez me tourmenter et m'effrayer.

— Évidemment. Tu le méritais après avoir épousé Martin. De plus, tu as parlé de ces coups de fil. Grâce à Arletta et Abel Stroud, la moitié de la ville est au courant. Les gens croient que tu es folle, et que tu inventes ces coups de fil. Assez folle pour commettre des meurtres.

Blaine ferma les yeux. Quand elle les rouvrit, elle

vit Joan sortir une ampoule multi-dose de la poche de son manteau.

– Il m'en reste plein.

Blaine avait l'impression d'avoir la bouche remplie de sable.

– Je croyais que vous comptiez me faire porter le chapeau pour tous ces meurtres.

Joan fronça les sourcils.

– Eh bien, j'en avais l'intention. Et ça a failli réussir. Mais Bernice a été ma ruine. Elle a survécu. Quand elle reprendra conscience, elle dira qui a essayé de la tuer, et mon plan est fichu désormais. Il va falloir que je te tue moi-même.

– Mais et vous ?

– Je quitterai le pays. Je pense que j'irai là où il fait chaud. Là où il n'existe pas d'accord d'extradition avec les États-Unis. Oui, ce serait le mieux.

Avec un sourire, elle ajouta :

– Mère va se retrouver dans un sacré pétrin ! Pas de Bernice, pas de Joan…

– Mais si Bernice reprend conscience bientôt, vous n'aurez pas le temps de quitter la ville.

– Oh, mais si. Je conduis la vieille voiture de mon père. Ils ne la rechercheront pas. Ils ne s'apercevront même pas qu'elle a disparu. J'irai à Columbus prendre un avion et je me serai envolée avant qu'ils aient compris ce qui se passait.

Et ça pouvait marcher, songea Blaine avec horreur. Il y avait infiniment peu de chances pour que Bernice revienne à elle et parle de façon cohérente dans les prochaines heures.

Quelque chose heurta la porte-fenêtre et elles sursautèrent en même temps. Ashley recommença soudain à aboyer.

– Qu'est-ce que c'est ? demanda Joan avec fureur. Qui est dehors ?

Logan, pria Blaine. Mais Logan ne se précipiterait pas ainsi contre la porte. Scrutant la neige, elle aperçut une petite silhouette qui grattait la vitre.

— Mrs. Avery ? appela faiblement une voix. Mrs. Avery, au secours !

19

Blaine fut prise d'un vertige. C'était Tim. Ainsi, pendant tout ce temps, il avait marché jusque chez elle, où il croyait trouver affection et sécurité.

– Ouvre la porte, ordonna Joan.

– Oh, Joan, je vous en prie, c'est le fils de Logan Quint et il n'a que sept ans.

– J'ai dit ouvre la porte !

– Il s'en ira si nous ne faisons pas attention à lui.

Joan la regarda d'un œil dur.

– Joan…

– Ouvre ! hurla Joan.

Blaine serra les mâchoires.

– Pas question.

– Alors je vais te tuer tout de suite, puis je me retournerai et je lui tirerai dessus à travers la vitre avant qu'il ait eu le temps de s'enfuir. Est-ce que tu préfères cette solution ?

Et elle le fera, se dit Blaine, horrifiée. Qu'est-ce qu'un meurtre de plus, pour elle ? D'un pas raide, Blaine alla ouvrir la porte. Tim s'écroula presque dans la pièce.

Blaine s'agenouilla et le serra contre elle. Sa petite figure était gonflée de froid, ses yeux et son nez coulaient, ses cheveux noirs dégoulinaient. Il frissonnait violemment.

— Je n-ne pensais pas qu-que j'allais m'en sortir, parvint-il à dire en claquant des dents. Je me suis p-perdu.

— Oh, Tim ! gémit Blaine, en le serrant dans ses bras.

— Alors tu es le fils de Logan Quint, dit Joan tranquillement. Ce n'est pas évident de voir à quoi tu ressembles dans l'état où tu es, mais je dirais que ton sang indien ressort pas mal.

Tim regarda Joan ; il plissait le front, intrigué.

— Qui tu es ?

— Une amie.

Ashley avait recommencé à gratter la porte de la cuisine ; ses pattes apparaissaient de temps en temps par l'interstice du bas et elle aboyait avec férocité.

— Pourq-quoi Ashley est-elle enfermée ?

— Parce que je ne veux pas la tuer, répondit Joan.

Les yeux de Tim s'écarquillèrent et Blaine comprit qu'ils s'étaient fixés sur le pistolet de Joan.

— Tu vas nous tirer dessus ?

— Non. J'ai prévu quelque chose de beaucoup plus amusant. Blaine, lève-toi.

Caressant le visage glacé de Tim, Blaine essaya d'afficher un sourire rassurant et se leva, sans jamais lâcher la petite main, dans son gant de cuir humide.

— D'accord, Joan. Et maintenant ?

— Maintenant je crois que nous allons faire une petite promenade.

— Mais il y a du blizzard ! s'écria Tim.

— Tu es bien arrivé jusqu'ici, non ?

— Mais je me suis perdu et je n'arrêtais pas de tomber.

Il regarda Joan d'un air implorant :

— S'il te plaît ne nous tue pas et s'il te plaît ne nous fais pas retourner dehors.

— Un joli s'il te plaît avec du sucre dessus ? demanda Joan d'un ton doucereux.

— Du sucre et une cerise au milieu, compléta Tim avec ferveur.

Le sourire de Joan s'évanouit.

— Permission refusée.

Tandis qu'elle écoutait ce bizarre échange entre Joan et Tim, Blaine avait remarqué qu'Ashley n'aboyait plus. Elle entendit alors un bruit, comme du bois tombant sur du linoléum. Au moment précis où elle comprenait ce qui s'était passé, Ashley apparut à l'extérieur devant la porte-fenêtre, aboyant frénétiquement.

— Comment a-t-elle fait pour sortir ? demanda Joan d'un ton péremptoire.

Blaine avala difficilement.

— Elle a dû débloquer le panneau spécial-chien pour pouvoir sortir.

— Ashley, au secours ! cria Tim.

La chienne se précipita contre la vitre, qui vibra mais ne céda pas. Les lèvres de Joan se pincèrent et elle braqua son revolver sur la porte. Blaine et Tim hurlèrent simultanément tandis qu'un coup de feu fracassait la vitre. La chienne poussa un faible jappement et se tut.

— Je ne voulais pas faire ça, dit Joan d'un air de regret.

Tim éclata en sanglots.

— Espèce de… espèce de *sorcière* ! Mon papa va t'attraper ! Mon papa va te pendre depuis l'arbre le plus haut pour ce que tu as fait, espèce d'horrible, de grosse, d'affreuse, de *méchante*…

— Timmy, tais-toi, dit Blaine en l'attirant contre elle.

— Mais elle a tué Ashley !

— Et maintenant je vais vous tuer tous les deux, annonça Joan avec calme. Dehors. *Maintenant.*

Ainsi, les choses allaient finir comme ça, songea Blaine vaguement. Une série de violents assassinats parachevés par notre mort, à Tim et moi.

Blaine sentait les larmes lui couler sur le visage alors que, sans manteau et agrippant toujours la main de Tim, elle sortait dans la nuit gelée. La fin, la fin. C'était donc ça, la vie ? Un petit garçon innocent qui allait mourir parce qu'il avait eu le malheur de se rendre à l'endroit où il ne fallait pas la nuit où il ne fallait pas ?

Elle lança des regards autour d'elle. Aucun cadavre de setter irlandais en vue. Du sang tachetait la neige là où Ashley s'était tenue quand Joan avait tiré, mais il n'y en avait pas beaucoup. Pour quelque mystérieuse raison, le moral de Blaine remonta. Ashley était vivante. Et si Ashley s'en était sortie…

Tim lui tira sur la main et murmura tout doucement : « Ashley va bien. » Blaine hocha la tête. Puis Tim chuchota : « Ne t'inquiète pas. Je vais nous sortir de là. »

Blaine faillit éclater de rire devant le courage aveugle et la gentillesse infinie de ce petit garçon. Déjà ses larmes avaient séché et, malgré la neige qui leur fouettait le visage, Blaine pouvait admirer son expression déterminée. À cet instant, il ressemblait comme deux gouttes d'eau à Logan.

Vêtue seulement de bottes, d'un jean et d'un pull tricoté large, Blaine fut tout de suite transie. Ses cheveux volaient furieusement dans le vent, lui cinglant parfois douloureusement le visage. Tim lui pressa la main. « Ça va aller. »

— Avancez ! cria Joan pour couvrir le vent. Dans les bois !

Déjà les ourlets de son jean étaient trempés et Blaine grelottait sans pouvoir se contrôler. Et Tim ? se demanda-t-elle. Il était dehors depuis au moins une heure. Par chance, il avait pensé à mettre ses gants, mais son visage avait peut-être déjà gelé. Qu'est-ce que sa mère avait bien pu lui dire d'assez bouleversant pour qu'il s'enfuie par une nuit pareille ? songea-t-elle, pour se distraire de sa peur. Allie Quint n'avait pas expliqué les raisons de sa fugue, mais, instinctivement, Blaine comprit qu'il se passait quelque chose de désastreux dans le mariage de Logan et Dory. Dory. Cait l'avait vue un jour à la bibliothèque. Elle avait dit à Blaine que Dory était blonde et avait les traits magnifiquement fins, mais que l'arrogance de son langage et la fièvre de ses yeux agités avaient quelque peu gâché l'effet général.

Tu divagues, se dit-elle intérieurement. Il faut que tu te concentres, exactement comme tu l'as fait quand Joan te poursuivait à travers les bois, chez Bernice. Concentre-toi sur ce que tu es en train de faire et sur la façon dont tu vas sauver Tim même si tu dois te sacrifier.

Des arbres se dressèrent soudain devant eux. Dans la neige tourbillonnante ils avaient loupé le début du sentier et Blaine s'arrêta : elle savait que le sous-bois ici n'était qu'un lacis de plantes rampantes.

– Allons, avancez, commanda Joan.

Blaine écarta ses cheveux mouillés de son visage.

– Ce n'est pas le sentier. Vous ne voulez pas qu'on trouve le sentier ?

Le pistolet lui fouailla le dos.

– Je me fiche éperdument du sentier. Arrête de gagner du temps. Marche.

Les plantes rampantes formaient des griffes gelées qui agrippaient leurs chaussures. Tim tomba ; il laissa échapper un minuscule sanglot, puis, se redressant à la hâte, il recouvra son sang-froid. Il ne veut pas montrer à Joan à quel point il est terrifié, songea Blaine. Il ne se rend pas compte qu'elle se fiche complètement de nos émotions à présent. Jetant un coup d'œil en arrière, Blaine vit Joan qui, les yeux vitreux, arborait un sourire torve. Sa physionomie, d'une certaine manière, était plus effrayante que le pistolet braqué à quelques centimètres de son dos.

Ils finirent par atteindre le sentier, mais Joan leur ordonna de le traverser et de s'enfoncer à nouveau dans les bois. Elle nous emmène au ruisseau, songea Blaine avec désespoir. Elle va nous tuer au bord du ruisseau, comme Rosie.

Ils avançaient en titubant dans la neige et le lierre. Si seulement elle tombait, se dit Blaine avec fureur. *Pourquoi* ne tombe-t-elle pas ? Je pourrais lui prendre son pistolet. Mais Joan semblait avoir le pied remarquablement sûr, bien plus qu'elle et Tim, qui n'arrêtaient pas de trébucher et de s'accrocher l'un à l'autre pour retrouver l'équilibre. Blaine ne grelottait plus : elle était engourdie. Probablement trop engourdie pour s'emparer du pistolet si par hasard Joan le laissait tomber.

— Je suis vraiment désolée pour ce sale temps, cria Joan. La nuit où Rosie est morte était absolument magnifique.

Elle s'exprimait de façon tellement prosaïque, comme si elle commentait une soirée mondaine. Blaine perçut le frisson de Tim tandis qu'il lui serrait la main plus fort, mais ses yeux restèrent fixés droit devant lui. Zigzaguant parmi d'énormes arbres chargés de neige, ils continuèrent leur progression dans le lierre gelé.

Tout à coup Blaine entendit derrière elle des pas précipités, puis elle sentit dans son bras un douloureux élancement. Poussant un hurlement, elle fit volte-face, mais il était trop tard. Joan lui avait déjà plongé une seringue dans le bras. Du Dilaudid, se dit Blaine alors que Joan reculait, recommençant à la menacer de son arme. La seringue, plus qu'à moitié vide, pendait toujours au bras de Blaine ; elle l'arracha et la jeta par terre.

— Qu'est-ce que tu lui as fait ? cria Tim.

— Je l'ai eue par surprise, répondit Joan avec complaisance.

— Tu lui as fait une piqûre et elle saigne !

— Tais-toi donc et continue à marcher.

Ils reprirent leur marche laborieuse, mais au bout de quelques minutes Blaine sentit la drogue qui se répandait dans ses veines, ralentissant son pas, brouillant sa vision. Les branches des arbres, malmenées par le vent implacable, gémissaient au-dessus de leurs têtes, et quelque part à droite Blaine perçut un craquement. C'était sans doute un sumac dont le bois fragile résistait mal à la tempête. Le vent devait en avoir cassé une branche, à moins que l'arbre tout entier ne soit sur le point de céder. Une nuit de mort et de destruction, songea Blaine.

Ils atteignirent le bord du ruisseau. Blaine se raidit en regardant l'eau sombre et froide.

— Terminus, annonça Joan d'un air lugubre.

Tim leva le regard vers Blaine, incapable cette fois de camoufler la peur qui voilait ses yeux marron.

— Et maintenant ? demanda Blaine, en articulant un peu difficilement.

Elle avait envie de s'étendre dans la neige et de dormir.

— Eh bien, j'y ai réfléchi pendant tout le trajet, répondit Joan. Je crois que la mort pure et simple serait un peu trop douce pour toi, Blaine. Alors j'ai décidé de tuer le gamin pendant que tu es encore consciente. Je veux que tu meures avec l'image horrible de sa fin dansant dans ton esprit.

Elle regarda Tim avec gentillesse et ajouta :

— Tu n'auras pas mal, mon chéri, vraiment. N'aie pas peur.

— Je n'ai pas du tout peur de toi ! cria Tim.

— Bien sûr que tu n'as pas peur, dit Joan avec condescendance.

Puis, regardant Blaine :

— Dis-moi, est-ce que les enfants mentent toujours comme ça ?

— Je n'en sais rien, répondit Blaine. Mais ce que je sais, c'est qu'il a peur. Il est terrifié.

Les yeux de Tim lancèrent des éclairs.

— Je n'ai pas peur ! Je n'ai pas peur le moins d…

Blaine lui serra la main si fort qu'il grimaça. Puis, détournant légèrement la tête, elle lui adressa un clin d'œil discret. Il fronça les sourcils, et elle ne sut pas s'il avait compris qu'elle lui avait fait un clin d'œil, ou s'il s'imaginait qu'elle avait simplement attrapé un tic à cause du froid.

— Reconnais-le, Tim. Tu es mort de peur, pas vrai ?

Tim hésita. Elle retint son souffle, n'expirant que lorsqu'il répondit enfin :

— Euh… ouais.

— Et tu vas faire tout ce que cette dame te dira, n'est-ce pas ?

Le cœur de Blaine battait à grands coups espacés. Si seulement Joan pouvait le croire faible et coopératif, peut-être alors le quitterait-elle des yeux assez longtemps pour qu'il puisse s'enfuir. Il était déjà trop tard pour elle. Dans une ou deux minutes, elle ne pourrait plus tenir debout. Cinq terribles secondes s'écoulèrent durant lesquelles Tim la regarda. Puis son visage se plissa soudain et il éclata en sanglots. Il se tourna vers Joan :

— Oui, madame, je ferai tout ce tu voudras. Seulement, s'il te plaît, ne me fais pas de mal !

— Voilà qui est mieux, dit Joan. Voilà qui est beaucoup, beaucoup mieux. Je vais te dire ce que je veux que tu fasses. Je veux que tu t'assoies à côté de cet arbre là-bas.

Tim resta absolument immobile et Blaine sentit la terreur qui l'envahissait.

— Fais ce qu'elle te dit, Tim.

— M-mais elle va me *tuer* !

— Fais ce qu'elle te dit, c'est tout, et elle changera peut-être d'avis.

Tim lui lança un regard suppliant.

— Mrs. Avery ?

— Arrête de l'appeler comme ça ! dit Joan sèchement. Elle n'est que Blaine O'Connor, une rien du tout.

— Hein ?

— Ne fais pas attention, vas-y, dit Blaine en lui donnant un coup de coude.

Joan se tenait à moins d'un mètre derrière elle et Blaine chancela, comme si la drogue avait sur elle un effet foudroyant. Joan se crispa en la voyant gagner une vingtaine de centimètres pour retrouver son équilibre, mais Blaine gardait les yeux fixés sur Tim.

— Vas-y, Timmy. Va près de ce gros chêne.

Tim lui lâcha la main et se rendit vers l'arbre d'un pas traînant. Il paraissait si petit devant le gigantesque tronc. Comme il restait le dos tourné, Joan dit :

— Retourne-toi, mon petit. Je ne veux pas qu'on dise que j'ai tué quelqu'un dans le dos. De plus, je veux que Blaine voie tes yeux quand tu mourras.

Joan fit un pas en avant. Blaine avait du mal à respirer. Elle ferma les yeux un instant, essayant d'éclaircir sa vision. Et elle pria le ciel qu'il lui donne de la force.

Très lentement, Tim se retourna. Il avait les poings serrés, et son visage gonflé exprimait le défi. Dans une brume confuse, Blaine vit Joan braquer son arme sur Tim et elle se jeta de tout son poids sur la gauche.

Un coup de feu éclata tandis que Blaine et Joan se fracassaient toutes deux sur le sol.

— Tim, va-t'en ! cria Blaine, sans savoir si le petit garçon avait ou non été touché.

— Mrs. Avery ! hurla-t-il.

— Cours ! cria-t-elle à nouveau sous les jurons de Joan.

Joan la repoussa et Blaine roula sur le côté, le visage enfoui dans la neige.

— Où est-il passé ? cria Joan. Où est passé le pistolet ?

Le pistolet, se dit Blaine. Le pistolet lui a échappé. Elle l'aperçut alors dans la neige près de son pied gauche. Jamais elle n'arriverait à se redresser, à s'en emparer et à tirer sur Joan. Elle n'aurait pas la force de rester assise ni de résister si Joan essayait de le lui reprendre. Blaine choisit de le repousser d'un violent coup de pied. Sa botte heurta le pistolet et l'envoya promener à un mètre de là ; il disparut dans les eaux sombres du ruisseau.

— Espèce de garce ! hoqueta Joan en rampant vers Blaine. Tu t'imagines que tu as gagné, hein ? Mais tu te trompes.

Tout à coup Blaine sentit sur ses épaules les mains puissantes de Joan ; d'une poigne énergique, elle la souleva, l'entraînant dans la neige en direction du ruisseau. Blaine se débattit tant bien que mal, décochant de faibles coups de pied, mais elle était presque à bout de forces.

Joan la fit rouler sur la berge. Atterrissant sur le dos dans l'eau sale et glacée du ruisseau, Blaine but la tasse. Suffoquant, elle parvint à soulever sa tête hors de l'eau et à prendre une respiration, même si ses poumons lui donnaient l'impression de ne plus fonctionner véritablement. La drogue ralentissait son rythme respiratoire. Joan lui enfonça de nouveau la tête sous l'eau et, cette fois, Blaine retint sa respiration aussi longtemps qu'elle put avant de réessayer de la soulever. Joan la maintenait au fond comme un chaton qu'on cherche à noyer.

— Bon sang, tu vas te noyer, oui !

Les mains de Blaine s'enfouirent dans la vase. Elle les sortit de l'eau et tenta de s'agripper à Joan, mais elle arriva à peine à décrire de faibles moulinets. Blaine avait beau chercher frénétiquement son souffle, elle manquait désespérément d'air. Pourtant elle entendit du bruit. Était-ce l'aboiement d'un chien ? se demanda-t-elle vaguement tandis que Joan lui plongeait une fois encore la tête sous l'eau. Non. Ce devait être son imagination. Tout ce qui existait, c'était cette eau noire à l'odeur fétide. Ces mains sur son visage. Ces genoux sur sa poitrine. Ses poumons qui étouffaient.

Blaine avala de l'eau une nouvelle fois. Elle était en train de perdre connaissance. L'espace d'un instant elle eut devant les yeux le visage de son père. Puis celui de Martin, de Logan, de Robin, de Tim, d'Ashley…

Elle sentit soudain des bras vigoureux qui la tiraient hors de l'eau. Elle entendit des cris, un chien qui aboyait, quelqu'un qui ordonnait : « Blaine ! Blaine, *respire* ! » Mais elle ne pouvait pas. S'ils arrêtaient seulement de lui compresser la poitrine, elle pourrait le leur dire, songea-t-elle avec irritation. S'ils arrêtaient seulement…

Brusquement, elle fut prise de convulsions, roula sur le côté et commença à recracher de l'eau. « Vas-y, Blaine ! C'est ça ! » cria quelqu'un. « Tu peux y arriver, Blaine ! » Logan ? Mais ça ne pouvait pas être lui. Tout ça n'était qu'un rêve : elle rêvait qu'on la sauvait.

On la fit rouler sur le dos. Elle avait froid, elle avait la nausée et elle avait atrocement sommeil, mais elle leva les yeux. C'était bel et bien Logan. Quelque part au loin elle entendit les hurlements d'une femme. Un chien tantôt lui léchait le visage tantôt se retournait pour aboyer après la femme qui criait. Un petit visage apparut au-dessus du sien. Elle cligna des yeux à plusieurs reprises avant de le distinguer presque nettement. Il était radieux. « Ashley a trouvé papa et un groupe de messieurs dans les bois qui me cherchaient. Elle les a conduits ici. Elle a suivi notre piste. » Tim ? Il leva un regard triomphant sur le visage inquiet de son père. « Tu vois, papa, mon rêve ne se trompait pas ! Je t'avais bien dit qu'un gros chien doré allait me sauver la vie ! »

Elle sombra dans le sommeil.

Épilogue

— J'ai l'impression que les bois ne sont plus hantés, commenta Blaine. S'il y a un *orenda*, ou un esprit quelconque qui anime les arbres, il n'essaie plus de nous dire quelque chose.

Logan sourit.

— Je m'étonne que tu puisses revenir ici après ce qui s'est passé. Si l'expédition de secours n'avait pas été si près de ta maison quand Ashley nous a trouvés, si elle n'avait pas été si douée pour suivre votre piste dans la tempête, si nous étions arrivés deux minutes plus tard pour neutraliser Joan, si le samu n'avait pas été aussi rapide…

— J'ai passé deux jours à l'hôpital à imaginer toutes les horribles choses qui auraient pu se produire, et puis j'ai décidé que cela ne servait à rien. Tout s'est bien fini pour Tim et pour moi. C'est ce dont j'essaie de me souvenir.

Il faisait un beau froid sec et ils se promenaient sur le sentier ; devant eux, Tim, Robin, Cait et Sarah, hilares, s'amusaient à lancer un Frisbee à Ashley.

Logan l'examina avec attention.

— Tu es sûre que tu vas bien maintenant ?

— Je me sens mieux que je ne me suis sentie depuis un an. Je sais enfin que Martin ne me haïssait pas pour l'accident. Tu sais, Logan, j'ai toujours cru qu'il s'était suicidé, mais j'avais peur qu'il ait fait exprès de tirer dans cet arbre et de remplacer la cartouche dans le pistolet pour que ça ait l'air d'un meurtre et que je sois suspectée. Je n'ai pas été juste envers lui, mais c'est terminé. Et Robin et moi avons enfin fait la paix.

— Je suppose que quand elle a compris l'enfer que tu avais vécu pendant l'été à cause de la mort de Martin, sans jamais dire à la police qu'elle aussi savait où se trouvait la clé du placard à fusils, elle a enfin pu admettre que tu tenais à elle.

— Oui, ça a compté. Je suppose que nous avons été aveugles toutes les deux.

— Et dans quel sens as-tu été aveugle, toi ?

— En ne réfléchissant pas à l'étrange fréquence des visites de Joan à Martin avant sa mort. Ils n'avaient jamais paru si proches dans le passé. Je pense qu'elle trouvait une satisfaction morbide à le voir si désemparé, comme si c'était sa punition pour avoir aimé Charlotte et m'avoir ensuite épousée, et pas elle. Et j'aurais dû me rendre compte, étant donné sa façon de couver Rosie, qu'il était logiquement impossible qu'elle ignore sa liaison. Même Tony s'en est fait la réflexion quand il a appris la vérité pour Rosie et Rick.

— Pas tout de suite. C'est seulement peu de temps avant la fugue de Tim que Tony a appelé le bureau pour m'aiguiller dans cette direction. Au début j'ai cru qu'il essayait seulement de détourner les soupçons — ce qu'il racontait avait l'air tellement absurde —, mais il m'a également rappelé qu'il avait travaillé chez les Peyton du temps où le vieux Mr. Peyton était en train de mourir, et qu'un jour, alors qu'il repeignait les fenêtres des chambres, il avait entendu Bernice marmonner que du Dilaudid avait disparu. Je n'avais jamais même réfléchi au genre de médicament que prenait Mr. Peyton, mais les registres de l'hôpital ont prouvé que Tony disait la vérité : le vieillard prenait du Dilaudid. Et comme je pensais depuis le début que Bernice mentait en affirmant qu'elle n'avait jamais remarqué aucune disparition de Dilaudid chez les Peyton... Tout a alors commencé à se mettre en place dans ma tête.

— Nous n'avons pas été justes envers Tony non plus.

— Non, mais n'oublie pas qu'il avait bel et bien menti sur l'endroit où il se trouvait la nuit où Bernice a été attaquée.

— Parce qu'il croyait protéger Robin. Au fond, Logan, Tony est un très brave gosse.

Blaine soupira.

— Pourtant, je n'arrête pas de penser à Joan. Que va-t-il lui arriver ?

Logan parut troublé, voire égaré, et Blaine se rappela combien il avait toujours apprécié cette femme.

— J'ai appris qu'elle passait le plus clair de son temps à essayer des toilettes, ou à faire comme si elle remportait le concours de beauté de l'État, ou à avoir des conversations imaginaires avec Martin et Rick. Dans son esprit, ils sont tous fous d'elle. Et elle chante. *Ring Around a Rosy* semble être de loin sa préférée. D'après moi, elle passera le restant de ses jours en institut psychiatrique.

Blaine enfonça ses mains dans ses poches.

— On se demande quand même comment une personne pareille a pu fonctionner normalement dans la société aussi longtemps.

— Nous portons tous des masques de temps en temps. Joan est arrivée à en porter un tout le temps. Elle a trompé tout le monde... tout le monde sauf son père. Et malheureusement, Rosie, à la fin. Si seulement la jeune fille avait gardé pour elle ses soupçons sur le mythique Derek Van Zandt.

Blaine fronça les sourcils.

— J'ai l'impression que ce détail n'a pas changé grand-chose. L'arrêt de mort de Rosie a été signé quand elle a entamé sa liaison avec Rick.

— Pour nombre d'entre nous, l'amour est apparemment une sacrée source d'ennuis.

Logan tendit la main pour attraper celle de Blaine et la serra très fort.

— J'ai accepté d'accorder le divorce à Dory. J'aurais dû m'y résoudre il y a des mois, mais je croyais que, pour Tim, il valait mieux garder la famille réunie. Mais je me trompais. Cette nuit-là, il a failli mourir par la faute de sa mère.

— Cette nuit-là n'était pas exactement la faute de Dory, dit Blaine. Mais tu as raison : apparemment, Dory ne veut pas être une mère, et Tim ne devrait pas faire les frais de son malaise. Comment réagit-il par rapport au divorce ?

— J'ai fait de mon mieux pour lui expliquer. Et il passera quelque temps avec Dory chaque année, bien qu'elle ne tienne pas à la garde conjointe.

Il sourit tristement.

— Trop de responsabilité pour elle. Mais Tim s'y fera. C'est un petit gars solide.

— À qui le dis-tu ! s'exclama Blaine en riant. J'aurais aimé que tu voies comment il a tenu tête à Joan.

Ashley vint les retrouver en bondissant ; elle avait un bandage sur le flanc, là où la balle de Joan l'avait éraflée, et elle tenait le Frisbee orange dans sa gueule. Tim et Robin étaient juste derrière. Blaine fut une fois de plus stupéfaite du changement qui s'était opéré en Robin. Elle était ravissante, et la tension qui avait assombri son visage pendant presque un an s'était enfin dissipée. Elle savait que son père ne s'était pas suicidé, et que Blaine ne l'avait pas tué. Elle sortait par ailleurs avec Tony Jarvis, une alliance que Martin, Blaine le savait, n'aurait pas approuvée, mais qui semblait rendre Robin heureuse.

— Nous n'arrêtons pas de dire à Ashley que c'est à nous qu'elle est censée rapporter le Frisbee, dit-elle en riant.

— Mais pas moyen qu'elle obéisse !

Tim s'agenouilla à côté de la chienne et la serra dans ses bras. Ashley lâcha le Frisbee et lui lécha la figure tandis que Cait les rejoignait en soufflant, avec Sarah dans les bras. Même le visage de Cait était plus détendu que Blaine ne l'avait vu depuis longtemps. Au grand scandale de Blaine, elle lui avait confié qu'elle avait craint que Kirk ne lui ait menti sur toutes les soirées où il avait travaillé tard à l'automne.

— Nous avions des problèmes, et quand j'ai découvert que Rosie était venue à l'atelier et qu'elle était enceinte, j'ai pensé qu'il avait peut-être une liaison avec elle. Mais c'était la vérité : il travaillait tard !

— Ce que tu aurais su si tu avais passé un peu moins de temps à t'occuper de Sarah et de moi et que tu étais allée à l'atelier avec un petit casse-croûte pour lui, dit Blaine d'un ton grave. Combien de fois t'ai-je dit qu'il avait besoin d'un peu plus d'attentions de ta part ?

— Trente-six, répliqua Cait en riant. La grande sœur a toujours raison.

À présent Blaine regardait Tim en souriant.

— Si tu veux qu'Ashley apprenne à jouer au Frisbee, je suppose que tu vas être obligé de venir travailler avec elle régulièrement.

— Oh, ça oui ! répondit Tim avec ferveur. J'ai entendu Grand-mère dire qu'on ne pouvait pas apprendre de nouveaux tours à un vieux chien, mais moi je pourrai. En plus, Ashley est la chienne la plus intelligente du monde. Et la plus courageuse, tu ne crois pas, Robin ?

— Bien sûr que si.

Logan avait lâché la main de Blaine et il dit au petit garçon :

— Je suppose qu'il est temps pour nous de rentrer à la maison, fiston.

Blaine vit défiler sur le visage de l'enfant tout un mélange d'émotions : de l'espoir, de la contrariété, une légère inquiétude. Mais il répondit gaiement :

— Oui. Maman a dit qu'elle allait m'appeler à propos du di-di…

— Du divorce, compléta Logan.

— Oui. En plus, j'ai de l'arithmétique à faire. J'ai *toujours* de l'arithmétique à faire !

Tim lâcha Ashley et leva les yeux vers Blaine.

— Je me suis vraiment bien amusé aujourd'hui.

— Nous aussi. Pourquoi ne reviendrais-tu pas samedi prochain pour poursuivre l'entraînement d'Ashley au Frisbee ?

La figure de Tim s'éclaira.

— Je peux, papa ?

— Bien sûr, fiston. Tu peux y aller chaque fois que tu es invité.

— Je suis invité ? demanda Tim à Blaine.

— Je te l'ai déjà dit : tu es toujours invité. Tu peux venir chaque fois que tu en as envie.

— Et papa ?

Blaine sourit en regardant Logan.

— L'invitation est valable pour lui aussi.

Tandis que Logan et Tim les laissaient sur le sentier et traversaient la grande pelouse derrière la maison, Cait posa Sarah par terre et passa ses bras autour des épaules de Blaine.

— Alors qu'est-ce qui se passe entre vous deux ?

Blaine fit un clin d'œil à Robin.

— Une jeune dame très sensée m'a dit qu'on pouvait ranger l'amour dans un placard pendant un temps mais qu'il ne mourait pas forcément.

Robin sourit.

— Et que veulent dire dans ton cas les paroles de cette jeune dame sensée ?

— À cet instant elles signifient que je trouve une complète satisfaction à être en vie et à avoir ma famille autour de moi. Quant à l'avenir…

Tout à coup, Tim se retourna ; leur adressant son immense sourire avec sa dent manquante, il cria :

— À très très bientôt !

— Quant à l'avenir, poursuivit Blaine en faisant au revoir à Tim, je l'attends de pied ferme.

DU MÊME AUTEUR

Aux Éditions de La Table Ronde

SI ELLE DEVAIT MOURIR, 2004.

DEPUIS QUE TU ES PARTIE, 2003 (Folio Policier, n° 348).

NE FERME PAS LES YEUX, 2002 (Folio Policier, n° 320).

SIX DE CŒUR, 2001 (J'ai Lu, 2003).

PAPA EST MORT, TOURTERELLE, 2000 (Éditions de La Seine, 2002).

TU ES SI JOLIE CE SOIR, 1999 (J'ai Lu, 2000 et Éditions de La Seine, 2002).

PRÉSUMÉE COUPABLE, 1993 (Folio Policier, n° 386).

NOIR COMME LE SOUVENIR, 1991 (J'ai Lu, 2000).

Aux Éditions J'ai Lu

RHAPSODIE EN NOIR, 2001.

Composition Nord Compo
Impression Novoprint à Barcelone,
le 16 août 2005
Dépôt légal : août 2005
Numéro d'imprimeur :

ISBN 2-07-031893-1/Imprimé en France.

138057